パラドクス・ホテル

ロブ・ハート

過去へのタイムトラベルが実現した世界。時間犯罪取締局《TEA》の元調査官ジャニュアリーは、タイムトラベラー特有の病気である時間離脱症《アンスタック》を患い、今は時空港《タイムポート》併設ホテルの警備主任をしている。アンスタックの症状で未来や過去を幻視してしまう彼女は、ある客室で時間の止まった男の死体を目撃し、さらに自らの銃殺シーンも幻視する。時空港買収の入札のためホテルに集まった四人の大富豪を狙った事件が次々に発生する中、ホテル内で時間の流れがおかしくなるなどの異常事態まで発生し……カーカスレビュー誌ベストSFF／NPRベストブック2022選出作。

登場人物

ジャニュアリー（ジャン）・コール……パラドクス・ホテルの警備主任
ルビー……ジャニュアリーが使うＡＩドローン
ヒメーナ（メーナ）……ジャニュアリーの元恋人。故人
アリン・ダンブリッジ……時間犯罪取締局《ＴＥＡ》局長
ニック・モロー……ＴＥＡ調査官
ヴィンス・テラー……サミット参加者。不動産王
ムハンマド王子……サミット参加者。サウジアラビア皇太子
オズグッド・デイヴィス……サミット参加者。ＩＴ投資家
コルテン・スミス……サミット参加者。多数の企業のＣＥＯ
ダニカ・ドラッカー……アメリカ上院議員
グレイスン……テラーの部下

イーシャ……………………………ムハンマド王子の随行員
ムバイエ・ディアロ……………………ホテルの料理人
レジナルド（レグ）……………………ホテルの支配人
ジョン・ウェスティン…………………レザージャケットの男
メロディ・フェアバンクス……………パラドクス・ホテルの設計者
ドロシー・シムズ………………………タイムトラベルの発明者

パラドクス・ホテル

ロブ・ハート
茂木　健　訳

創元ＳＦ文庫

THE PARADOX HOTEL

by

Rob Hart

This book is published in Japan
by TOKYO SOGENSHA Co., Ltd.
Japanese translation rights arranged
with Hannigan Getzler Literary, New York,
through Tuttle-Mori Agency, Inc., Tokyo.

パラドクス・ホテル

トム・スパンバウアーに

「うしろ向きにしか働かない記憶なんて、ずいぶんお粗末な記憶ね」

——ルイス・キャロル著『鏡の国のアリス』の白のクイーン

量子の罠に捕われて

青いカーペットの上に落ちた真っ赤な血が、繊維に吸収され黒へと変わってゆく。最初のうち、血は一滴ずつたれていたのだが、わたしの頭蓋骨がまるで手のように脳を押しつぶしはじめると、連続してぼたぼた落ちるようになる。わたしの肉体は、肩のまわりの緊張を解いて膝の力を抜き、横になって眠ることを切望している。

しかし、それは眠りではない。

死とも少し違っている。このふたつの、どこか中間。

永遠の空白。

この空白の状態が、すでに何年もわたしを追いまわしている。知覚の糸が切れてほころび、直線的な時間の流れが把握できなくなったら、そこがステージ3のはじまりだ。

カーペットになにかが落ちる音は、まだつづいている。でもわたしの鼻血は、すでに止まっている。

もっと重たい音が、廊下の奥のほうから近づいてくるのだ。

誰かの足音。

この病気と戦えるかもしれない。レトロニム五錠で。あるいは、チェリー味のロリポップ一本で。大声をあげてみたらどうだろう？だ。わたしは口を開く。でも、出てくるのは血だけだ。

足音がさらに近づく。

わたしの脳がショートしてしまう瞬間。それが時間離脱症《アンスタック》のステージ3だ。なぜそんなことになるのかは、まったくわかっていない。いちばん有力な説は、人間の心が量子状態に陥り、負荷を処理できなくなる、というもの。自分が死ぬ瞬間を、目撃するのだと言う人もいる。わたしとしてはどっちでもいい。結果がろくでもないことだけは、はっきりしているのだから。肉体が生きているあいだつづく、うつろに目を見開いているだけの空白の時間。

頭のなかの圧力が高まった。また出血がはじまる。もっと悪化するまえに、このまま出血多量で死ねるかもしれない。なんてささやかな勝利だろう。

もうすぐわたしは死ぬ。たぶん本当に。断ち切られたタイムストリームを再接続できるのは、本人だけなのだが、わたしはなにもできないまま、この床の上で死んでゆく。ごめんね、わたしの宇宙。

またしても時間がスリップし、記憶が脳のなかで、空き缶に入れた小石みたいにカタカタと鳴る。わたしはベッドに座っており、ニンニクとチリペーストを炒める匂いが、キッチンから二階へと昇ってくる。研修所の修了式で体育館のステージを歩きながら、折りたたみ椅子の海を眺めていると、新しいハイヒールのせいで足の皮がすりむける。

初めてメーナにキスを許したのは、ロビーを見おろすあのバルコニーで、ふたりだけになったときだった。

あのときのチェリーの味。わたしが必要としてきたすべてのもの。

足音が止まる。

わたしは空気の動きを感じ、誰かの体の重さを感じる。その人物は、安物の青いカーペットの上で身悶《みもだ》えるわたしをじっと見ている。今わたしにできることは、なにもない。すべては終わった。とはいえ、床に這《は》いつくばったままで死ぬのはごめんだ。

わたしは最後の力をふりしぼり、両手で上体を押しあげ……


コツ・コツ・コツ。

タムワース医師が、手に持ったペンを大きなデスクから一インチ（約二・五センチメートル）上のところで止め、咬《か》みつかれるのを警戒するような目でわたしを見ている。一日はまだはじまったばかりだ。

自分がどこにいるか認識するのに、ちょっと時間がかかる。蛍光灯の光はほとんど青に近い白で、空色の壁や紺青色のリノリウムと、よく調和している。この部屋はどこもかしこも青いから、心が落ち着くのだという。室内は殺風景で、目につくものといえばデスク上の小さなタブレット、壁に掛けられたタムワースの母国バングラデシュの大学の学位記、そして紙箱に入った食べかけのサンドイッチぐらいだ。ビネガーの刺すような匂いと、カビに似たチーズの香りがわたしの鼻孔をくすぐる。匂いに刺激され、おなかがぐうと鳴る。ルビーは、わたしの肩の上という定位置でホバリングしているが、いつもより距離が近い。

「なあジャニュアリー、いま君は、どこにいた？」タムワースが訊《たず》ねる。

「ここに決まってるでしょ」とわたしは答えるが、わたしがスリップしていた空間はすでに消えているから、これは真実とは言えない。じゃあ青いカーペットは？　わたしが下を見ると、カーペットは指のあいだで煙のように消えてゆく。たぶん、どうでもいいことなのだろう。

「ここにいたようには、まったく見えなかったがね」座っているデスクチェアがきしむ音と同じくらい高い声で、タムワースが言う。「まるで、どこか別の場所にいるみたいだった」

「それは単に、先生とわたしの見解の相違ね」

医師が嘆息《たんそく》する。「言動に変化なし、か。まあいいだろう」

彼はでっぷりした体を持ちあげ、背後のキャビネットに向かう。瓶のなかで錠剤がたてる軽い音を聞き、わたしは少し元気になる。彼はレトロニムが入ったオレンジ色の細長い小瓶を、デスクの上のサンドイッチの横に置く。

「少し用量を増やすよ」タムワースが言う。「十ミリグラムだ。朝一錠、夜一錠。スリップがひどかったら三錠めも飲んでいいけど、それが二十四時間以内に服用できる上限になる。君の体重では」彼は片手をあげると指を開き、その手を前後に小さく振る。「一日に二十ミリグラム以上摂取したら、問題が起きるだろう」

「どんな問題が？」

彼はデスクチェアにどさっと座る。「攻撃的になったり、怒りっぽくなったり……」

「つまりわたしは、今も過剰摂取してるわけだ」

医師は顔をしかめる。「心悸《しんき》亢進《こうしん》、錯乱、幻覚。もちろん腎臓も、正常ではいられない」

「わかった」わたしは手を伸ばし、危うくサンドイッチをつかみそうになるが、無事にオレンジ色の瓶をつまみ上げてポケットにしまう。「必要になったら口に入れる。飴玉《あめだま》みたいに」

硬い表情のまま彼はつづける。「こんなことをくり返していて、君はくたびれないか？」

わたしは答える代わりに肩をすくめる。

「先日のスキャンの結果が出ている。説明してあげよう」彼はタブレットを引き寄せて開き、わたしのほうにスクリーンを傾ける。見るからに柔らかそうな楕円《だえん》形が、緑、青、赤の光を発している。「これは君と同年代の女性の脳だ。ただしこの人は、今まで一度もタイムストリームに足を踏み入れたことがない」彼はスクリーンをスワイプして、中心付近の色がやや薄い別の画像を表示させる。「こっちが君の脳。違いがわかるか？」

「さあね。わたしは医者じゃないから」

「視床下《ししょうか》部《ぶ》に、明らかな縮小が見られる。これがどう影響しているか、まだわかっていないんだが、体内時計のリズムを調整する視《し》交叉上核《こうさじょうかく》に関連して、なにか問題が生じている可能性が……」

わたしは片手をあげて彼を制する。「先生、病気のメカニズムが不明なのに、どこが悪いと言われても困る。はっきり言っておくけど、わたしはまだステージ1だからね」

医師は手にしたペンでタブレットのスクリーンを軽く叩く。「ここまで機能を喪失していて、ステージ1というのは……」

「だけど機序《きじょ》がわからなければ、病期《ステージ》の基準も設定できないんじゃない？」

彼は手を止め、口ごもりながら言う。「ジャニュアリー、わたしは君のことを思って、いろいろ考えているんだぞ」

「薬はちゃんともらった」わたしは言い返す。「そしてもしステージ2に入ったと感じたら、真っ先に先生に連絡する」

彼はタブレットをデスクに叩きつける。「レトロニムでこの病気は治せない。最悪の結果を先送りするだけだ。君がここで働きつづけることに、わたしは深い懸念を抱いている。このホテルは安全ということになっているが、時計を見るがいい。放射線漏れが発生しているのは、明らかじゃないか。君はここから遠く離れるべきなんだ。警備の仕事を、そろそろ引退したらどうだ？　もう充分に働いただろう？　海辺のリゾートにでも行けばいい。のんびり本を読んで、いい人を見つけろ」

わたしは両手で彼のデスクを強く叩き、そのまま前かがみになって一語ずつはっきり発音する。「そういう指図は、しないでもらいたい」

「もしステージ2に入っているのなら、それがなにを意味するか、君だってわかっているはずだ」懇願するような口調。

「だから、ステージ1だと言ってるでしょ」

「ジャニュアリー、わたしはバカじゃないぞ」

「さあ、それはどうかな。とにかくわたしは、ここで働くのが好きなの」

「本当か？　とてもそうは見えないがね」タムワースは、わたしの肩の上に視線を送る。

「おまえはどう思う？」

ドローンのルビーがすっと前に出てくる。わたしはルビーをひっつかんで、壁に投げつけたくなる。特にこれといった理由はないのに、ときどきそうしたくなるのだ。ルビーはかすかにモーター音を漏らしながら、上品なニュージーランドのアクセントで答える。「特にご報告することはありません、タムワース先生」

タムワースは両目をぐるりと回す。彼に嫌味を言ってやりたいのだが、適当なのが思いつかないし、考えるのも面倒だから、わたしは黙って体を起こし、ポケットのなかの薬瓶を軽く叩く。錠剤がかすかに希望の音をたてる。「レトロニムをありがとう、先生。近いうちまた来る」わたしはこう言うと、肩の上で浮いているドローンに手で小さく合図する。「行くよ、ルビー」

「ちょっと待て、ジャニュアリー」タムリースが言う。

「まだなにかあるの？」

彼はわたしを見つめると、どれほど心配しているか伝えようとして、口を開きかける。だが考えなおしたらしく、結局なにも言わない。

わたしは彼の部屋を出ていきながら、もっと穏やかに話すこともできたのに、と悔やむ。それにあのサンドイッチ。やっぱりあれは、もらっておくべきだった。

タムワースに悪いことをした。彼は間違ったことを言ったわけではない。たしかにわたしは、ここにいないほうがいいのだ。

しかし、ほかにどこへ行ける?

ホテルのロビーが見おろせる手すりまで歩いてゆき、自分が守るべき世界を眺める。

まっすぐ落下してゆく縦のラインと、二十世紀中葉《ミッドセンチュリー》モダンを彷彿《ほうふつ》させる横方向の柔らかな曲線が、レトロ感と近未来感を同時に醸し出している。眩暈《めまい》がしそうなほど大きな吹き抜けになっており、今わたしが立っている通路の百フィート(約三十・五メートル)下にあるロビーから、わたしの百フィート上までフロアがつづいている。吹き抜けを囲む同心円状の通路は、レストランやバーを集めた最上階から、オフィスやアメニティ施設があるフロアへと下ってゆく。各フロアは、数基のエレベーターと傾斜がつけられた通路で結ばれ、ちょっと見た感じは垂直につくられたショッピングモールだ。天井から吊り下げられたロビーまで届く真鍮《しんちゅう》製の太いロッドが、視覚上のアクセントとなっている。ロッドの下端には、やはり真鍮製の大きな天文時計がぶら下がり、ロビーの床から数インチのところに浮いている。

すると突然、まるでタイミングを見はからったかのように、黒と白のウェイトレスの制服を着てなにものっていないトレイを持ったメーナが、吹き抜けの反対側にあるスパから姿を現わす。ウェーブのかかった髪をポニーテールにきっちりまとめ、腰をリズミカルに揺らしながら歩いてゆくメーナを見て、わたしはピューマの動きを連想する。たちまちわたしの心は、ふたりのあいだに横たわる空間を飛び越え、彼女に声をかけようとするのだが、わたしが口を開くまえにメーナは進路を変え、壁のなかに消えてしまう。

メーナ。

彼女がもういないことは、よくわかっている。

しかし彼女の存在が、わたしがここから離れられない理由でもあるのだ。

ここを辞めたら、二度と彼女に会えなくなるのではないか？

この不安を、タムワースにどう説明すればいい？　誰にわかってもらえる？

もし相談しようものなら、わたしは即刻クビになるだろう。

メーナを見るたびに考えることを、わたしは今回も考えてしまう。トラムに乗れば、五分で時空港《タイムポート》に着く。それだけのことだ。あとは、みずから守ると誓ったルールを破って過去に飛び、現在の時間に戻れなくなる覚悟を決めればいい。

そうする価値があると思える日が、たぶんきっとくる。

「猛吹雪が近づいています」唐突にルビーが言う。「暴風雪警報発令。旅行は危険です」

夢想から引き戻されたわたしは、大きく息を吸ってふり返り、宙に浮かんだ双眼鏡みたいな外観のドローンと向きあう。ルビーもわたしを見ながら、わたしがレンズに貼りつけたアニメ調の目玉を、きょろきょろ動かす。

「おまえ、またぶち壊しにしてくれたな」

「わたしは、自分の仕事をしているだけです」

そう、わたしも自分の仕事をはじめねばならない。今ロビーの大時計は、午前九時十七分を指している。わたしは文字盤上の秒針を目で追う。

9時17分24秒

9時17分25秒

9時17分26秒

9時17分25秒

9時17分26秒

9時17分27秒

9時17分28秒……

わたしはロビーの人の流れが気になりはじめる。アインシュタイン時空港から延びるトンネルを通って、おおぜいの人たちがローラーバッグを引きながら、ロビーに入ってきている。大地球儀を囲む三つのデスクの前には、すでに長い行列ができており、しかも刻々と長さを増している。どのチェックイン窓口にもスタッフが入っており、コンシェルジュ・デスクにはカメオが立つ。にもかかわらず、処理しきれていない。警備をする者にとって、これはよくない兆候だ。

「なぜこんなに人が多いの？」わたしはルビーに質問する。

「複数のフライトをキャンセルしなければいけない問題が、アインシュタインで発生したようです。レグからも、至急あなたと話がしたいというメッセージが入っています」

「なんの件で？」

「用件は言ってませんでした」

「用件を言わないメッセージは受けるなと、命令したでしょ。なぜすぐ彼に返信して、用件を訊《き》かなかった？」

ルビーは数秒間黙ってホバリングしたあと、こう答える。「そうしようとは、まったく思いませんでした」

「やけにはっきり言うわね」

「あなたを見習いました」

ひっぱたくつもりで振りまわした腕を、ルビーはひらりとかわす。

「もう少し動きが速かったら、うまく殴れたと思います」

こいつにかまっている暇はない。エレベーターは使わず通路をロビーまで駆けおり、大理石の床の上に立つと、キャンバス・スニーカーがきゅっと鳴る。片側の壁には、楕円形の大きなフライトボードがあり、でも今は出発便の情報だけが表示されている。

QR3345 ― 古代エジプト ― 遅延

RZ5902―ゲティスバーグの戦い―遅延
ZE5522―三畳紀《さんじようき》―遅延
HU0193―ルネサンス―遅延

慌《あわ》ただしい一日になりそうだ。

レグのオフィスへ向かおうとしたわたしの目が、業務用コーヒーマシンの前に立つひとりの男をとらえる。たちまち、わたしのアンテナが反応する。あの男、荷物をひとつも持っていない。コーヒーをすすりながら、誰かを探してロビーを見まわしている。背は高く、映画スターのようにハンサムで、バイクブーツとレザージャケットがよく似合う。しかし、このホテルの宿泊客にしては毛色が違いすぎる。着ている服は高そうだが、デザイナーズ・ブランドではない。カジュアルな服装は同じでも、ここに泊まる男性客の多くは、これからヨットクラブの臨時集会に行くような恰好をしているのだ。

「ルビー、あそこにいるハンサムなお兄さんが見える？」

「AI機器であるわたしに、美の判断基準が備わっていないことは、あなたもよくご存じでしょう？」

「コーヒーマシンの前の男を見ろと言ってるのよ、このポンコツ」わたしはドローンを罵《ののし》る。

「彼から目を離さないで」

「理由は？」

「わたしの直感」

レグの部屋のドアが少し開いていたので、勝手に入ってゆくと、彼は誰かとスマートフォンで話をしている。惨憺《さんたん》たるありさまのデスク――書類や食べ物の包装紙の下に、ネコが一匹埋もれていそうだ――から顔をあげた彼は、〈なぜノックしない？〉と言いたげな表情で肩をすくめる。

わたしも彼に向かい、〈ノックしたほうがよかった？〉と問い返すかのように肩をすくめてみせる。

レグは電話での会話に戻り、熱心に相づちを打つ。わたしは散らかった室内をざっと眺めたあと、お気に入りの一品である壁に張られたシシリーの旗に目をとめる。赤と黄色の地の中央に女性の頭部が描かれ、その頭のまわりを、ぶった切られた三本の足が囲むというデザインだ。わたしは、この旗もレズビアンのプライド・フラッグだと何度も言っているのだが、レグは同意してくれない。

「いや、それはわたしも知ってるんだ」電話に向かってレグが吠《ほ》える。「しかし、今のままでは人員が足りないし……違う、こっちの話も聞け……ああそうかい、わかったよ。わかったって言ってるだろ！」終話ボタンをタップした彼は、スマホをデスクの上に投げ捨て、握りつぶそうとするかのように両手で自分の顔を押さえながら、椅子の背もたれに体をあずける。

学生時代のレグはアメリカン・フットボールの選手で、ずいぶん年はとったものの、今もまだ充分に立派な体をしている。性格も図体《ずうたい》に見合った大らかさで、そこが彼の魅力だった。なのに今朝は、様子が違っている。顔色は悪いし、いつもはきちんとオールバックに撫《な》でつけられている白髪が、やけにぼさぼさだ。薄紫色のボタンダウン・シャツは皺だらけで、アフターシェーブの風呂に浸《つ》かったみたいな匂いを発している。夜どおし遊んで朝帰りしたような感じだけれど、レグは仕事と結婚したも同然の男だから、わたしは彼だけでなくこのわたしにも、たいへんな難題が降りかかってきたことを察知する。

「なあジャン、人類の歴史上、いちばん派手でいちばん悲惨な戦いはなんだった?」レグがわたしに訊く。

「ある容疑者を追いかけて」わたしは答える。「Dデイのノルマンディまで行ったことがあるけど、あそこはかなりひどかったわね」

「じゃあそこへ行く片道切符を手配しよう。今の電話の話より、そっちのほうがよっぽどましだ」レグがため息をつく。「あのバカども、予定を明日に前倒しにしやがった」

「前倒しにしたって、なんの予定を?」

「例のサミットさ」

わたしも魂を吐き出すほどの大きなため息をつく。例の代表者会議《サミット》。開催に向けての準備は悪夢のようで、おかげでわたしもこの二、三日ゆっくり眠れていないのだが、来週の本番まではまだ時間があるはずだった。怒りが電流のようにわたしの全身をつらぬき、親指でレグの目玉を突いてやれば気が晴れるかと思ったけれど、彼に八つ当たりしてもはじまらない。

レグは、このホテルの支配人に過ぎないのだから。しかもわたしより彼のほうが、この急なスケジュール変更に、腹をたてているに決まっているのだ。

サミットの担当は時間犯罪取締局《TEA》だから、怒りをぶつけるべき相手ははっきりしている。

「スケジュールの変更を、ダンブリッジ局長は知ってたの？」わたしは訊いてみる。

「折り返し電話する気なら、五分待って頭を冷やしてからにしろ、と言われたよ」

「ふん。二分でも充分すぎるくらいだ」

レグは再び背もたれに寄りかかる。「一杯やりたくなった。まだ早すぎるかな？」

わたしは、デスクの隅に宝くじが一枚あることに気づく。レグは競馬好きなのだが、勝った話は聞いたことがない。わたしは宝くじを指でつつきながら、彼に言ってやる。「こんなものを買うくらいなら、札束を燃やしたほうがいいと思う。少なくとも暖がとれるし」

彼は宝くじを片手でさっとつかむと、もう一方の手でテープ・ディスペンサーからテープをむしり取り、くじをコンピュータ・ディスプレイの下に貼りつける。「夢をなくしたら終わりなんだよ、ジャン。こいつがわたしの運命を変えてくれるんだ。わたしにはわかる」彼は左右を見て、声を潜める。「きっと一等が当たってるぞ。賞金が入ったら、わたしはすぐに引退する。そしてメキシコに行く。美しい女性たち。色鮮やかな飲み物。そしてもう二度と、長ズボンなんかはかない」彼は自嘲気味に笑う。「君も一緒に来ていいよ」

わたしはつい笑ってしまう。「小さな傘が刺さったカクテルを何杯か飲めば、わたしの性格がよくなると思ってるわけ？」

「いいや。君には死ぬまで、剣闘士みたいな性格でいてほしいと思ってる。とはいえ君も、永久にここで働けるわけじゃないぞ」

「がんばるのは勝手でしょ」わたしは言い返す。

レザージャケットの男はどこかに行ったらしい。デスク前の人の列は、さっきより長くなっている。金持ちの旅行客が多いのは変わらないが、今はそこに赤、緑、紫のきらめく制服を着た運航乗務員たちが加わっている。こんなにおおぜい並んでいては、とても対応しきれないだろう。とはいえ、少なくともスタッフ同士でもめることはあるまい。仲間意識とはいいものだ。わたしはカメオに近づいてゆく。カメオはいつものように、彫像が生命を得たように鋭く尖《とが》った顔をしており、七フィート（約二・一メートル）近い長身のてっぺんにスキンヘッドの頭をのせ、耳から重そうな翡翠《ひすい》のイヤリングをぶら下げている。

「どんな具合？」カメオの顔を見あげながら、わたしは訊ねる。

カメオは相手をしていた初老の女性に、にっこりほほ笑みかける。「すみません奥さま、少々お待ちいただけますか」

そしてわたしの質問に答える。「すでに部屋は半分以上ふさがっているのに、今日このあとの便はすべて欠航になると聞いたので、もうすぐ客同士の共食いがはじまるでしょうね」

「ちょっとあなた」初老の女性が口をはさむ。

わたしとカメオの頭が同時に動き、彼女の顔とパールのネックレス、デザイナーズ・バッグ、そしてピンク色をしたベロアのトラックスーツを見る。

「まことに申しわけありませんが、先ほども申しあげたとおり、今日はちょっと込み入った事情がありまして……」カメオが言いかける。

ゴミ処理機で押しつぶされる玩具のような金切り声で、女性がまくしたてる。「わたしが一年以上まえから計画していた旅行を、そっちが勝手に延期したことは聞いたけど、いつ出発できるかは聞いてないし、おまけに今度は、わたしが予約した部屋も空いてないと言う。わたしはスーパー・ラグジュアリーを予約したんだから、さっさとスーパー・ラグジュアリーに案内してよ」

「お気持ちはよくわかります」この婆《ばあ》さんの高価なバッグを、早くも蹴とばしてやりたくなっていたわたしは、カメオの聖人のような我慢強さにつくづく感心してしまう。「ご不便をおかけして、心からお詫《わ》び申しあげます。お詫びのしるしに、お客さまの滞在中のお部屋代とお食事代は、こちらで補償させていただきますので」

「あなたじゃ話にならない。支配人に会わせて」

カメオは自分の耳に触れる。「すみませんレグ、ミス・スチューベンスが、あなたとお話ししたいそうです。え、ご案内していいんですか？　わかりました」カメオは開いた片手を優美に伸ばし、レグのオフィスをていねいに指し示す。女性はふんと鼻を鳴らすとバッグを持ちあげ、示されたほうに向かい歩きはじめる。

「レグは、本当に案内していいと言ったの?」わたしはカメオに訊く。

「言うわけないでしょう」カメオはずるそうな笑みを浮かべる。ところが突然、彼は舌で歯の裏をなめたら虫の死骸があったかのように激しく顔をゆがめ、下を向いてしまう。なにを見たのかと思いわたしがふり返ると、麻のチュニックを着て金の首飾りをつけ、腰に金色の縄を巻いた白人の爺《じい》さんが立っている。おそらく、欠航になった古代エジプトへの旅に備えた衣装なのだろう。

行き先の時代に合わせたコスプレをする客など、このホテルではちっとも珍しくない。だがこの老人の場合、問題はクリームタイプのブロンザーを塗りたくり、肌を浅黒くしていることだった。

ホテル専属の衣装デザイナーであるフミコは、肌にはいかなる改変も絶対に加えないという主義を、忠実に守っている。これを彼女は、「ノー・ブラックフェイス・ポリシー」と呼んでいた。

この老人に関して、なお最悪だったのは、彼が壁に大きな絵を描き終えたばかりの子供みたいに、誇らしげな笑みを浮かべていたことだ。なのに、首まわりのブロンザーを塗り残した部分や、乾いたクリームが皺でひび割れた隙間から、彼本来の真っ白な肌がくっきり見えている。

わたしはカメオをちらっと見る。彼の鋭く尖った鼻とアーモンド色の肌は、エジプト近辺の出身であることをうかがわせる。彼もわたし同様、今は二〇七二年だというのに、かくも無神経なものを見せられ気分を害しているのだろう。

　わたしたちの不快感を老人も嗅ぎつけたようだが、ふたりとも人形のように固まっていたのだから、気づかないほうがおかしい。軽く肩をすくめ、老人が言う。「郷に入れば郷に従えってやつさ。この場合の郷は、テーベ（古代エジプトの首都）だがね」

　なにか言おうとしてカメオの顎が動いたけれど、彼は言いかけた言葉を呑み込むと無理に笑顔をつくり、老人に向かってうなずく。このホテルの常連客が扱いにくいのは、ちょっと注意するとすぐ「上の者を知ってるから彼と話してくる」と言いだす点であり、もっと困ったことに、たいてい本当に知っているのだ。

「おっしゃるとおりですね」カメオが調子を合わせる。「ご用件はなんでしょう？」

「ん、あそこに古代エジプト行きが遅延と表示されてるんだが、最新情報のアップデートを送ってもらいたいんだ。あるいはなにか変更があったら、すぐわたしの部屋に連絡を……」

　わたしはカメオの顔を見あげると大きく肩をすくめ、悪いがお手伝いはできないと無言で伝える。実のところ、わたしにできることはなにもない。カメオの表情が険しくなったのは、この爺さんのせいでなければ、わたしを非難したいからだろう。どっちにしろ、たいして違いはない。

　ルビーに小さく合図を送ると、ルビーはなにも訊かずに本体の横にある小さなコンパートメントを開き、わたしのイヤフォンを突き出す。わたしはそのイヤフォンを両耳に挿しこみ、はずれないようしっかり押し込む。

「アリン・ダンブリッジを」

間髪をいれず、ダンブリッジが応答する。「もう五分たったのか?」

わたしはコーヒーマシンに向かって歩きながら反問する。「ねえ、いきなり明日ってどういうこと?」

「これは面白い」

「なにが?」

「その理由をわたしが知っていると、君が思っていることが」

わたしは紙コップを一個とり、コーヒーマシンの注ぎ口の下に置く。輝くマシン本体の表面に、鉛筆ほどの細さにゆがめられたわたしの顔が映っている。しかし、レバーを引いてもなにも起こらない。本体を手前に傾けてみたが、コーヒーの滴《しずく》すら落ちてこなかった。マシンを定位置に戻すと、その振動で横の壁に取り付けられた壁照明《ブラケットライト》が点滅する。どうやらこのホテルは、どこもかしこもガタがきているらしい。

「だけどあなたは、時間犯罪取締局《TEA》の局長だ」わたしは指摘する。

「ああ、そうだよ」ダンブリッジ局長が答える。「そしてヴィンス・テラーは、今回のイベントを非常に重要視している。それはサウジアラビアの皇太子も同じだ。サミットに反対している団体が、いくつもあるのは知ってるだろ? 当初の日程が外部に漏れてしまい、かれらがデモを計画したものだから、われわれも変更を余儀なくされたというわけ」

「あなたは友だちだと思っていたのに」

「ああ友だちさ。だからわたしは、君のため応援をひとり手配してやった」

「ほらね、やっぱりあなたは友だちじゃなかった」

「ジャン、君には助手が必要だ」

「それならあなたが来ればいい。研修生を押しつけられるのはもうたくさん。二十まで数えるのに、いちいち靴下を脱ぐようなバカばかりなんだもの」

「心配するな。今度のやつは優秀だから。実際、彼を見ていると君を思い出すことがあるくらいだ。もし君にも、おとなしくしている時間があるとすれば、の話だがね」

「わたしだって、眠っているあいだはおとなしくしている」

　ダンブリッジは声をあげて笑う。「睡眠中の君も傍若無人だと思うよ。夢のなかで人を蹴とばしたり、赤ん坊からキャンディを奪ったりしてな」

　否定しようかと思ったが、どうせ信じてくれないだろう。それとも、彼のほうが正しいのか？

「その坊やに、ティックトックで待ってると伝えて。今のわたしは、コーヒーを六ガロン（約二十三リットル）ぐらい飲む必要があるの。伝票はそっちに回しておく」

　わたしはこれだけ言うとイヤフォンを抜いて、ルビーのコンパートメントに戻す。最後にもう一度ロビーを見まわし、事態に好転の兆しが見えはじめるまえに、手のつけられない大混乱に陥ってしまうことを予感して胃が重くなる。

　それはさておき、今は最上階のレストランに行って、コーヒーを補給しなければ。ムバイエがまだ来ていないことを、わたしは小声で祈ってみるが、そんなことをしても無駄なことに気づく。あの男が自分の職場にいないことなんか、まずないのだから。

ポケットに手を入れ、チェリー味のロリポップを一本つかみ出して口にくわえる。わたしはキャンディの甘さを楽しみつつ——明日からの二日間は、なにかをゆっくり賞味する暇もないだろうから——最上階に向かってゆく。

レストラン・ティックトックはがらがらだった。きれいにテーブルが並べられた店内に、ぽつんぽつんと数人の客が座り、美しく盛りつけられた朝食の皿をつつきながらコーヒーを飲み、タブレットをスワイプしている。バーの内側の奥に、食べかけのクロワッサンとエスプレッソのカップを前に置いて、ムバイエが座っている。まるで考えごとをしているかのように、握った片手を顎にあてており、白いシェフ・エプロンの下でたくましい筋肉が盛りあがっているものだから、わたしはあの有名なブロンズ像を思い出さずにいられない。作品名はなんだっけ？　『考える男』？

少しまえまで、わたしはムバイエを友だちだと思っていた。けれども、そう思っていたころのことは、あまりよく憶えていない。

わたしに気づくと彼は急いで立ちあがり、笑顔を見せる。「おはよう、ジャニュアリー。調子はどう？」

「元気よ」わたしは無愛想に注文する。「コーヒーを」

わたしがスツールを引くよりも早く、カウンタートップにマグが置かれ、腰をおろしたときには、すでにステンレスのコーヒーポットから湯気をあげる黒い液体が注がれている。

「ポットは置いといたほうがいいかな？」ムバイエがウインクしながら訊く。

「もちろん」できるだけそっけなく、わたしはこの言葉を発する。ムバイエの顔から微笑が消え、しかしすぐに作り笑いが戻ってくる。「朝食はどうする？　〈今日のおすすめ〉をいくつか用意してるんだが、まだ客は少ないし、好きなものをなんでも料理するよ」彼はわたしを指さし、こうつづける。「君はブルーベリーが好きだったろ？　新鮮なやつが入ってるんだ。うまいぞ。ブルーベリー・パンケーキをつくろうか。フレッシュ・サラダ付きで」

ムバイエはパリで修業した世界的に有名なシェフだ。彼のパンケーキは、ほかのあらゆるパンケーキを凌駕《りょうが》する。タムワースのサンドイッチのせいで、わたしの胃袋のモーターはフル回転していたのだが……

「いや、お腹は空いていない」わたしは嘘をつく。

ムバイエはうなずき、なにか言いかけるのだが、口をつぐむとわたしに背を向ける。厨房《ちゅうぼう》へ戻ろうとする彼に、わたしは言う。「マグをもうひとつもらえる？　これから人と会うので」

ムバイエは、不服そうに唇を引き結んだままうなずくと、バーの下を手探りして陶製のマグを取り出し、叩き割りそうな勢いでわたしのマグの隣に置く。それからそのマグにコーヒーを注いで、ポットをもとの位置に戻す。そしてバーのなかを、うろうろしはじめる。わたしは自分のマグを手に取る。まだ熱すぎて飲めないのだが、唇を焦がしながらひとくちすすったあと、黙ってコーヒーを見つめることでムバイエがこちらの事情を察し、席を外してくれるのを待つ。

しばらくして彼は、厨房に消えてゆく。

そのまま静かに座っていると、カタン、カタンという音が聞こえてくる。ジェットコースターがレールを上がってゆくときの音に似ているけれど、音の発生源を確かめるため周囲を見まわす必要はない。わたしの脳をつらぬいた軽い電気ショックが、スリップのはじまりであることを教えてくれたからだ。一瞬どうなるかと思ったけれど、結局気にしないことにした。もうしばらくすれば、わかることなのだから。

誰かに声をかけられたのは、コーヒーを半分ほど飲んで、追加を注ごうとポットに手を伸ばしたときだ。「ジャニュアリー・コールさん？」

時間犯罪取締局の連邦調査官というより、売れたいと熱望するミュージシャンのような雰囲気の白人青年が、テーブルのあいだを縫うようにこちらに近づいてくる。中肉中背で、ブルーのポロシャツをきっちりズボンにたくし込んでいるが、その堅苦しさを、両腕に彫られた精妙なタトゥーが相殺している。無数の花と、数尾のサカナ。どれもすごくカラフルだ。太いフレームのメガネをかけ、黒髪をさりげなくうしろに流しているが、セットにはかなり時間をかけているだろう。握手の手を差し出してきた。「ニック・モローです」

「ジャンです」わたしは力のこもった短い握手を返す。「コーヒーは？」

「どうも」コーヒーが注がれたマグを手にしたニックは、カウンターの右にある砂糖とクリームが入ったバスケットには目もくれず、マグの縁を唇にあててどれくらい熱いか確かめる。どうやら好人物らしい。

「ダンブリッジはわたしについて、なにか注意めいたことを言ってなかった？」

答えるまえに、ニックはコーヒーをゆっくり飲む。「けっこう気の短い人だと言ってたな」

「そんな言い方はしなかったと思うけど」彼の次の答が、今後のふたりの関係を決めるだろう。しかし、ちょっと寛大な気分になっていたわたしは、救いの手を差し伸べてやる。「正直に言っていいのよ。彼は、正確にどんな言葉を使った？」

鼻から軽く息を吹き出しながら、ニックが笑う。「局長が今まで一緒に仕事をしたなかで、あなたは最高の調査官であり、あなたと組めるんだから、ぼくはラッキーだと言われた。もうひとつ、あなたはとんでもないクソ女だと」

わたしは彼の肩を平手で打つ。予想外だったらしく、彼の上体がぐっと前のめりになる。

「アリンとしては控えめな表現ね」わたしはスツールに座ったまま半回転し、やる気のないマジシャンのように、誰もいない店内に向かって片手をさっと振る。「パラドクス・ホテルにようこそ。何回か来たことあるんでしょう？」

「いや、今日が初めて」

「それなら館内を案内しないと。でもそのまえに、あなたがここに派遣された理由は聞いてる？」

ニックはうなずく。「それはダンブリッジが説明してくれた。例のサミットがあるからだろ？」

サミットね。実態は代表者会議《サミット》というより、破綻した企業の資産投げ売りに近い。要するに、タイムトラベルは金がかかりすぎるのだ。そしてこの施設全体――パラドクス・ホテルとアインシュタイン・インターセンチュリー時空港《タイムポート》、およびそれらに付随する土地と建物――は、収入以上の支出を政府に強いてきた。たとえアホの大金持ちどもが、十七世紀のイングランドで『ハムレット』の初演を観たり、紀元前三世紀のアレキサンドリア図書館を見学したりするため数十万ドルをぽんと払ってくれても、利益をあげられないのである。だから連邦政府は、純資産一兆ドル以上の大富豪を何人か招待し、この事業をまるごと買ってもらうことにした。

「だけど、予定では来週じゃなかったっけ？」ニックが訊く。「なぜ一週間も早まったのかな？」

「反対派の集団がデモを計画しているからよ」わたしは説明してやる。「時空港《タイムポート》を民営化するのはけしからん、というわけ。そしてサミット参加者のなかに、プラカードを掲げた人たちの罵声《ばせい》を浴びながら、このホテルに入りたいと思う人がひとりもいなかったんでしょうね。ホテルの外で行なわれるデモだから、われわれが心配すべき問題ではないし、正直いってわたしが本当にストレスを感じているのは、そんなことではない」

「それってつまり、いかれたヒッピーどもがロビーに押し入ろうとしても、気にしないということ?」

なかなか面白い言葉の選び方であり、わたしはニックの政治観がどんなものか、知りたくなる。というのも、わたしがなにより避けたいのは、警官隊のほうだからだ。「たとえ〈いかれたヒッピー〉であろうと、こういうバカげた動きに反対する権利なら、充分にもちあわせている。利益をあげることしか考えていない民間人に、この事業をまるごと売ってしまうなんて、正気の沙汰じゃないもの」

ニックは肩をすくめる。「でも今だって政府がやっているのは、バカンスへ行く金持ちに、補助金を投げ与えているのと同じことじゃないか? そんな商売が長つづきするわけない。それに結果がどうあれ、TEAが取り締まることに変わりはないんだろ?」

「問題になるのは、金持ちのバカンスだけではない」わたしは言う。「この事業には、世界を変えてしまうテクノロジーが数多く使われている。もちろんあなたが言ったとおり、監視と取り締まりはひきつづきTEAが行なう。そして誰が落札者になっても、その人はタイムラインを尊重しすべてのルールに従いますと、誓約するに決まってる。でもだからといって、なにをどうすれば自分の投資を最大限に活《い》かせるか、かれらが試行錯誤しないわけがない」

「なんにせよ君は……」ニックは適切な言葉を探す。「……ここで同じ仕事をつづけるわけだ」

こう言ったとたん彼がわずかに体を引いたのは、わたしの反応を警戒したのでなければ、最初から怒らせるつもりだったのだろう。

「そうね。遊び場を荒らそうとするやんちゃなガキどもの、面倒をみてやるのがわたしの仕事であることに、違いはないだろうし」

「それなら、ぼくの役割はなんなんだ？」この点をずっと疑問に思っていたらしく、声に力が入っている。

わたしは軽く眉をあげてから、こう答えてやる。「今回の仕事がどれほど厄介か、ダンブリッジ局長はよくわかっているので、わたしには助手が必要だと判断した。わたしが信頼している人間は、この世に数人しかいないけれど、アリンはそのなかのひとりだから、彼に選ばれたということは、あなたは最高に評価されていると思っていい」

彼の頬がさっと赤くなる。この男、けっこう名誉欲が強いらしい。いいことを知った。

ここでニックは、わたしから数フィート離れた位置に浮かんでいたルビーにやっと気づく。ルビーがよく見えるよう、彼は首を伸ばす。「ＡＩドローンだ」それから本体の下をのぞき込もうとして、スツールに座ったまま少し身をかがめる。「目玉を貼りつけているのは、なにか理由が？」

「ユーザー・アップグレードってやつ」わたしは答える。「目があれば、それを見て話ができるもの」

「おかげでわたしの視界は、大いに妨げられています」ルビーが言う。

「それほどでもないでしょうよ。わたしがブーツを投げつけても、必ずよけるんだから」わたしはルビーに命じる。「ほら、ニックにご挨拶なさい」

「はじめまして」

「ふつうこの種のＡＩアシスタントは、女性の声をしてないか?」ニックがわたしに訊く。

「それになぜ、話す言葉にニュージーランドのアクセントがあるんだろう?」

「女の声がデフォルトというのは性差別なので、わたしが自分で変更した。アクセントについては、そっちのほうが面白いと思ったから。ルビー、あなたがどれほど優秀か、ニックに教えてあげて」

ルビーがふわりと前に出てくる。「ニック・ガストン・モロー。年齢二十七。スタンフォード大学を首席で卒業し、刑事司法の学位を取得。二年まえＴＥＡに入局して、今はウォータータウン在住。甲殻類《こうかくるい》のアレルギーがあり、つい最近、ビンテージ・スニーカーのオンライン・オークションに参加しています。ご参考までに、あのエアジョーダン13は、偽物である確率が非常に高いと思われます。デートアプリも活発に利用しており、ここしばらくログインしていませんが、あなたのプロフィールにマッチする人物——わたしの予想では適合度は八十一パーセント——が現われているので、早い機会に再ログインすることをお勧めします。どんなポルノがお好きかも指摘できますが、不快になるだけでしょうし、現在の心拍数から推測すると、本当に気分が悪くなるかもしれないので、やめておきます」

「ガストンというミドル・ネームはどこから?」わたしは訊いてみる。

「ああ、母方の祖父の名前。それはともかく、気味が悪いほど詳しいじゃないか。今どき、プライバシーなんてないも同然だということは知っていたけど、これはぞっとするね」

「人工知能なんてこんなものよ。ルビーは、宙に浮かんだ秘書と同じ。わたしの代わりに調べものをし、わたしの予定を管理し、メモを取り、わたしを常にいらいらさせてくれる」

わたしが時間離脱症《アンスタック》に陥ったことを、教えてくれることもあるのだが、これはニックには黙っておく。

「あなたがいらいらするのは、わたしが正確に仕事をしているからです」ルビーが言い返す。

わたしはルビーを手で追いはらう。「そろそろ館内ツアーをはじめようか」立ちあがり、店内に顔を向ける。「ここがレストラン・ティックトック。料理長はムバイエ・ディアロで、彼がこの店のメニューだけでなく、ホテル内で供されるすべての料理を決めている。彼のチェブジェンは、絶対に食べていったほうがいい。そう、セネガルのサカナのシチュー。この世のものとは思えないほどおいしいから」

「クイーンズにあるディアロのレストランなら、ぼくも行ったことがある」ニックが言う。「店に入るだけで三時間かかった」

「三時間？」と訊き返しながら、わたしは小馬鹿にしたような笑いを浮かべてしまう。

ニックは肩をすくめる。「うまいものには目がなくてね」

わたしは厨房に視線を向ける。「ムバイエにはあとで自己紹介してね。だけど、わたしがそうしろと言ったことは、彼には内緒にしておいたほうがいい」

幸いなことに、ニックはその理由を訊こうとしない。わたしたちはレストランのガラスドアを抜け、吹き抜けを囲むバルコニーに出る。ここは最上階だから、ロビーを見おろすと目がくらむのだが、それでもわたしが下を見ると、ロビーの人の列はすでに相当な長さになっている。やれやれ。

ニックを連れて曲がりくねった通路を進みながら、各階ごとになにがあるか説明してゆく。

「ほとんどの設備は、どのホテルにも備わっている普通のもの。だけど、パラドクスならではというサービスもある。まず、各時代の衣類を揃《そろ》えたレンタル衣装センター。クリニックは予防接種を行なうだけでなく、病気の有無を調べるスクリーニング検査を実施する医師が、ひとり常駐している。悪疫を持ち帰られたら、たいへんなことになるでしょ。言語のスペシャリストもいて、彼がイヤフォン型翻訳機を用意してくれる。ここまではいい？」

「衣装係、医者、それに言語学者」ニックが復誦《ふくしょう》する。

ロビーまで下りてきた。さっきとは別の老人の相手をしているカメオが、わたしをちらっと見る。今回の男は、少なくともレイシズムの生きた広告塔ではないけれど、自分の部屋のことで変な文句を言っている。「どうしてわかってくれないんだ」老人が言いつのる。「あの部屋はなにかに取り憑《つ》かれているから、別の部屋に……」

「失礼ですがお客さま、そのようなことは……」とカメオは答えているが、わたしとニックは足を止めずに通りすぎたので、つづきはロビーの喧騒《けんそう》にまぎれ聞こえない。

わたしは肩越しに顎をくいっとあげる。「あの恐ろしく背が高い性別不詳の痩せっぽちは、カメオっていうの。彼はなんでも知ってる。もしなにか知りたいことがあったら、彼に訊けばすぐに答が返ってくる」わたしは前方を指さす。「あそこがこのホテルの支配人、レグのオフィス。わたしたちの拠点となる警備室は、あれの隣」つづいてわたしは、本館両側の宿泊棟《ウイング》へとつづく二本の廊下を示す。「右に行くとアトウッド・ウイングで、左はバトラー・ウイング。各ウイングには部屋が二百六ずつある。アトウッドの部屋番号は偶数で、バトラーは奇数。憶えた？」

「アトウッドが偶数でバトラーが奇数。そして部屋数は、合計で四百十二」

「正解。よくできました。じゃあ次は下へ」

わたしたちはひとつ下の階——地下一階——へ下り、大宴会場《バンケットホール》を回る廊下に入ってゆく。廊下の片側には会議室や洗面所、貯蔵庫などが並び、反対側の壁は頑丈なオーク製で、その壁をたどっていった先に、パラドクス・ホテルの中心部となるバンケットホールの入り口がある。わたしはニックを連れ、広いホールに入ってゆくが、もちろん今は誰もおらず薄暗い。

「ここがラヴレイス・ホール。たいていのイベントはここで開かれるし、明日のサミットもここが会場になる」

「このフロアが最下階？」ニックが質問する。

「いいえ。下にまだシェルターがある。万一時空港《タイムポート》で爆発事故が発生した場合、避難できる安全な場所が必要だということでつくられた。でも今は、ほとんど倉庫代わりね」

「明日のイベントの開始時刻は？」

わたしは自分で立てた計画を思い出してみる。つい一時間まえは暫定だったが、あのまま進めることになるだろう。「出席者たちには午前十時と伝える予定。あとはかれらが勝手に調整するでしょう」

「出席者は何人ぐらいになる？」

「ホールの定員は公称四百五十二人だけど、百人以内にしろとわたしが頼めば、かれらのほうから何人入れたいか言ってくると思う」

「どうやらダンブリッジは、大事なことをひとつぼくに伝え忘れたらしい」

「大事なこととは？」

「ジャニュアリー・コールは、すごい楽天家だってこと」

「この仕事を長くやっていると、みんなこういう考え方をするようになるのよ」


ロビーに戻りエレベーターから降りたところで、またしても軽い電気ショックがわたしの脳を揺さぶる。と同時に、ニワトリほどの大きさをもつ恐竜が三匹、つややかなフロアを黒い爪で引っかきながら目の前を横切る。

ヴェロキラプトル（全長二メートル弱の俊敏な小型肉食恐竜）の子供らしい。一匹が立ちどまってわたしを見あげ、首をかしげる。ニックに顔を向けると、彼はロビーを眺めており、明らかに恐竜などまったく見えていない。わたしが正面に向きなおったときは、すでに三匹とも消えていた。

ここは知らん顔をしないほうがいいだろう。「わたしには、ちょっとした隠し芸があってね」わたしはニックに言う。「もうしばらくしたら、恐竜の子を三匹、出してご覧に入れます」

「ずいぶん変な隠し芸だな」

「どんなに変でも、もっている能力は使わなきゃ」わたしたちは警備室に向かって歩きつづける。「わたしが時間離脱症《アンスタック》だってことは、ダンブリッジから聞いてると思う」

「まあね」

「あの病気については、どう考えてる？」

彼は肩をすくめる。「希少疾患だということは知ってる。かなりつらい病気だってことも」

ここで押し黙ったのは、誰もが訊くに決まっている質問をしていいものかどうか、迷ったからだ。だが結局、彼はその質問を口にする。「実際、どういう感じなの？」

「研修所で習った『タイムトラベル基礎編』を、思い出してほしい」わたしは答える。「ブロック宇宙論に従うと、過去に起きた、または未来に起きるすべての出来事は、ひとつの三次元キューブのなかに存在している。しかし、人間はそのキューブのなかを一本の直線に乗って移動していくため、あらゆる事象を直線的にしか認識できない」

「〈時間の矢〉ってやつだろ」ニックが言う。

「そう、時間の矢。でもアンスタックになると、その矢がまっすぐではなくなる。でたらめに折れ曲がるから、過去や未来につながってしまうわけ。ちょっとデジャヴュみたいな感じね。見覚えのあるような光景が、見えてくるんだもの。だけどその光景は、すぐに消えてしまう。目の前に現われているのは、ほんの数秒だけ。長くてもせいぜい一分くらい。だからそれほど苦しくはないの。そのうち慣れてしまうし」

「で君は、その病気のステージ1というわけだ」

「そういうこと」わたしは彼に誤った情報を伝える。

慣れが生じるという意味では、ステージ2も似たようなものだが、実はちっとも楽しくない。単に混乱が深まるだけだ。なにしろ時間の矢の屈折がいっそう大きくなって、過去の特定の時間のなかに、知覚が完全に飛んでしまうのだから。いつもの朝を迎えたはずなのに、ふと気がつくと高校の廊下をうろうろしていたり、思い出したくもない不愉快なデートをしていたり、十年まえ勤めていた会社のなかで、書類を書いていたりする。これは現実ではない、スリップなのだと見極めるのは非常に難しく、スリップのなかでは容易に自分を見失ってしまう。なんとか抜け出したときは、主観的にどれだけ長くスリップしていても、現実世界ではほとんど時間がたっておらず、まわりの人たちの目には、ほんの数秒だけ気を失っていたように見えている。

時として未来に飛ぶこともあるが、そのあいだに見聞きしたものを戻ったあと想起するのは、いっそう困難になる。まるで夢から覚めたみたいで、思い出そうとすればするほど、記憶が雲散してゆくからだ。そもそも、まだ起きていないことをどうやって記憶すればいい？

ここまでくるとステージ3はすぐそこだ。時間の感覚はさらに溶け崩れ、頭の働きは鈍ってゆく。そうなったら、いったん時間の流れを忘れてレトロニムをむさぼり、嵐が過ぎ去るのを待つ以外、やれることはほとんどない。

ニックがわたしに質問する。「この仕事をつづけていて、君は大丈夫なのか？」

「そんなことを訊くのは、わたしのことを心配しているから？　それともダンブリッジが気にしていたから？」

彼は返事をしないのだが、その無言が立派な答になっている。

背後で誰かがわたしの名を呼ぶ。「ジャニュアリー」

ニックとわたしは同時にふり向く。声の主はポーターのブランドンだった。ちょっと軽薄な黒人の少年で、制服はいつものように皺が寄り、シャツテールが片方だけはみ出している。片耳に入れたイヤフォンで音楽を聞いているのだが、あまりに音量が大きすぎて、リズムを刻む小さな音がわたしのところまで届いている。常に口のなかが乾いているらしく、小粒のキャンディを四六時中なめており、今も包装紙を開いて一個口に放り込んだあと、残った四角い紙をポケットに入れようとしたのだが、うまく入らず紙は床に落ちる。ブランドンは、しかたなくかがんで拾いあげる。

「なにかあったの？」わたしは彼に訊く。

少年はわたしの横に立ち、ニックをじろりと見る。わたしはニックを簡単に紹介し、ふたりは握手する。

「あの話、本当なのか？」ここでやっとブランドンがわたしに訊く。

「あの話って、どの話？」

「俺たち全員が、もうすぐクビになるって話」

「誰がそんなこと言った？」

「みんな言ってるよ」

その噂ならわたしも聞いたことがあった。明日のサミットで誰が購入権を勝ち取ろうと、その人物はＴＥＡと協働する義務を負うことになるが、このホテルとその従業員にまで配慮する必要はまったくない。ブランドンがニックに向かって顎をしゃくる。

「もしかして、あんたがジャンのあとがま？」

「ぼくは彼女を手伝いに来ただけだよ」と答えながらニックが目を細めたのは、ブランドンの態度に薬物の影響を感知したからだ。

「そんなに心配しなくていい」わたしはブランドンに言ってやる。「結果がどうなろうと、ここに来る客たちのおしめを替えたり、寝るまえに毛布をかけてやったりするスタッフは、絶対に必要なんだから」

ブランドンは、まだなにか言いたそうに眉根を寄せたあと、首を左右に振る。「そうだよな。実のところ、なぜか今日は、やたらと客が入ってきてるんだ。そろそろ俺も行かなきゃ」

ブランドンは急ぎ足でアトウッド・ウイングに向かってゆき、彼が充分に遠ざかったのをみはからって、ニックがわたしに訊く。「あいつ、マリファナやってないか？」

「あの子の場合、ハイになってないことのほうが珍しいでしょうね。でも仕事は優秀。なにか問題がある？」

「いや、ない」とニックは即答し、わたしは彼の言葉を信じる。さっきの〈いかれたヒッピー〉発言は、これで帳消しにしてやろう。

わたしは左手のリストウォッチをかざして警備室のロックを解除したあと、ルビーに言う。

「ニックのセキュリティ・クリアランスを忘れないでね」

ルビーがビープ音を発する。「すでに完了しています」

「やるじゃないの、坊や」

「そういうバカにしたような言い方は、不適切だと思います」

警備室に入ったわたしは、ビデオ監視システムやコンピュータなどの設備をニックにざっと説明したあと、部屋の中央にあるホログラムテーブルの上に、このホテルの３Ｄモデルを表示させる。本館はバケツ形をしており、底面から最上部に向かってわずかに広がっている。本館の両側面から生えたふたつの宿泊棟《ウィング》が、それぞれ反対方向に向かってカーブしながら伸びており、もしそのまま伸びつづけたら無限大記号ができあがるだろう。わたしはホログラムを両手でつかみ、回したりズームしたりしながら基本的なフロアプランを解説する。

ニックが操作方法を覚えたので、わたしはもっとよく現場を理解させるため、彼に３Ｄモデルをいじってもらう。すると彼は、インペリアル・スイートをズームして、豪華な室内を調べはじめた。わたしはルビーに視線を移し、指を鳴らす。

「すでに到着している関係者全員にメッセージを送信。〈今から一時間後、ラヴレイス・ホールにお集まりください〉。明日お世話する連中と、できるだけ早く顔を合わせておきたい。それからあの時代……ヴェロキラプトルがいたのは、何時代だっけ？」

「後期白亜紀《はくあき》」

「後期白亜紀に旅行した、あるいはこれから旅行する客のリストがほしい。あと、しばらくのあいだ全館のビデオフィードを、しっかりモニターして」

「わかりました」ルビーがつづける。「後期白亜紀行きは、昨日一便出てますし、明日も一便がスケジュールされていますね。日程表《アイテネラリー》を確認した上で、なにか不審な点がないか調べます」

わたしは、後期白亜紀行きのチケットを持った客の全員に会って、話を聞くつもりでいる。今日はあまりやることがないから、ちょうどいい。館内の予習をつづけるニックを警備室に残し、長い行列を横目に見ながらロビーを通り抜けてゆくが、人の列は、シュリンク包装された大型家具をバトラー・ウイングへ運ぶポーターたちによって、ところどころ乱されている。毎度のことながら、どんなに長くても二、三泊しかしないのに、わざわざ自宅の家具を持ってくる客の多さにわたしは驚嘆する。金があるというのは、なんて素晴らしいことなのだろう。

アトウッドのエレベーター・ホールで足を止める。先に待っていたのは白人の老夫婦で、白髪の夫は濃紺のシルクブレザー、妻は全身に接着剤を塗りたくったあと、パールを敷き詰めた部屋に飛び込んだかのような恰好をしている。わたしは自分のダメージ加工されたジーンズと白いTシャツ、そして着古した赤いジャケットを見おろす。ホテルの従業員に見えるわけがない。完全に場違いな服装。事実、この老夫婦はわたしなどまったく眼中にないようだ。かれらにとって、わたしは幽霊も同然なのだろう。

「あんなに金をとっておいて、この程度というのはないだろうよ」夫が不平をもらす。「スタッフの接客もあまりよくないし」

「わたしは、変わってて面白いと思うけど」妻が反論する。

「政府にやらせるから、こういうことになるんだ。わたしがいくら払ったか、知ってるだろう?」

「もちろん知ってる。でもこれはタイムトラベルでしょ。遅刻はしなくてすみそうじゃない」

彼女は夫を笑わせるつもりで言ったらしいが、夫はくすりともしない。「それにあのメニュー。世間の評判はいいみたいだが、ああいう料理、いったいどこの国の……」ここで彼は、わたしの顔をちらっと見る。

「まとめて〈エスニック料理〉と言っておけばいいんです」わたしは彼に教えてやる。「それだけで、充分に体面は保てますから」

「なんだと?」と彼は訊き返すが、わたしの発言が気にさわったというより、こういう身なりをした人間に話しかけられたことのほうを、不快に感じたらしい。妻がわたしから顔をそむけたのは、この会話に加わりたくないからだろう。だからわたしもさっさと離脱して、階段へと移動する。たとえ短い時間であっても、こんなやつらと狭い空間を共有するのは願い下げだ。まして今日みたいな日は、エレベーターが途中で止まってしまうかもしれない。

歩き去るわたしのうしろから、すねた幼児をなだめるような口調で夫に語りかける妻の声が聞こえてくる。「大丈夫よ。頼めば普通のステーキも焼いてくれるわ」


五階に上がってみると、廊下には誰もいない。わたしは、いちばん奥にある自分の部屋に帰るため、ブルーのカーペットの上を歩きはじめるが、途中で足が止まってしまう。五二六号室の前で、かすかな痛みを感じたからだ。スリップの前兆に似ているけれど、少し違っている。

いつもの弱い電撃ではなく、軽く叩かれたような感覚。虫歯の痛みにも似た、脳内の疼《うず》き。

五二六のドアがわずかに開いていたので、小さくノックする。しゅっしゅっという足音が近づいてきて、客室係の灰色の制服を着て黒髪をポニーテールにまとめたティエラが、ドアを開く。そして、当惑した顔でわたしをじっと見つめる。

わたしも当惑してしまう。なぜなら、ティエラの胴体とドア枠の隙間から見えているベッドの上に、人が横たわっていたからだ。

客がまだ寝ている部屋を、ティエラは掃除していたのか？

つづいてわたしは、白いベッドスプレッドの上を真っ赤な血が流れていることに気づく。

「なにか問題でも？」両耳にイヤフォンを入れたまま、ティエラがわたしに訊く。

問題だらけだ。特にあの血。にもかかわらずティエラは、聞いていた音楽を中断されたことが最大の問題だと言わんばかりに、わたしの正面に立ちつづけている。

「なにか変わったことはなかった？」わたしは訊いてみる。

ティエラは室内を見まわして肩をすくめるが、彼女の視線はベッド上の死体を素通りする。彼女は部屋のなかに戻り、ドレッサーを清掃用クロスで拭きはじめる。彼女がドアを開けたままにしてくれたので、わたしも部屋に入り、清掃用具が入ったカートをよけて奥に進む。

やっぱりある。ベッドの上に。死体が。

それもあの男だ。さっきロビーにいた、レザージャケットの男。

「いったいなにがあったんです？」いらだたしげにティエラが訊く。

少し考えてから、わたしは答える。「この部屋で、イヤリングをなくしたと言ってるお客さんがいてね。あなた見なかった？」

わたしがティエラを疑っていないことは、本人もよくわかっているのだが、やはり気にさわったらしく、ジャマイカのアクセントむき出しでこう応じる。「スマホの充電器なら、四七〇で見つけましたけどね。三一二には財布がひとつ落ちてました。もちろん両方とも、すぐフロントに届けてます」

「それならいいの」ティエラがもっと不機嫌になるのはわかっていたけれど、わたしは彼女に見落としがあったかのようにその辺をじろじろ見ながら、死体に近づいてゆく。

理解を超えた光景だった。ベッドはきれいに整えられているのに、ベッドスプレッドの上では男が大の字になって寝ており、しかも天井を見あげているその首は深く切り裂かれ、血が流れている。血は鮮紅色なので殺されたばかりだし、たぶんまだにじみ出ているのだろう。

これもスリップに決まっている。わたしは今、未来の光景を見ているのだ。レザージャケットの男は、このホテルのどこかで生きているに違いない。

となると、ちょっと面白い社会倫理上の問題が出てくる。タイムトラベル関連の法令の数数は、時間の流れに揺らぎや変動を与えることによって、今の世界の構造が危険にさらされないよう、過去の出来事に干渉してはいけないという考え方に基づいている。だが、まだ起きていないことに対する干渉については、なんの規制もないのだ。というのも、病的な妄想上のトリップは別にして、未来へのタイムトラベルは未《いま》だ実現していないからである。それにどっちみち、ブロック宇宙論によれば、わたしが未来の事象に加える変更は、すでに実行されていることではないのか？

それはそれで、自由意志と決断をめぐるややこしい問題を惹起《じゃっき》するけれど、その種の議論はお偉い先生がたにおまかせしよう。わたしは単に、楽しい時間を過ごしたいだけなのだから。

しかし、いくらわたしがとんでもないクソ女であっても、これを見過ごすことは絶対にできない。

「ここの掃除はもう終わりますけど」ティエラが言う。「もしそのイヤリングを見つけたら、わたしが自分で下に持っていきますよ」

「そうしてくれると助かる」わたしは彼女に礼を言う。「ありがとう」


　五二六を出て、自室に帰るため廊下を歩きはじめたわたしは、ティエラに聞こえる心配がなくなったところでルビーに訊ねる。「あの男、今どこにいる？　ほら、わたしがさっき目を離すなと命じたレザージャケットの男よ」

「ひきつづき捜索中です」

「それは見失ったってこと？」

「なにかが干渉しているらしいんです」

「大急ぎで見つけて。もし彼が、このウイング内でエレベーターのなかや非常階段にいたら、そこに閉じ込めておくように」

「なぜ急に、あの男が気になりはじめたんですか？」

「おまえは言われたとおりにすればいいの」恐竜の赤ん坊三匹、もうすぐ死体になる男、欠航になったフライト、そして代表者会議《サミット》。これだけ材料が揃えば、テキーラをたっぷり加えるのが通常のレシピなのだが、悲しいことにわたしは酒を禁じられている。それにレトロニムも。


　だからわたしは、いつもどおり警戒しながら五〇八号室に足を踏み入れ、出かけたときのままかどうか調べてゆく。外出するまえ、わたしは必ず自分の部屋がどんな状態か記憶するし――これはいい脳の鍛錬にもなる――今回もまったく異変のないことが確認できた。

ドアを入ってすぐのところに、新しいタオルと交換用アメニティが積まれているけれど、これはティエラが置いていってくれたものだ。今朝シャワーを浴びたあと使ったタオルは、ドアに掛かったままになっている。洗面台の端のコップの上には、いつもどおり歯ブラシが横向きに置いてある。ベッドは乱れたままだが、どうせまた寝るのがわかっているのに、ベッドメイクしてもらう意味があるだろうか？　カーテンも閉めっぱなしで、裾を小さなアームチェアで押さえているのは、ティエラたち客室係が誤って開くのを防ぐためだ。部屋の隅に積まれた衣類の山は、出かけたときとほぼ同じ高さで、いちばん上にお気に入りの赤いパーカーが、くしゃくしゃになってのっている。バスルームの鏡のフレームに差し込んであるのは、ジョルジュ・スーラの有名な絵、『グランド・ジャット島の日曜日の午後』が印刷された古い絵ハガキだ。

この部屋に戻るたび必ずやることなのだが、わたしはまずバスルームに入り、この色あせた絵ハガキに軽く触れてみる。そして、絵ハガキがちゃんとそこにあるのを確かめながら、まだ答が出ていない質問をみずからに問いかける。

岸辺に集まったこの人たちは、いったいなにを見ているのだろう？

「なにか見たんですか？」突然ルビーに訊かれる。

わたしはびっくりして跳びあがる。このAIドローンはあまりに静かだから、そこに浮かんでいるのをつい忘れてしまう。タムワース医師からもらった薬瓶をポケットから出し、洗面台の隅に置いたあと、わたしは「別になにも」と答える。

この答が嘘であることを、ルビーは即座に感知する。わたしの心拍数、イントネーション、言葉の選び方などを常に分析しているからだ。非常にデリケートな評価基準ばかりだから、どれかひとつをわたしが一生かけて学んでも、相手の嘘を見抜けるようにはなれないだろうが、このドローンはすべてをアルゴリズムに組み込んでいる。

でも問題はそこではない。ニックには黙っていたけれど、ルビーの仕事のなかには、わたしがアンスタックのステージ2に達したら、すぐさまTEAの医療チームに報告することが含まれている。しかしわたしは、ルビーの声を女から男に変更した際、事前にわたしが承認しないかぎり、第三者にいかなる報告もしてはいけないとプログラムすることに成功した。するとなぜかこのドローンは、どこかしら態度が投げやりで、生意気になってしまったのである。

「充電しときなさい」わたしはルビーに命じる。

ルビーはテレビの横に立つ充電ドックまでふわりと移動し、わたしは財布とスマホをベッドの上に投げたあと、ダメージ・ジーンズを地味なスラックスに、スニーカーをショートブーツにはき替える。バスルームに入ってマスカラをさっと塗り、髪をなんとかしなければと思うのだが、ちっともやる気が起きない。手ぐしで整えてシニョンにまとめてみたけれど、結局つば広のポーホー・ハットをかぶってごまかすことにする。

ブーツに愛用のナイフを挿しこむ。十年使っても切れ味が衰えない黒いロックバック式（背の部分のボタンを押すことで刃が開く折りたたみナイフ）だ。そのあと、両手首にはめた腕時計を調整しなおす。左はセキユリティ・ウォッチで、これをかざすことにより、わたしは館内のすべての部屋へ出入りすることが可能になる。右は、ＴＥＡの研修所を修了したときにもらったシルバーとブラックのクロノグラフなのだが、わたしはこの腕時計を、文字盤を内側に向けてはめている。〈そうしておけば、君が時間の重要性を忘れることはないだろう〉と重々しい声で言ったのは、修了証と一緒にこの時計を授与してくれた研修所の教官だ。〈そうですね。だけど電池交換を忘れたら、元も子もありません〉わたしのこの楽しい冗談を、彼は笑ってくれなかった。

デスクの下に置いたプラスチック・ボトルから、チェリー味のロリポップをごっそりつかみ出してブレザーのポケットに入れたとき、バスルームのなかからカチンという小さな音が聞こえてくる。なんの音か気づくのに、一秒ほどかかった。あの薬瓶だ。

しかし薬瓶は、洗面台の上の同じ位置から動いていない。

するといま聞いたのは、ほんの数分まえ、わたしがあそこに置いたときの音だろう。

ここまでアンスタックが進行すると、たまに音と時間の同期が乱れたり、無人の部屋なのに、その部屋のなかでついさっき誰かが発した言葉や、今から数分後に交わされる会話の断片が聞こえたりする。この現象にもすでに慣れているのだが、今の薬瓶の音は、今日はいつもより多くスリップしていることを改めて実感させてくれる。加えて、あの不気味な死体。

そういえば今日は、レトロニムをまだ一錠も飲んでいなかった。たぶんそのせいだろう。一錠を口に入れ、もう一錠を胸ポケットに落とす。一日三錠までだったよな？　わたしは念のため、三錠めを準備する。

鏡のなかの自分をチェックし、人前に出られる最低限の基準が満たされたことを確認する。さあ次は、あのレザージャケットの男を見つけなければ。人が殺されようものなら、今後の段取りがめちゃめちゃになるし、わたしも体がもたない。

ドアを開けたとたん、廊下の先でなにかが動いたことに気づく。このウイングはゆるやかにカーブしているので、廊下を端まで見通すことができない。建築デザインとしてはクールな効果をあげているのかもしれないが、警備する者にとっては最悪だ。曲がってゆく廊下の先が、わたしの位置から見えなくなるぎりぎりの場所で、誰かがこっちを見ている。正体を確かめるのに、少し時間がかかった。

まだ幼い女の子のようだ。長く伸ばした黒い髪が顔を隠している。緑のTシャツに黒っぽいジーンズ、はき古したスニーカーといういでたちは、このホテルのファッション・トレンドにそぐわない。わたしはぞっとする。なぜならこの地球上で、長い黒髪で顔を半分隠した少女ほど、気味悪いものはないからだ。しかしこの恐怖は、すぐいらだちに変わってゆく。スタッフ全員がベビーシッターであるかのように、ホテルのなかで子供を自由に走りまわらせる親が、わたしは大嫌いだ。そしてわたしの仕事は、このホテルの決まりに人びとを従わせることだ。わたしはついてくるようルビーに合図し、廊下をずかずかと歩きはじめる。

あの女の子をとっつかまえて彼女の部屋に連れてゆき、親にみっちり注意してやらねば。

ところが五二六号室の前に差しかかったとたん、さっきと同じ疼きを頭のなかに感じてしまう。

こんなことがあってはいけない。

ステージ1のトリップなのだから、あの死体はもう消えているはずなのだ。今までわたしが経験した最長のトリップでも、一分くらいしかつづかなかった。なのに今回は、少なくとも十分は経過している。わたしは五二六のドアに近づき、耳を当てる。ノックしてみる。返事がないので、左手のウォッチを使い室内に入ってゆく。

バイクブーツ。真っ赤な血。広げた両手足。天井を見つめる目。

なぜまだここにあるのだろう。スリップは移ろうものなのに。ところが、近づいてもっとよく見ようとしたわたしは、さっき気づかなかったことに気づいてしまう。死体の首とベッドスプレッドのあいだ、わずか一インチほどの空間に、血液が丸い玉となって浮かんでいるではないか。

これはスリップではない。わたしが見ているのは、過去の出来事でもなければこれから起きることでもない。

今この瞬間が、ベッドの上で静止しているのだ。

こんなもの、わたしは今まで一度も見たことがなかった。

そしてそこが、大きな問題だった。

と話しかけられ、わたしは部屋の反対側に浮かんでいたルビーに顔を向ける。そこにいることすら、きれいに忘れていた。

「なぜわたしたちは、なにもない部屋にいるのでしょう?」ルビーがわたしに訊《き》く。

「ここは、なにもない部屋なのか?」

ルビーが室内をゆっくり旋回しはじめたのは、各種のスキャンを実行するためだろう。このドローンがなにか発見するのを、わたしは息を凝らして待つのだが、ルビーは空中で静止するとこう言う。「ひょっとしてこれも、わたしをからかうひとつの方法なのでしょうか?そう考えてしまうほど、わたしはここにいる理由が理解できません」

「廊下で待ってろ」

「なんですって?」

「もう少し時間が必要だ」

ルビーはためらいながらも、静かに飛び去る。わたしはドローンが出ていったドアを閉め、ドア枠に両手をつく。そして深呼吸する。ルビーには言えない。まだ人に言ってはいけない。

公《おおやけ》にするのは、ここでなにが起こっているかはっきりしてからだ。

ベッドに戻り、男の肩を指でなでてみたが、レザージャケットの感触はまったく伝わってこない。手を押しつけると体をすっと突き抜け、ベッドスプレッドで止まった。にもかかわらず、手のまわりになにかを感じる。わたしは、水温が肌の温度に近いため、水があるのを意識できないプールに入ったときのことを思い出す。感じるのは、かすかな水の抵抗だけだ。だが、たとえそれだけであっても、ないよりはましだろう。

真性の幻覚とは違うことを、示しているのだから。

なんにせよ、直接この死体に触ることはできない。ということは、彼のポケットに手を入れ、身元のわかりそうな物を探すこともできないわけだ。首にタトゥーの類《たぐい》はない。目立った古傷もなし。着ているジャケットはもちろん長袖だ。ここはぜひ、両腕を調べたいところなのだが。とはいえ、右の袖が少しだけまくれており、手首の内側の柔らかい皮膚の上に、植物の巻きひげらしきものが見えている。ほぼ緑色だが、紫も混じっているらしい。彫られているのは花びらか？　この情報は、ルビーに身元の絞りこみをやらせる際、検索条件に加えなければ。

かたちばかりの身体検査を終え、ほかの手がかりを求めベッド周辺や床の上を探しまわるけれど、さっき掃除を終えたばかりだし、これがいわゆる量子論的現象であることを考えれば、収穫がなくてもわたしはあまり落胆しない。

カーペットの上に座り込み、もう一台のベッドの縁に頭をあずける。男はこちら側に向かって顔を傾けており、両目はうつろで、口をだらしなく開いている。わたしは彼の目が正面から見える位置まで、座ったまま少し横にずれてゆく。トイレで水が流されたけれど、脳内で鳴りつづけている雑音が、あれもスリップの一部だと教えてくれる。

「あなた、いったい何者なの？」わたしは訊いてみる。

彼は答えない。

当然だよな。もし答えてくれたら、手間が省けたのに。

部屋を出ようとしてドアを開けると、すぐ目の前でルビーがホバリングしていたものだから、わたしは飛びあがらんばかりに驚く。

「なにをやっていたのですか？」ルビーに訊かれる。

「仕事」

「ジャニュアリー、明らかにあなたは、なにかを隠そうとしており、その点を指摘するのもわたしの責任であることを……」

「壊れたトースターみたいな顔して、なにを偉そうに。そういう寝言はよそで言え」

ルビーは返事をしない。もとより不快にさせるつもりで吐いた罵言《ばげん》だ。しかし、ＡＩドローンに感情はあるのだろうか？　不快な思いをさせるためには、感情をプログラムすべきなのか？

後日の課題としておこう。

ニックはまだ警備室にいて、このホテルのホログラムをつまんだり引っぱったりしている。わたしが入ってきたことにも気づかないので、わたしはしばらく待ったあと、咳《せき》ばらいをする。

「アインシュタインには、こういう玩具がないものでね」肩越しにわたしを見ながら、ニックが弁解する。「これなら一日じゅうでも遊んでいられる」

「でもいちばん望ましいのは、実際に歩きまわること」わたしは言ってやる。「ホテル内の空気を、もっと肌で感じてほしい。最初の顔合わせがラヴレイス・ホールではじまるまで、まだ三十分ある。もう少しぶらぶらしてから、ひとりで地下に来てくれるとありがたい。わたしはちょっと急ぎの用事があってね」

声に焦りと動揺がにじんでしまったのだが、ニックは気づかなかったようだし、もし気づいたのであれば、無視してくれたのだろう。「了解しました。では三十分後に、下で」

出ていったニックのうしろでドアが完全に閉まるのを待ち、わたしは充電ドックに戻っていたルビーに顔を向ける。「ここから先のわたしの指示は、ログに残さず、録音もしないこと。わたしが検索した内容を、保存することも禁じる。わかった？　完全な空白にしておきたいの」

「わかりました」

「まずやってもらいたいのは、防犯カメラ映像の確認。コーヒーマシンの前に立つあのレザージャケットの男に、わたしが気づいた時点から前後の映像を、すべて見たい」

ルビーはビープ音を発すると小さなサムネイル画像を壁に映写し、そのなかから六つの画面を拡大して、レザー男の行動を六方向からタイムスタンプつきで見せはじめる。男がこのホテルに入ってきたのは、わたしがタムワースと会っていたのと同じころだ。それからなにげない顔をして、誰かを探しながらロビーをうろうろしたあと、コーヒーマシンに向かう。六つある画面のひとつの端に、レグのオフィスへ行く途中のわたしが映った。わたしはレザー男をじっと見つめるが、彼はわたしに気づかず、そのくせわたしが彼に背を向けると、わたしがレグの部屋に入ってドアを閉めるまで、こちらを睨《にら》みつづけている。ジーンズに包まれたわたしの尻が、よっぽど魅力的だったか、わたしを最初から知っていたかのどちらかであろう。むろん後者の場合、わたしの尻はまったく関係ない。

その後、レザー男は紙コップをゴミ箱に投げ入れ、スマホをチェックしたあと、アトウッド・ウイングのほうに歩きだす。わたしはビデオからビデオへと、彼を追いつづける。ひとつの画面から消えた彼は、しかしすぐ次の画面に現われる。

なのに突然、消えてしまう。

エレベーター・ホールを映した画面に、入ってこないのだ。たまたまカメラの死角になっているところで、ブーツの紐《ひも》でも締めなおしているのだろうと思い、しばらく待つのだが、ビデオは虚《むな》しく進みつづける。レザー男は二度と出現せず、しかしあの廊下に、彼が隠れられる空間はない。ロビーとエレベーター・ホールをつなぐ廊下は、一本のトンネルになっているからだ。

「ルビー、これはどういうこと？　あいつ、どこに消えた？」
二、三秒考えてから、ドローンが答える。「タイムスタンプに問題があるようです。数字が前後に飛んでいます。この問題が映像にどのような影響を与えているか、いま分析を試みているところです。しかし……よくわかりません」
全知万能を売り物にしている機械の答としては、はなはだ頼りない。

「そういう現象が、過去に発生した事例はある？」

「データのエンコード方式によっては、時間変動が原因でフレームが飛ぶことはありました。ただしその場合も、一回で失われる量はほんの数ミリセカンドにとどまっています。ここまで長い例はありません」

「そんな現象があったなんて、わたしは初めて聞いた。なぜ教えてくれなかった？」

「なぜなら、統計的に有意ではなかったからです」

わたしがホログラムテーブルに両手をつき、深呼吸を一回したのは、そうすれば手近にある投げつけられそうな物を、つかまずにすむからだ。

「いま有意になった。まずシステムに異状がないか診断しろ。それから過去数週間分のフィードをすべて検証し、あの男がどこかに映っていないか探せ。顔認証も忘れるなよ。彼の身元を知りたいんだ。おまえがアクセスできるデータベースにすべてあたり、アクセスできないものがあったら侵入してかまわない。男の前腕部にタトゥーがあることは、すでに確認してある。全体を見たわけではないけど、花柄みたいだった。これも検索条件に加えておけ」

「大量のデータを処理することになりますね。時間がかかりますよ。それに、社内ネットワークに知られることなく処理できるかどうかも、お約束しかねます」

「いいからさっさとはじめろ。あと、実行中は顔を壁に向けておくこと」

「この作業に集中しろという意味ですか？」

「そのとおり」

ルビーは、憤慨したような機械音を漏らすとうしろを向き、わたしにささやかなプライバシーを与えてくれる。わたしはキャスターつきのチェアに腰をおろすと、そのままチェアを転がしてコンピュータ端末の前に移動し、偽名で使用しているブラウザを立ちあげる。こうしておけば、わたし個人の検索履歴が残ることはない。

たぶんルビーは、わたしがポルノを見ると思っているだろう。内緒の検索をするときは、たいていそうなのだから。しかし、今回わたしが閲覧するのは時間離脱《アンスタック》症の症例研究だ。検索キーワードをいろいろ変えながら、これまでに記録された最長のスリップ時間を探してゆく。三、四十回検索をくり返しても、二分を超えるステージ1のスリップを経験した患者は発見できなかった。

次に探したのは、時間が止まった光景の幻視を伴うスリップだ。こちらも収穫はなかったが、わたしはあまり驚かない。ルビーに相談すれば、もっといい検索ワードが見つかるかもしれないけれど、そんなことをしてどんなメリットがある？

わたしの最悪の不安が、現実のものになるだけだ。わたしがそこまで悪化していることを知ったら、誰かが——ダンブリッジでなければ、常に目を光らせているタムワースが——わたしをこのホテルから追い出すに決まっている。でも医学的に考えれば、正しいのはかれらのほうだろう。

要するにわたしは、あの死体を見たことを、誰にも言えないのだ。

だからこの件の調査も、できるだけ慎重に進めねばならない。もし不用意な質問や検索を行なえば、即座に病気の進行を疑われてしまい、荷物をまとめてホテル前の縁石に立ち、タクシーを待つ破目になってしまう。

そしてわたしは、二度とメーナに会えなくなる。

メーナは、このホテルのなかでしかわたしに会えないからだ。もちろん、彼女に会っているときのわたしは、それが過去の時間の再現でしかないことを、自分でもよくわかっている。ふたりの会話は、実際に彼女と交わした、あるいはほかの人と交わしたものを、くり返しているだけなのだから。いわば、3Dで再生される恋人との思い出ビデオだ。しかし、わたしに気づいて彼女の瞳が輝くだけで、わたしの心臓の耐用年数は少し延びてくれる。

テーブルの右側に、リーガルパッドと赤ペンが置いてある。このふたつを、わたしはルビーの視界に入らない位置まで引き寄せ、メモを走り書きする。

レザー男のホテル入館　八時五十七分

コーヒーマシン前　九時二十三分
アトウッドの廊下で消える　九時三十七分

わかったことはこれだけだ。でも記録しておく必要があるし、ルビーにはまかせられない。わたしはメモしたページを破り、ていねいに折りたたんでペンと一緒に胸ポケットに押し込む。別のポケットからチェリー味のロリポップを一本出し、口にくわえる。唇から突き出た棒を指でつまみ、一気に引き抜いてから大きく息を吐く。タバコが吸えないのだから、こうして口寂しさをまぎらわしてもかまわないだろう。

「そろそろ下におりたほうがいいと思います」ルビーが言う。「サーチ作業は、バックグラウンドで続行しますので」

「わかった」肩を回しながら、わたしは答える。「ではパーティー会場に行こうか」

すでにニックはラヴレイス・ホールの外にいて、ふわっとした黒のブルカで全身を隠した小柄な女性と廊下を歩きながら話しているのだが、女性のほうは歩くというより空中を流れているように見える。わたしはふたりに近づき、ブルカの女性に訊《たず》ねる。

「王子のおつきの方ですか？」

「はい。ムハンマド・アル・カリッド・ビン・サウド王子の従者です」決して無愛想ではない口調で、彼女はサウジアラビア皇太子をフルネームで呼びなおす。

でもこの長い名は、ＭＫＳと略されることのほうが多い。ひとりめの大富豪。

「わたしの名はイーシャ」黒ブルカの女性が名のる。「そしてあなたは、警備主任のジャニュアリー・コールですね」

「そうです」わたしはふり返ってルビーに訊く。「サミット参加者とそのスタッフで、ほかにこのミーティングに出てくれる人は？」

「出席の返事を送ってきた人は、ひとりもいません」

これは面白くない。四人の参加者全員は無理でも、せめて代理の人たちに集まってほしかったのだが、招集したわたしが会場に来てしまった以上、はじめるしかあるまい。

「ここから先の話は、きっちりメモに残し、関係者全員とダンブリッジ局長、ドラッカー上院議員に送ってくれ」わたしはルビーに命じる。「必要な機材などが出てきたら、依頼書も添えるんだ」

それからイーシャとニックに向きなおる。

「ではなかに入りましょうか」

ニックがラヴレイスの扉を開くと、すでにサミット会場の設営がはじまっている。照明がすべて点灯され、宴会スタッフたちがテーブルを配置したり、宴会場のフロアに椅子を並べたり、中央に演壇と大きなビデオスクリーン、そしてホログラムテーブルをセットしたりしている。まだどこにも接続されていないケーブルが、そこらじゅうに転がっている。わたしはふたりを連れ、作業の邪魔にならない場所に移動する。

「会場の準備が終わったら」わたしはイーシャに言う。「みなさんで細部をチェックし、設備だけでなく宿泊についてもなにか要望があれば言ってください。対応できるものについては、対応しますので。この階への入り口はひとつだけ残してすべて閉鎖し、サミットが終了するまで時間犯罪取締局《TEA》の調査官を何人か配置します。かれらが入場者のＩＤをチェックし、この廊下と会場内をパトロールします。ですからサミットに参加する四人のみなさんには、入場を許可したい関係者のリストを提出していただくことになります。リストに含まれていない人間が地下へ下りることは、許されません。リストの管理は、ニック、あなたにお願いする」

わたしがしゃべっているあいだ、イーシャはひとことも口をはさまない。

「ボディスキャナーを一台準備するので、全員に通過してもらいます。あなたのボスも例外ではありません。わたしの直通チャンネルへのアクセスを許可しますから」わたしはイーシャに向かって、左手にはめたセキュリティ・ウォッチを差し出す。「用があるときは呼んでください。もしくだらない質問をしたり寝ているわたしを起こしたりしたら、わたしは自分の残りの人生を、あなたを不幸にするため費やすことになるでしょう。アクセス権を与えたせいで後悔させられるのは、まっぴらですからね。もうひとつ、入場を許可したい人のリストは、今日の二十二時までに提出するようお願いします。質問があればどうぞ」

「入場できる人数の上限は？」イーシャが訊く。

「参加者ひとりにつき十人以内であれば、問題なく管理できます。もちろんあなたは、担当者なので例外です。好きなときに出入りしてかまいません」

「十人ではとても収まらないんですけど」

「優先順位をつけてください」

イーシャはすっと目を細めたが、抗議の声をあげることはない。

「話は以上です」わたしは言う。「それでは、会場をじっくりご覧になってください」

イーシャはうなずくと、滑るように移動しながら会場内を見てゆく。

「ニック、今のわたしの話を、あなたもよく憶えておいて。もし伝える必要のある人が現われたら、そのまま伝えてほしい」わたしはつづけてルビーに指示を与える。「ボディスキャナーとTEA調査官の手配を、ダンブリッジに依頼して。それからこのメモを関係者へ送付する際には、入場許可リスト提出のところを特に強調すること。いくらポンコツでも、これくらいはすぐにできるでしょう?」

小さくうなってから、ルビーが答える。

「絶えず罵倒され、大量の命令を与えられているにもかかわらず、いま完了しました」

「このドローンはすごく優秀だぞ」ニックがルビーの肩をもつ。「君は彼に、つらくあたりすぎる」

「こいつはただの機械よ。感情なんかない」

「かもしれないが、罵倒するほうも疲れるだろうに」

「たしかにくたびれる」わたしは同意する。「だからいい頭の運動になるの」

エントランスのガラス製自動ドアに、雪が強風で叩きつけられており、その音がわたしの耳にも届いている。わたしは天気予報がはずれ、雪が積もらないことを祈るのだが、たぶんあと十分もしたら、ドアは完全に雪に埋もれるだろう。わたしがそう強く予感できるのは、静かであってほしいロビーもまた、雪のせいで大いに荒れているからだ。

「ここからいちばん近い別のホテルだって、車で四十五分もかかるんだぞ。外がどうなってるか見えるだろ？　わたしはここに泊まりたいんだ」

わめき散らしているのは、レグより三十センチぐらい背の低い男だ。体重もレグのほうが三十キロは重そうで、しかもレグの場合、その三十キロに贅肉《ぜいにく》はほとんど含まれていない。にもかかわらずレグは、恐縮して平身低頭している。背が低いことに加え、この騒々しい男は、金持ちのくせにひどく悪趣味なスーツを着ている。わたしに言わせると、もし金をたんまりもっている男が悪趣味なスーツを着ていたら、それはその男の人生のなかに、正直な意見を述べてくれる人が皆無であることを意味する。そしてそれだけでも、この男がどんな人間か知れようというものだ。

「ですからさっきも申しあげたとおり、すでに満室なんです」レグはこう言いながら、男の興奮を静めようとするかのように両の手のひらを下に向ける。

男はわざと汚ならしい声を漏らすと、すぐそばにいた若いカップルに近づいてゆく。フォトフレームを買ったとき入っている見本の写真から、抜け出てきたかのように素敵なこのカップルに向かい、男が言う。

「あんたたち、ここの部屋代にいくら払った？　三倍出すから、わたしにゆずってくれ」

「ちょっとお客さま――」レグがあわてる。

「なんなんだ、あいつは」わたしはもめている四人に向かって歩きはじめるが、ニックに肩をつかまれて足を止める。

「ここはぼくが点数を稼がせてもらうよ」

ニックはわたしを見ながら片眉をあげ、にやっと笑う。きっと彼は、わたしがこのホテルの客を内心では嫌忌《けんき》しているのを察したので、自分のやり方で問題を解決したくなったのだろう。わたしは一歩後退し、ニックの好きにさせてやる。彼は、ちび男とすっかりおびえているカップルのあいだに入ってゆく。そして誰が主導権を握っているか示すため、ちび男の肩に片手を置いて穏やかに話しはじめる。

もしここでわたしがニックに加勢できたなら、このいまいましい喉のつかえも、すっと腹に落ちてくれるのだが。

コーヒーを飲もうと思い、誰かが補充していることを願いつつコーヒーマシンの前に立つが、ここも問題が解決されていない。コーヒーマシンを廊下の真ん中に引きずり出し、いやでも気づくようにしてやろうかと思ったけれど、あまりに大人げないから近くのスタッフに合図し、来てもらうことにする。ところが、こっちに目を向けるスタッフがひとりもいない。

「ルビー、コーヒーを補充するよう、担当者にメモを送って」

「ご用件はそれだけでしょうか、ご主人さま？」ルビーが訊き返す。

「そういう言い方はよせ。あのレザー男について、なにかわかったことは？」

「まだなにも。あなたが新たな指示を出しつづけるかぎり、わたしの調査は進まないでしょう。コーヒーは最優先事項ですか？」

「リサイクルされたくなかったら、自分で考えろ」

わたしは、ほかのサミット参加者たちと会う時間を調整するため、静かな警備室に戻ろうとする。するといきなり、バトラー・ウイングのエレベーター・ホールのほうから、女性の悲鳴と甲高《かんだか》い叫び声が聞こえてくる。

「なんなのよ、この怪物は？」

しまった。恐竜の赤ん坊のことを、完全に忘れていた。

「恐竜を警戒するよう、命じたと思うんだが」わたしはルビーに訊ねる。「聞き逃したのか？」

「さあ、どうでしたかね」

なんともはっきりしないが、確かめるのはあとだ。

わたしは走れるブーツをはいてきてよかったと思いながら、エレベーターに向かい全力疾走する。途中でニックが合流し、わたしたちはなにが起きたか見ようとする人や、逆方向に逃げる人たちを避けながら走りつづける。

髪をブロンドに染め赤いパンプスをはいた女が、空のラゲッジカートの上に立ち、今にも風で吹き飛ばされるかのように、カートのハンドルを握りしめている。ニワトリぐらいの大きさのヴェロキラプトルが一匹、小さな顎を開いて女の足に咬《か》みつこうとしており、女はカートをひっくり返さないよう気をつけながら、狭いカートの上で足を激しく振って恐竜の子を追っぱらおうとする。

経験を積んだ警備のプロとして、ここで笑うのが不適切であることは重々承知しているのだが、わたしはやっぱり笑ってしまう。

彼女に連れがいたことに気づくと、状況はさらに可笑《おか》しさを増す。イヌのパグに似たひどく太った男が、なすすべもなく、というか彼女を助けてやる気もないまま、両手を頭にあてている。

わたしとニックが走ってくるのを見た彼は、全身が鱗《うろこ》でおおわれた小さな恐竜を指さす。そして強いギリシャ訛《なま》りで、「なんとかしろ！」と叫ぶ。

ニックがわたしに囁《ささや》く。「変に聞こえるかもしれないけど、あの恐竜、けっこう可愛いな」

「でかいのに遭遇したことはある？」

「まさか」

「わたしは一度だけある。密輸組織を摘発したときだった。傷痕を見せてあげてもいいけど、それにはパンツを脱がなきゃいけないし、あなたとはまだそこまで親しくない」

「なにもたもたしてるのよ！」

女性の蹴りだした赤いパンプスが、恐竜の子にヒットしたものの、恐竜はけろっとしている。逆に彼女のほうがカートから転げ落ちそうになり、でもかろうじて踏みとどまる。パグに似た男が、両腕を振りまわしながらわたしたちに近づいてくる。「彼女が首の骨を折るまえに、なんとかしてもらえないか？」

あきれて天を仰いではいけないと思うのだが、わたしはついやってしまう。「えーと、三匹いるはずだから、これはそのうちの……」

ロビーから大きな悲鳴が聞こえてくる。

「二匹めだ」ニックが言う。「あれはぼくが捕まえる。捕まえたあとは、どうすればいい？」

いい質問だった。警備室の奥に保護房があるけれど、恐竜を保護するにはロビーに近すぎる。地下にある会議室のひとつを使おうものなら、大富豪たちが集まる会場のすぐ隣に恐竜を押し込むのかと、苦情が出るだろう。でも、このホテルの最下階にあるシェルターであれば、重くて頑丈なドアがついてるし、今は倉庫にしか使われていない。わたしはニックに、二匹めを捕獲したらシェルターに行ってくれと頼む。二匹捕まえておけば、三匹めは楽勝だろう。ニックはロビーへ駆け戻り、わたしは赤いパンプスの女がのっているラゲッジカートに近づいてゆく。わたしを見ながら、赤パンプスが言う。「ああよかった、やっと仕事をする気になってくれた」

チビの恐竜はなぜかまだ彼女の足にご執心《しゅうしん》で、懸命に咬みつこうとするその姿はキリンに挑みかかる仔ネコを思わせ、ニックが言うとおり確かに可愛かったけれど、恐竜の注意を彼女からそらさねばと思ったわたしは、両手を強く打ち合わせ「おい！」と怒鳴る。

チビがわたしのほうを向く。確証はないものの、こいつはさっきエレベーターを降りたときのスリップのなかで、わたしに顔を向けたあの恐竜だろう。頭を変な具合に傾けているところや、嫌そうにわたしを見ている丸い小さな眼がそっくりだ。恐竜はちょっと考えたあと、猛然とわたしに襲いかかってくる。その速さたるや、わたしは心臓が喉までせり上がりそうになる。小さいとはいえ、こいつは本物の恐竜なのだ。うかうかしていたら指の一本ぐらい持っていかれそうなので、わたしは横に跳んでいったんやり過ごす。咬まれないよう注意しながら、背後から捕まえればいい。

Uターンしてもう一度向かってくると予測したのに、恐竜がまっすぐロビーに突進してゆくものだから、わたしもあとを追いながら大声でルビーに命じる。

「全館封鎖だ。宿泊客は全員自室に、スタッフも全員近くのオフィスに避難するようアナウンスしろ」

警報器のアラームが響きわたり、廊下の照明がすべて点灯され、館内放送用のスピーカーから落ち着きはらったルビーの声が流れてくる。

「すべてのお客さまは、ただちにご自分の部屋へお戻りになってください。全従業員も手近なオフィスなどに入り、ドアを閉めてください。ご迷惑をおかけして申しわけありません。警報は、すぐに解除される見込みです」

このアナウンスは、わたしが右往左往する客たちを避けながら走るあいだに、何度かくり返される。マリファナでハイになったブランドンがロビーの隅に立ち、腹を抱えて大笑いしている。このロビーは、追いかけっこには向いていない。パラドクス・ホテルを設計した女性建築家によると、時間の永遠性を表現するため、円形にデザインされているからだ。おかげで恐竜を追い詰めていけるコーナーがなく、ただぐるぐる回るだけになってしまう。

恐竜はコンシェルジュ・デスクの上にぴょんと跳びのり、わたしは視界の隅に、アトウッドのほうに走ってゆくニックを見る。デスクの下には体を折りたたんだカメオがもぐり込んでいるが、彼の身長を考えると、これはなかなか印象的な光景だ。恐竜はロビーを見あげながらデスクの上を一周し、小さく鳴き声をあげる。わたしから関心がそれたようなので、足を止めてそっと背後から忍び寄ろうとするが、恐竜はデスクから床に下りるとアトウッドに向かい再び走りはじめる。

エレベーター・ホールまで追いかけたところで、わたしの足もとを二匹めの恐竜がすり抜け、わたしはニックと衝突しそうになるが、彼は間一髪わたしをかわして反対方向に走りつづける。

「まるでベニー・ヒルのビデオね」わたしは肩越しに叫ぶ。「その人、ぼくは知らない」ニックが叫び返す（Benny Hill Showは、一九五五年から八九年までイギリスで放映された人気コメディ番組）。

わたしは、自分の追っている恐竜がドアの開いているエレベーターに入ってゆき、入れ替わりに高齢の女性が悲鳴をあげながら出てきたのを見る。わたしは懸命に走り、ドアが閉まる寸前になんとかエレベーターに飛び込んだものの、片手を前に伸ばしたまま床に倒れてしまう。

そして、これが失敗だったことに気づく。

恐竜の鉤爪《かぎづめ》で人さし指をつかまれたので、あわてて引っこめると、指は血で赤く縁取られている。浅い傷だし、アドレナリンが出まくっているから痛みもほとんど感じなかったのだが、このいまいましい恐竜に、人間の肉の柔らかさを教えてしまった。わたしは横に転がり、立ちあがりながらキックをくり出す。体勢を立てなおすまえに恐竜が飛びかかってきたので、体をエレベーターの側板にぶつけて奥にまわり込み、恐竜を背後から捕まえようとする。ところがあと少しというところで、恐竜はもがいてわたしの手から逃れ、アトウッドの廊下へと走り出てしまう。

しかし、少なくともこれで、ロビーからは離れてゆく。あとはこのまま、廊下の終端に追い込めばいい。

完璧な計画のはずだった。廊下の少し先にある左側の部屋が、ドアを開け放してさえいなければ。

わたしは恐竜が左に寄り道せず、直進してくれることを祈る。

なのに恐竜は、当然のように左に曲がってしまう。

恐竜が敷居を越えて部屋に入ると、なかから金切り声が聞こえ、遅れて部屋に飛びこんだわたしは、ラゲッジカートにのっていたあの女が、今度はベッドの上に立っているのを見る。

彼女は裸足《はだし》で、赤いパンプスが床に転がっている。夫だか愛人だか知らないが、あの太った男はどこにも見えない。バスルームのドアが閉ざされているから、あのなかだろうとわたしは推量する。チビ恐竜はとうとう走るのをやめ、女のパンプスの片方にかじりつく。

「こいつ、靴フェチみたいね」わたしは女に言う。

「ルブタンのパンプスなのに」女が泣きそうになる。

「ちょっと静かにしてて」わたしは女を黙らせる。彼女は口をつぐむとベッドに両膝をつき、大きな枕を抱きしめる。まるで、枕が盾であるかのように。

横を見るとクローゼットの扉が開いており、タオル地のバスローブが二着ぶら下がっている。わたしは恐竜の気を引かないよう注意しながら、ゆっくりと一着をはずして両手に持ち、身をかがめて恐竜に近づいてゆく。ぼろぼろになったパンプスを嚙《か》みつづけていた恐竜は、やっと顔をあげてわたしを見るが、その瞬間わたしはバスローブをかぶせ全身で押さえつける。

チビ恐竜はすごい力で暴れるけれど、もう逃しはしない。

怪我をした指が痛みはじめる。早く手当しなければ。わたしは捕まえた獲物をしっかりと抱えなおし、部屋から出ていこうとする。

「この靴、弁償してくれるんでしょうね」女がわたしに言う。

「さあ、どうだろう」わたしは答える。

バスルームのドアが少しだけ開き、あのデブが顔を出す。

「終わったのか？」

「まだやっと三分の一」わたしはこうつぶやくと、キーキー鳴いて暴れる荷物を両腕で抱き、廊下を戻ってゆく。ロビーでは、ニックも彼の恐竜の首根っこをつかんでおり、めいっぱい伸ばした腕の先にぶら下げている。恐竜は激しく身をよじって彼に咬みつこうとするが、もうなにもできない。

「君はさっき、三匹いると言ったよな」ニックがわたしに確かめる。

「そう。だからまだ終わってない。まずこの二匹を閉じ込めて、それから……」

「もしかしてこのホテルでは、こういう仕事がちょくちょくあるのか？」

この声にわたしがふり返ると、そこに立っていたのは筋骨隆々の若い白人男で、極端な丸《バズ》刈《カット》りにきめた頭は、まるで床屋がハンマーと鑿《のみ》で削り出したかのようだ。三匹めの恐竜の子の首を片手で、もう一方の手で両足をがっちりつかんでいる。よほど痛いのか、恐竜は身もだえており、わたしは彼に感謝しながらも、強い不快感を覚えてしまう。このチビどもは悪鬼ではない。本能が命じるまま、逃げまわっただけだ。

「失礼ですが、あなたは？」

「名前はグレイスン」男が答える。「ヴィンス・テラーの部下だ。俺たち抜きでパーティーをはじめてくれて、どうもありがとう」

ヴィンス・テラー。不動産王であり、世界的に有名なレイシストのクソ野郎であり、サミットに参加するふたりめの大富豪。

わたしはグレイスンの外貌をざっと観察する。トウモロコシばかり食って育った中西部の農民の顔の上に、格安の床屋で刈ってもらった毛髪がのっているけれど、着ているスーツは高そうなグレーのオーダーメイドで、タイはオレンジと白のチェック柄だ。そしてその顔には、アメフトの選手や海兵隊員によくある〈俺よりタフな男はここにはいない〉と言いたげな冷笑が浮かんでいる。

「指定した時間に来てくれれば、あなたもパーティーに参加できたのにね」わたしは彼に言ってやる。「ついてきて」

従業員用の階段を使って地下二階に下り、そこから通路を進んでなんの表示もないドアの前で止まる。わたしは、バスローブにくるんだ恐竜を右腕だけで強く押さえながら身をよじり、左手首のセキュリティ・ウォッチでドア横のキーパッドに触れる。ビーという音を聞いてからドアを押し開くと、目の前にはドアがもう一枚あり、でも今度のドアは兵器のように黒光りしてずっと分厚い。わたしはさっきのキーパッドをもう一度スワイプする。大きなドアが上方向にスライドして開き、と同時に白い非常灯が一斉に点灯して、闇のなかへ下りてゆく螺旋《らせん》階段を浮かびあがらせる。

抱えていた恐竜の子を階段の最上段に置くと、恐竜は必死にもがいてバスローブから脱出する。ニックもぶら下げていた恐竜をそっと下ろし、彼の恐竜は最初の一匹を追って階段を駆け下りてゆく。しかし、グレイスンに捕まっていた三匹めは無雑作《むぞうさ》に投げ捨てられ、階段を二、三段跳ね落ちてしまう。三匹が自分たちの置かれた状況を察して戻ってくるまえに、わたしはさっさと〈閉〉ボタンを押し、スライド・ドアを閉じる。完全に閉じたドアを内側から引っかく音が聞こえてくるが、こうしておけばもう安心だ。

「さて、なぜ恐竜が走りまわっていたのか、理由を説明してもらおうか」グレイスンが言う。

わたしは怪我をした自分の指を見る。出血はたいしたことないので、ついなめたくなるけれど、あの恐竜がどんな環境に棲息《せいそく》していたか、わかったものではない。

グレイスンがわたしに一歩近づく。「俺の質問に答えない気か？」

ニックが片手でグレイスンの胸をそっと押さえる。「まあ落ち着けよ、キャプテン」

グレイスンは彼の手をふり払う。「俺はなにがどうなっているか、知りたいだけだ」

新たに気づいた興味深い事実。グレイスンのスーツの脇腹が膨らんでいるのは、拳銃を吊るしているからだ。これはものすごく気に入らない。

「恐竜の密売買は、今や一大産業になっている」わたしは答えてやる。「しかし、これまで密輸入されるのは卵だけだった。生きた恐竜を持ち込めた例なんて、わたしは聞いたことがない」わたしはニックに向きなおる。「アインシュタインの連中は、いったいなにをやってた？　まさかみんな、仕事中に寝てたんじゃないでしょうね？」

「あんなのを三匹も抱えて、税関を通れるはずないんだけどな」

「でも通ったやつがいる」わたしはグレイスンに視線を戻す。「いずれにしろ、協力してくれてありがとう」

グレイスンは腕組みをする。「ひょっとして、あんたがジャニュアリー・コール？」彼は手で館内をぐるっと指し示す。「ここの警備主任の？　言いたくないけど、第一印象はかなり悪いぞ」

「でしょうね。恐竜が三匹も走りまわり、大騒ぎになったんだもの」わたしは言い返す。

「だけどあれは、あなたを歓迎する特別なイベントでもあった。ちょっと感動したんじゃない？」

「あんたが俺たち抜きでことを進めるのであれば、こちらとしては、今このホテルに滞在している全員のリストを正式に要求し、どんな人が集まっているのか調べさせてもらう」

「そんなことより、あなたの髪を刈った床屋の名を、わたしに教えるってのはどう？　その髪型がわたしにも似合うかどうか、試してみたいの」

グレイスンは困惑し、眉をひそめる。「あんたの上司と話がしたい」

「どうぞどうぞ。彼によろしく言っといて」

グレイスンはぷいと背を向け、歩き去ってゆく。わたしのことで、苦情を言いに行ったのだろう。ニックがわたしの手をとり、傷を丹念に見る。

「これはちゃんと治療したほうがいい」

「そのまえに、まだやることがあってね」わたしは彼に言う。

「そうか。わかった。じゃあぼくは、今の騒ぎの後始末をしてこよう」

わたしたちは、ルビーを待たせておいた従業員用通路に戻る。「警報を解除して」わたしはルビーに命じる。

ルビーは、問題が解決したので自由にホテル内を歩きまわってよいとアナウンスしたあと、「その怪我について、タムワース医師に連絡しておきましょうか？」とわたしに訊く。

「それはお願いする。わたしは、ちょっとひとりになりたいから……」

ルビーはバカみたいに浮かんだまま、女子トイレに入ってゆくわたしを見送る。


白と灰色の硬い床に、わたしの足音が響く。個室のドアの下を、ひとつひとつのぞき込み、ほかに誰もいないことを確かめたわたしは、ずらりと並んだ洗面台のひとつに向かうと、水栓を開いて冷水を出し、その下に負傷した指を入れる。赤い血が、渦を巻きながら排水口に吸い込まれてゆく。少し痛むものの、きれいに洗滌《せんじょう》できたので改めて傷口をよく見る。あの小さな怪物は、ほとんどわたしを傷つけることができなかった。この程度なら、ちょっと絆《ばん》創膏《そうこう》を貼っておくだけでいい。

ディスペンサーから手のひらに石鹸《せっけん》を出していると、トイレを流す音が聞こえたので、わたしは心臓が止まるほどびっくりする。洗面台の鏡越しに、わたしの真後ろにある個室のドアが、内側に開いてゆくのが見える。

そしてそのドアから、メーナが出てくる。

わたしを見て、メーナがほほ笑む。

わたしに気づいた彼女の微笑。わたしの心が、かっと燃えあがる。

「あなた、たいへんな一日を過ごしてるみたいね」ブルックリンを経由したプエルトリコのアクセントで、メーナが言う。

これは、かつて彼女がわたしに言った言葉なのだろうか？　それとも言った相手は、ほかの誰かだったか？　メーナはわたしに、似たようなことをよく言っていた。実際わたしは、たいへんな一日を何度も過ごしたのだから。

彼女の茶色の髪は肩を越すぐらいの長さで、ブロンドのハイライトが入っているから、どの時期の彼女かすぐにわかる。死ぬ六か月まえだ。

しかし、わたしはメーナが死んだことを、認めているわけではない。少なくとも、今この瞬間は。

なぜなら、彼女はわたしに話しかけているからだ。洗面台の鏡に映る彼女の目を見るだけで、わたしにはそれがわかる。わたしをちゃんと認識しているその目が、わたしを骨の髄まで刺しつらぬく。わたしはすぐにでも彼女に両腕をまわし、ふたりだけのときにしか言わないこと——抱きしめて。痛いほど強く抱きしめて——を彼女に囁こうとするのだが、ふり返ると女子トイレのなかは再び無人に戻っている。

わたしと、まばゆい照明と、洗面台を流れる水の音があるだけ。

トイレの入り口まで歩き、鍵をかけてドアに背中をあずけ、そのままずるずると床の上に座る。そして膝を抱える。手は石鹸だらけだ。スラックスにも石鹸がついている。だけど気にしない。もう少しここでこうしていたい。まだ開いたままの個室のドアを、わたしは見る。

ついさっきメーナがあそこにいたと思うと、胸が締めつけられるような感じになり、すると不意に……

……メーナの指が、わたしの指にからみついてくる。彼女がわたしに言う。

「今後あなたが見る絵のなかで、いちばん重要な作品があれだからね」

シカゴ美術館は信じられないほど込んでおり、わたしたちの正面、卵の殻の色に塗られた壁に掛けてある大きな絵の前でも、もっとよく見ようと人がひしめきあっている。あまりの人間の多さに、わたしは閉所恐怖症気味になってしまうのだが、その絵を見ているうち、群衆の存在を忘れる。

「絵の題名は『グランド・ジャット島の日曜日の午後』」

メーナがわたしの耳もとで囁き、彼女の熱い息が肌に吹きかかるのを感じたとたん、わたしの背中を冷たい水がしたたり落ちる。「ジョルジュ・スーラという画家が、十九世紀の終わりに描いた絵。でもスーラは、三十一歳で死んでしまった。あれは彼のいちばん有名な作品」

わたしも知っている絵だった。見たことはあるけれど、絵の題や画家の名はいま初めて知った。緑したたる斜面に、派手な服を着た人たちが集まっており、その多くは傘を持ちながら、画面の左側にある水面《みなも》のずっと先を見ている。絵を眺めていた人の群れが少し動いたので、メーナはわたしの手をつかみ、もっと絵に近づいてゆく。

近づけば近づくほど、画面は不鮮明になる。芝生の緑、水の青、そしてあちこちに落ちた深い影。どの部分を見ても、無数の色の点でつくられていることが、徐々に明らかになってくる。

「点描《てんびょう》画法で描かれた絵としても、たぶんいちばん有名でしょうね」メーナは、透明マニキュアを塗った爪が光る長い指をまっすぐ伸ばし、絵の中央を指し示す。「点描画法というのは、ある程度離れたところから見たときに脳がひとつの色の面として認識するよう、小さな点や微妙な筆使いの積み重ねでコントラストをつけていく技法。小さな点のあいだに生まれるわずかな空間が、絵全体をより鮮やかなものにするのね。きっと、見るほうもよけい集中するんだと思う」

さらに近づくと、全体像は消えてますます小さなパーツの集合体になってゆく。

「人間の脳のすごいところは」メーナは片腕をわたしの腰にまわし、ぐっと引き寄せる。「このばらばらの情報をすべて取り込み、ひとつの絵画として認識できるよう、巧みに均質化して処理できること。でもそのおかげで、なにが本当に美しい本質か、容易に忘れてしまう」

わたしたちはもう一歩近づく。スマートフォンやデジタルカメラを掲げ、自撮りするのに最適なアングルや光の具合を探す人たちが、わたしとメーナのまわりに群がっている。自分がこの絵の前にいたことを、証明したいだけの連中。

「本当の美は、ひとつひとつの点のなかにあるの」メーナはこう言うと、わたしに強く体を押しつけてきて、彼女の尖《とが》った腰骨《こしぼね》がわたしの腰にあたる。

「こんなに小さな点が、実はものすごく大切。この点がなければ、この絵は絵として成立しない。だからこれが、本当に重要なの。そして人生のいちばん素晴らしい部分も、今この瞬間という小さな点のなかにしか存在しない」メーナは、絵から目を離すことなくわたしの手を自分の口もとまで持ちあげ、指の背にキスする。それから手首をひねって、ふたりの手を彼女の左胸に触れさせ、わたしは彼女の心臓の鼓動を手の甲で感じる。「今この瞬間しかない」

メーナの声は、忘れられたジャングルの闇から獲物に忍び寄ろうとする猛獣が、喉を鳴らす音のように聞こえる。にもかかわらず、その音に伴う危険の予感は、なぜかわたしを安心させる。これも進化の妙というやつか。

「でも人間は、なかなかそんなふうに考えられないのね」メーナがつづける。「今この瞬間ではなく、これからなにが起きるか心配することに、多くの時間を使ってしまうからよ。それでもわたしは、今に集中するべきだと思う」

男がひとり、わたしたちの前に割り込んできて、わたしの鼻先でスマートフォンをかまえる。男のスマホのスクリーン上で、絵を構成する点がピクセルに変換される。この男のせいで、ぼんやりした恍惚境《こうこつきょう》から引き戻されたわたしは、彼の手からスマホを叩き落とそうとするが、その気配を察したメーナがわたしをつかみ、誰もいない空間へと引っぱってゆく。

メーナとわたしはその場に立ったまま、しばらく人びとを眺める。絵に見飽きたり、絵と自分をデジタルで記録することに満足した人が絵の前を離れ、かれらのいた場所を新しく来た人たちが埋める。これを真上から見たらどんな感じだろうと、わたしは想像してみる。ひとりひとりの頭が、帽子や髪の色を帯びた点になっているはずだ。偶然に描かれてゆく絵画。わたしはメーナに教えてやりたくなるが、つまらないことを考える女だと思われたくないので、黙っている。

「やけに無口ね」メーナに言われてしまう。

「だって、すごく素敵な絵なんだもの」

「しかも、多くのことを雄弁に語っている」メーナはわたしに顔を寄せてきて、わたしの唇の端にキスする。

「つきあってくれてありがとう。あなたが人込みを嫌っていることは、わたしもよく知ってる。旅行も好きじゃないしね。苦手なものばかり」

彼女の唇の真ん中に強いキスを返したわたしは、舌先にチェリーの味を感じる。

「だけどあの絵は、本当に大好き。そろそろ教えてくれないかな。なぜあの絵が、今後わたしが見る絵のなかで、いちばん重要な作品になるのか」

メーナは片眉をあげてわたしを見ながら、うっすらとほほ笑む。

「わたし、そんなこと言った？」

この表情を、わたしはよく知っている。これは、来週になってもわたしが、同じ質問をしつづけることがわかっている顔だ。質問しても答えてくれない人間を、わたしが容赦しないことなら、メーナはとっくに承知している。と同時に彼女は、たとえそんな意地悪をされても、わたしが赦《ゆる》せる唯一の人間が自分であることも、よく理解しているのだ。

「あなたに考えてもらいたいことが、もうひとつある」メーナが再びスーラの絵を指さす。「実をいうと、こっちのほうがもっと重要でね。ほら、斜面に立っている人たち。みんな水面の向こうに目を向けてる。かれらは、いったいなにを見ているんだろう?」

一瞬わたしは、答を求められているのかと思う。しかしすぐに、これも彼女が好きな禅の公案《コウアン》みたいなものだと気づき、だから黙って彼女の手を握る。そして、彼女の肌の滑らかさを感じる。わたしは彼女の手をとり、その手に身をゆだねる。今の質問の答は、あとで考えればいい。

あとで考えよう。

わたしは美術館のなかを見まわす。観客たち。わたしの前に立つメーナ。

いや、これは現実ではない。

今わたしがいるのは、女子トイレのなかだ。わたしは両目を閉じる。もっと意識を集中しなければ。

この幻視に溺れていたいのなら。

この一瞬を、永遠に生きていたいのなら……

……ドアをノックする音が聞こえる。

つづいて乱打する音が。

「ジャニュアリー?　いるんだろ?」

レグだ。

洗面台の水はまだ流れつづけている。あの個室のドアも、まだ開いたままだ。尻の下のタイルは硬く、冷たい。胸ポケットからレトロニムを一錠つまみ出し、水なしで飲む。再び目を閉じる。そしてここから出たくない理由を、胸の奥にしまい込む。

立ちあがり、自分の姿を洗面台の鏡に映す。赤ん坊みたいに目を泣き腫らしていないか、確かめるためだ。泣いたあとはない。今日初めて、わたしの願ったことが現実のものとなった。

女子トイレのドアを開けると、レグとニックが立っており、ふたりのあいだにルビーが浮かんでいる。

「大丈夫か?」わたしの負傷した手を見ながら、レグが訊く。

「なんの問題もない」わたしは答える。「それよりどうしたの、ふたりそろって?」

「容疑者を確保した」ニックが説明する。「恐竜を持ち込んだ男だ。そいつの部屋から飛び出してくる三匹の姿を、カメラがとらえていた。いま保護房にいる」

「わたしが保護房に監禁しろと言ったんだ」褒めてもらいたがっているような口調で、レグが言う。

「上出来じゃないの」わたしはルビーを指さす。「あとで詳しく聞かせてもらうからね」

ルビーは返事をしない。

警備室の奥に設けられた保護房は、ふだんなにも置かれていないのだが、尋問に備えて小さな折りたたみテーブルと椅子を二脚、すでに誰かが持ち込んでいた。椅子のひとつに座っているのは、金持ちの婆《ばあ》さんに金を貢がせて生活できそうなほどハンサムな、中国人の若い男だ。てかてか光るブルーのシャツを着ており、きれいに剃《そ》り上げた頭が、真上から照らすライトを受けて光っている。平静を装っているつもりらしいが、全身の筋肉が緊張していてはなんにもならない。

わたしは彼の向かいの椅子を、わざと音たかく引いて腰をおろす。わたしの右どなりに、ルビーが下りてくる。わたしはテーブルを指先でこつこつ叩くが、愚かにも怪我をしたほうの手だったため、腕に鋭い痛みが走る。男はわたしとルビーを交互に見たあと、わたしの指の怪我を見つめる。わたしが先にしゃべるのを待っているのだ。この男、わたしには秘書がいることに気づいていない。

「あなたは、ジョー・チェンという偽名で予約を入れた」ルビーが語りはじめる。「たいへん巧妙に偽装していたので、わたしにも見破れなかった。本名はツァン・ショウで年齢は三十二歳、現住所は北京《ペキン》となっており、過去に三回密輸で逮捕されたが、三回とも無罪判決を受けている」

最初ツァンは蒼白《そうはく》になったものの、やがてにやりと笑う。どれほど不安を感じているにせよ、今回もうまく逃げられるという自信のほうが勝っているのだろう。

「法的な問題については、あとでゆっくり片づける」ここでやっとわたしが口を開く。「わたしが知りたいのは、おまえがどうやって誰にも気づかれることなく、三匹の生きた恐竜を時空港《タイムポート》からこのホテルに持ち込めたかだ」

「あんたの名前は？」ツァンが訊く。

「なぜわたしの名を知りたい？」

彼は肩をすくめる。「そっちは俺の名を知ってる」

上等だ。わたしは彼を尋問しているのに、彼のほうはわたしとデートするつもりらしい。

「ジャニュアリー・コール」

ツァンは、名前だけでわたしのすべてがわかったかのように、したり顔でうなずく。そして椅子にふんぞり返る。「弁護士を呼んでくれ」

「ルビー、録音はしているか？」

「いいえ」

「つまりここでの話は、すべてオフレコになるわけだ」わたしは声を落とし、彼をゲームに誘うような調子でつづける。「わたしが知りたいのは、おまえがどうやったかということだけ。ほかのあれこれはどうでもいい。今現在、わたしは頭の痛い案件を山ほど抱えており、おまえと遊んでいる暇はないんだ。もしここの警備に穴があるなら、それがどこか知る必要がある」

ツァンはなにも言おうとしない。

しかし、眉の上にうっすらと汗がにじんでいるから、少しはわかってきたらしい。

「逮捕されるのは初めてじゃないだろ」わたしはつづける。「三回も逃げおおせたのは、おまえはかなり金をもっており、しかもいいコネがあるからだ。今回もそのコネを信頼して、わたしの質問に答えたほうがいい」

「まず弁護士だ」

わたしはテーブルの上に大きく身をのりだす。このままテーブルに頭を落とし、眠りたくなるのは、今やれることがそれしかなさそうだからだ。レトロニムで少し元気になったものの、疲労困憊《こんぱい》していることに変わりはない。コーヒーをもっと飲みたい。ツァンにもコーヒーを勧めてやったら、少しは態度を軟化させるかと考えた矢先、だしぬけにルビーが言う。

「ツァン・ショウのビザは、すでに期限が切れてますね」

これを聞いてツァンが目をむく。

「ちょっと風向きが変わったようだな」わたしは自分の椅子に戻る。「よく聞けよツァン。今ごろどこかの便所でコカインを吸っているおまえの弁護士が、便所を出てここに到着するまえに、わたしは護送車を一台手配しておまえを次の北京行きのフライトに乗せ、強制送還させることができるんだ。だからこうしようじゃないの。わたしは護送車ではなく、おまえの弁護士を呼んでやるから、あとはおまえの好きにしろ。しかしそのためには、どうやって生きた恐竜を三匹もわたしのホテルに持ち込めたか、しゃべらなければいけない」

「生きた恐竜じゃないよ」ツァンが言う。どうやら、闘志はすっかり失せたらしい。

「どういうこと?」

「卵だったんだ」彼は手のひらを上にして、両手を前に出す。「それが孵《かえ》ってしまった」

「つまり、おまえは今にも孵化《ふか》しそうな恐竜の卵を三個……ルビー、時代はなんだっけ?」

「後期白亜紀」

「後期白亜紀から密輸入することに成功したけれど、それはそもそも、産みたての卵を選ぶほどの知識が、おまえになかったからなのか? ずいぶんいい加減だな」

「俺だって卵の違いぐらいわかるさ」ツァンが言い返す。「三個とも、間違いなく産みたてだった」

「ルビー、小型肉食恐竜の卵の孵化日数は?」

「四か月」

「ほらね」わたしはツァンに言ってやる。「やっぱりおまえは、なにもわかっていない」

彼は座ったまま前のめりになる。「俺が十四時間まえに採取したときは、間違いなく産みたてだった。そして俺は、まっすぐこのホテルに持ってきた。ところが、自分の部屋でシャワーを浴びた俺がバスルームから出てくると、すでにあの三匹が部屋のなかをめちゃめちゃにしていたんだ」

「だから三匹とも廊下に放したのか?」

「俺は部屋から逃げだそうとしたんだけど、じたばたしているうちに、やつらのほうが俺の横をすり抜けて出ていった」

「素晴らしい」わたしは顔をしかめる。

ドアをノックする音が響き、スーツを着た尖った顔の男が、足音も荒く入ってくる。男は放火魔のような厳しい目で、わたしを睨みつける。

「弁護士のブラッケン・アダムズです」男が名のる。それから彼はツァンに向かい、「わたしとふたりだけになるまで、これ以上なにも話すな」と命じる。

わたしは両手をあげて立ちあがり、さっそく頭を寄せあった弁護士とツァンを残し、保護房から出てゆく。あとはどうでもいいというのが、わたしの掛け値なしの本音だ。むろん気にならないことはない。むかしは、ツァンのような小悪党を追跡して捕まえることが、わたしの仕事だったのだから。しかし今は、このホテルがわたしの仕事場であり、しかも憂慮すべき問題は山積みだった。

警備室に戻ったわたしがまず最初に見たものは、アリン・ダンブリッジだったけれど、これは意外でもなんでもない。

アリンはいつもと変わらず、テレビドラマのTEA局長役オーディションに参加する俳優のような服装をしており、このまま議会公聴会に出席しても、典型的な保守派の白人男で通用するだろう。

ダークグレーのスーツで包まれた細身の体を見れば、今もピラティスを欠かさず実践しているのは疑いない。たくましい背中と引きしまった両肩が、あきれるほど整った顔を際立たせている。久しぶりに会ったのだが、白髪が少し増えたようだ。髪も全体に長くなっており、耳のまわりで少しカールしている。顔は無精ひげが目立つ。たぶんストレスレベルが、重篤《じゆうとく》な心疾患を発症する寸前まで高まっているのだろう。

それでもわたしに気づいたとたん、アリンは目を輝かせる。

「ジャニュアリー」アリンがわたしの名を呼ぶと同時に、タムワース医師が彼の陰から姿を現わす。タムワースはなにも訊かずにわたしの手をつかむと、恐竜に引っかかれた傷を調べる。

「軽い刺し傷だな」

「悪い菌に感染する危険は?」

「たぶんない」タムワースは、電源がオフになっているホログラムテーブルまでわたしを連れてゆき、持参していた救急セットを開く。彼はまず傷を消毒し、それから包帯をきつく巻いてくれたので、わたしは包帯のなかで自分の指が脈うつのを感じる。あとでまた診せてもらうと、タムワースが言う。アリンはうなずき、わたしのため警備室のドアを開けてくれる。

ロビーはだいぶ落ち着きを取り戻しており、宿泊客のほとんどは自室に入っているか、上階へ飲みに行ったらしい。グレイスンが支配人室の前に立ち、レグと話をしているけれど、黒髪をヘルメットみたいなボブにして、完璧なメイクを施した年輩の女性も一緒だ。ドラッカー上院議員。三人とも、話をしながらわたしをちらちら見るので、なにを話しているかは歴然としている。

「今度こそ突きとめたと思う」アリンに向かい、わたしは唐突に言う。

「なにを？」

「あなた、ボストン大学に通ったことがあるんじゃない？　調べてみたら、あの大学はドイツと学生交換協定を結んでいた。あなたはそのおかげで、ドイツ語をマスターすることができた。当たりでしょ？」

アリンが声をあげて笑う。これは、いわば内輪のジョークだった。アリンは流暢《りゅうちょう》にドイツ語をしゃべれるのだが、彼がウィスコンシンで生まれ育ち、ドイツ系の血などほとんど入っていないことを、わたしはよく知っていた。だから長年、わたしは彼がどこでドイツ語を学んだか、不思議に思っていた。アリンに訊いてもなぜか教えてくれず、逆にわたしがそんなことにこだわるのを、ひどく面白がった。

「今回も大はずれだな」アリンはこう言うと、すぐに話題を変える。「で、ツァンはなんて言ってた？　あの男、どうやって恐竜を持ち込んだ？」

「産みたての卵を持ってきたのに、孵ってしまったと主張している」

「日数を読み違えたわけか」

「そういうこと。ところで」今度はわたしが話題を変える。「メアリーは元気？」

「メアリーは彼女の姉の家に行ってる。わたしがこの件に、全力で取り組めるように」

「ふーん」

「なんだよ、そのふーんは？」

「それだけ？」

アリンは肩をすくめる。「まあいろいろあるさ。わたしはずっと仕事漬けだったしな。君のほうこそ、大丈夫なのか？」

「きついことはきついけど、精一杯やってる」わたしは正直に答える。

「ジャニュアリー、君の病気について、ひとこと言わせてもらえるなら……」

「わかってる、わかってるって。でもそれは、あなたがどうこう言える問題じゃない。そんなことより、さっきからすごく厭《いや》な予感がしてるの。警備上の大きな穴が、間違いなくどこかにある。このホテルか、アインシュタインのどちらかに。だからサミットは、延期したほうがいいと思う。そして問題解決のための時間を、最低でも一日はとってほしい」

認めるのは癪《しゃく》なのだが、あの筋肉バカのグレイスンは、彼が自覚している以上に鋭い直感力をもっていた。この状況は、もうすぐわたしの手に負えなくなる。なにしろ大雪に加え、三匹のヴェロキラプトルを連れた密輸犯がうろうろしていたり、存在しないはずの死体が見えたり、監視カメラに問題があったりと、すでに大惨事が起きる予兆は出そろっているのだ。なのにわたしは、なにをどうすればいいか、まったくわかっていない。

もしアリンに死体のことを話したら、彼は真剣に聞いてくれると思うのだが、そうでなければわたしは、新品の白い拘束衣《ジャケット》を着せられ、両腕の自由を失うだろう。

アリンが唇を噛み、首を横に振る。「参加者たちが到着しはじめているのに、天候はあのとおりだ。サミットを延期して後日また集めるよりも、ホテルから出さないほうがいい。それにもちろん、優先すべきはかれらのスケジュールであって、われわれの都合ではない。この雪については、かれらも不可抗力と考えてくれるだろう。だから閉じ込められることがわかっても、騒ぎたててサミットの進行を妨害するやつは、ひとりもいないと思う」

「雪、そんなにひどくなりそうなの？」

「積雪は三から四フィート（約九十一〜百二十二センチメートル）になるそうだ。すでに除雪部隊がスタンバイしている。このまま進めるしかないな。そういえば、ニックはどうしてる？」

「けっこう役に立ってる」

　アリンはうなずき、真剣な顔でつづける。「じゃあ、改めてここまでの経緯を聞かせてもらおうか」

　わたしは、恐竜の一件を含めざっと報告してゆく。途中アリンは何度か短く笑ったけれど、わたしが笑われたわけではないので、彼を殴りたい衝動に駆られることはない。さらにわたしは、宿泊客が急に増えたせいで部屋が足りなくなり、みんないらだっていることを説明する。もちろん五二六号室の死体については、なにも言わない。わたしは報告を終えるのだが、アリンはそれで全部かと問いたげな目で、わたしを見つづける。彼があえてわたしを問い詰めないのは、長年築きあげてきた信頼関係があればこそだ。それがいつまでつづくか、ちょっと疑問ではあるが。

「で、次はどうする？」アリンが訊く。

「まずなにか食べてくる。すごくお腹が減ってるの。そのあと、三匹の恐竜をどうするか決める。だけど、こんな問題が起きるなんてまったく想定していなかったから、たぶんわたしたちは……」

ここでわたしは、ほんの十フィート（約三メートル）ほど離れたところにカメオが立ち、ロビーの中央にぶら下がる大時計を見つめていることに気づく。当惑して立ちすくんでいるらしい。ただごとではないと、わたしは直感する。

「ちょっと失礼」わたしはアリンから離れ、カメオに歩み寄る。

「なにかあったの？」

目をそらすことなく、カメオが答える。「あの時計は、ああいう動き方をするものなんでしょうか？」

なにが起きているか把握するのに、数秒かかった。間違いない。大時計の分針と秒針が、がくがくと不規則に動いている。

12時32分22秒
12時32分23秒
12時30分44秒
12時29分14秒
12時33分09秒

12時32分44秒

「このホテルがオープンして以来」カメオが言う。「わたしはずっと、あの大時計の前で働いてきました。だからたまに秒針が飛ぶのは、見慣れています。しかし、あんなのは一度も見たことがない」

事象の対称性

「大時計がどうかしたのか?」ニックの声が訊《き》く。

わたしは茫然自失《ぼうぜんじしつ》の状態から引き戻される。わたしとカメオのまわりには、すでに人が集まっており、全員が立ったまま、不安定な動きをくり返す時計の針に目を奪われている。ニックの質問への答は、もちろんイエスだ。こんなこと、普通はあり得ないし、なにかが絶対におかしい。だが、そう答えたくとも言葉が出てこない。

アリンが自分のスマートフォンを見る。「アインシュタインで放射線量が急上昇したという報告は、ひとつも入ってないぞ」

「このホテルのほかの備品と一緒で、単に故障しただけじゃないかな」レグが言う。

わたしは人の輪を離れ、アトウッドのエレベーター・ホールに向かう。ますます奇妙なことになってきたから、まだ五二六に死体はあるのか、それともなにかしら変化が起きているか、確かめたくなったのだ。ほかになにができるか思いつかなかったし、ただロビーに突っ立っていても意味がない。わたしのうしろから、ルビーがついてくる。

「おまえはあそこにいろ」わたしはAIドローンに命じる。「モニターをつづけるんだ」

「そう言うあなたは、どこに行くんです?」

「バスルーム」

「さっき行ったばかりですけど」

「わたしがトイレに行く頻度まで、モニターする必要があるのか?」

「健康管理という意味では、ありますね」

わたしはルビーを指さす。「気持ち悪いことを言うな。おまえは黙ってそこに浮かんでいればいいんだ」ルビーは黙ってホバリングをつづけ、わたしは再び歩きだす。

エレベーター・ホールに着いたわたしの背後で、誰かが咳《せき》ばらいをする。そこにいたのはブランドンなのだが、まるで両親が軽いSMプレイをやっている部屋に間違って足を踏み入れたかのような、複雑な表情をしている。

「あれは原子時計だよな」ブランドンが言う。

「よく知ってるじゃないの」

彼は両手を開いて前に出すと、これから述べることを包み込むように丸く合わせ、ていねいに語りはじめる。「原子時計は、原子の量子遷移《りょうしせんい》に基づく電磁波の周波数を確認することによって、制御されている」

「あなたがそんな難しい言葉を知っているなんて、ちょっと感心した」

ブランドンが一歩近づいてくる。「原子時計がとてつもなく正確なのは、そのおかげだ。たとえばクォーツ時計は、温度変化や製造上の問題によって、水晶の周波数がわずかに変化してしまう。しかし、この宇宙に存在するすべてのセシウム原子は」彼は指を一本立てる。

「たったひとつのマイクロ波の周波数にしか反応しない。もし今、この周波数がロビーの大時計が示しているほど極端に変化しているのであれば、なにかが作用しているに決まってるんだ。フライトがすべて欠航になったことは、さっき聞いたよな？　なぜ時空港《タイムポート》で、全フライトがキャンセルされなきゃいけない？」

　ブランドンの言うとおりだった。アリンがどんな報告を受けていようと、この異常事態の原因がタイムストリームからの放射線ではないという確率は、わたしが誰かを殴らずに一日を終える確率と同じくらい低いだろう。その可能性は、充分に考えられる。

「これから大雪になる」わたしは彼に訊く。「なぜそんなことを、わたしに指摘してくれたの？」

「ほかのやつらは、明日の会議のことしか頭にないからさ。みんなメッセージを送受信したり欲しい物を手配したりすることしか考えておらず、目の前にあるものが見えてない。チェルノブイリの小型版が、生まれようとしているのに」

四六時中ハイになっている従業員と、ここまで深い会話ができるなんてわたしはまったく予想しておらず、だから驚きが顔に出てしまったのだろう、ブランドンは照れくさそうに笑いながらつづける。「こういう話が似合うタイプじゃないのは、自分でもよくわかってる。でも俺、実をいうと、素粒子《そりゅうし》物理学の学位をもってるんだよね」

「なのに、このホテルでポーターをやってるんだ？」

彼は肩をすくめる。「ろくな求人がなかったし、就職できても初任給はクソだったからな。

ここで働きながら個人で副業をやるほうが、よっぽど稼げるのさ」

「なるほど」エレベーターを呼ぶためボタンを押すと、ボタンはわたしの指の下で青く光る。

「わたしは上でちょっと調べものをしてくるけど、あなたは仕事に戻ったほうがいい」

到着したエレベーターに足を踏み入れようとしたとき、ルビーがわたしの腕時計を鳴らす。

「ジャニュアリー、もし用事が終わっているのであれば、こっちを手伝ってもらいたいんですが」


ロビーはまたしても混乱を極めていた。

群れをなしていたのは、踝《くるぶし》まである黄褐色の長いローブをまとい、赤白チェックのシュマグ（中東の男性が着用する大きな一枚布）をかぶった男の集団で、高そうなスーツを着た体格のいい男たちが随伴している。聞こえてくる会話の断片は、どれもアラビア語だ。きょろきょろ探してやっと見つけたイーシャは、コンシェルジュ・デスクの横に立っていた。両手を体の前で組み、グレイスンとドラッカー上院議員がなにか言っているのを、黙って聞いている。カメオとレグも一緒なのだが、ふたりはもし宇宙ロケットがあったなら、それに乗って太陽まで飛んで行きたそうな顔をしている。

ルビーがわたしの横にすっと出てくる。

「スーパー・ラグジュアリー・ルームが、足りなくなっています」ルビーの説明。「皇太子の一行がチェックインしたせいで、ヴィンス・テラーがはじき出され、低いランクの部屋に入れられました」

「なぜそんなことになった？」

「単純な人的ミスです。しかしながら、わたしたちのシステムにも、今現在なんらかの異常が発生している模様です」

「だからおまえも、黙ってここにいろというわたしの単純な命令に、従えなかったわけか？」

「ジャニュアリー、これは深刻な問題です」

もめている人たちの声が大きくなったので、わたしはコンシェルジュ・デスクのほうを指さす。「あっちも深刻だ。だからおまえの深刻な話は、あっちを片づけてからにしよう」

人びとの頭のあいだから、グレイスンのアホみたいな髪型が突き出ている。

「……とうてい承服できない」レグとカメオに向かい、グレイスンがまくしたてる。「なぜスーパー・ラグジュアリーを提供してやる必要があるんだ、あんな……」グレイスンが皇太子の従者たちをちらっと見たのは、かれらを蔑む単語が口から出そうになったからだろう。でも近くに立つイーシャを意識し、ぐっと抑えたらしい。「とにかく、いちばんいい部屋を参加者の部下どもに提供し、俺のボスを安い部屋に入れるというのは、納得できないね」

「どこかで妥協点を見つけることは、可能なはずよ」何十年もタバコを吸いつづけたせいで、少しかすれてしまった声でドラッカーが言う。わたしはドラッカーの語調から、彼女の考える妥協点とは、本人が望む部屋にヴィンス・テラーを入れることだけだと推量する。

「その安い部屋にもベッドはあるんでしょう？」かれらの会話に割り込みながらわたしが訊く。「あるなら、同じことじゃない？」

「これは警備主任が口をはさむ問題ではないぞ」わたしの声を聞いてあからさまに厭《いや》な顔をしながら、グレイスンが言う。

「ミスター・グレイスン、あなたがどう考えようと、わたしの知ったことではないし、正直いってあなたの相手をすることに、わたしはうんざりしている」こう言い返すと、ダムから水が流れ出るように、言葉がすらすらとわたしの口をついて出てくる。「あなたもあなたのボスも、ガキみたいに駄々《だだ》をこねてないで……」

「ジャニュアリー」レグが言う。

「なによ？」

「こちらドラッカー上院議員だ」どうやら〈頭を冷やせ、いま騒ぎを起こすな〉と言いたいらしい。

ドラッカーはにっこり笑ったけれど、いかにも小賢《こざか》しいその笑顔が、わたしは気に入らない。まるで、彼女の存在そのものにわたしが圧倒され、おとなしく言うことをきくと考えているかのようだ。だからわたしも大きな笑顔を返し、こう訊いてやる。「はじめまして。先生もご自分の部屋が気に食わないんですか？」

このひとことで、わたしという人間がすべてわかったと判断したかのように、ドラッカーがうなずく。レグは片手で顔を隠す。薄笑いを抑えきれないカメオは、わたしとハイタッチしたいらしい。カメオのこういうところが、わたしは好きだ。

「上院議員、彼女がパラドクス・ホテルの警備主任、ジャニュアリー・コールです」レグが改めてドラッカーにわたしを紹介する。「彼女が、サミットの警備責任者も務めます」

ドラッカーは握手の手を出さない。「お知り合いになれて嬉しいわ。警備責任者ということは、すでにあなた、ホテル関係者が外部と交わすメッセージや電話の内容を、モニターしはじめているのよね？　メディアにいろいろリークされたら、なにかと面倒だもの」

「いいえ、やってません」わたしは即答する。「やるつもりもないです。わたしは正当な要求と無茶な要求を、分けて考えるようにしています。金属探知機の導入と警備スタッフの増員？　どちらも必要でしょう。『一九八四年』みたいなディストピアの完全再現？　これはいりませんね」

アリン・ダンブリッジがこっちに近づいてくる。その顔には、最悪の恐怖がありありと浮かんでいる。彼が知らないうちに、わたしが重要人物と勝手に話をしていたからだ。

「ドラッカー上院議員」アリンが言う。「すでにジャニュアリーが、ご挨拶させていただいたようですが……」

「ええ、彼女はたった今、スタッフの通信のモニターはしないと言ったんですけど、この件については、わたしと局長のあいだで合意に達してましたよね？　三週間まえでしたっけ？」

すぐにピンときた。わたしはアリンを睨《にら》みつける。「そういえばあなた、たしかにその話をしていた。わたしはなんて答えた？〈そんなクソみたいなこと、できるわけないだろ〉」

ドラッカーに視線を戻す。「わたしのこの答、彼から聞いていると思いますが」

ドラッカーは口を一文字に結ぶと、ポケットからスマートフォンを取り出し、スクリーンを何度かタップする。「幸い、こっちで対応できるみたい。わたしの事務所が、全メッセージをモニターすることになったから……」

「ルビー」すかさずわたしは命じる。「全従業員にメモを送り、サミット終了まですべての通信が傍受されることを周知しろ」

ドラッカーの顔がひきつったが、彼女は言いかけた言葉をぐっと呑み込む。「まあいいでしょう」

ドラッカーはアリンの腕をつかむと、彼と一緒に去ってゆくが、アリンは首を曲げてわたしのほうを見ながら、このツケはあとで払ってもらうからなと目顔《めがお》で伝える。

わたしは改めてグレイスンに訊く。「で、どこまで話したんだっけ？　部屋の問題を、もっとこじらせたい？」

「俺のボスが予約したとおりの部屋に入れるのであれば、こじらせる必要はない」

「これを見て」わたしはロビー全体を示すつもりで、両腕を広げる。「こういうクソみたいな状況を、法律の専門家は〈酌《しやく》量《りよう》すべき事情〉と呼んでるの」

「ああそうかい、よくわかったよ。テラーはああいう男だし、あんたと……」彼はカメオのほうをちらっと見て「あんたのスタッフは」という言葉を吐き出し、それから一拍おいてつづける。「……彼を歓迎する意思がないことを表明できて、喜んでいるわけだ。しかしこれだけは言っておく。ヴィンス・テラーをなめてかかったら、必ず後悔するぞ。なにしろ彼は、このホテルをポケットに入れたも同然なんだからな」

もしも今、わたしがグレイスンの股間を蹴りあげ、この仕事から外されたらどうなる？アリンとニックがあとを引き継ぐだろうし、わたしは二日間を自室で謹慎しながら、映画を観たりルームサービスを頼んだりして仕事を忘れていられる。恐竜も死体も関係ないし、現実が崩壊することもない。ぜんぶ人まかせにできるのだから。

そう考えると、股間を押さえて床に倒れ、うめいているグレイスンを見おろす価値は充分にある。

ところが、さっそく実行に移そうとして一歩を踏み出したとき、新たな声が聞こえてくる。

「わたしがお役に立てるかもしれません」

全員が一斉にふり向く。そこにいたのは初老の黒人男性で、ラベンダー色のチェックが入ったグレーのスーツを着ている。花柄の紫のタイ、紫のポケットチーフ、茶色の革靴、高級だが派手すぎず趣味のよい腕時計。シンプルで隙のない着こなしだ。表情にも声にも落ち着きが感じられるけれど、それが年齢のせいなのか自信のなせる業《わざ》か、よくわからない。そしてわたしは、彼が誰か気づくのに数秒かかってしまう。

オズグッド・デイヴィス。ＩＴ投資家で、三人めのサミット参加者。側近をひとりも連れていないのは意外であり、ちょっと新鮮だ。すでにわたしは、下っ端の相手をするのにうんざりしている。デイヴィスがわたしに向かって右手を伸ばす。彼の手はほどよい温かさで、わたしは彼が成功した秘密の一端を見たような気がする。この男、初対面の相手にも、昔からの知己《ちき》のような笑顔を向けることができるのだ。

「オズグッド・デイヴィスです。オズと呼んでください。あなたが警備の責任者ですね。ミズ……コーラルでしたっけ？」

「コールですけど、似たようなものだし、そこまで憶えてくだされば充分です」と言いながら握手を返すと、デイヴィスの手にも少し力がこもる。

彼は指を鳴らす。「これは失礼した。錆《さ》びつかないよう注意しているんですが、この老いた頭は」自分の頭を指でつついて笑う。「昔ほどうまく働かなくてね。実をいうと、今わたしは、みなさんがスーパー・ナントカと呼んでいる恐ろしく高級で、派手で、だだっ広い部屋に入っているんです。そこで提案なんですが、わたしがもっと小さな部屋に移り、ミスター・テラーがわたしの部屋に入るというのはどうでしょう？」

答える者はいない。その見返りとして彼がなにを言いだすか、みんな待っているからだ。しかしデイヴィスは、黙って両手をうしろで組んでいる。

「正直に言いますと、あの部屋、わたしには広すぎるのです。わたしとしては」──彼は言いにくそうに、スーツの胸ポケットに入れたハンカチーフを軽く撫《な》でる──「もっとこぢんまりした居心地のよい部屋のほうがありがたい。承知していただけますか？」彼はグレイスンにこう訊いたのだが、その穏やかな口ぶりはやけに毅然《きぜん》としており、とても質問したようには聞こえない。

「そうだな」グレイスンが答える。「それでいいかもしれない」

デイヴィスは微笑を浮かべながら、グレイスンが言うはずもない感謝の言葉を待つふりをする。グレイスンは彼に背を向けると、さっさと歩きだす。イーシャも黙って離れてゆく。口数の少ない人は嫌いではないけれど、度を越して無口な人となると、やはり面倒くさい。

「先ほど、わたし抜きでミーティングをやったそうですね」デイヴィスが言う。

「いちおう待っていたんですけど、結局……」わたしは弁明しようとする。

彼が片手をあげる。「非難しているのではありません」彼はレグとカメオに軽く会釈《えしゃく》すると、わたしを連れて静かなロビーの隅に移動する。ルビーがついてくるけれど、デイヴィスは気にしていないようだ。「そのミーティングで、なにか重要な話があったんでしょうか？」

彼も間違いなく受け取っているはずだと思いながら、わたしは関係者全員に送ったメモの内容を説明する。それから彼に、なにか質問はあるかと訊く。

「可笑《おか》しいですよね」デイヴィスは首をめぐらし、フロントデスクを見やる。

「なにが？」

「かれらは部屋なんかどうでもいいんです。単に、誰がいちばん大きな玩具を手にするかで争ってる」

「そしてあなたは、その争いに加わらないんですね」

彼はうなずくと、両手をもみあわせる。「加わる必要がないのです。なぜなら、わたしが落札することはもう決まっているので」

このはったりをわたしが鼻で笑うと、デイヴィスは特に気分を害した様子もなく、小さく指を振る。「わたしは、まだなにも面白いことを言ってませんよ」

これはまずい。わたしはこの男を、いいやつだと思いはじめている。「どういうことでしょう？」

「二週間ほどまえ、ニューヨーク・シティのウォルドーフ＝アストリア・ホテルで、テラーとスミス、そして皇太子殿下が夕食をともにしたことは知ってますか？　もちろんロブスターテイルやキャビアなどのフルコースを、個室へのケータリングで」

「あなたは行かなかったんですか？」

デイヴィスは首を横に振る。「都合がつきませんでした。しかし、重要なのはそこではありません。かれらは、プライベートでは集まってワインと食事を楽しむくせに、人前に出るとたちまち咬《か》みつきあいをはじめるんです」

「たしかにそんな感じはしますね」

「さて、これ以上お時間を取らせても申しわけない」改めて握手を求めながら、デイヴィスが言う。「わたしでお役に立てることや、必要なものがあったら、遠慮なく言ってください。おそらく、非常に面白い数日間になるでしょう」

「ええ。わたしもそう思います」

「それでは、たいへんでしょうが、がんばってください」

ねぎらわれたことにちょっと驚いたわたしは、離れてゆく彼の背中に、かろうじて「ありがとうございます」と礼を言う。

もちろんデイヴィスは、わたしを手なずけようとしているだけだ。だが少なくとも、普通の人間はどんな話し方をするべきか、よくわきまえている。

ロビーを見るとまだ人であふれており、でも混乱はだいぶ収まってきた。グレイスンとイーシャはどこかに消えたし、アリンはまだドラッカーと話をしているが、ときどきこちらを見る目はさっきほど険しくない。ニックの姿が見えないのは、アリンになにか命じられたからだ。総動員をかけたも同然なのだから、ボスであるアリンも、サミットの期間中はずっとここに詰めることになるだろう。

正直いって、これはありがたい。自分の仕事をする時間が、少しは確保できるのだから。

で、次はなにをする？

システムの問題について、ルビーとじっくり話をする必要がある。しかしそのまえに、四人のサミット参加者とその関係者のうち、最後のひとりと連絡を取らねばならない。

「ルビー、コルテン・スミスとアクソン社の連中は、まだ着いてないのか？」

「スミスなら、今フェアバンクスのオフィスにいますけど」

「よし」わたしはルビーに言う。「わたしたちも、さっそくお邪魔させてもらおう」

パラドクス・ホテルのロビーは、見る人に誤った印象を与えてしまう。このホテルの実像を、あまり反映していないからだ。まっすぐ伸びた直線と滑らかなカーブが、通路沿いに点点と配置されたショップやアメニティ施設と一体になり、大聖堂を思わせるドームに向かって螺旋《らせん》状に上昇している。だが、一歩でもその奥に足を踏み入れれば、何本にも枝分かれした通路や窪み《アルコーブ》、そして隠れた廊下が待ちかまえている。

わたしみたいにここで長く働いていれば――もう六年たつのか？――迷わずに歩きまわるのは難しくない。でも、自分の部屋に帰ろうとしてアインシュタインに行ってしまう宿泊客が、週に二、三人は出てくる。

そんなパラドクス・ホテルのなかで、わたしのお気に入りの場所が、メロディ・フェアバンクスのオフィスだった。

フェアバンクスは、ロゴマークのフォントから足もとのひどいカーペットまで、このホテルのすべてをデザインした建築家である。建設期間中、彼女は二階の廊下を進んでギフトショップを通り越し、誰も使いそうにないトイレのわきに自分のオフィスを構えていた。その部屋にはドアがなく、そんな空間に彼女が製図テーブルとデスクを置いたのは、そうしておけば誰でもすぐに彼女と話ができるからだ。少なくとも、そう語り継がれてきた。

メロディ・フェアバンクスは、ホテルのオープン直後に失踪《しっそう》した。理由は謎のままだ。最高の作品を完成させたから、引退して遠い海辺の町へ引っこみ、静かに余生を送りたくなったのだろうと推測する人がいた。いや違う、仕事上の重圧に押しつぶされ、頭が変になったのだと言う人もいた。

フェアバンクスによく似た女性が、夜中に廊下をうろついているのを見たと主張する客も、何人か現われている。ふだんのわたしであれば、なにをバカなと思うところだが、死んだガールフレンドとトイレで話をした今、かれらを嗤《わら》えるはずもない。

それはさておき、フェアバンクスのオフィスは、あたかも彼女が戻ってくる日を待っているかのように、以前とまったく変わらぬ状態で保存されていた。今現在、製図テーブルとデスクは一段高くなった台の上にのせられ、部屋の隅に置かれているけれど、宿泊客はこの空間に自由に出入りして、製図テーブルに置かれたこのホテルの完成予想図やデスク上の書類、あるいは壁付けの書棚に並んだ本などを手にとって見ることができる。フェアバンクスの失踪後に書かれた彼女の評伝が、一次資料とした彼女のノートまで、ぱらぱらと読めるのだ。

土産として持ち帰ろうとした客がいたため、オフィス内のほとんどの物は、ボルトや接着剤で固定されている。例外は、本棚の上に並ぶデザイン・マニュアルや物理学の研究書、タイムトラベルをテーマにした古典的作品といった書籍ぐらいだ。でもなぜか、本を盗もうとする者はまだ現われていない。ドアで閉ざされる部屋ではないものの、ふだんはとても静かで落ち着いている。だからコルテン・スミスとの話がすんだあと、ゆっくりルビーと話をするにも最適だった。

というのも、システムに異常や問題があるというルビーの報告が、わたしは気に食わないのだ。ルビーに多くを求めすぎることは、自分でもわかっているのだが、あのAIドローンはもっと迅速に異変を検知しなければいけない。たしかにツァン・ショウは、偽名でチェックインしたけれど、あの程度の小細工はすぐに見破るべきだった。三匹の恐竜の子供に至っては、部屋を飛び出した時点でなぜ捕捉できなかったのか。

まあルビーはあとで詰問するとして、今のわたしはフェアバンクスのオフィスへ向かうため、このドローンを従えて斜路を二階まで上がり、ギフトショップの前を通らねばならない。ギフトショップは、少しばかりの雪とフライトの遅れが世界の終わりであるかのように、食料や非常用の品を買おうとする客で込み合っている。最後の角を曲がって彼女のオフィスに入ろうとすると、またしても廊下の照明がちらつく。施設係に言っておかねばと思い、担当者に連絡しようとしたわたしの目が、オフィス内の書棚に釘づけになる。びっしり並んだ本の列に、歯が抜けたような隙間があるのは、本を盗む客がついに出現したからだろうか。

コルテン・スミスがその書棚の前に立ち、手をうしろで組みながら背表紙を読んでいた。AC／DCのTシャツ——それもかなりのレア物——を着て、タイトジーンズとサンダルをはいている。ホテルを買いに来たというより、中庭に出てハッキーサック（直径五センチほどの弾力がないボールを足で蹴りつづける遊び）でもはじめそうな雰囲気だ。

にもかかわらず、彼だとすぐにわかったのは、議会公聴会に召喚され、アクソン社のデータ収集法に関する質問を冷静にはぐらかす彼の顔が、最近テレビでさんざん放送されたからだ。しかしテレビでの彼は、ずっとテーブルの前に座っていた。立っている彼を見るのは今日が初めてであり、長い手足とややぎこちない歩き方は猛禽類《もうきんるい》を思わせる。彼が本を抜き出したのかもしれないが、手にはなにも持っておらず、そのへんに置かれている本もない。

スミスはひとりではなかった。一緒にいたのは、最近ジョギングに飽きてビールに興味を移したかのような、暑苦しい白人男だ。チェックのブレザーを着ており、ズボンにたくし込んだシャツが大きな腹を押さえつけているけれど、苦しくはないらしい。わたしを見ると、急いで駆けよってくる。

「あなたがジャニュアリー・コールですね」練習してきたかのように正確な発音で、男が言う。「わたしはワーウィック・スミス。アクソンの最高執行責任者《COO》です」

コルテン・スミスのほうは、フェアバンクスのデスクが置かれた台の上から動いておらず、台の高さは微々たるものなのに、わたしは見おろされているように感じてしまう。「おふたりだけで話ができるよう、わたしは席を外します」コルテンとわたしを交互に見ながら、ワーウィックが言う。

コルテンが台から下り、わたしと同じ床面に立つ。わたしは近づいてきた彼の左の手首に、白檀《びゃくだん》の小さな玉を糸でつないだマラビーズ（チベット仏教の数珠）がはめられていることに気づく。瞑《めい》想《そう》や読経に集中するため、仏教徒が使う道具だ。

メーナも似たような数珠《じゅず》を持っていたけれど、身につけることは一度もなかった。人からのプレゼントだったからだ。ギフトショップで売っているような数珠を使ったら、瞑想が安っぽくなるとメーナは考えた。だからその数珠を、毎朝出かけるまえにそっと触れられるよう、わたしたちの部屋のドアノブにぶら下げた。

安物の数珠に特別な意味をもたせようとしたメーナの努力を、わたしは偉いと思った。おかげでそれ以降、わたしはプレゼントを選ぶのがうまくなっている。

コルテンは、わたしが来るのを知っていたかのような顔でこちらを見ている。「ミス・コール」彼は両手を合わせると、軽く頭を下げながら「ナマステ」と言う。

わたしは笑いそうになるのをこらえる。彼は台上のデスクを手で示す。デスクの向こう側には、メロディ・フェアバンクスが使っていたキャスターつきの大きなチェアがあり、デスクを挟んだ手前には、客用の質素な椅子が置いてある。

「とりあえず座りませんか？」

自分のホテルで客用の椅子に座る理由はないと、わたしが断るよりも早く、コルテンはさっさとその椅子に座ってしまい、キャスターつきのチェアをわたしに残す。少し足がくたびれていたわたしは、メロディのチェアに座って両足をデスクの上にのせ、その勢いでペンスタンドを蹴とばしてしまったのだが、もちろんペンスタンドは机上に固定されている。わたしが尻の位置を調整して背もたれに体重をかけると、チェアが小さくきしむ。

「座りました」わたしはコルテンに言う。

彼は重々しくうなずくと、わたしの肩の上に浮かんでいるルビーを見て「スーツケース4692」とつぶやく。

ルビーがデスク上にすっと降りてきて、みずから電源をオフにし、本体から常に漏れていたかすかなハム音も完全に消える。わたしはぎょっとして息を呑みそうになり、急いでごまかそうとしたのだが、結局ごくりと喉が動いてしまう。

「なにをやったんです?」

コルテンは肩をすくめる。「スイッチを切った」

「なぜ?」

「録音されるのが好きじゃないものでね」

「他人の私生活を記録することで大儲《おおもう》けしてきた人が、よくそんなこと言えますね。では別の訊き方をしましょう。いったいどうやって、スイッチを切ったんですか?」

彼は沈黙したドローンを指さす。「実はこれを開発した会社のオーナーも、このわたしでね。だからバックドアを知っている。いちおう教えておきますが、そのコマンドはわたしの声にしか反応しない」コルテンが笑う。「さぞ気味が悪かったでしょう。申しわけない。よくない印象を与えてしまったかな? しかし、わたしが君に会いたかった本当の理由は、君に仕事をオファーするためなんだ」

どう答えるべきか、わたしは長々と考えてしまう。そして結局、「それも気味が悪い話ね」と言う。

「サンフランシスコに大学を一校もっているんだが」コルテンが説明する。「警備をまかせている男が、今ひとつ好きになれなくてね。彼はなんていうか……」彼は再び両手を合わせると、答がそこに書いてあるかのように天井を見あげる。「あまり有能ではない。で、君の評判を聞いたわけだ。すでに経歴は調べさせてもらった。誰もが知るＴＥＡのトップ調査官。エリート組織のなかのエリート」

「あなた、アインシュタインに詰めているＴＥＡのバカどもを、見たことないの？」わたしは訊いてみる。

「君が活躍したのはタイムストリーム内の現場だ」コルテンが言う。「君は大規模な密輸事件を、十件以上も摘発した。君が未然に防いだある暗殺計画についても、わたしはちゃんと知っている」

わたしはまたしても息を呑んでしまう。だが今回、本当に喉が詰まりそうになったのは、暗殺の件は最高レベルの機密だったからだ。「なんの話をしているのか、ぜんぜんわからない」

急所を突けたことに満足したのだろう、コルテンがにっこり笑う。「要するにわたしは、君が最も適任だと思うから、君にこの仕事をオファーしているんです。給料は今の五倍、加えて保険と各種手当、自社株購入権《ストックオプション》、新しい住居と引っ越しの費用も出す。もちろん、最高の医療サービスも」

コルテンは、最後のひとことをわざと途中で切り、わたしをじっと見つめる。

「わたしに最高の医療サービスを提供する理由は？」

たっぷり間をためてから、彼が答える。「君の健康状態が理由さ」

「健康状態？」

「わたしが所有しているバイオテクノロジー企業が、時間離脱症《アンスタック》に関して有望な研究を行なっていてね。いや、治療法を発見したわけじゃない。それはまだこれからだ。とはいえ、病気の進行を遅らせることはできる。今はレトロニムの改良型をテスト中だ。それにわたしが聞いたところでは、ある種のホリスティック治療も高い効果をあげているらしい」

「あのねえ」わたしはデスクから足をおろして天板に両肘をつき、ぐっと身をのりだす。するとコルテンも、わたしの姿勢にあわせて顔を近づけてくる。「まずあなたは、わたしのペットを勝手に眠らせた。次にあなたは、初めて会ってろくに言葉も交わしていないわたしを、高い給料で引き抜こうとした。そしてそのあと、わたしの病歴という個人情報まで、すでに入手していることをほのめかした。だけど話はそこで終わらず、〈ただし条件がある〉という最悪のひとことがつづくのよね？　わたしにいろいろ提供する見返りとして、あなたはなにを要求するの？」

　コルテンが椅子のなかでもぞもぞと動く。片足を床からあげ、反対側の膝の上にのせる。両手を組む。そしてわたしから顔をそむけると、あたりを見まわす。

「ほら」わたしは彼をうながす。「言いなさいよ」

「部屋だ」

「部屋？」

　彼は小首をかしげ、わたしを信じていいか審査するかのように、こちらの反応を観察する。

「このホテルには幽霊が出ることを、わたしは知っている」ようやくコルテンが言う。

「たしかにここは出ると噂されている」わたしは肩をすくめる。「だからどうだっていうの？　幽霊が出ないホテルなんかないと、人びとは思ってる。ホテルなんてそんなものでしょ。不気味だったり、変な音が聞こえたり」

「その種の現象を、君も信じているのか？」

「わたしはニヒリストだもの。なにも信じていない」

コルテンは大きくうなずき、にっこり笑う。

「君に聞かせてあげたい物語がある」

「わたしは別に聞きたくないけど」

彼は椅子に座りなおし、語りはじめる。

「このホテルの建設が決まったとき、設計者としてメロディ・フェアバンクスが選ばれたのには、ふたつの理由があった。ひとつめは、彼女が本当に素晴らしいデザインセンスをもっていたから」彼は自分の足もとに目を落とす。「このブルーのカーペットはいただけないがね。昔のＴＷＡホテル（ニューヨーク、ジョン・Ｆ・ケネディ空港に併設されたホテル）みたいに、赤にすべきだった。それはともかく、ふたつめの理由は、フェアバンクスが女性だったからだ。つまり連邦政府はよくわかっていたんだな。あの時空港《タイムポート》を、ドロシー・シムズではなくアインシュタインと命名したのは、大きな間違いだったと」

「それは言えてる」わたしは同意する。

コルテンがうなずく。「パラドクスの建設期間中、シムズがここに長く逗留《とうりゅう》していたのは知ってるかな?」

「アインシュタインを建てているあいだ、彼女が現場に入りびたったという話は聞いてる」

「そのとおり。しかしシムズは」彼はつづける。「フェアバンクスとも密接に仕事をしていたんだ。ふたりは協力し合っていた。もちろん公式にではない。この場合、もともと知り合いだったから、と考えるのが妥当だろう。だけどわたしは、それ以上のものがあったとにらんでいる。実際シムズは、具体的な工事にも深くかかわっていたらしい。彼女はフェアバンクスに手を貸した。でもそれは、インテリアを選ぶというレベルではなかった。シムズはこのホテルの奥深くで、なにかをやった。わたしには、幽霊の噂が偶然だとは思えない。あの噂は、なにかを暗示しているに違いないのだ」

「暗示しているって、なにを?」

「それはわからない。しかしわたしが調べさせたところ、どうやらこのホテルには、図面に記されていない部屋があるらしい。そしてわたしが思うに、その部屋について知っている人間がいるとすれば、それは……」コルテンはわたしに向かって片手を出す。

わたしが大きく嘆息《たんそく》したのは、彼に変な誤解をしてもらいたくなかったからだ。「このホテルについてなら、わたしは隅々まで熟知している。もし秘密の部屋があるなら、気づいていないわけがない」

コルテンは椅子に座ったまま上体を傾け、周囲を見まわしてほかに誰もいないのを確かめたあと、左手首にはめたマラビーズをたぐる。「さっき話した大学警備員の求人広告に、もし君が応募していたら、わたしは真剣に採用を検討しただろうね。つまりわたしが言いたいのは……」

「仕事のオファーと隠し部屋の情報提供け、交換条件ではない、ということか」

「そういうことだ」コルテンはうなずく。「けれども、もし君がわたしにその部屋を教えてくれたり、このホテルの内部資料、たとえば設計図面のオリジナルを見せてくれたりしたら……」

「つまりあなたは、まだその種の情報にアクセスできずにいるわけだ。わたしの個人的な医療記録は、入手しているくせに」

コルテンは立ちあがり、書棚の本を眺めながら台上を歩く。

「最も重要な情報の一部が、欠落している。それさえあれば、全容はおのずと明らかになるだろう。わたしが君にお願いしたいのは、その情報の探索を手伝ってもらうことだ」

「なぜ?」

彼は足を止めてわたしを見る。「なぜとは?」

「そう、なぜ? なぜあなたたちは、このホテルを欲しがる? この事業が赤字つづきであるなら、なぜあなたたちは買おうとする?」

コルテンの顔にゆがんだ笑みが浮かぶ。「必ずしも金がすべてというわけではないよ」

「いいえ、すべてでしょうに」わたしは言ってやる。「どれだけ言いつくろっても無駄。あなたが慈善事業にいくら寄付したかなんて、わたしの知ったことではない。あなたの教育プログラムや、世界を変えるというアホな戯言《たわごと》にもまったく興味はない。あなたみたいな人たちにとって、大事なのは金だけ。わたしは長年、世間のルールは自分には適用されないと信じこんだあなたのような大バカを、追いつづけてきた。なぜ今ごろになって、そんなきれいごとを言いだした？」

　コルテンは再び椅子に座り、背もたれにぐったりと体をあずける。

「なぜなら、この惑星が死にかけているからだ」

　ああ、そのとおり。サーモスタットがもとに戻らないことを、わたしたちはとっくの昔に認めている。まだ手遅れではなかった数十年まえに、適切な行動をとらなかったせいで、人類は温度設定ダイヤルをぶっ壊してしまった。今や世界の人口は赤道からぐんぐん離れ、南極と北極に向かって移動している。フロリダは海面下三フィート（約九十一センチメートル）に沈んでいるし、ニューオーリンズは現代のアトランティスと化した。今もわたしたちは、ゆっくり沸いてゆく湯のなかで死を待つカエルなのだ。なんとかしようとする者はおらず、その場しのぎをつづけるだけ。

　明日になれば、と為政者《いせいしゃ》たちは言う。明日になればきっと、解決策が見つかるだろう。

「それで？」わたしは先をうながす。

「科学界では、人類に残された時間はあと二世代ぐらいと言われている。なのに火星への再定住計画は、うまく進んでいない。公表されていないが、居住地での宇宙放射線遮蔽が、期待したほどの効果をあげていないのだ。ならばわたしたちには、どんな未来が残されている？　死んでいく地球に、しがみついているだけか？　そんなことはない。多くの先人たちは……」ここでコルテンはちょっと考える。「いや、多くの同時代人たちは、と言うべきかな？……まあどっちでもいい」自分で口にした言葉を、彼は片手でふり払う。「かれらは、地球から脱出することばかり考えてきた。だが、もしわたしたちに、この惑星を修復することができるとしたら？」

「その答を、わたしに言わせるつもり？」

「君の答とは？」

「タイムトラベルに関して、ＴＥＡが定めているたったひとつのルールは……」

コルテンはいきなり立ちあがると、またうろうろ歩きはじめる。歩きながら、言葉があとからあとからあふれてくる。「〈見るだけで手を触れてはいけない〉。それがタイムトラベルの鉄則だ。そんなこと、わたしだってよく知っている。しかし、この鉄則が間違っていたらどうする？　もしわたしたちが、歴史に手を触れるべきだとしたら？　数十年まえ、まだ高い効果が期待できたころのクリーン・エネルギー構想に、投資する方法がもしあるとしたら？」

彼は立ちどまる。両目を閉じ、鼻のつけ根を指でつまむ。「わたしは君に、こんな話をしてはいけなかった。ワーウィックに殺されてしまうな」コルテンは、哀れな仔犬のような目でわたしを見る。〈どうか彼には黙っていてほしい〉

わたしは肩をすくめる。「だけど、もし世界を救おうとする過程でタイムストリームを壊してしまったら、元も子もないでしょうに？」

「それはただの仮説だ」コルテンが答える。「すでにタイムストリームは、無数の小さな変化に適応している。誰かが過去に戻って、どこかの部屋のなかに立てば、それだけで歴史は少し変わってしまう。過去に起きなかったことが、起きているからだ。すでにわたしたちは、何年ものあいだタイムトラベルをくり返しており、にもかかわらず、大きな悪影響は現われていない」

「それは当然でしょう。ちゃんとルールがあるんだもの。わたしたちのようなプロもいるし」

「しかし、検証されない仮説にどれほどの意味がある？　過去数年間は、ベータテストの段階だった。最終的な結果が人類を救うことになるのであれば、歴史にどういう変化を与えればいいか検証するのは、意義のあることではないか？」

「そこまで言うなら、一九四〇年代行きのフライトを予約して、ロバート・オッペンハイマー（第二次世界大戦中、アメリカの原子爆弾開発において主導的役割を果たした理論物理学者）と遊びまわってくればいい。そうすればあの男は、破壊神の役を演じてしまったことを後悔せずにすむ。わたしは歴史マニアじゃないから、ちょっと間違ってるかもしれないけど」

「タイムストリームは、人びとが考えているよりずっと強靭《きょうじん》だ」

「その根拠は？」

「わたしがそう確信している」

わたしは自分の背後を指さす。「決してそうではないことを、今日キャンセルされた過去へ向かう全フライトと、変な動きをくり返すロビーの大時計が証明している。なにより、あなたが歴史をかき乱そうとするのを、ＴＥＡが見逃すわけないでしょう？」

　コルテンは片手をデスクの上にのせ、気持ちを落ち着ける。

「すでに仕事はオファーした」彼はわたしの質問に答えない。「だから君の返事を待つことにしよう。わたしたちは、君の力になってあげられる。そして君は、わたしの力になれる。そこをよく考えてほしい。もちろんわたしは、君がこの話を他言《たごん》しないと信じている」

　わたしは肩をすくめるだけで、なにも言わない。この男を喜ばせてやる気など、さらさらないからだ。コルテンは軽くうなずき、立ち去ろうとする。

「待って」わたしは彼を呼びとめる。

　ふり返った彼の顔には、期待の表情が浮かんでいる。

「最近アクソンは、個人ページのデザインを変えたけど、あれって最悪」ユーザーとしての苦情。「どうすれば昔の自分の写真にアクセスできるか、わからないんだもの。もうひとつ。わたしのロボットを直していって」

「レイヴ９９３１」コルテンが言う。

　ルビーが再起動して宙に浮かびあがり、細かく震えながら三百六十度回って現在位置を確認する。廊下を曲がったコルテンの姿が見えなくなったところで、ルビーが言う。

「動揺しました」

「ＡＩドローンでも動揺するの？」

「もちろんです。わたし自身も知らなかった音声コマンドで、プログラムの根幹部分を操作されたのですから。わたしがダウンしているあいだに、なにかありましたか？」

わたしは、コルテンとの話の内容をひととおり説明してやる。

「彼が語っていることは完全に違法であり、極めて危険です」

「それを知っておくのも、わたしの仕事だ」

「もう一点、わたしは、このホテルに秘密の部屋があるとはまったく思っていません。もしあれば、わたしたちが知っているはずです」

「同感。じゃあ答えてもらおうか」わたしはルビーに訊く。「さっきおまえは、異常が発生していると言った。ここでいったいなにが起きてるの？」

「今現在、わたしが命じられている主な仕事のひとつは、ロビーにいた男性の身元を特定することです。また、この調査は秘密裏に行なえという命令も受けているため、作業の難度はいっそう高くなっています。それでも作業をつづけているうち、わたしはいくつかの妨害に直面しました。なにかがわたしに、あの男を発見させまいとしています」

「たとえばどんなふうに？」

「たとえば、わたしが顔認証サーチを試みるたび、データの転送が実行されません。単にフリーズするだけで」

フリーズ。厭な響きの言葉だ。「彼の身元については、いったん脇におこう。ビデオフィードに集中しろ。先月までさかのぼってチェックするんだ。もしあの男がこのホテルに入ってきて、なにか買って財布を出していたら、IDカードのスクリーンショットが撮れるかもしれない。なんでもいい。今日以前に彼がパラドクスに来た形跡が、どこかに残ってない？」

「少々お待ちください」沈黙。「おかしいですね」

「なにがおかしい？　わたしは笑いたい気分じゃないけど」

「さっきよりも、保存されたビデオの量が減っています。間違いない」混乱した人間が部屋を見まわすように、ルビーはせかせかと左右に揺れるのだが、そのたびに貼りつけた目玉も一緒に揺れ、それがひどく滑稽《こっけい》に見える。「かなり多くのビデオが消去されています。バックアップ・システムも機能していません。今日一日のうちに、少しずつ消されたようです。あのレザージャケットの男の映像だけではない。関係のないものまで消えています。防犯記録のあちこちに、突然大きな不連続が生じました。しかし、消え方は完全にランダムです。まるで……溶け落ちていくみたいに」

「おまえはそういう重大なことを、今までわたしに黙っていたの？」

「気づかなかったからです……わたしたちのシステムに侵入し、映像を消去しているのが何者であれ、わたしにはその侵入者の存在すら確認できません」

「どうすれば止められる？」

「一度シャットダウンして再起動すれば、おそらくは……」

「じゃあそうしよう」

「でもそれをやったら、消去された部分の復元が……」

「やれ！」

しばし無言で静止したあと、ルビーが言う。「完了しました。外部からのアクセスを、敵がすぐには取り戻せない程度に、セキュリティ構造も変更済みです。しかしこれで、敵も動きを察知されたことに気づくでしょう。すでに侵入に成功している以上、再侵入されるのは時間の問題です。もちろんそれを阻止するため、わたしは全力を尽くしますが」

「いったいなにが起きてるんだろう？」わたしは自問する。

「ダンブリッジ局長に連絡しましょうか？」

「いや、それはわたしがやる」

わたしは椅子にもたれかかり、集中して考えようとする。

すでに奇妙な出来事がつづいていたけれど、これこそは、サミットの妨害を企図《きと》する者の存在を示す最初の証跡だ。じゃあ五二六号室の死体は？　あれもなにか関係があるに違いない。現状を考えれば、あの死体もルビーに調べさせるべきなのだが、そうするにはまだ材料が不足している。

それなら、今わたしはなにをつかんでいる？　どれもこれも、断片ばかりだ。

妨害しているのは、四人の参加者のなかのひとりかもしれない。四人全員が、たがいに暗闘している可能性もある。ツァンの部屋から飛び出した三匹の恐竜が、関係しているとは考えにくいし、むしろあれは、ロビーの大時計の問題に直結しているのだろう。時間の進み方が乱れているのであれば、産みたての卵があっという間に孵化《ふか》することも、あり得るのではないか？

あるいは、あの四人ではないのかもしれない。そもそもサミットの日程が前倒しになったのは、反対派の抗議行動のせいだ。ドラッカーは情報漏洩《ろうえい》を躍起《やっき》になって防ごうとしているが、すでに嗅ぎつけられたのではないか？

そして館内のカメラだ。ルビーを無力化したコルテンの知識を考えると、たとえ彼が所有する企業の製品ではなくても、ＴＥＡが採用している技術を彼が知悉《ちしつ》していても不思議はない。

いずれにせよ、今の段階でわたしに断言できることがひとつだけある。あのいまいましいサミットは、絶対に中止しなければいけない。とにかく不安要素が多すぎる。このままでは、ホテルのなかにいる人たちの安全を守れないだろう。すでに死体がひとつあるのだ。

というか、あると思う。

サミット中止について、早急にアリンと話しあわなければ。

視線を落とすと、デスクの上にメロディ・フェアバンクスの日誌があった。開きっぱなしになっており、わたしはこれをコルテンが読んでいたのかと疑う。

時間の本質については多くが語られてきたし、理解を助けるため使われた比喩や譬《たと》え話も、数え切れないほどたくさんある。しかし、わたしを得心《とくしん》させたものはひとつもない。時間は川や小道、矢などにたとえられている。でもわたしにとっては、どれも同じだ。時間について説明しようとする人の話を聞くたび、わたしは首をかしげずにいられない。

もちろんわたしも、パラドクス・ホテルを設計しているあいだは、時間の本質に関する本を読めるだけ読みあさった。

けれども、わたしが常に立ち返ることになったのは、時間など実際には存在していないとするアリストテレスの説だった。よくよく考えてみれば、彼の言うとおりだったからだ。アリストテレスはこう述べた。時間は人類の発明品である。宇宙では秒も分も関係ない。どちらかといえば時間は、空の容器のようなものであり、さまざまな事象がそのなかに入ってゆくが、容器自体は中身と無関係に存在しつづける。

この説がわたしは気に入った。容器としての時間。このホテルが人間を入れる容器であるのと同じように、事象を入れる容器が時間である。そしてこの容器には、わたしたちが発するエネルギーも入ってゆく。こういう考え方は、時間に関する還元主義と呼ばれているようだ。この名前だけは、どうにも好きになれない。わたしたちの人生を構成する人びとや事象の、どこが還元的なのだろう？

デスクの隅にフォトフレームがあり、起工式の記念写真が飾られている。掘られたばかりの大きな穴の前に、着飾った十人ほどの男女が立っているのだが、みな頭に建設作業用の銀色に光るヘルメットをかぶり、手には金色のシャベルを持っている。全員が、この穴を掘ったのは自分たちであって、撮影まえに脇に追いやられた作業員ではない、という顔をしている。

左端にメロディ・フェアバンクスが立つ。大きな胸をもつ長身の白人女性で、つややかなブラウンの髪が陽光を受けて輝き、笑顔もメガワット級の明るさだ。彼女のずっと右に、溶けたアイスクリームのように太ったふたりの男にはさまれ、ドロシー・シムズがいる。スキンヘッドで背が高く、しなやかな体つきをした黒人のシムズも、フェアバンクスと同じくらい明るく笑っているはずなのだが、彼女の笑顔はどこか中途半端で、その理由をわたしは知っているような気がする。

アインシュタイン・インターセンチュリー・タイムポートは、本来なら彼女の名を冠しているべきだったからだ。

タイムトラベルの発明者、ドロシー・シムズの名を。

わたしの視界の隅で、なにかがひるがえる。人間のような形をしたものが、すっと動く。急いで顔を向けたけれど、見えるのは無人の廊下だけ。

今ここにいるのはわたしひとりだ。ほかには誰もいない。ルビーを別にすれば。

このホテルには幽霊が出ると言ったコルテンの言葉は、決して間違いではなかった。実際わたしがここから出ないのも、死んだガールフレンドに会えるからであり、でもメーナの場合は過去の彼女が出現するのだから、幽霊とはちょっと違うだろう。

しかし今のあれは、幽霊と呼んでいいのではないか？

「ルビー、たった今この近くで、なにか変わったことはなかった？」

「変わったこと？」

「気温の変化とか、怪しい動きとか。なんでもいい」

かすかな回転音に、数秒の沈黙がつづく。「特になにも」

「そう」わたしはうなずく。「やはり簡単には見つからないか」

わたしはもう一度肩越しにうしろを見て、いま自分に必要なのは睡眠か、アルコールか、それともその両方かと考えたあと、ロビーへつづく斜路に戻るため廊下を歩きはじめる。すると突然、閉所恐怖症になったかのような息苦しさに襲われる。誰かにつきまとわれているような感覚が、どうしても拭いきれない。たぶん、漠然とした不安を感じているだけだ。神経過敏になっているせいで、最近この廊下を通った人びとの残像を感知しているのだろう。いわば、時間離脱症《アンスタック》の副症状みたいなものだ。

いくらか気持ちが楽になったとたん、再び同じものを見てしまう。視野の端で動く影。顔を向けると、廊下のずっと先の曲がり角から、さっきの女の子がこっちを見ている。またしても心臓が喉までせり上がりそうになる。なぜあの子は、これほど音もなく動きまわれるのか。しかも、五階で見たときより近い位置にいるのだ。

わたしは彼女に声をかける。

「もしかして、恐竜の赤ちゃんを探しているの？　もう捕まえて檻《おり》に入れたよ。早くお母さんのいる部屋に戻らないと、あなたも恐竜の檻に入れちゃうぞ」

少女はすばやく角を曲がり、消えてしまう。わたしはすぐにあとを追うが、曲がり角にたどり着いて廊下の先を見ても誰もいない。

「くそっ」わたしはルビーに命じる。「カメオにメモを送って。内容は、小さな子供連れの宿泊客を洗い出し、その人たちの部屋番号を至急教えてほしい。わたしが行って注意してくるから」

「どういうことですか？」

「あの女の子よ。今ここに立ってた」

ルビーが黙り込む。ほんの数秒だったが、わたしには三時間ぐらいに感じられてしまう。

「確認できませんでした。たぶんこれも、カメラに問題があるからでしょう」

わたしは改めて廊下の奥を見る。そしてあの少女が、再び顔を出してくれることを願う。自分が正気であることを、確かめたかったからだ。

でも、願ったとおりにはならない。

今回はどこまで悪化するだろうと危惧《きぐ》しつつ、ロビーに戻るため歩きはじめると、待ってましたと言わんばかりに、格安ヘアカットのグレイスンが廊下の陰から飛び出してくる。

さっきとは違うスーツを着ており、わたしに気づいた彼の顔も、さっきよりずっと険しいように見える。シルバーのネクタイピンを光らせながら、彼は上着の内側から拳銃を抜き、わたしの頭に狙いをつけて引き金を絞る。

と同時に脳がびくっと揺れたので、わたしはこれもスリップだと確信する。
これが未来の光景であることを、わたしは知っている。
グレイスンが、本当にわたしを撃ったわけではない。
でも彼は撃つだろう。問題は、それがいつになるかだ。
だからちっとも安心はできない。

苦痛の保存法

アリン・ダンブリッジがラヴレイス・ホールの外の廊下を歩きながら、スマートフォンをしきりにタップしている。わたしが近づいてくるのを見た彼は、スマホをポケットにしまい「君と話がしたかったんだ」と言う。

「わたしもあなたに話がある。このサミットは……」

「なぜドラッカーに突っかかった?」

わたしは肩をすくめる。「あの女が先に、クソみたいなことを言いだしたからよ」

「彼女は上院議員だぞ。事実上われわれのボスだ。電話一本で、わたしや君をどこかに飛ばしたり、首を切ったりできる。ここの従業員を監視するなんてバカなことは、わたしもやりたくないけれど、今は憂慮すべきもっと大きな問題がある」

「そのとおり」わたしは彼に賛同する。「わたしたちはこのサミットを、別の場所に移さなければいけない」

アリンは両手で髪を掻《か》きあげる。毛をすべてむしりそうな勢いで指を通したものだから、手を離したとき彼の頭は、起きぬけのようにぐしゃぐしゃになっている。

「それは無理だ」

「アリン、わたしたちは攻撃されているの」わたしは彼に教えてやる。「何者かが、わたしたちのシステムに侵入した」

「なんだって？」

わたしは肩の上で浮かんでいるルビーに合図を送り、説明するよう命じる。

「われわれのビデオフィードに侵入し、映像データを消去した者がいます。今は排除していますが、なぜそんなことをするのか理由がわかりません。最も可能性がありそうなのは、誰かがなにかを隠そうとしていることです」

アリン・ダンブリッジが長嘆息《ちょうたんそく》する。「たしかにそれはまずいな……」

「それだけじゃない」わたしはつづける。「今しがたコルテン・スミスと話をしてきた。なぜ彼がここを買いたがっているか、理由を知ってる？　時間をさかのぼって、気候変動を止めたいからなんですって。いいアイデアのように聞こえるけど、もちろんそんなことしたら、今のこの世界が破壊されかねない。しかもこれって、このサミットにはもっと大きな問題があることを示唆している。ねえアリン、そもそもあの参加者どもが、おとなしくルールを守ると思う？」

「ＴＥＡは現状のまま存続する。その点は、入札の実施が検討されるまえから明確になっていた。タイムトラベル事業において、われわれは法の執行機関でありつづけるし、連邦政府が定めた権限に基づき、活動をつづける。だからわたしは、かれらが歴史を変更することはないと考えている」

「あの四人を信用するってこと？　ドラッカーも？　わたしはまったく信用してないんだけど」

「それはわたしも同じさ。ＴＥＡは黙って座ってるわけじゃない。責任と権限に関し、常に政府の各部門と調整を重ねている」

「たとえばどんなふうに？　もしドラッカーが、あなたを解任すると決めたり、あるいは……」

アリンは片手でわたしの肩をつかみ、目をじっと見つめる。「ジャニュアリー、この件については、わたしにまかせてもらうしかない。すごく複雑だし……君たち現場の人間には、まだ教えられない安全装置もあるからな。いま言えるのはそれくらいだ。とにかく、過去に戻って歴史を変える試みなんか、絶対にやらせないことだけは信じてほしい。いいかな？　わたしたちのシステムは安全なんだ」

「もちろんわたしは、あなたを信じている。でも、あなたの言う安全はどれくらい安全なんだろう？　ビデオフィードの件は、どうすればいい？」

彼はため息をつく。「技術部のジム・ヘンダースンに話をしておく。誰かが裏で動いているのは間違いなさそうだし、実のところそれも想定内だ。とはいえ、死体でも出てこないかぎり、解決する優先順位はさほど高くないな」死体と聞いて、わたしがわずかに反応したらしく、わたしを見つめるアリンの目がひときわ鋭くなる。「君がなにか隠し事をしているのであれば、また話は別だが」

隠し事はしている。でもわたしは、「まさか」と答える。

アリンがもう一度ため息をつく。「ならジムにまかせよう」

これ以上この話をしても無駄だろう。どうやら、彼もなにか隠しているらしい。目に見えない壁をはさんで向きあうのは、なんとも厭《いや》なものだ。

「テラーと皇太子がもうすぐ到着する」アリンが言う。「難しいとは思うが、かれらをわざと怒らせるようなまねだけは、絶対にしないでほしい。頼んだぞ。わたしは友人としてお願いしているんだ。今から二十四時間だけ、規則に従ってくれ。いや、五分でいい。かれらの前で、五分間だけおとなしくしてくれれば、それでいいよ」

わたしがなにか言い返すより早く、彼はまたしても片手でわたしの肩をつかむ。

「ジャン、不確定要素がまだたくさん残っているんだ。わたしは精一杯がんばっているのに、仕事は増えつづけている。君にふだんのままの君でいられたら、いいことはなにひとつない。だから頼む。ほんの少しでいいから、わたしの人生を楽にしてくれ」

わたしは笑ってしまう。笑わずにいられない。というのも、どういうわけか昔の記憶が蘇《よみがえ》ってきたからだ。三週間の出張に出たわたしとアリン、そしてアリンの部下たちが、バーで息抜きをしていたときのことだった。彼とわたしは、バーの外の廊下でたまたま顔を合わせた。アリンはトイレに向かう途中で、わたしは戻ってくるところだった。アリンは、夜もふけてビールを四杯飲んだすべての男が、女性の同僚をひとりの女として見るときのあの目で、わたしをじっと見た。それから彼は、どこか静かなところに行って、ふたりだけで飲みなおさないかとわたしを誘った。わたしは、自分は同性愛者《ゲイ》だと告白しながら、女が好きだと言う女に出会ったとき男が見せる典型的な反応――あからさまに不快な顔をするか、困惑するかのどちらか――を、彼も見せるだろうと予想した。ところがアリンは、ただにっこり笑ってそれは悪かったと謝り、以降わたしたちは、なにごともなかったかのように一緒に仕事をつづけた。

おまけに彼は、一九四五年にわたしの命を救ってくれたのである。

なぜわたしが笑いだしたかわからないまま、アリンも一緒になって笑う。「なにがそんなに可笑《おか》しい？」

「別になにも」わたしは答える。「ただ、その気になればわたしも、いろんな顔ができるな、と思って。やっぱりあなたはいい友だちだわ」

「嘘だろ、ジャニュアリー・コールに褒められたのか？　遂《つい》にわたしも死ぬんだろうか？」

「せいぜいおとなしくしてるから」わたしは彼の腕に手を添える。「わたしと一緒に、金持ちどもに怒鳴られに行こう」

「悪いが先に行っててくれ」アリンはスマホを手にする。「あと何本か電話したら、わたしも残りのＶＩＰたちを迎えに行くから。それはともかく……ありがとう、ジャニュアリー」

わたしは彼の腕を軽く叩き、彼に対する信頼が裏切られないことを願いつつ、ロビーに向かう。

フライトボードの文字が、すべて赤く点灯している。こんなのは初めてだ。初めての事態が、あっちでもこっちでも起きている。まったく気に入らない。」

ＱＲ３３４５―古代エジプト―欠航
ＲＺ５９０２―ゲティスバーグの戦い―欠航
ＺＥ５５２２―三畳紀《さんじようき》―欠航
ＨＵ０１９３―ルネサンス―欠航

これでは客の不満をなだめることはできない。だがその一方、もし客たちがまた騒ぎだせば、サミットがらみのごたごたやわたしの頭が銃弾に狙われていることを、しばし忘れるいい気晴らしになるだろう。そしてグレイスンのあの行動が、興味深い思考実験を提供してくれる。五二六号室であの男の死体を見て、これは未来の光景だと確信したときから、わたしはずっと考えてきた。もしわたしが彼を死の淵《ふち》から救うと、歴史にどんな分岐が生まれるのか？

またグレイスンが、あんな至近距離からわたしの頭を撃ちそこなうためには、彼は目がかすむほど酔っている必要がある。もちろんわたしは、彼に鉛弾をぶち込まれたくない。わたしは死ぬ運命なのだろうか？　もしわたしがグレイスンの初弾をかわし、彼の銃を奪って逆に彼を射殺したら、歴史の軌道は修正され、わたしは翌日バスルームで転んで首の骨を折るのか？

わたしが自分の命を守ったせいで、タイムストリームは毀損《きそん》するのか？

わたしが甘んじて死を受け入れることが、最も安全で賢い道なのか？

〈気をつけろ、手を触れるな〉の原則は、過去だけでなく未来に対しても有効なのだろうか？

それともタイムトラベルにとって、そんな原則、本当はどうでもいいのか？

情けないことに、今のわたしは、自分が死ぬ可能性よりも喫緊《きっきん》の問題について、心配しなければいけない。

テラーも皇太子もまだ到着していないようだから、まずは部屋が足りない件を再確認しておこう。カメオを探していると、客の目を避けて通用口にまわるのではなく、ホテルの正面ドアから堂々と出てゆく彼を見つける。わたしはここで待てとルビーに命じ、彼のあとを追う。

外は寒かったけれど、凍えるほどではない。大雪になっているものの、風が強くないので、雪はゆっくりと渦を巻きながら降り積もっている。外壁から張り出した庇《ひさし》の下に、雪を踏み固めた細い道が何本かできていて、人の通った跡が最も多い道の先にはスタンド灰皿が置かれている。空は重い灰色に塗り込められ、天気がよければ眺望絶佳《ぜっか》なのに、今は雪でなにも見えない。正面玄関のロータリーは、ついさっき雪搔きをしたらしいのだが、早くも雪が積もりはじめている。ホテルからうねうねとつづく野や畑も白くおおわれ、目につくのは灰色の建造物群と、遠くで明滅するアインシュタインの照明灯ぐらいだ。

　カメオがスタンド灰皿の横に立ち、タバコをくわえて寒さに身を強《こわ》ばらせている。わたしを見ると苦笑いしながらタバコを指でつまみ、高く掲げる。

「まだ禁煙しているんですか?」カメオがわたしに訊《き》く。「それとも、そろそろ吸いたくなった?」

　わたしは強い誘惑を感じてしまう。喫煙に対する奴隷じみた依存は、絶対に消えるものではない。幸いにもわたしは、最高に強力な一種の嫌悪療法を経験していた。

「今この世界に、わたしの分のニコチンはなくてね」わたしは言い返す。「なかはどんな感じ?」

「世界が終わろうとしている感じですね。どの客に訊いても、そう答えるでしょう。なにしろ運航再開のめどが立つまで、全便欠航が公式にアナウンスされたんですから。なにか異変が起きているんです。なのにわれわれスタッフにも、情報がまったく与えられない。だからほら、とうとう……」カメオは手にしたタバコで、ロータリーから延びてゆく道を指し示す。

　降りしきる雪のなか、一台の乗用車がホテルから走り去ろうとしている。その少し先で、別の一台が道路からはずれているけれど、助けに行く必要があるほどではない。

「トラムに乗り、時空港《タイムポート》へ戻ろうとしている客もたくさんいます。みなさん足があるうちに移動したいのでしょう。しかし、ここからいちばん近い空港はロチェスターとシラキュースなんですが、雪と渋滞がなくても一時間はかかってしまう」カメオはタバコをくわえて深く吸い、派手に煙を吹き出す。「タイムポートに戻ったところで、いいことはないでしょうね。というのも、アインシュタイン勤務の全スタッフがこのホテルに向かっており、簡易ベッドを並べることになりそうなんです」

わたしは胃が重くなったのを感じる。「並べるって、どこに?」

「いちおう地下の会議室を考えてます」

「それは難しいと思う。あのバカげたサミットの準備で、地下はごった返しているもの」

「でも、ほかに置けそうなところがありますか?」

「二階と三階には、トイレに通じている窪《アルコーブ》みがたくさんある。ジムもあるし」

「ジムを使いたがる客がいたら?」

わたしはため息をつき、両腕を組む。「せっかくの静かなひとときを、ぶち壊しにしてくれてありがとう」積もりに積もった鬱憤《うっぷん》が、皮膚の下でふくれあがり、遂に噴き出してくる。「今わたしたちの防衛準備態勢《デフコン》レベルはね、最高のほうに振り切っているの。ジムの心配をしている場合じゃないってことが、なぜわからないんだろう」

カメオに八つ当たりしてはいけない。それはわかっていたし、頭のなかでは小さな声が〈なにをやっているんだ、やめろ〉と制止しているが、喉を上がってくるもっと大きな声にかき消されてしまう。アリンと話をしたあとの安らぎは、たった数十秒で終わり、わたしはまたしても混沌《こんとん》のなかに戻ってゆく。

「お言葉を返すようですが」眉をナイフのようなアーチ形に吊りあげ、カメオが言う。「わたしはなにもぶち壊していません。外部から何者かに侵入されたのであれば、われわれはそれに対処するしかないんです」

カメオが雪の山の上にタバコを投げ捨てると、先端の赤い光がジュッという音とともに消える。「わかってますよ、ジャン。あなたは彼女を愛していた。そしてわたしたちも、彼女を愛していた。たしかにあなたと彼女の愛は、普通とはちょっと違っていたかもしれない。でも、愛であることに変わりはなかった。わたしたち全員が、彼女がいなくなった空白を感じています。いらいらと当たり散らすのではなく、あなたの喪失感をみんなが共有していることを、思い出すべきではないでしょうか」

この苦言に対する正しい返答が、いくつも頭に浮かんでくる。

わたしが悪かった。

君の言うとおりだ。

ありがとう。

わたしはやり場のない怒りを、君にぶつけるという間違いを犯してしまった。

にもかかわらず、わたしはこう答えてしまう。

「それとこれとは関係ない」

「いいえ、あなたの言動は、すべてそれと関係しています。そしてそれこそが、あなたの問題なんです」

わたしはカメオに背を向ける。「今からレグと一緒に、大金持ちどものご機嫌を取らなければいけない。そうそう、ルビーがメモにして伝えたと思うんだけど、子供がひとり親の付き添いなしで走りまわっている。問題の家族がどの部屋に泊まっているか、調べてもらいたい。でないとあの子、恐竜の餌になってしまう」

「待ってください」

わたしはふり返らない。あのナイフの刃のような眉を見るのは、もうたくさんだ。でもいちおう、肩越しに訊いてみる。

「なに？」

「わたしたちはここにいます。いつでもここにいます。だけど、差し伸べた手をふり払ってばかりいたら、やがて誰からも相手にされなくなりますよ」

わたしはカメオに、誰かを必要としていない人間は、誰も失うことがないのだと言ってやりたくなる。でもすっかり冷えてしまったので、さっさとホテルのなかに戻ってゆく。


ぶつぶつ独りごとを言いながら、支配人室の前を行ったり来たりしていたレグは、わたしが近づいてくるのに気づくと大きな安堵《あんど》の吐息をつく。

「ヴィンス・テラーが、もうすぐ到着するんだ」レグが言う。

「レッドカーペットが見えないけど？」ルビーが合流したのを確かめながら、わたしは訊く。

「わたしたちは、彼をちゃんとお出迎えしなければいけない」

「へえ。コルテン・スミスは出迎えたっけ？　アラブの皇太子殿下はどうするの？　テラーのどこが、それほど特別なわけ？」

　レグはあたりを見まわし、近くに人がいないことを確かめる。「ここを落札するのが、彼だからさ」

「誰がそんなこと言った？」

「わたしの第六感がそう言ってる」

「ねえレグ、もしあなたの第六感が頼りになるなら、無一文になるまで競馬で負けつづけたり、逆に食べ物に大当たりして、トイレにこもったりすることもないと思うけど」

　レグが顔をしかめる。「わたしはグルテン過敏症なんだよ」

「単にナチョチーズとコーヒーの摂《と》り過ぎでしょ」

　いらだちと恥ずかしさが入り混じったような表情で、彼は目玉を回して見せる。

「スミスを信用してるやつなんかいない。なにしろ彼に比べたら、あのマーク・ザッカーバーグ（Facebookの創業者。Facebookは二〇二一年に五億人を超えるユーザーの個人情報流出が問題になった）でさえ、マハトマ・ガンジーに思えてくるんだからな。オズグッド・デイヴィスは実力だけでのしあがった男だが、新興成金は旧財閥に敵《かな》わないのが世の常だし、その意味でテラーと皇太子は有利になる。そして合衆国政府が、アメリカの技術を外国政府に譲りわたすことはない。相手がサウジアラビアとくれば、なおさらだ。テラーとドラッカーが古くからの知り合いであることは、今さら言うまでもないし、こういう関係が無視できないことは君もよく知ってるよな」

たしかに単純明快ではある。わたしも今の時点で、どの馬が本命かわかったような気になった。だけどお金というやつは、いくらわかったような気になっても、こちらの理解を超えたところで動いてゆく。少なくとも金持ちではない一般人の理解が、およぶものではない。

「勝負師というのは、競争する四人を平等に歓迎することで、負けるリスクを減らすとばかり思っていたけど、そうじゃないみたいね」わたしはレグに言う。「やっぱり賭けるのはやめておく」

レグはなにか言いかけるが、ちょうどそのとき、アインシュタイン行きトラムの停車場へつづくカーペット敷きのトンネルのなかから、ふたつの人影が現われる。グレイスンとテラーだ。かれらのあとを、ドラッカー上院議員がつづく。

「な、言ったとおりだろ」レグは得意そうだ。

「はいはい」わたしは受け流す。

彼とわたしは三人に向かって歩きはじめる。テラーは、なにかもらうのを待つハロウィーンの夜の子供のように、ロビーをきょろきょろ見まわしている。顔には不機嫌が永久に張りついており、なるほどこの風体《ふうてい》なら、過去のご乱行でセックスワーカーが何人か死んでいても不思議はない。

見ているだけで、血圧が少し上がりそうだ。

あれが大富豪というやつなのだろう。やりたいと思えば、どんなクソみたいなことでも平気でやってしまえる。

たとえばテラーは、泥沼の離婚劇の最中に前妻がリークしたボイスメールのなかで、ありとあらゆる人種差別的な罵詈《ばり》雑言《ぞうごん》——うちいくつかは、彼がその場で思いついたものらしい——を吐きまくっていた。しかもその罵倒の対象は、彼が最も怠惰だと考えている人種、彼に雇われた清掃スタッフのなかで盗みを働いているらしい人種グループ、さらにはベッドで首絞めプレイをやるとき、いちばん面白い反応を示すと彼が考えている人種など、すべての人びとにおよんでいた。

にもかかわらず、「わたしは根っからのレイシストではないし、もしわたしの発言を聞いて気を悪くした人がいたなら、お詫《わ》びしたい」という彼の弁明を、世間はあっさり受け入れてしまった。そしてテラーは、今も大統領のパーティーに出席しつづけている。

これこそが、大富豪クラブのメンバーである醍醐味《だいごみ》だ。かれらは人間の赤ん坊だって食えるだろうし、金さえ払っておけば、ほとんどの人は見て見ぬふりをしてくれる。

わたしとレグが近づいていっても、テラーが気づいたそぶりすら見せないので、レグは大きな声を張りあげる。

「ミスター・テラー！　パラドクス・ホテルにようこそ。わたくし、支配人のレジナルドと申します」

ああレグ、やめろ。

テラーは小さくうなずくとぞんざいに握手し、いきなりこう質問する。

「皇太子はもう着いてるか?」

「さあ、それはちょっと……」

「支配人なら」やっとテラーはレグをまっすぐ見る。「それくらい知っておくべきだな」

「申しわけありません」頭を下げて謝るレグを見て、わたしの腹がごろごろ鳴る。「でも、皇太子の随行員たちは到着してますよ。かれらとお会いになりますか、それとも……」

テラーは片手をあげ、レグを黙らせる。もうこの男に用はない。

彼はドラッカーに向きなおる。

「最後にもう一度だけ言わせてもらう。やつらを入札に参加させること自体が、そもそも間違いなんだ」

「でもそれは、わたしのずっと上で決定されたことだから」

「君は合衆国の上院議員だろ」テラーがつづける。「わたしは、エヴェレット大統領にも同じことを言っている。もし彼が少しのあいだゴルフコースを離れ、わたしの説明に耳を傾けてくれれば、必ずや同意するはずなんだ。なのに、わたしにこんな仕打ちをするなんて、わたしが彼のため費やしてきた時間と労力は、いったいなんだったのかと疑いたくなるよ」

「政府はこの案件を、公平かつ迅速に処理していくから、心配しなくても大丈夫」とドラッカーは言ったのだが、〈公平〉を軽く流して〈迅速〉を強調したその口ぶりから、わたしは彼女がどちらをより重視しているか察してしまう。

「おまけにこのホテルときたら」テラーが大きく振った片腕は、もう少しでレグに当たりそうになる。「まるでゴミ溜《た》めだ。ブルーのカーペットだと？　ふざけてるのか？　ほかの色と完全にぶつかり合ってるじゃないか。ビジネスで真っ先にやるべきことは、カーペットの色決めだ。わたしならグリーンを選ぶね」彼はグレイスンを見る。「グリーンは、わたしの好きな色だからな」そのあと、なぜかテラーはわたしに視線を移す。「そこのおまえ。わたしは部屋でひと休みする。ステーキとスコッチを、わたしの部屋まで持ってこさせろ。ステーキの焼き方はウェルダン、スコッチは十五年もの以上ならなんでもいい。あと、部屋ではどんな映画が観られる？」

このあまりの無礼さに仰天したわたしは、本当に久しぶりに唖然《あぜん》としてしまったのだが、それがかえってよかったらしい。

「おいおい、このホテルの人間はみんな役立たずなのか？」テラーは再びグレイスンに顔を向ける。「じゃあおまえが、いま言ったものを手配しておけ」

グレイスンの顔がさっと赤くなったのは、よりによってわたしの面前で従者のように扱われたからだろう。なにしろ彼は、わたしのことを嫌っているうえに、もうすぐ殺そうとするのだから。わたしは、少しだけ愉快な気持ちになる。

「それで入札の段取りだけど……」ドラッカーが言いかける。

「そんなことどうでもいい。結末がどうなるか、もうわかっているんだからな」

なんて厭な野郎だ。脳のうしろのほうから、アリンの声が聞こえてくる。その声は、よけいなことは言うなよ、とわたしに命じている。わたしは苦笑してしまう。なぜなら、にこにこしてうなずき、くだらない映画を観に行くテラーを見送るだけであれば、特に努力せずともできるからだ。

　わたしになんの関係がある？　こういう連中は黄金のお城で暮らしているし、そこからかれらを引きずりおろすため、わたしになにができる？

なにもできやしない。かれらにひと泡吹かせることなど、わたしにはできないのだ。

でもそれは、やってみてはいけない、という意味ではない。

「なに、あいつ？」濡《ぬ》れタオルを叩きつけるような調子で、わたしは言う。

　全員が立ちどまり、わたしを見る。わたしはレグに向かい、芝居がかった大声で内緒話をする。「わたしたち、ずっとここに立っていたのに、ぜんぜん気づかなかったみたいじゃないの」

「おい」とグレイスンが言ったとたん、わたしの鼓動が一拍だけ乱れる。「やはりおまえとは、ゆっくり話をしなきゃいけないようだな」

　望むところだ、このゲス野郎。

ところがなぜか、彼の視線はわたしから離れて後方に流れ、と同時に朗々たる大声が響く。

「わが友よ！」

　ムハンマド・アル・カリッド・ビン・サウド王子が、警護隊のリーダーであるイーシャを従えロビーをこちらに向かってきており、このふたりをほかの側近たちが取り囲んでいる。全員が、いつ重要な任務を仰せつかってもいいように、特有の緊張感を漂わせている。きっと、ソーダ水を持ってこいとか、四つんばいになって足のせ台《フットスツール》の代わりになれとか、命じられるのだろう。

しかし、堂々たる体軀《たいく》の持ち主であるのに、皇太子本人からそんな波動は特に感じられない。肥満しているのではなく、単に大きいのだ。その立派な筋肉を見れば、彼をからかおうとする者などいるまい。いま皇太子は手のひらを上に向け、悠揚《ゆうよう》とした態度で両腕を前に差し出している。若くハンサムで、その完璧な微笑には修練を積んだ跡がうかがえる。人から笑えと言われ、やっとそれらしくなったようなテラーの作り笑いとは、大違いだ。

実をいうとわたしは、今回の参加者のなかでいちばん不愉快な男が、この皇太子だろうと予想していた。なんといっても彼は、十年まえの石油戦争で自国領の半分を荒廃させ、おおぜいの国民を殺してしまったのだから。幸いなことに、もし彼が未《いま》だに誰かを恨んでいるとしても、その相手はここにはいないらしい。

オズグッド・デイヴィスによると、テラーと皇太子にスミスを加えた三人は、最近ディナーをともにしている。しかしテラーと皇太子は、そのディナーでどんな話をしたか、まったく異なる記憶をもっているらしい。皇太子がわたしたちの前に立ち、右手を前に出す。するとテラーが、その手を厭そうに握り、同時に皇太子の顔から微笑が消える。テラーが真っ先に自分の手を握るなんて、彼は想像もしていなかったのだ。

皇太子はわたしに視線を移し、小さくうなずく。

「イーシャが言っていた警備主任とは、あなたのことですね」わたしたちは握手する。「ア《ご》ッサラーム・アライクム《きげんいかがですか》」

アラビア語でこう挨拶されたときの返し方であれば、以前ルビーから教わったのだが、もう忘れてしまったし、いま肩の上でホバリングしているドローンに訊くわけにもいかないので、わたしは普通に応じる。「ジャニュアリー・コールです。お目にかかれて嬉しく思います」でも、皇太子の気分を害することはなかったらしい。

これだけの人数が一か所に集まっているのだから、アリンとニックが駆け足で向かってくるのは必然であり、わたしは少しほっとする。なぜなら、重く張りつめている空気が、今にも弾けそうだったからだ。

そしてわたしの予感は、さっそく的中する。

「サウジ政府に、アメリカの土地と技術を好き勝手にいじくる権利を与えるべきではないし、だから彼を入札に招待するなんて、正気の沙汰ではないんだ」まるで舞台の上に立っているかのように、テラーがロビーの壁に向かって声を張りあげる。

「率直に言って」皇太子がやり返す。「あなたのそのふるまいには、驚きを禁じ得ません。まだ聴衆は集まっていませんよ。芝居がかった演説をしたところで、得るものはないでしょうに」

「演説をしたわけじゃない」テラーが言う。「大事なことを訴えただけだ」

「大事なこととは?」

「愛国心だよ」このひとことを、テラーは劇的かつ感動的に宣《せん》したつもりらしい。でも実際は、道化のセリフにしか聞こえなかった。

　皇太子殿下も負けていない。彼は軽く唇を嚙《か》むと、こう言い放つ。「わたしが聞いた噂では、今のあなたに、最低落札価格に届く金額を提示できる余裕があるかどうかも、疑問視されているそうですね」

テラーの顔面が憤怒《ふんぬ》でひしゃげてゆき、しかし彼がなにか言うよりも早く、ドラッカーが口をはさむ。「まあまあ、どちらもお手やわらかに……」

「とりあえず今は……」アリンもなだめようとする。

　かくてふたつの陣営の対立は決定的となったわけだが、人数がそろっている皇太子側に対し、テラー側のグレイスンは拳銃を所持しており、わたしが注意すべきはグレイスンの銃のほうだ。双方から次々に怒声が飛び、中央で入り交じる。わたしは両者のあいだに割って入ると、「いい加減にしろ！」と怒鳴る。

　全員が口をつぐみ、わたしを見る。

「ここは議論する場所ではないし、今はその時でもない。わかった？」

「ここにいちゃいけないのは、この女のほうだぞ」

　こう言いながらグレイスンが一歩前に出てくる。今度は彼が注目を浴びる番だ。「おまえのファイルを調べさせてもらった」彼はわたしに言う。それから周囲の人びとをざっと見まわし、全員が聞いているのを確かめる。「このホテルの警備主任は、時間離脱《アンスタック》症を患《わずら》っているそうです」

場の空気が一瞬で変わる。

大量の血液がどっと頭にのぼってきて、わたしは恥ずかしさと困惑で軽い眩暈《めまい》を覚える。かれらがなにを感じているか、容易に想像がつくからだ。憐憫《れんびん》。恐怖。この女は障害者なのか、それとも狂人なのかという不安。もっとも、この不安は半分あたっているだろう。いずれにしろ、面白くないことに変わりはない。

「そんな人物に警備をまかせるなんて……」テラーの言う〈そんな〉がわたしの病気を指すのか、それとも女のくせに要職に就いていることを指すのか、わたしには判断できない。

「冗談じゃないな。おいアリン、君はわたしたちをなめてるのか？」

おいアリン。このふたり、ファーストネームで呼びあうほど親しいのか。なんと素晴らしい。

「ジャニュアリーは、赫々《かくかく》たる実績をもつベテラン調査官です」ほとんど怒っているような強い声で、アリンがきっぱりと言う。「わたしの命を救ってくれたことも、一度や二度ではありません。ジャンをここの警備責任者に任命したのは、彼女以上に信頼できる人を、わたしが知らなかったからです」

テラーが目を丸くする。皇太子のたくましい肩から、緊張が解けてゆく。かれらがわたしをどれほど信用しているか疑問だが、アリン・ダンブリッジ局長の言うことは、一も二もなく信用するらしい。

例外はグレイスンだ、彼だけが、まだわたしのファンクラブに入っていない。

そしてわたし自身は、アリンに擁護してもらう破目になったことが癪《しゃく》だったけれど、今さらなにが言えよう？〈わたしはまったく狂っていない、だからここでちょっと失礼して、わたしにしか見えない死体を調べてくる〉とでも言えばいいのか？

「ではみなさん、こんなところに立っていても迷惑なので、適当に解散しましょう」アリンが提案する。

人の輪がほどけ、ばらばらになってゆく。テラーは言いたいことが言えたので、満足そうだ。だがグレイスンは、わたしを排除することに失敗したので、がっかりしているらしい。わたし自身、排除されたほうがよかったような気になっているのは、そうすれば彼に撃たれる確率がぐっと低くなるからだ。

しかし、本当に撃たれずにすむのだろうか？

タイムトラベルは謎だらけだ。

皇太子だけは、ひどく悲しげな顔をしている。きっと、ある人物について理解したと思ったそばから、それは間違いであると知らされたからだろう。

アリンがわたしの耳もとで囁《ささや》く。

「レグのオフィスに来てくれ。今すぐ」

まるで生徒を校長室へ呼び出すような口ぶりだ。ふたりはいったん別れ、わたしは彼より先に支配人室へ向かう……

……状況説明を求められると思っていたのに、わたしが入っていったのは、人影もまばらな建物のなかにある、まだ備品もそろっていないオフィスだ。部屋の隅にはコンピュータの入った箱があり、ファイリング・キャビネットには、輸送中にドロワーが飛び出すのを防ぐ青いテープが貼られたままになっている。デスクの正面に置かれたチェアを、アリンが手振りで示す。

「座ってくれ、ジャン」

わたしの胃がきゅっと縮まる。彼がなんの話をするつもりか知らないが、うっすらと見当はつく。わたしは動揺していないことを示すため、両足をデスクの上にのせる。アリンは顔をしかめたが、すぐに苦笑いしたのは、わたしが相手だと、この程度のことは驚くにあたらないからだ。

彼はデスクの反対側の大きなキャスターつきチェアに腰をおろし、好みの高さに調整する。それから短い黒髪を、両手で撫《な》でつける。それもやけにゆっくり、時間をかけて。これがわたしは気に入らない。いつものアリンなら、まっすぐ本題に入るだろう。もし躊躇《ちゅうちょ》しているのであれば、厭な話をしなければいけないからだ。そしてそんな話、わたしも聞きたくないに決まっている。

「調子はどうだ?」やっとアリンがわたしに質問する。

わたしは耳のうしろをぽりぽりと掻き、肩をすくめる。

「元気だけど」

「君の検査結果を、読ませてもらった」

「そう。あの医者に、なにがわかると思う?」

「わたしは真面目な話をしているんだ」

「それならさっさと用件を言って。まわりくどい言い方をわたしが嫌っていることは、よく知ってるでしょ。ダンスするあなたを見ているみたいで、すごくいらいらする」

アリンが笑う。「わたしはけっこういいダンサーだけどな」

「ミケイラの退職記念パーティーを忘れたの? わたしはてっきり、あなたがなにか悪い発作を起こしたのかと思った。もう少しで救急車を呼ぶところだったんだから」

「ジャニュアリー、君は配置転換されることになった」

やはりその話だったか。それはないだろうと自分に言い聞かせながらも、実は覚悟していたのだ。

「配置転換って、どこへ?」

「ここへ」

「このホテル?」

アリンは、なにか身を守る物がないか探すかのように、壁がむき出しのオフィス内を見まわす。だがなにも見つからないので、結局わたしに目を戻す。

「君が年金の受給資格を得るまで、あと三年だ。十年勤務すれば、君もいくらか安心して引退できる。そうしたいと思わないか?」

「わたしがいつ、どこで、どんな職務上の失敗をしたか教えてもらいたい」わたしは納得しない。「つい先週もわたしは、大統領選に出馬するまえのリンカーンを、暗殺しようと計画していたやつらを逮捕した。もしあれが成功していたら、タイムストリーム全体が壊れることはないにしても、現代にいきなり奴隷制が出現して大混乱が起きたかもしれない。なのに、そのご褒美がこれ？　わたしは奴隷制の復活を防いだんじゃないの？」

「ジャニュアリー……」

「一九七〇年代に戻ってベータマックスに投資し、ビデオテープの規格戦争でVHSを潰そうとした男がいたのを憶えてる？　あの男を止めたのは誰だった？　そう、このわたし。わたしが止めなければ、どんな波紋が広がっていたか想像してほしい」

わたしは人さし指を立てる。「わたしは、ティラノサウルスを狩ろうとした大物狙いのハンターを、十二人も捕まえている」

二本めの指を立てる。「早くベルリンから脱出するよう、ヒトラーに警告しようとした男もいた。もちろん阻止したけど」

三本めの指。「そしてあの女……」

「聞いてくれ、ジャン。君はアンスタックに罹患《りかん》しているんだ」

この言葉の意味を咀嚼《そしやく》するのに、一分はどかかってしまう。切り立った崖と深い谷の、両方を備えている言葉。

またしても特に驚きはない。ここ数週間、わたしは激しい既視感《デジャヴュ》に襲われていたからだ。一日に何回も、わたしはすでに見たことのある光景を見た。誰かが部屋に入ってくれば、ついさっきここにいた人がなぜまた、といぶかった。

そして二、三日まえ、アインシュタインのコンコースで伏せろと言う声を聞いたわたしは、すぐさま床の上に伏せた。しかしなにも起こらなかった。十分後、今度は本当に誰かが伏せろと言ったのだが、同じ声を二度聞いて混乱したわたしは、その場を動かなかった。すると、ナビゲーション機能に不具合を起こした小さなＡＩドローンが一機、わたしの頭にぶつかった。

自分が病気であることはわかっていた。

ただ単に、認めるのが厭だったのだ。

わたしは改めて指を三本出し、さっきの話をつづける。「そして、氷山にぶつかることを教えてやるため、タイタニック号に乗船しようとしたあの女。ローズとジャックを助けたかったのだと、本人は言っていた。彼女にふたりを探させ、がっかりする顔を見てやりたい気もしたけれど、もちろんやめさせた」

アリンが立ちあがり、わたしに背を向けたまま壁ぎわまで歩く。明らかにいらだっている。でもそれがわたしの狙いだ。わたしに切れるカードは、もうこれしかない。そしてわたしは、このゲームに負ける。

「君は見たことがあるか？」穏やかな声でアリンが訊く。「ステージ３までいってしまったアンスタック患者を、見たことがあるか？」ふり向いた彼の目は、わずかに潤んでいる。

「ひどいものだぞ。そこにいるのに……存在していない。まるで閉じた貝殻だ。そうなるリスクを、わたしたち全員がもっていることは、わたしもよく承知している。もうひとつ、もし今ここで君に選択肢を与えたら、今日じゅうに現場に戻ってしまうこともな」

言い返そうとしたわたしを、アリンは片手をあげて黙らせる。

「君には、このホテルの警備責任者になってもらう」ほとんど命令だ。「正直いって、待遇はとてもいい。まず、ホテル内の一室が与えられ、飲食などのサービスが完全に無料で受けられる。加えて、逮捕すべき不届き者にも不自由しない。タイタニック号のあの女が、どこに泊まっていたと思う? パラドクス・ホテルは、君が護《まも》るべき君だけの王国となるんだ」アリンがデスクをコンコンと叩いたので、わたしは顔をあげて彼を見る。「警備員の制服を着て、のんびり過ごしてほしいと言ってるんじゃない。ここの警備の全権を、君に委ねると言ってるんだ。パラドクス・ホテルは君のものだ」

わたしは、浅く座りなおすと背もたれに上体をあずけ、大きく仰向《あおむ》いて目が痛くなるまで天井の照明を見つめる。「少し考えさせてもらっていい?」

「もちろんいいさ。ホテルのなかを歩いてみてくれ。コーヒーが飲みたくなったら、バーに行けば飲める。明日また話をしよう。なんなら二、三日待ってもいい」

「ありがと」わたしは立ちあがって椅子を元の位置に戻し、ドアに向かう。

「わたしとしても、非常に残念なんだ」アリンが言う。

「わかってる」

わたしは彼の次の言葉を待たない。ドアを後ろ手に閉めてしばらく廊下に立ち、ロビーを眺める。はるか頭上の天　窓《スカイライト》から降りそそぐ陽光が、フロアのすぐ上に吊り下げられた真鍮《しんちゅう》製の大時計に反射し、砕け散っている。忙しそうな従業員たち。かれらが立ち働く音。そしてこの香り。

コーヒーだ。わたしはコーヒーを飲もう。

コーヒーマシンが補充待ちだったので、このホテルのフロアマップが掲示されている壁の前までぶらぶら歩く。カフェが二階にあり、レストランとバーが最上階にある。このホテルの概要をつかんでおきたいので、歩いて上ることにする。着いたらゆっくり座れるだろう。たぶん静かなはずだ。そうであってほしい。

朝食が終わり、ランチの準備がはじまるまえの時間だったため、わたしが到着したときレストランに客の姿はほとんどない。テーブル席に座ってもよかったけれど、バーカウンターを選ぶ。従業員の姿がないので、スツールを引いて腰かけ、誰か来るのを待つ。

今のアパートは引き払うしかあるまい。ごく普通のアパートだが、すでに六年も暮らしており、ひとつところにこれほど長く住みつづけたのは、子供のころから数えても初めてのことだ。タイムストリームに入る機会はなくなるだろう。あれこそは、あらかじめワインを二本飲まなくても最高のスリルを味わえる、わたしの生活のなかで唯一のイベントだったのに。

そしてわたしは、ここに引っ越してくる。このホテルに。

なんだかすごく虚《むな》しい。これがワーカホリックのつらいところだ。仕事を失うと同時に、自分が空っぽになってしまう。年金を受給できるようになったら、さっさと辞めるべきかもしれない。これほど近くにいるのに、ゲームに参加できないというのは、つらいに決まっている。きっと、窓辺に立ってアインシュタインの灯を眺め、あの先でなにが起きているか、どんな面白いことがわたし抜きで進んでいるか想像する心の準備が、できないのだろう。アンスタックになっていちばん困るのは、アルコールを摂ると病状が悪化する危険があることだ。つまり、コーヒーにウイスキーをたらしてくれと注文することすら、できないのである。わたしは、素面《しらふ》でこの状況を受けとめねばならない。

これが現実だった。

アリンの言ったとおり、これが現実なのだ。

「なにをお持ちしましょう?」

声が聞こえてきたほうに顔を向けると、光沢のある白いブラウスを着て黒いエプロンをつけた女性が、わたしの目に飛びこんでくる。そのとたん、わたしの心臓から全血液が放出され、すぐに体内を一周して戻ってきたものの、頭はくらくらしたままだ。

彼女の肌は光を放っており、薄暗いバーの隅にいるのに、柔らかなカーブを描く彼女の喉仏がその光を受けて輝く。しかしわたしを本当に魅了したのは、彼女の笑顔だった。頭からつま先まで、彼女の全身がほほ笑んでおり、しかも彼女はただ笑っているのではなく、笑いながらわたしをじっと見ている。

わたしと一緒に、ほほ笑んでいる。あたかも、ふたりでなにかを分け合っているかのように。

「コーヒーを。ブラックで」やっと声が出るようになったので、わたしは彼女に注文する。わたしが口ごもったのを面白く感じたのか、彼女はくすっと笑ったあと、エプロンが清潔でシャツがはみ出ていないのを確認するかのように、自分の体を見おろす。それからいったん奥に引っこみ、ステンレスのカラフェと陶製のマグがのったトレイを持って戻ってくる。彼女はマグをわたしの正面に置くと、わたしから一瞬も目を離すことなく、コーヒーを完璧に注ぐ。それからトレイを脇に押しのけ、前かがみになってバーカウンターに両肘をつく。

「なにか困りごとがあるのね」

「ひとめ見ただけでわかるの?」わたしはできるだけクールに訊き返そうとする。しかし、うまくいかない。

「困っている理由はなに?」

わたしはマグを持ちあげ、唇をあてる。少し熱すぎるのだが、かまわずひと口すする。

「環境の変化かな」

彼女はわずかに身を寄せてくる。わたしは彼女の匂いを感じる。これはチェリーか? 近づきすぎない点をわたしは気に入ったし、彼女が言葉を発すると、その声はまるでわたしの肌を照らす太陽の光のようだ。深呼吸をひとつして、彼女が言う。

「遠い昔、ひとりの修行僧が師のもとを訪れ、こう言った。〈瞑想《めいそう》に集中できません。気が散ってしかたないのです。足もひどく痛い。そのうえ、ときどき居眠りしてしまいます〉。師はこう答えた。〈すぐに過ぎ去るだろう〉」

わたしはマグを置く。「譬《たと》え話には、あまり興味がないんだけど」

彼女は指を一本立てる。「これは譬え話ではないの。最後まで聞いて。翌週、その修行僧は再び師に会いに行った。〈最高の瞑想ができるようになりました！　心の平安が得られたのです！　今はすごく元気です！〉彼の師はなんて言ったと思う？」

「〈それはよかった〉？」

彼女は首を横に振る。「〈すぐに過ぎ去るだろう〉」

わたしはつい笑ってしまう。こういう笑いは、自分の弱さをさらけ出すみたいで本当は抑えたいのだが、実際に笑ってしまうと意外に悪い気はしない。

「それで、その話の教訓は？」

彼女は肩をすくめる。「考えてみて」

「すべてのものは過ぎ去る？」

「皮相的《ひそうてき》な解釈だけど、出発点にはなるわね」

「譬え話でないとしたら、いったいなに？」

「公案《コウアン》と呼ばれている。譬え話とはちょっと違う。譬え話は教訓を与えようとする。対して公案は、考えるきっかけを与えてくれる。だから、禅の修行に軸となるものが欲しくなったとき、いいツールになるわけ」

「もしかして」わたしは訊いてみる。「仏教徒？」

彼女はうなずく。「あなたは？」

「ニヒリストかな」

彼女は困惑したような笑みを浮かべることで、わたしの強がりをからかう。すごくむかつくけれど、その笑顔は最高に魅力的だ。

「ヒメーナです」長くほっそりとした腕を伸ばし、彼女が言う。「でもみんなからは、メーナと呼ばれてる」

「わたしはジャニュアリー」

「それってヤヌスに由来する名前でしょ。ものごとのはじまりを司《つかさど》る、ローマの神さま」

「細かいことを、ほんとによく知ってるのね」わたしは感心する。

「ほかにもいろいろ知ってるわよ。あなた、ジャンと呼ばれてるの？」

「そう呼ぶ人もいる。だけどわたしとしては、ちゃんと呼ばれるほうが好き」

またしてもメーナが体を寄せてくる。さっきより近くなったので、わたしは彼女が発する言葉を肌で感じる。空気が動き、彼女の言葉がわたしの皮膚に届く。

「よくわかった」メーナが言う。それから目を細め、うなずく。「その仕事、あなたは受けたほうがいい。ここで一緒に働こう」

「なぜ受けなきゃいけない？」訊き返しながら顔が赤らんでしまう。しかし、もう気にならない。

彼女は肩をすくめる。「だって、あなたも好きになるはずだもの。このホテルは」彼女は誰もいないバーに向かって腕を振る。「まるで家族みたいな感じ。ここがわたしの修道場《サンガ》なの」

「サンガ（本来は仏教の出家修行者の集団を意味するサンスクリット語）？」

遠くの壁を見ながらメーナがうなずく。「家族よりも素敵な集団のこと。以前わたしは、アインシュタインで働いていた。タイムトラベルが解禁になった当初、スチュワーデスとして勤務していたの。このホテルに泊まることもよくあったし、ここで働いている人たちはみんな最高だった。だからわたしも、ここで働くことを選んだ。いわばサンガとは、人が生まれつき縛りつけられている家族ではなく、みずから選びとった家族なのね」

突如わたしは、自分がなぜこの女性に強く惹《ひ》きつけられるのか、その理由がわかった。ふたりとも、幼少期に負った心の傷を引きずっているからだ。刻み込まれたのが遠い昔であるため、前世の出来事のようであり、と同時に、つい昨日のことのようでもある。ほかの人たちには見えないその傷を、わたしと彼女はおたがいに見ることができた。その傷が、赤の他人であるわたしたちを結びつけていた。

わたしは心を決めた。この女性ともっと親しくなるために、ここで働こう。理由としては浅薄である。たしかにメーナは、最高にクールだった。しかし彼女には、強い磁力のようなものがあった。そしてわたしのなかのなにかが、それに引きつけられていた。

今この瞬間も、わたしは彼女の磁力を感じているのだが、同時にそれが幻であることをよく知っている。少なくとも、二度と現実とはなり得ないことを。

残響のようなものだ。どれだけ両手でしっかりと包み、胸に引き寄せたいと思っても……

わたしを抱きしめることはできない。

そして残響も、わたしを抱きしめてはくれず……

……「ジャニュアリー？」アリンがわたしに呼びかけている。

レグのデスクの上に、再び書類が山積みになっている。箱から出されたコンピュータが、セットアップされたまま埃《ほこり》をかぶっている。アリンの髪は長く伸び、白髪がまじっている。わたしのとなりで、ルビーが静かにホバリングしている。

わたしは戻ってきた。あの残響が宙に消えてゆく。

わたしの心を満たしていた幻も、一緒に消滅する。

「ドラッカーが今、なにをやっていると思う？」アリンに訊かれる。

「トイレでテラーの一物《イチモツ》をしごいてるとか？」

「違う、彼女はお偉いさんたちをつかまえては、わたしがステージ2のアンスタック患者を雇いつづけていると、注進しているんだ。実際、まだステージ1だった君を警備責任者にするときもわたしは説得に追われたし、かれらがなんとか同意してくれたのは、君には抜群の実績があるうえ、あと三年で年金が受け取れるようになるからだった」

「わたしはステージ2ではない」

「なに言ってるんだ、この病気のことなら、わたしはよく知っている。今だって君は、心ここにあらずという顔で座っていたじゃないか」アリンは嘆息して前かがみになるのだが、わたしをまっすぐ見ようとしない。「君にしてやれることは、すべてやり尽くした。君は引退する潮どきなんだ」

「お断りする」

「どういう意味だ、それは？」

「だから引退はしないということ」わたしは腹を決める。「あなたはわたしに、このホテルを委ねた。ここはわたしだけの王国だと言った。わたしのものだと言った。だからそうでなくなる日まで、パラドクス・ホテルはわたしのものだ。わかった？」

この決断はアリンを苦しめることになる。顔を見るだけでつらそうだ。わたしに引退をうながすのは、彼の本意ではなかったのだろう。その点は認めてやらねばなるまい。

「すでにこの問題は、わたしの手を離れている」アリンが言う。「君はドラッカーに正面からぶつかり、彼女を怒らせた。君がいくら拒んでも、結論は変わらない」

「そう。よくわかった。じゃあ引退させればいい。わたしはいつだって、ここで別の仕事に就けるんだから」

「バカを言うな」アリンの拳が、デスクの上に積まれた書類の束を叩く。「なぜそこまでこのホテルに執着する？　君の友人はもういない。君はみじめな病人だ。昔から面倒ばかり起こしていたが、今の君はもめごとを追いかけて飛ぶ誘導ミサイルと同じだ。君はわたしが知っているジャニュアリーではない。自分の仕事だけやってくれ、騒ぎを起こさないでくれ、わたしが君に頼んだのはそれだけだった。なのに君は、あたかもわたしが金を払ってやらせているかのように、あちこちで人びとを怒らせている」

わたしは立ちあがる。椅子をデスクの下に思いきり蹴り込むと、書類がひと束床に落ちる。腰をかがめて拾いそうになるが、そんなことをする必要はないと気づき、やめておく。

「やっぱりあなたも、わたしが思っていたような友だちではなかった」わたしはこう言い捨て、ドアを後ろ手に音たかく閉める。


アリンは、わたしを追い出したがっている。やれるものならやってみろと、わたしは思う。廊下の手すりをつかんで、わたしの部屋——わたしたちの部屋——がある五階からロビーを見おろし、わたしは決心する。このサミット騒ぎが終わったら、すぐにレグをつかまえ、別の職種で雇ってくれと頼んでみよう。客室清掃でもいい。ランドリーでもいい。なんだってやってやる。

しかし、もしこのホテルを買った人間が人員整理を実行するなら、頼んでも無駄ではないか？　ここはやはり、もう少し様子をみるべきだろう。なんにせよ、脳が腐った落ち葉みたいな状態になって、ストレッチャーで運び出されないかぎり、わたしが自分からパラドクス・ホテルを出てゆくことはない。ここにいればメーナに会えるのだから、ぎりぎりまで踏みとどまる価値はある。

ルビーが隣に浮かんでいるのを確かめ、質問する。

「その後、レザー男に関する情報は？」

「まだ収集中です」

「おまえ、ほんとに役立たずだな」

「わたしもできるだけのことをやっているんです、しかし……」

「わかった、わかった」

まるで誰かが床の上にジグソーパズルをぶちまけ、かなりの数のピースを、ソファの下に蹴り込んでしまったかのようだ。おまけに、箱がないのでどんな図柄かわからず、なのにわたしは、パズルを完成させねばならない。それもできるだけ早く、まったくの手探りで。

システムへの不正侵入なら、もちろんこれまでにもあった。犯人は外国の政府だったり、暇をもてあましたハッカーだったりした。しかし、今回のやつはあまりにタイミングがよすぎる。なにしろ、この施設の買収を狙う大富豪たちと足並みを揃《そろ》えるかのように、クソみたいなことが次々に起きているのだから。

わたしがいちばん怪しいとにらんでいるのは、ヴィンス・テラーなのだが、彼の過去の不品行がそう思わせているだけかもしれない。あの四人のなかから、誰かひとりを除外するなんて、できるわけないのだ。全員がなにかを隠している。そしてアリンも。

アリンは以前なんと言っていた？〈常に政府の各部門と調整を重ねている〉？

この言葉が実際はなにを意味するか考えていると、またしても脳内をあの疼《うず》きが走ってスリップがはじまり、喉を押さえ顔を真っ赤にしたコルテン・スミスが、レストラン・ティックトックのガラスドアを突き破ってよろめき出てくる。アナフィラキシー・ショックを起こしているらしい。コルテンのすぐうしろから、誰かの声が聞こえる。彼の兄、ワーウィックだろうか？

「ペンがない。エピペン（アナフィラキシー症状を一時的に緩和する薬剤が入った、注射針一体型の自己注射器）はどこにあるんだ！」

コルテンが膝をついて倒れると、彼のまわりに人がどっと集まってきて蘇生《そせい》を試みる。彼の頭を抱いたワーウィックが、誰かエピペンを持っていないかと叫んでいる。だがもう遅い。コルテンの胸が動きを止める。瞳孔が開く。せめてもの救いは、苦しみが長くつづかなかったことだ。

ふう。わたしの仕事が、また増えた。

でもこれは、あまり難しくなさそうだ。特定のアレルゲンが含まれた料理を、コルテンに食べさせなければいいのだから。

しかし、最上階のティックトックまで行って入り口のガラスドアを開けてみても、彼の姿はどこにも見えない。代わりに、クソみたいな音楽が襲いかかってくる。曲名を思い出すのに、少し時間がかかってしまう。これは、バングルスの『エジプト人みたいに歩け』（アメリカの女性バンド、バングルスが一九八六年に放ったヒット曲で、邦題は『エジプシャン』）だ。

実際、店のなかは古代エジプト人のコスプレをした人たちであふれている。その多くが、さっきロビーで出くわした爺《じい》さんと同じように、ブロンザーを塗って肌を浅黒くしている。古代エジプト行きのフライトに乗る予定だったのに、キャンセルになったから、欲求不満を発散させるためここまで上がってきたのだろう。店内に酔っぱらいの熱気が充満しているのは、それが理由だ。老人の集団が、自分たちのおかれたみじめな状況を最高の口実にして、満面の笑みを浮かべながら音楽に合わせて体を揺らし、ワインやライトビールのグラスを高く掲げている。

ドアを入ってすぐのところに、さっき新しくお友だちになった大金持ちのオズグッド・デイヴィスが立っている。彼は、大騒ぎする客たちを眺めながら、紫色の小さなハンカチで額の汗を拭う。いかにも不快そうな顔だ。彼はその顔をこちらに向け、首を小さく横に振る。わたしを非難しているのではない。それはわかっていても、わたしはここの関係者であることが気恥ずかしくなってくる。

ほんとに困った連中だ。

それはともかく、早くコルテンを見つけなくては。

ざっと見まわしても彼の姿はなく、わたしは客をかき分けながら店内を探してゆく。そしてようやく、ドラッカー上院議員のテーブルに、兄のワーウィックと一緒に座るコルテンを発見する。ドラッカーは赤ワインを、スミス兄弟はビールを飲んでいる。料理はまだ出ていない。

ふと見ると、シンという名のドミニカ人ウェイトレスが、食べ物が山ほど積まれたトレイを両手にのせ、テーブルのあいだをすり抜けながらかれらに接近しつつある。そういえば、小柄で引き締まった体をもち、タトゥーだらけのこのウェイトレスに、わたしは色目を使おうとしたことがあった。

シンをつかまえたいが、これだけ人が多くては近づけない。

そこでわたしはコルテンのテーブルに向かって歩きながら、大きな声で「おい！」と呼びかける。

かれらがこっちを見ようともしないのは、必要以上の大音量で流されている音楽に、わたしの声がかき消されたからだ。シンが料理の皿をテーブルに並べてゆく。若くして成功を収めたソーシャルメディア界の鬼才が注文したのは、普通のサンドイッチだ。わたしは酔ったレイシストどもを避けながら、格子状に並んだテーブルのあいだを進んでゆくのだが、右へ左へと進路を変えねばならない。

もう一度「おい！」と言おうとしたせつな、白いローブと古代エジプトの被《かぶ》り物を身につけた老人がぶつかってきて、わたしは彼もろとも近くのテーブルに衝突し、息が止まりそうになる。

この爺さんを突き飛ばしてまっすぐ立ち、わたしは改めて「おい！」と叫ぶ。

まだコルテンが気づかないので、いちばん近くのテーブルから塩の瓶をつかみ、彼に向かって投げつける。瓶はワーウィックの胸にあたり、この混乱のなか、なにが起きたかわからない彼は立ちあがるのだが、そのあいだにコルテンは、自分のサンドイッチを手にしてしまう。

わたしが邪魔なテーブルを押しのけはじめると、ワーウィックはやっとわたしに気づく。わたしは彼の弟を指さす。「それを食わせるな」

しかしワーウィックは、わたしがなにを言っているか理解できない。
食わせるなって、なにを？　あのサンドイッチを？
とうとうコルテンも口を開けたまま手を止め、サンドイッチが彼の口の前で静止する。わたしは腕を伸ばせるだけ伸ばし、そのサンドイッチを横から力いっぱいはたく。サンドイッチは宙を飛んで床に落ち、仰天したコルテンは一瞬かたまったものの、すぐに立ちあがると怒りで顔を真っ赤にしながらわめく。

「なんてことするんだ！」

彼があの数珠《じゅず》を手首にはめていることに、わたしは否応《いやおう》なく気づいてしまう。

「あなた、食べ物にアレルギーがあるでしょ？」荒い息をしながら、わたしは彼に訊く。

「それが君となんの関係がある？　ぜひ教えてもらいたいね、なぜ今すぐ君をクビにして、罪人のようにここから追放してはいけないのか――」

兄のワーウィックに肩をつかまれ、コルテンはしぶしぶ口をつぐむ。

「ピーナッツだ」ワーウィックが答える。「彼はピーナッツにアレルギーがある。だけどアレルギーについては、ここのウェイトレスにしっかり伝えてあるし……」

コルテンはまだなにか言っているが、わたしは彼を無視してサンドイッチに近づく。見ればベジタリアン向けのバインミー（ベトナム風サンドイッチ）で、なかのソースを小指ですくいなめてみると、本物のピーナッツバターとしか思えない味がする。わたしはサンドイッチをつかみあげてテーブルに置き、「ムバイエはどこにいる？」と訊く。

「ここだ」騒ぎを聞きつけて出てきたのだろう、ムバイエがわたしのすぐうしろに立ち、デイッシュ・タオルで手を拭きながら答える。

「厨房《ちゅうぼう》でなにか手違いがあったの？」

「なんの話をしてる？」

わたしは問題のサンドイッチを指さす。「彼、ピーナッツ・アレルギーがあるんですって」

「ああ、それは聞いてる」彼は両手を軽く上げ、つづける。「だからそのサンドイッチも、きれいに洗った調理台の上でわたしがつくり、わたしが皿にのせた。二回チェックしたよ。わたしはいつだってダブルチェックするんだ」

「それなら、そのソースをなめてみて」

ムバイエは、ためらいながらも指をパンのあいだに差し入れ、その指を口にくわえるのだが、たちまち両目を見開く。

「これはわたしが用意したソースではない」

「そのソースを、彼はもう少しで食べてしまうところだった」わたしはムバイエに訊く。「なぜ用意しなかったソースがそこに入った？　妖精かなにかのしわざ？」

「わたしにもさっぱり……」急に自信がなくなったらしく、彼はしばらく考えこむ。それから背筋をぴんと伸ばし、わたしの目を正面から見すえる。「このサンドイッチは、わたしが自分で準備した。そしてすべてを、ダブルチェックした」

「だけど、ダブルチェックを忘れることもある。違う？」こう訊きながら、わたしの声はかすれてしまう。

強酸のように、辛辣極まりない質問だからだ。わたしの言葉を浴びたムバイエの皮膚が、焼けただれてゆく。彼が傷つくのを見るのは、なかなか気分がいい。わたしは満足感を覚える。排気弁が開いたかのように、わたしの胸に溜まっていた蒸気が少し排出される。人にどう思われようと、知ったことではない。

ムバイエが頭《こうべ》をたれる。目を伏せたまま、彼はわたしの名を口にする。「ジャニュアリー……」

「なに？」わたしは訊き返す。「ジャニュアリー、のつづきは？　わたしになにが言いたいの？」

彼はため息をつく。

もちろん、ここにいるのはわたしたちだけではない。ムバイエは顔をあげ、コルテンに向きなおる。

「ミスター・スミス、お詫びの言葉もありません。この失敗は、赦《ゆる》されるものではない」

すでにコルテンは、いくらか冷静になっている。きっと、兄に上腕をつかまれているからだろう。今にも誰かの頭を引っこ抜きそうな表情は、消え失せている。彼はムバイエを見ながら、小さくうなずく。「そのとおり。赦すことはできない」

突然ワーウィックが声をあげる。「ない。ないぞ」

その場にいた全員が、彼を見る。ワーウィックは当惑に顔をゆがめながら、着ているブレザーをあちこち叩く。

「部屋を出たときは、確かにあったんだ。このジャケットに着替えたあと、ポケットに入れたのを憶えているから……」

「なにがなくなったの？」わたしは彼に訊く。

「エピペン」ワーウィックが答える。「わたしは常に、エピペンを一本持ち歩いている。忘れるなんて、信じられない」彼はわたしを見あげる。「あなたがいてくれて、ほんとによかった。それにしても、なぜ君はコルテンの……」

「彼女はアンスタック患者だからよ」この情報を開示できるのが嬉しいらしく、ドラッカーが得意げに言う。

「ご指摘ありがとう」わたしはドラッカーに礼を言う。「そういうことです、みなさん。アンスタック患者であるわたしは、つい数分まえ、彼が窒息死するのを幻視してここに駆けつけた。幸い、間に合ったみたいだけど——」わたしはコルテンに言ってやる。「汚い手であなたに触って、悪かったわね」

「とんでもない、こちらこそありがとう」心から感謝しているわけではないが、今は謝意を表すべきだと判断したコルテンが、しぶしぶ礼を言う。

彼を押しのけ、ワーウィックが前に出てきたので、わたしにもこの兄弟の力関係がなんとなくわかりはじめる。

「あなたには大きな借りができた。本当に感謝している。でも正直なところ、なぜエピペンを忘れたのか、自分でも信じられない。そんなこと、絶対にあり得ないんだが」

いいや、あり得る。わたしの胸のなかに、厭な感じがむくむくと湧きあがってくる。幸い、あのやかましい音楽も止まったので、わたしは後片づけにかかった人たちをその場に残し、ルビーを連れて店内の静かな隅に移動する。

「今ビデオフィードはどんな状態？」わたしはルビーに訊《たず》ねる。

「正常に作動しているようです」

わたしは自分のスマートフォンを取り出す。「十分まえにさかのぼって、コルテンたちのテーブルが映っている部分を再生して。倍速でね」

スマホの画面にビデオが表示されたが、内容は最悪だ。人の数が多すぎて、ワーウィックの背中しか見えない。

「これはだめだな。じゃあ次は、ムバイエがサンドイッチを準備している厨房」

こちらの映像も角度がよくない。動きまわるムバイエは見えるけれど、彼が調理台でなにをやっているか、陰になっていて確認できないのだ。

「なにをやりたいんですか？」ルビーに訊かれる。

「自分の仕事」わたしは答える。

つづいてウェイトレスのシンを探しにゆくと、あの騒ぎのあとでなにをすればいいかわからず、バーカウンターの前にぼんやり立っている。

「ねえ」わたしは彼女に話しかける。「ちょっといい？」

わたしと雑談できることを期待したのだろう、シンは少し笑ったけれど、今そんな暇はない。

「いいけど？」

「あのテーブルに料理を出すとき、なにかおかしなことに気づかなかった？」シンは首をゆっくりと左右に振る。わたしがなにを知りたいのか、よくわかっておらず、それは訊いているわたしも同じだ。

「別になにも」

「じゃあ、あのテーブルの近くで、写真やビデオを撮っていた人はいた？」

「ええ。隣のテーブルで誕生パーティーをやっていたから、みんなスマホを出してた」

わたしがそのテーブルを見やると、すでに全員が店を出ており、でも席を立ったばかりの人が、まだ何人か残っている。わたしはかれらのあとを追い、太すぎる首に悪趣味なゴールドのチェーンを巻き、白いシルクシャツを着たハゲ頭の男をつかまえる。

「パーティーはもうおしまい？」わたしは彼に訊ねる。

酔って眼がとろんとしたその男は、好色そうな笑いを浮かべながら強いロシア訛《なま》りで答える。「いや、これからぼくのスイートで二次会だ。よかったら君もおいで」

「ありがとう。でも破傷風《はしょうふう》の予防注射を長いこと打ってないから、今日はやめとく。ひとつ訊きたいんだけど、あなた、食事中にビデオを撮らなかった？」

彼の態度が急によそよそしくなる。「なぜそんなことを訊く？」

「実をいうと、わたしはこのホテルの警備責任者でね。あなたも見たとおり、ついさっきここで事故があったから、保険請求する必要上、わたしができるだけ多くの情報を集めなければいけないの。あなたは事故現場のすぐ横に座っていたし、もしあなたがなにか撮影したのなら、ぜひ見せてほしい」

男はポケットからスマホを出すが、ぐずぐずとためらう。

「ルビー、この人のテーブルの食事代を、無料にしてあげて」わたしはルビーに命じる。

「かれら、ドンペリ・ニヨンを四本も注文してますよ。レグがいい顔をしないと思いますが……」

「やれ」

少し間をおいて、ルビーが答える。

「やりました」

「お礼はいらないから」わたしはロシア訛りの男に向かって右手を差し出す。「早くそのスマホを」

男は肩をすくめると、スマホのスクリーンに撮ったばかりのビデオを呼び出し、わたしに手渡す。

まさにわたしの見たい映像だった。彼の正面にふたりの人物が座り、同じテーブルにいる誰かさんのため、へべれけになって『ハッピー・バースデイ』を歌っている。そのふたりのあいだから、ワーウィック・スミスの姿がはっきりと確認できる。画面の奥にいるワーウィックは、手振り身振りをまじえながら、ドラッカーやコルテンとなにか話している。

「長くかかるのか?」ロシア訛りが訊く。

「黙ってろ」

ここだ。

酔っぱらいたちがひどい歌を歌い終えた直後、ワーウィックのジャケットが、ふわっと動いたように見える。わたしはビデオを停《と》めて早戻し、光の具合なのか、それともワーウィックが実際に動いたのか確かめるため、もう一度再生する。

どちらでもなかった。ワーウィックは、ドラッカーまたはコルテンの話に耳を傾けている。じっと座ったまま、まったく動いていない。にもかかわらず、ジャケットだけが彼の胸もとで一瞬開き、すぐもとに戻る。

あたかも、見えざる手が彼の内ポケットを探ったかのように。

「このビデオを提供してもらいたい」わたしはロシア訛りの男に言う。

「そう言われても……」

「わたしはたった今、あなたたちの食事代をただにしてあげた。ビデオのコピーぐらい同意してもいいでしょ」

彼がうなずいたので、わたしは彼のスマホをルビーに向かって突き出し、ルビーは問題の映像をコピーする。「ありがと」

ロシア訛りは、わたしが返したスマホをポケットに押し込むと、大股に歩き去ってゆく。

わたしをパーティーに招待する話は、立ち消えになったらしい。

「ワーウィックのジャケットをよく見て」わたしはルビーに命じる。「特に、三分経過してすぐのところを」

短い沈黙のあと、ルビーが訊く。「なにをおっしゃりたいんですか?」

「彼のジャケットが勝手に動いているように見えない? まるで誰かが、内ポケットに手を入れたみたいに」

「これだけでは、なんとも判断のしようが……」

「コルテンのピーナッツ・アレルギーは公表されているの?」

再び短い沈黙。「はい。三年まえ、『ワイアード』に掲載された彼の人物紹介のなかで言及されています。彼がエピペンをよく忘れることも、同じ記事に書いてあります。だから兄のワーウィックが、いつも一本持ち歩くようになったそうです」

「くそっ」

わたしは廊下に出て手すりをつかみ、ロビーを見おろす。さっきより人の数が減っており、少し落ち着きを取り戻したらしい。カメオもコンシェルジュ・デスクに戻っている。レグがコーヒーマシンの横に立っているのは、切れていたコーヒーがやっと補充されたからだろう。でもわたしが下りてゆくと、どうせまた空っぽになっているのだ。

レグのそばを、数人の宿泊客が通り過ぎてゆく。でもわたしは、かれらを見ていない。わたしが見つめるのは、かれらのあいだの空間だ。

そしてわたしは、幽霊を探しはじめる。

コルテンは幽霊についてわたしに質問した。たしかにわたしは、脳が壊れているせいで時間の流れからはずれることがあり、そのおかげで、廊下をうろつく死んだガールフレンドを見ることができるから、宇宙が広大で、複雑で、人智《じんち》を超えた場所であるという事実を、素直に受け入れている。しかし、このホテルで奇妙なものを見た人が、ほかにもたくさんいることをわたしは知っているし——幽霊が出るという噂は、開業当初から囁かれていた——この種の経験をしているのがわたしだけでないことは、疑いようもない。

廊下をさまよう人影。誰もいない部屋から聞こえてくる話し声。突然なにかに撫でられたり、つつかれたりする感触。

わたしはムバイエが、大きな失敗をしたことで自分を責めればいいと思っている。でも実のところ、彼がこの種の現象を真剣に考えられる人間であることも、よく知っている。だから、さっきのあの騒ぎの本当の原因に、ムバイエが気づかないはずはないと思う。

つまりそういうことだ。あれは幽霊のしわざだ。ほかの何者が、死ぬ危険があるソースをコルテンのサンドイッチに混入させたり、コルテンの救命に必要不可欠な注射器を、彼の兄のポケットから盗んだりできよう？

……わたしはベッドに座り、すぐ横にあるスチームパイプが発する熱を感じている。キッチンから、ニンニクとチリペーストを炒める匂いが漂ってくる。わたしは一階に下りていきたいと思う。母にわたしを見てもらい、言葉をかけてもらうために。

いや、そうじゃない……

今わたしがいるのは、ジムの奥にあるボクシング・スタジオだ。グローブをつけず、バンデージも巻かなかったため、両の拳がひりついている。クソみたいなごたごたを叩き出すのに、ちょうど二十分かかった。脳にやっと血がまわりはじめている。

耐性ができかけているらしく、レトロニムを飲んでもあまり効かない。おまけに、今日一錠飲んだか二錠飲んだかも、よく憶えていないのだ。ルビーによると、まだ一錠しか飲んでいないそうだが、やつの見てないところで飲んでいたらどうなる？

だからわたしは、サンドバッグを叩きに来た。格闘技はいつだって、わたしの集中力を高めてくれる。いわば、わたし独自の全体論的療法《ホリスティック・レメディ》だ。

パンチをくり出し、ときどき廻《まわ》し蹴りをきめることで、わたしは自分が到達できる最も瞑想に近い状態へと入ってゆく。

われながら冗談みたいな話だと、昔から思っていた。この重いサンドバッグを殴ることが、心身のリラックスにつながるのだから。しかしメーナは、結跏趺坐《けっかふざ》して目を閉じ、ゆっくり呼吸することだけが瞑想ではない、と説明してくれた。瞑想とは、自分の中心と心の平安を発見し、そのなかに住まうことであると。

だからわたしは、今そこに住まっている。

これがわたしの心の平安だ。

拳に感じる痛み。乱れる呼吸。向こう脛《ずね》の疼き。

このような痛みのなかでなら、わたしもいくらか精神を集中できる。そしてやっと集中できそうになったところが困ったことに、今は考えるべきことが多すぎる。壁に沿って張られた鏡に映ったのは、スタジオ内に入ってくるニックの姿だ。でもわたしはコンビネーションの途中だったので——ジャブ二発からクロス、フック、アッパー、そしてローキック——ふり返るまえに最後まで終わらせてしまう。どのパンチもスピードにのって鋭くきまり、わたしはニックにいちばんいいところを見せてやれたので、少し気分がよくなる。今日は朝起きてからずっと、厭な気分がつづいていたのだ。

わたしは彼に向きなおりながら、皮膚が擦りむけたかもしれない拳をなでる。バンデージを巻かなかったのは失敗だったけれど、汗に備えてタンクトップとヨガパンツに着替える手間は、惜しまなかった。

ニックは、スポーツジムのメインルームから奥に入ったこのスタジオのなかを、見まわしている。重いサンドバッグとパンチングボールはそれぞれ一個しかないが、ヘッドギアとグローブはたくさんあり、ほかには筋肉の凝りをほぐす運動やエアロビクス、そしてスパーリングに対応できる程度の設備がそろっている。なのに、どの器具もほとんど古びていない。ここを使う人が、あまり多くないからだ。いわばメインとなるジムの添え物に近い。

「ホテル内のスポーツジムに、こういう設備は珍しいんじゃないかな」壁に取り付けられたバレエ・バーに触れながら、ニックが言う。「普通はフィットネスマシンが数台と、安いトレッドミルが一台あるくらいだ」

「わたしのもうひとつの世界へようこそ。ところで」やや息切れしているのを隠しながら、わたしは彼に訊く。「外は今どんな様子？」

ニックは、スタジオの隅で静かに浮かんでいるルビーをちらっと見る。「最新の情報は、あれが教えてくれるのでは？」

「ええ。でもわたしは、あなたから聞きたい」

「そうおっしゃるのなら」ニックは両手を打ち合わせると、スタジオのフロアを横切ってわたしに近づいてくる。「二階より上のフロアに、簡易ベッドを並べはじめているんだが、おかしなことがひとつある。ラグジュアリー・ルームがいくつか、空室になっているんだ。もちろんこれは……」ここでニックは誰かの口真似をする。「〈これから新たなＶＩＰが到着する場合に備えて〉だそうだ」

「にもかかわらず、アホな客どもに、安全なタイムトラベルを提供するという重労働に従事している人たちは、廊下で寝かされるわけだ。あなたはいいときに、わたしのもうひとつの世界に来てくれた」

「で、ぼくたちはどうする？」

わたしはつい笑ってしまう。「どうするとは？」

「あんなの、絶対に正しくないだろ」

「人生なんてそんなものよ」

わたしのこの返事を聞いて彼が失望したことは、顔を見なくてもわかる。むろんわたしは気にしない。しばらくして彼は、話題を変える。

「明るい兆しも、あるにはあるんだ」

「たとえば?」

「TEAから、応援の職員たちが到着している。ダンブリッジがシフトを決め、自分の代理として巡視の責任者を何人か任命した。でも全員が、実際の警備責任者があなたであることを、よくわかっている」

本当かと疑いながらも、彼には「それはよかった」と言っておく。

ニックがサンドバッグを見つめている。あの目つきを、わたしはよく知っている。だからわたしは、サンドバッグの前から一歩横にずれ、片手でどうぞと譲ってやる。わたしが見たところ、ここまでニックは緊張して肩に力を入れっぱなしだったが、サンドバッグの前に立つと全身がくつろぎ、距離を測るかのように速いジャブを二、三発打つ。それから軽くフットワークを使い、サンドバッグがほとんど揺れないくらい正確で鋭いパンチを、次々に叩き込む。ひとしきり打ったあと、彼は承認を求めるかのようにわたしのほうをふり返る。

「なにをやってた?」わたしは質問する。

「主にボクシングだけど、最近はブラジリアン柔術にもはまってる。あなたは?」

「クラヴ・マガ（二十世紀前半に、イスラエルで開発された近接格闘術。日本の警察庁を含む世界各国の軍や警察で採用されている）とムエタイ。ブラジリアン柔術には今ひとつ入れ込めなかった。あれって、床に寝転んだり立ったりする時間が長すぎるんだもの」

ニックは肩をすくめる。「そこがいいんだ。時速百マイルで戦われるチェスみたいで」

わたしは彼が語り終えないうちに、すばやいローキックで彼の脛を狙う。どう反応するか見たかっただけで、本気で入れようとしたのではない。彼は軽くかわすと足を踏みかえ、前蹴りを出そうとして直前で止める。

「なぜ蹴りを？」ゆるやかにスタンスをとりながら、彼が訊く。

「ちょっと試したかっただけ」

彼は壁ぎわに並んでいるグローブを見やる。「ここでスパーリングができるんだ？ ぼく自身は、もう長いことやってないけど」

「女とスパーリングするのは平気？」

「センスがあるのは女のほうだよ。男はなにかというと、力で押し切ろうとする。でも、ぼくが一緒にトレーニングしている女性たちのなかで強い人は、みなしっかりしたテクニックを身につけている」

わたしは小さく笑ったあと、迎合したように思われなかったか危惧《きぐ》する。

「女に痛めつけられるのが好きなわけ？」

「ぼくが好きなのは学ぶことだ。だけど痛い目に遭わなければ、学ぶことはできない」

わたしもグローブとヘッドギア、そしてバンデージが置かれた壁に視線を送る。誰かを、たまらなく殴りたくなってきた。

「でも今日はだめね」わたしは首を振る。「やることが多すぎる」

「ダンブリッジは、あなたを辞めさせようとしている」唐突にニックが言う。

「知ってる」わたしはしぶしぶ答える。

「彼はぼくに、ここの警備責任者にならないかと打診してきた。あなたには黙ってろと言われたよ」

なのに教えてくれたのは、親切心からだろう。わたしは、ボクシング用具が置かれたラックまで歩いてゆき、むれた足みたいな臭いがいちばん薄いグローブを選び、彼に向かって放り投げる。彼は片方をキャッチしたものの、もう一方を落としてしまう。

「気が変わったのかな?」ニックが訊く。

わたしは無言で、ほかの人に使われないよう、ラックの奥に押し込んでおいた自分のグローブを引っぱり出す。両手にはめ、しっかりと装着する。

「やるでしょ?」

ニックは答えない。それが答のようなものだが、彼はまだ躊躇している。

「ぼくがタイムストリームで働けるようになってから、ちょうど一年たつ。同じ働くのであれば、あっちのほうがいい」

「あの仕事は過大評価されてるのよ」

「ほんとに？」

「ごめん。嘘」

わたしたちはグローブをとんと当て、ゆっくりと回りはじめる。

「軽く流すぐらいにしておこう」わたしは提案する。「アザができたり歯が折れたりした顔で仕事に戻ったら、やっぱりまずいもの」

おたがいしばらく相手の動きを探ったが、大胆に攻めるのがわたしの本領なので、わたしは頭をひょいと下げて一歩踏み込み、ニックのボディを狙いパンチを出す。彼は肘でブロックし、わたしの頭に軽くフックを当てる。パワーはないけれど速いし、しかも彼はリーチがある。

わたしが頭を振るあいだ、ニックは下がっていてくれる。

「もちろんここでの仕事も、悪くないと思うよ。でもこの四月に、フルタイムの現場調査官になるテストがあるんだ。ぼくはそれに備えて勉強している」

「あのテストはそれほど難しくない」自分のリズムを取り戻しながら、わたしはニックに教えてやる。「むしろ本当のリスクは、健康面でしょうね。調査官をしていても、発症していない人をわたしはたくさん知っている。でもだからといって、あなたがどうなるか誰にもわからない。そこがちょっと怖いんじゃないかな？」

「まあね」彼はわたしのジャブとクロスを踊るようにかわし、だが自分からは手を出さずに答える。「誰だって、永遠に生きられるわけじゃないし」

「そういうこと」わたしも少し離れる。

「みんないずれ死ぬ」

ニックはなにか言おうとしたようだったが、結局口をつぐむ。顎を引いた彼は、両肘をぐっと絞る。やっとやる気になったらしい。いいぞ。わたしは前に出て彼に何発か打たせ、ブロックしながらガードがゆるむのを待つ。やや隙ができたので突き出した拳は彼の頰をかすめたのだが、こちらもガードが空いてしまい、すかさず彼はわたしの顎の下からパンチを入れる。わたしの頭が後方にのけぞり、上下の歯がぶつかり合う。ヘッドギアなしで打ち合うのは無茶だし、マウスピースもつけていないのだからなお危ない。

ニックはステップバックし、グローブを構えなおす。

「いいスパーリングだった。これくらいにしないか?」

だがわたしは、すでに熱くなっている。わたしはガードもあまり気にせず、彼に接近してゆく。今は一矢報いることしか考えていない。わたしがスピードで勝負に出ると、彼は防戦しながら下がってゆく。ここでわたしは少し汚い手を使い、彼のボディにミドルキックを飛ばし、両腕が下がったところで額に向かってストレートを打つ。ヒットしたのだが、強く当たりすぎた。彼の首ががくんと曲がり、たぶん目の前に星が散っただろうと思いながら、わたしはうしろに下がる。そしてニックが体勢を立てなおすまで待つ。謝るべきなのだろうが、あまりその気になれない。サンドバッグを打てば瞑想の境地に入れるけれど、わたしが本当に必要としているのは、生身の人間を殴ることだからだ。

ニックが苦笑しながら降伏のしるしに両手をあげる。

「あなたがぼくを殺すまえに、下に戻ったほうがいいと思うんだけど」

「そうね」わたしはグローブを外し、久々に使えたことを嬉しく思いながら、ラックの奥の定位置に隠す。

「嘘だろ」わたしの背後でニックがつぶやく。

「どうかした？」わたしは訊き返す。

彼は窓の外をじっと見ている。

「いま何時かな？」

わたしが自分の腕時計を見るよりも早く、ルビーが答える。

「午後四時六分です」

「今日の日没は？」

「午後五時二十八分」

「もしそうなら、あれはどういうことだ？」

わたしはニックと並んで窓の前に立ち、なぜ彼が口をあんぐりと開けているか、その理由をたちどころに知る。わたしに殴られたからではない。雪はまだ降りつづいているけれど、雲は薄くなってきており、そのおかげで今まさに地平線に沈もうとしている太陽が、はっきり見えているからだ。

折れた時間の矢

ラヴレイス・ホールは今もまだ準備中で、セットアップを終えていない器材や備品、それにケーブル類が床の上に散らかっており、しかしミーティングを行なえる場所は、やはりこしかなかった。

この大宴会場《バンケットホール》にまず集まってきたのは、警備を担当するわたしとニック、アリンに加え、応援のＴＥＡ職員たちなのだが、そろいの青シャツを着たかれらは、今からカップケーキを無料で配ろうとしているかのように、ただそのへんをうろうろしている。

サミット参加者のほとんども部下を伴って集まっており、でもアラブの皇太子の場合、部下とは二十人近い随行員のことだ。レグとカメオもいるし、わたしの知らない顔もいくつかあるが、この連中は明らかにホテルの関係者ではない。中堅官僚にありがちな、もったいぶった雰囲気を漂わせているから、たぶんＴＥＡの人間だろう。

とはいえコルテンの姿はなく、ワーウィックも来ていないから、アクソン社はこのミーティングに参加しないつもりらしい。

わたしたちは、椅子の上に立つ白人男のまわりに、なんとなく集まっている。男の髪はぼさぼさで、プラスチック・フレームの分厚いメガネをかけ、ペイズリー柄のボタンダウンシヤツを、マスタード色のズボンに押し込んでいる。ボウタイさえなければ、この男は信用できそうだと、わたしも思ってしまっただろう。誰にだって、どうしても許せないアイテムがあるものだ。

　集まった人たちはてんでにしゃべっていて、かなりやかましいのだが、椅子の上の男が両手を高くあげ「みなさん、聞いてください」と訴えると、たちまち静かになる。

「いま発生しているこの現象についてですが……」語りはじめた男の声は、少しうわずっている。

「まず自己紹介しろ」わたしのすぐうしろに立つアリンが、いらだっているかのような語調で男に命じる。

「そうですね、失礼しました」男は、自分がどこにいるか確かめるかのように、メガネの位置を直す。「わたしは、ＴＥＡ科学部門の最高責任者で、エイドリアン・ポーパと申します。まず、現在の状況を説明させてください。えーと、今日の日没は午後五時二十八分のはずなんですが、どう見ても太陽は、一時間以上早く沈んでいます」

　彼がここでいったん言葉を切ったのは、聴衆の反応を見たのでないとすれば、単に緊張していたからだ。

「ところが」ポーパはつづける。「ここから十マイル（約十六キロメートル）離れたところにあるＴＥＡの支所に、こちらで得たデータの確認を求めたところ、ぜんぜん違う返答が戻ってきました。太陽はまだ沈みはじめてもいない、と言うんです」

人びとがざわめく。

アリンは彼に念を押す。「かといって、アインシュタインの放射線量が急上昇したわけでもないんだろ？」

ポーパは両目を閉じ、鼻のつけ根をつまむ。

「たしかに急上昇はしていません。でもなんて言うか……計器類の正確な設定を狂わせる程度の、わずかな量が検出されているんです。全フライトをキャンセルしたのは、それが理由です。霧がひどくて、視程が悪くなったようなものだとお考えください。いや、濃霧のなかになにがあるか、どの航空会社も簡単に確認できるはずですから、この比喩は適切ではありませんね。いずれにせよ、アステカであんな事故があった直後でもあり……」

ここで急に言葉を切ったポーパは、あわてて口をふさごうとするかのように、両手を顔の前にあげる。アリンは激しく顔をしかめたのだが、すぐに動揺していないふうを装う。

これは興味深い。

「アステカの事故というのは？」誰かが訊《き》く。

ポーパはアリンに視線を送る。アリンは床に目を落とすと、そのまま片手を振る。もうしゃべるしかないだろ。

「三日まえ、アステカ皇帝モンテスマ二世が治めていた一五一九年のテノチティトラン（アステカの首都で、現在のメキシコシティ）を、目的地とするツアーがあったんです。征服者コルテスが侵入してくるまえに、到着する予定だったんですが、なぜかずれてしまい……着いたときは、スペイン人に攻囲されている真っ最中でした」

「それで？」さっきと同じ声がさらに問う。

またしてもアリンとポーパが視線をかわし、ごまかせないことを確かめあう。

「ふたり死亡しました。ひとりはツアーガイドで、もうひとりはお客さまです」

人びとがどよめく。アリンは、誰かが彼にイヌをプレゼントし、深い愛情を感じるくらい長く飼育させたあと、彼の目の前でそのイヌを射殺したかのような険しい表情をしている。

わたしはわたしで、非常に稀《まれ》なことなのだが、完全に言葉を失っていた。これほどの事故を隠蔽されたという事実が、信じられなかったからだ。ただちに全施設を封鎖すべき重大事故ではないか。そうはいっても、秘密にしていたことでアリンを責めるのは、ちょっと酷な気もする。今はこの事業の経営権が秤《はかり》にかけられているときだし、それを別にしても、こんな大事故、これまで一度も起こったことがないからだ。

タイムトラベルの黎明《れいめい》期は手探り状態で、安全な手順が確立されるまでに、合計で五名が命を落としている。たとえば、タイムストリーム内で過去の自分に接近してはいけないことを、わたしたちは痛ましい事故を通して学んだ。最初期のテストパイロットのひとりが、子供時代の自分を訪ねた。会って話をするのではなく、単に運動場で遊んでいる姿を見ることが目的だった。ところが、幼い自分を見つけるやいなや、彼の脳内で動脈瘤《どうみゃくりゅう》が破裂し、子供のほうは脳梗塞《のうこうそく》に襲われた。親殺しのパラドクスに似たフィードバック・ループが、発生したからだった。これは最悪の事例となった。

また、タイムトラベルに伴う放射線被曝によって深刻な影響を受けるのは、わたしのように、長時間をストリーム内で過ごす人間だけであることもわかってきた。つまり、たまの旅行ぐらいであれば危険はないのである。

実際、観光事業としての側面が導入されてからの死者は、三人にとどまっている。女性がひとり旅行先で心臓発作を起こしたけれど、これはタイムトラベルのストレスとは無関係だった。死ぬはずのない感染症で亡くなった男性は、医者を買収して偽の予防接種免除証明書を書かせることで、免疫不全を伴う持病があることを隠していた。三人めの死者となったのは、十九世紀のロンドンへジャック・ザ・リッパーを探しに行き、ジャック・ザ・リッパー本人と思われる相手に殺害された男性なのだが、この件に関しては、確かなことは今も不明のままだ。

いずれにしろ、最悪という意味ではどれも大差ない。

ドラッカーが厳しい表情で前に出てくる。驚いている様子がまったくないのは、アステカの事故を知っていたのだろう。

「考えられる原因として、いちばん可能性が高いのはなに?」彼女はポーパに質問する。「ここで起こっていることを、あなたはどう考えている?」

「そうですね……」ポーパは深く息を吸う。「タイムトラベルに関しては、未解明のことが数多く残っています。過去には戻れるのに、なぜ未来へ行けないのかも、そのひとつです。時間の本質が、ブロック宇宙モデルと整合していることは判明しているのですが……」聴衆がうんざりしはじめたことに気づき、彼はいったん口を閉じる。「そう、こんなふうに考えてみてください。時間をひとつの大きな池とします。池に小石をひとつ落とせば、さざ波が起きます。でもこの波は、すぐに消えてしまう。広がっていくことはありません。人間が時間のなかを移動するときも、やはりさざ波が生まれます」

「それで？」ドラッカーが先をうながす。

「もしこの池に、巨大で重い物を投げ込んだらどうなるでしょう？」彼の話を聞きながら、アリンは胃に痛みを感じているらしい。「その勢いで、池の水がすべて溢《あふ》れてしまったら？」

ポーパはもっとなにか言いたそうに、唇をなめたり両手をもみ合わせたりしていたが、結局ここで話を終わらせてしまう。

「はい、ごくろうさん」と言いながら、ヴィンス・テラーがドラッカーの横にしゃしゃり出てくる。「過去の出来事はすでに起こってしまっている。変えることはできない。わたしには、本当に問題となる変更を人間が加えられるなんて、どうしても思えないんだ」彼はドラッカーに顔を向ける。「わたしはおおぜいの専門家から意見を聞いた。かれらは、わたしに理解できない難しい言葉を山ほど使ったけれど、結論はみな同じだった。タイムストリームは、自己修復ができる。これまでもずっとそうだった」

「それはまあそのとおりなんですが……」ポーパが言いかける。

「まあ聞いてくれ」テラーが片手をあげる。「わたしが会った専門家は十人を超えている。なのに全員が、同じことを言った」

父親がキャンパスの半分を改修することに同意したおかげで、やっとハーバードに入れてもらえた男にしては、ずいぶん自信たっぷりな断言だ。こんなやつに、ドラッカーはここの経営権を売りたいのか？

「ああそうかい、それであんたは、その専門家どもにいくら払ったんだ？」わたしは小声で毒づく。「あんたが聞きたいと思うことを言うまで、金を積んだんじゃないのか？」

このつぶやきはニックにだけ聞こえたらしく、彼は思わず笑ってしまい、近くにいた数人が好奇の目で彼を見るが、幸いなことに反応はそれ以上広がらない。

「それで、これからどうするの？」テラーの頭越しに、ドラッカーがポーパに質問する。

「もう少し待つ必要がありますね」ポーパが答える。「現在の問題が解消されるかどうか、確かめねばなりません。並行してわたしたちは、妨害が行なわれている正確な場所を特定するためのテストも、実施していきます」

「おいおい」テラーが鼻で嗤《わら》う。「結局こっちは、いつまで待たなきゃいけないんだ？」

ポーパの顔が汗で光っている。メガネがずり落ちたので、彼は押しあげながら答える。

「まだはっきりわかりません」

「そんなこともわからないって言うのか？」信じられないという顔で、テラーは集まった人びとを見まわしたあと、アリンに向かって言う。「ＴＥＡはどんな人材を雇ってるんだ？」

「もちろん最高の人材さ」声に含まれた軽蔑を隠そうともせず、アリンが答える。

ここでオズグッド・デイヴィスが、両手を軽くあげながらふたりのあいだに割って入る。

「なあヴィンス、TEAはすぐにこの問題を解決してくれると、わたしは信じているし、今はかれらにまかせようじゃないか。君は、専門家の使う言葉が難しくて理解できなかったと言ったけれど、それはわたしも同じだ。自分たちの理解を超えたものが存在することは、素直に認めなきゃいけない」

「デイヴィス家と一緒にしてほしくないね」テラーが言い返す。「わたしの一族は、専門家と呼ばれる連中がなにか解決してくれるのを待つことで、現在の地位を築いたわけじゃないぞ」

オズグッドは力なくほほ笑みながら床に目を落とし、だがすぐに顔をあげる。「たしかに君の言うとおりだ。わたしの家族は、専門家から話を聞く機会すらもてなかっただろう。実際わたしの母は、わたしにちゃんと食べさせることのほうに、心を砕いていたしね。よくわかったよ。君は、自分に最初から備わっているもので最高の結果を求めてきたようだが、同時に、少しは忍耐も学ぶべきだったらしい」

たちまちテラーの顔が紅潮するが、これこそオズグッドが狙った反応だったろう。わたしはふと思う。このふたりだけに注目が集まり、自分が放置されていることに耐えられなくなった皇太子が、そろそろ割り込んでくるのではないか？

すると案の定、待ってましたとばかり皇太子が声をあげる。

「この際、サミットを延期したほうがいいかもしれませんね」

「延期なんかできるわけない。そうだろ？」オズグッドに向けていた敵意をしばし忘れ、テラーが反論する。「わたしはなにもしないで家に帰るため、ここまで来たんじゃない。まして大雪で閉じ込められているんだから、やるべき仕事はやってしまうべきだ」

皇太子は、〈誰がおまえにこの場を仕切ってよいと許可した?〉と訊いているかのように、片眉を大きくあげる。

「同感ね」ドラッカーが賛成する。「太陽のあの現象は、たまたま発生しただけかもしれない。あれ以外は正常だし、全員がここから出られないのであれば、予定を変更する理由はないでしょう。アリン、この見解にあなたは反対する?」

これが質問であるはずもない。上院議員の意を察して、アリンはうなずく。

「じゃあそういうことで」テラーが言う。「明日すべてを片づけよう」彼はポーパを指さす。「君はそれまでに自分の仕事をやっておけ。ここにいるグレイスンが、わたしが話をした専門家のなかから数人を、君に紹介してあげられるだろう。自分の専門を、しっかり理解している専門家をな」

これでミーティングは解散となったが、オズグッドはテラーに近づいてゆき、ふたりは激しく議論しはじめる。わたしはアリンと話をしたいのだが、すでに彼はポーパを連れて会場の隅に移動しており、ポーパを叱っているのでなければ、早くなんとかしろと尻を叩いている。あの真ん中に入っていっても、ろくなことはあるまい。皇太子の随行員たちは、親分を中心としてアメフトの選手が円陣を組むみたいに集まっている。わたしはレグとカメオのそれぞれに、合図を送る。

「こっちのチームを集めておいて」わたしはふたりに頼む。「場所は第三会議室」

ラヴレイス・ホールから出てゆこうとしたわたしの耳に、またしても奇妙な音が聞こえてくる。

カタッ、カタッ、カタッ。

これがいったいなんの音なのか、早く知りたくてしかたない。


十五分後、第三会議室にはかなりの数のホテルスタッフが集まっており、いくつかある会議室のなかでは最大のこの部屋も、まだ少し狭いように感じる。本当はラヴレイス・ホールに集めたかったのだが、作業中の人たちに出ていってくれと頼んでも、ぽかんとされるのが落ちだったろう。

磨きあげられたオーク製の会議用テーブルに着席できた人の数より、そのまわりに立っている人のほうがずっと多い。わたしは、おもだったスタッフが来ていることを確認する。レグとカメオ、ブランドン、ムバイエ、客室係の主任でもあるティエラ、そして設備担当マネージャーのクリス。ニックを呼ばなかったのは、ラヴレイス・ホールに残ってバカなことが起きないよう目を光らせ、必要に応じてアリンの助手として働いてもらうためだ。

室内には重苦しい空気が漂っている。みな拳を握ったり視線を交わしたりしながら、わたしが人びとをかき分け、いちばん奥の議長席に向かうのを待っている。議長席のうしろの壁にはテレビがあり、ホテルのウェブサイトに掲載されているレストランやプール、ジムの美しい写真のスライドショーを、無音でリピートしている。もちろんどの写真も、実物よりずっと立派に見えるよう、巧みに盛られている。

わたしは議長席につき、室内をざっと眺める。誰もが今から叱られる子供のように、緊張してこちらを見ている。

これは状況のせいか？

それとも、わたしを煙たがっているのか？

どっちでもいい。今はそんなこと考えている場合ではない。

「まず現状を整理してみよう」わたしは語りはじめる。「宿泊客の人数は、すでに定員を超えている。でも道が悪いので、あふれた客をほかのホテルに移送するのは難しい。身動きがとれないこの状況は……」わたしはルビーに顔を向ける。「あとどれくらいつづく？」

「雪は今夜遅くにはやむ見込みです。現在の予想積雪量は約三フィート」

「なぜいつもいつも、こんなにたくさん降るんだ？」誰にともなくレグが訊く。

ルビーがわずかに回転し、レグのほうを向く。

「湖水効果《レイク・エフェクト》による雪だからです」

「湖なんか大嫌いだ」重大な意味があるかのように、レグがつぶやく。

「湖に苦情を言うのはあとにして」わたしはスタッフたちの顔を見る。「不足している物はない？　今後なにが必要になりそう？」わたしはティエラを指さす。「まず客室係から」

最初に指名されたので驚いたのか、ティエラがきょろきょろしながら答える。「石鹸《せっけん》の在庫が少なくなってます。今日の便で補充される予定だったんですが、トラックが到着してなくて」

「それは簡単に解決できる。数を決めて配給すればいい。たぶん今までが、気前よく渡しすぎていたんでしょうね。次、ムバイエ」ついさっき辛辣な言葉で傷つけたことを、忘れたふりをして語りかけたつもりだったが、彼のほうはやはり根にもっているらしく、わたしと目を合わそうとしない。「食品の在庫はどうなってる？」

「今のところ大丈夫だ」ムバイエはテーブルに向かって答える。「足りなくなってきたものがあれば、それの使用量を減らすことはあるだろうが、今の在庫だけでも二、三日は充分にもつ」

「それはよかった。カメオ、あなたのほうで気になることは？」

カメオがうなずく。「アインシュタインからこっちに戻ってくる人が、まだ少し残っています。数名のスタッフと、せっかく旅行の予約を入れたのだからと、状況が変わるのを待ちつづけていたお客さまたちです。あと、おおぜいの人間をあちこち動かしたので、豪華な部屋に入れなかったお客さまなどが、不満をつのらせています。みなさん旅行に行きそびれたので、その怒りをわたしたちにぶつけてます」

「レグ」わたしは支配人に訊く。「以前わたしが提案した方針を、いま適用できないかな？」

「方針って、どんな？」

「そういう駄々《だだ》っ子みたいな客には、厭《いや》なら湖に沈んでしまえと言ってやる方針」

レグが嘆息《たんそく》する。「だから君は、接客業に向いてないと言われるんだ」

「もう一点あります」カメオが口をはさむ。「簡易ベッドを与えられた人たちに対する配慮が、たりないと思います。大半がスタッフなので、理解は得られているんですが、ちょっと不親切がすぎます。客室係をひとり、かれら専用につけたうえで、無料のサービスを提供できないでしょうか？ 少なくとも、飲み物と軽食ぐらいは出すべきです」

わたしはティエラを見る。「これは対応してあげて。必要なものが行き渡るよう、すぐに手配してほしい。レグ、かれらのやる気を維持するため、軽食とアメニティを無償提供することに異論はある？」

「ぜんぜんない」

「よかった。クリス、あなたからもなにかあれば、今のうちにどうぞ」

クリスは立ちあがろうとしたが、その必要があまりないことに気づき、浮かした腰をまた椅子に戻す。そして、薄くなった頭髪と同じ赤色の口ひげを、片手で撫《な》でつける。

「いま設備係のスタッフは、ホテル前の道路の除雪に全力をあげている。とはいっても、雪かきを終えたそばから、真っ白に埋まってしまうがね」

クリスがこう言い終えると同時に、会議室内の照明がちらつく。わたしは天井を指さす。

「これはどういうこと？」

「まだ調査中だ。配線のどこかに問題があるようだが、壁をはがすことはやりたくない。館内に人があふれている今、停電だけはなんとしても避けたいからな。たとえ数分間であっても、パニックが起きるだろう」

「そうね。そのへんは充分に注意してほしい」

クリスは、持ち時間は使い果たしたけど、まだ言い残したことがあるかのように片手をあげる。「もうひとついいかな？」

「なに？」

「地下に恐竜の子が三匹いるだろ？　アメリカ疾病予防管理センター《CDC》とか動物管理センターに、連絡しなくていいのか？」

しまった。あいつらのことを、すっかり忘れていた。すごくいい質問だった。わたしは恐竜を捕獲して閉じ込めることだけに気を取られ、そのあとどうするか、まったく考えていなかった。たしかに、はいどうぞと動物園に渡すわけにもいかない。

「恐竜といってもまだ小さい」レグが提案する。「バッグに入れて、湖に投げ込むってのはどうだ？」

「そんなことできるわけないでしょ。今のところ、実害はないんだし」わたしは全員に向きなおる。「みんなよく聞いて。これからの二日間は、とても忙しくなると思う。だけどもし問題が発生したら、どんな小さなことでもいいので、わたしに知らせてほしい。見落としがないようにしたいの。お客さまに対しては、おもてなしの精神で接し、叱ったほうがいい場面であっても、無理して怒鳴りつける必要はないからね」

「いや、相手が誰であれ、怒鳴りつけるのはやめてくれ」レグが口をはさむ。

「ほかになにかある？　では、わたしもまだやることが山ほどあるし、これで解散しましょう」

全員が立ちあがる。最初にムバイエが、脱兎《だっと》の勢いで会議室を出てゆく。わたしに近づこうとする者はひとりもおらず、でもブランドンは例外で、彼はわたしを部屋の隅へ連れてゆく。

「さっき、ラヴレイス・ホールに入れてもらえなかったんだ」彼はわたしに訊く。「どんな話が出た？　早すぎる日没の説明はあった？」

わたしがポーパの話を要約して伝えると、ブランドンは深くうなずいて考えこむ。

「これって、なにかに似てると思わないか？」

「なにかとは？」

「アンスタックの症状だよ。つまり……あなたがスリップするときも、こういう感じなんだろ？　まだ起きてない現象を、ひとあし早く体験してしまうという意味でね。よく似てるよ。ただし今回は、俺たち全員がスリップしている」

鋭い観察だった。

だがそう聞かされても、ぜんぜん楽しくなかった。

朝からなにも食べていないのだから、わたしはなにか食べなければいけない。でもそれ以上に、自室でシャワーを浴びたい。たとえ五分でも、人の顔を見ないですむ時間がほしい。そこでわたしは、いったん警備室に引っこみ、充電ドックへ戻ったルビーに「ここで待ってろ」と命じる。

「どこに行くんですか？」

「妬《や》いてるの？　もしかして、わたしがほかのドローンと浮気するとでも？」

「あなたの行き先を知っておくことは、わたしにとってなにかと有益なんです」

わたしは嘆息する。「しばらくひとりになりたいだけ。そのあいだにおまえは、命じられた調査をしっかりやっておけ。十五分で戻る」

ルビーがなにか言うまえに警備室を出て、ロビーを素通りし、アトウッド・ウイングのエレベーターに乗る。五階のボタンを押したあと、壁に背中をもたせかけて目を閉じる。エレベーターが上昇しはじめ、わたしは重力で胃が下に引っぱられるのを感じる。

今日は一日じゅう、過去や未来からの話し声が小さく聞こえつづけているので、ラジオの雑音みたいですっかり慣れていたのだが、突如その雑音のなかによく知った声が混じり、わたしは耳をそばだてる。

「わたしのため、それを実現させてくれない？」

ドラッカーの声だ。

なかなか面白い。

つづきを待ったけれど、それ以上なにも聞こえてこない。しかし、わたしの警戒心をかきたてるには充分だったので、ポケットから紙を出し急いでメモしたのだが、エレベーターのドアが開いたとたん、空気中にもっと妙な雑音を感じたため、たちまち忘れてしまう。

わたしは、あの男がたぶん死んでいる五二六号室へと引き寄せられてゆく。ところが、問題の部屋へまだ到達していないのに、雑音は急に大きくなる。そして、客室と客室のあいだにある備品庫の前に差しかかったところで、なにかがわたしの皮膚をとらえる。

磁気に似た強い力。

でもそこは、ただの備品庫だ。青いカーペットが敷かれた廊下の壁はベージュで、そのなかにライトグレーの客室のドアが並び、ふたつの客室のあいだに、ダークグレーに塗られた備品庫の細いドアがある。

わたしはパスコードを打ち込み、ダークグレーのドアを開く。5－4－9－2。

備品庫のなかは四人の大人がやっと入れる程度の広さがあり、だけど実際に四人も詰め込んだら、出るころには全員が親友同士になっているだろう。壁には無骨な業務用ラックが並び、その上にトイレットペーパーや個包装された石鹼、タオルなど、持ち帰ってもいいアメニティ・グッズが山積みされている。わたしはなかに入ってゆき、ラックの上の物を動かしながら奥のほうまで確認する。怪しい点はなにもない。ほかのあらゆる備品庫と同じで、ただの小さな倉庫だ。

にもかかわらず、わたしはなにかを感じている。

あたかも、体の中心が引っぱられているかのようだ。最初は、緊張や不安のせいだろうと思った。ストレスでいらいらしながら、狭い場所にひとりで入り、探し物がなにかもわからないまま、闇雲に探しているのだから。しかし、明らかに心理的なものではない。おまけにこの奇妙な感覚は、考えれば考えるほど強くなってくる。

文字どおり体にぶつかってくるのだ。

たぶん、隣の客室の死体となにか関係があるのだろう。とはいえ、あれとも少し違うような気がする。たとえるなら、雷雨の直前に皮膚の上を走る電気のような。

わたしは備品庫から出ようとして、ドア枠に肩をぶつけてしまい……

……次の瞬間、尻の下に固くて冷たい保護房の床を感じる。おかげでわたしは、自分が保護房にぶち込んだすべての人に対し、ちょっと申しわけない気持ちになる。ぶち込んだといっても、人数は決して多くない。ほとんどは酔いを醒《さ》ます必要がある泥酔者たちで、でも一度だけ、朝の三時に奥さんを殴り飛ばした男を、警察が到着するまで監禁したことがあった。

床は固くて冷たいだけでなく、砂を撒《ま》いてから塗装したかのようにジャリジャリしている。わたしは、腰かけられるベンチがあればいいのにと思う。せめて椅子だ。一脚だけでも常備しておくべきだった。白く塗られた壁に触ろうとすると、手の甲に血がついている。鮮やかな赤。まだ新しい。自分の両手を確かめてみたが、怪我はしていなかった。これはわたしの血ではない。

にもかかわらず、この血の色はわたしのブレザーの色と一致している。

どういうことだ？

わたしは、どこか別の場所にいたのではなかったか？

保護房の奥にある緑色のドアが開き、アリン・ダンブリッジが入ってくる。やけに険しい表情をしており、さながら彼の顔面にわたしの墓碑銘が刻まれているかのようだ。ジャニュアリー・コール、ここに眠る。なにを言えばいいかわからないまま、彼はしばらくのあいだ無言で立ち尽くす。壁に鎖でつながれた野生のトラと対峙《たいじ》しているみたいに、それ以上わたしに近づこうとしない。やっと前に出てきた彼は、しゃがむことで目の高さをわたしと同じにする。

「なぜあんなことをやったのか、理由を説明してもらいたい」アリンが言う。

この問いに、わたしは台本を読むようにすらすらと返答する。まるで、自分が出演している映画を観ているみたいだ。本当は〈アリン、なにがどうなってるの？〉と訊きたい。なのにわたしの口から発せられるのは、言おうとは思っていないこんな言葉だ。

「わたしにはもう、あなたを信用していいのかどうかわからない。あなたが本当は何者なのかも、わからなくなった」

どういうこと？

「ジャニュアリー、わたしはわたしだ。わたしは君を救いたいと思っている。でもあんなことをやられてしまっては、救えるかどうかわからない。わたしがここに着いてからずっと、君は自制してくれていた。わたしにはそれがわかったし、君を信頼しているから、好きにさせておいた。だから君のほうも、わたしを信じてもらいたい」

わたしはなにをやった？　そこをまず教えてくれ。

「あなたには、あれが見えなかったの？」わたしはアリンに訊く。

「あれとは？」

「あの幽霊よ」わたしは答える。「あれが彼を狙っていた。彼を殺そうとしていた。だから
わたしは、彼を助けようとした」

「ジャニュアリー」アリンはなにか言おうとして、結局思いとどまる。わたしから目をそむけ、顔を伏せる。わたしに愛想をつかして、とうとう匙《さじ》を投げたらしい。わたしに対する彼の信頼は、完全に失われた。これほど心が傷ついたのは、メーナが死んだあの日以来初めてだ。たしかに、わたしはときどき暴走したけれど、アリンはわたしを信じつづけてくれた。それだけは岩のように確かだった。その岩をわたしはすり潰して砂にしてしまい、残った砂も波が洗い流してしまった。

にもかかわらずわたしは、どうやって彼の信頼を失ったか、ちっともわかっていないのだ。

幽霊だって？

死んだのは誰だ？　なにが起きた？　サミットはどうなった？　そもそも、今日は何月何日なんだ？

しかしわたしは、これらの問いを発することができない。質問は頭のなかを駆けめぐるだけで、口はまったく別のことを言ってしまう。

「あの幽霊は、彼を殺すところだったの」急に自分が信じられなくなったような小声で、わたしはつぶやく。

「これはわたしのミスだ」こう言うとアリンは立ちあがり、両手で顔をおおう。「君がステージ2に入ったことはわかっていた。なのにわたしは、こう考えてしまった。あのジャニュアリー・コールのことだ、今回もきっと克服できるだろう。そして実際、君はがんばってくれた。それでもなお、この二日間の君の行動は本当に変だった。君があの壁を壊しているのを見つけた時点で、わたしは君を解任すべきだった」

あの壁？

「アリン、たしかに理解してもらうのは難しいと思う。おまけにわたしは……」つい顔を伏せてしまう。「あんな状態だったたし。だけど、自分を見失ってはいなかった。だからわたしの言うことを信じてほしい。今このホテルのなかでは、なにかが密《ひそ》かに進行しており、その全体像がやっと見えてきたところなの」

なんのことだ？　もっと言え！

「しばらくここで頭を冷やしたほうがいい」アリンが嘆息する。「君を守るため、わたしの立場でできることは、なんでもやるつもりだ。君にはそれだけの借りがあると、思っているからだよ。それに今まで、君の期待を裏切ってきたような気もするしね」微笑するかのように、彼の口角が上がりかけたけれど、すぐもとに戻る。「とにかく、できるだけのことはやってみる」

彼はドアを開き、保護房を出てゆく。

わたしは床に触れてみる。そして本当はどこにいたのか、懸命に思い出そうとする。この保護房ではない。ここに来てしまったのは、また脳がねじれたからだ。

体が勝手に動きはじめる。わたしは立って歩きまわる。壁に触れてゆく。網入りの強化ガラスがはまった監視窓から警備室のなかを見ると、アリンがニックと話をしている。この小窓は防音になっているので、話の内容は聞き取れないが、アリンがほとんどひとりでしゃべっている。その後ふたりは警備室を出てゆく。わたしはなにかヒントになる物を探しながら、保護房のなかを歩きまわる。けれども、空っぽの箱であることに変わりはない。わたしを閉じ込めている大きな箱。わたしがいたのは、ここではなかったはずだ。

それならわたしは、いったいどこにいた?

考えろ。

集中するんだ。

わたしは目を閉じる。保護房にいるわたしの目は閉じないので、心のなかの目を閉じ、自分がなにをしていたかふり返る。ここに来る直前の記憶は完全に空白だが、最後にアリンと会ったとき、たしか太陽の話をしたはずだ。

太陽。入札。五階の自室。

備品庫。

そう、わたしは備品庫にいた。

ならば、備品庫からどうやってここに来た？

ここから備品庫まで、どうやって戻ればいい？

今わたしは、一本のマッチを指でつまみながら座っており、炎が軸木をゆっくり昇ってきている。マッチなんか、いつどこで手に入れた？

とうとうきたのだろうか？　アンスタックの高電圧にさらされたわたしの脳が、パキパキと割れはじめ、もうすぐ爆発するのだろうか？

保護房のドアが開く。

そこに立っていたのは、今のわたしがいちばん会いたくない人物だ。絶対に避けたい人、それは……

わたしは床の上に激しく倒れ、危うく頭を打ちそうになる。青いカーペット。備品庫の床。

ふらついてドア枠にぶつかり、そのまま倒れたに違いない。起きあがって膝をついたものの、全身が震えている。鼻が濡れているように感じたので、指で触れてみると、血で真っ赤になる。膝立ちのままポケットからレトロニムを出し、一錠だけ飲む。もう一錠飲もうかと思ったけれど、やめておく。代わりにチェリー味のロリポップの包装を破り、舌に押しつける。自分がなにをしていたか、冷静に思い出さなければ。

ひとつ思い出した。今日の午前中だ。わたしはタムワース医師のオフィスにいた。しかし、なぜいたのかは思い出せない。あそこにいるあいだは、スリップしなかったのではないか？

まるで、頭のなかに大きな矢印が浮かんでいるみたいだ。その矢印はなにを指してる？　タムワースの警告か？　脳のスキャン画像か？

やれやれ。わたしは量子論の戯言《たわごと》に振りまわされるため、こうしているのではない。

壁に寄りかかって座り、今度は保護房にトリップしていたあいだの記憶を呼び起こそうとする。有益な情報があったはずなのに、早くも薄れている。ブレザーのポケットから紙を出し、憶えていることをメモしてゆく。幽霊。血。保護房。いつ？　誰か殺した？　アリンはもう信用できない？

そのあと、誰かが保護房に入ってきた。あれは誰だった？

くそっ。もう忘れてる。

憶えているのは、いま書きとめた言葉の断片だけだ。スリップしているあいだの記憶を、呼び起こすことはできない。まだ起きていないことは、本物の記憶になり得ないのだから。


鼻血はたいしたことなかったけれど、わたしは熱いシャワーを浴びるため、自室に戻ってゆく。ジムで運動したのだから、どっちみち浴びなければいけない。ここに移ってきた最初の晩に、シャワーヘッドから流量リミッターを取っぱらってしまったので、肌を打つ温水がなおのこと心地よい。今日の午後、ずっと感じていた脳が大型トラックで轢《ひ》かれるような重苦しさを、激しい水流が忘れさせてくれる。

バスルームから出て、洗面台に身をのりだし鏡の曇りを手で拭うと、長い黒髪で顔をなかば隠した小さな少女が、すぐうしろに立っている。

思わず叫び声をあげ、あわててふり向いたわたしは、危うく洗面台に尻もちをつきそうになる。

誰もいない。

くそっ。レトロニムを飲みすぎたのか？ 幻覚が起きるぞと、タムワースも言っていた。今日はもう、飲むのを控えねばならない。

心拍数が正常に戻ったところで、ピンクのジーンズと黒のTシャツ、そして黒の編み上げブーツを身に着け、まだ半乾きの髪をポニーテールにまとめる。予備のチェリー・ロリポップを数本、ポケットに押し込む。そして最後に、目尻にさっとキャットラインを引く。わたしが独自に定めた、オフィスでの通常業務のメイクだ。わたしの仕事は犯罪を解決することだし、そのためにも眼は鋭く見せたい。

だが、空腹は未解決で――こっちも早くなんとかしたいところだ。

一階の警備室に戻ってみると、ありがたいことに誰もおらず、しかし足を踏み入れると同時にルビーが充電ドックから飛んできて、わたしの顔の正面で静止する。

「突きとめました」

「なにを？」

「あの男の身元です」

「やっとわかったんだ」わたしはほっと息をつく。「今すぐ見られる？　やはり変名で行動していたの？」

　ビデオスクリーンとなっている壁の前にルビーが移動すると、スクリーンは数秒間点滅したあと全面が赤くなり、それから死んだレザージャケットの男のプロファイルが現われる。

　本名ジョン・ウェスティン。

　写真は、軽窃盗罪で逮捕されたときの上半身写真《マグショット》だ。年齢三十八歳、ニューヨーク州スタテン島出身、不法侵入で二回、傷害で一回、強盗未遂で二、三回の逮捕歴がある。

「これが基本情報ね。となると次の疑問は」わたしはルビーに訊く。「こんな男が、ここでなにをやっていた？」

「そうくるだろうと思っていました」とルビーは答え、ジョン・ウェスティンの職歴をスクリーンに表示させる。バーテンダー、運送業、相乗りタクシーの運転手――どれも非正規の仕事ばかり。ところがそのなかに、テラー不動産で運転手兼掃除夫として雇われた数年が含まれており、ルビーがそこだけ赤く強調表示したのは、これを見落とすぐらいわたしがバカになっていることを危惧《きぐ》したからだろう。

「この職歴ファイルに、時間犯罪取締局《TEA》内の誰かが目をつけていました。進行中の犯罪捜査のひとつで、ウェスティンは容疑者とされています」

「その捜査の担当者は？」

「そこまではアクセスできませんでした」

「わたしをうんざりさせるお知らせは、ほかにもたくさんあるの？」

「今のところこれだけです」

こうして、このパズルに新しいピースが加わった。問題は、そのピースをどうすればいいか、わたしにも見当がつかないことだ。

わたしの視界の隅で、ルビーがアホみたいに浮かんでいる。こいつには、コンピュータとプロセッサー、そして情報が詰まっている。そしてわたしは、わたしの秘密を絶対に漏らさないよう、こいつをちょっと改造した。

ということは、少しは信用してもいいのではないか？

ならば、そろそろ秘密を共有してやろう。

五二六のドアをノックしたが、応える者はいない。もしすでに客がいるとしたら、トイレかシャワーだろうと思ったものの、わたしはあまり気にせずセキュリティ・ウォッチで鍵を開け、ずかずかと部屋のなかに入ってゆく。照明はすべて消されている。廊下の隅にバッグが数個、ベッドの上にラップトップが一台置いてあり、ナイトテーブルの上にある保湿クリームのわきには、汚れたティッシュペーパーの束がくしゃくしゃになって転がっている。

けれども、死体はやっぱりそこにある。ついさっき殺されたばかりのような状態は、ちっとも変わっていない。ベッドスプレッドもまだ血で濡れている。

「あそこに死体があるんだ」わたしはルビーに教えてやる。

ルビーがビープ音を発する。「いいえ、ありません」

「わたしには見える。それもはっきりと」

「その死体がジョン・ウェスティンなんですか?」

「ビンゴ」

ルビーがベッドの上に移動し、静止する。赤い輝点がベッドスプレッド上に現われ、点滅しながら大きくなってベッド全体を包む。

「なにも検出できませんでした。しかし、あなたがわたしに彼を探させたのは、これが理由だったんですね」

「そういうこと。この死体に加えて、ビデオのフレームがごっそり消されていたから、わたしはいつもより怒りっぽくなっていた」

少し間をおいて、ルビーが言う。

「正直なところ、とげとげしさと攻撃性において、今日のあなたがふだんのレベルを超えているとは、わたしはちっとも認識していませんでした」

「ふん、そうかい」わたしもベッドに近づいてゆく。改めて死体に触ろうとするが、今回もわたしの手は死体をすり抜けてマットレスにあたる。「奇妙なのは、まったく変化がないように見えること。すでに何時間もたっているのに、血は鮮やかな赤のまま。ふつうなら死後硬直がはじまり、血も乾いているはずでしょ。だけど、なにも変わっていない」

「死因はなんです？」

「失血死。喉をすぱっと切られている。方向は左から右で、凶器は鋭利な刃物。両手に防御《ぼうぎょ》創《そう》はないから、犯人はよほど静かに忍び寄ったんだと思う。そうでなければ、顔見知りだったので彼が警戒しなかった」わたしは肩をすくめる。「法医学者ではないし、死体に触ることもできないのだから、わたしに推測できるのはここまでね」

「ウェスティンが犯罪者であり、テラーと接点があったことはすでにわかっています」ルビーが指摘する。「彼は死に、彼を殺した何者かが、われわれのビデオを削除した可能性も否定できないでしょう。残っているフィードにも、彼がホテル内にいた痕跡は、まったく記録されていませんでした」

「最悪だな」

「ひとつ提案していいですか？」

「提案？」わたしは手振りで許可する。

「現場検証をしてみたらどうです？」

「わたしが死体を発見したとき、すでに客室係が清掃を終えていたこの部屋を、調べろと言うのか？」わたしは訊き返す。「わたしにしか見えず、そのわたしでさえ触れない死体が横たわるここを？」

「もし気が進まないのなら、そこでぼんやりしているのもいいでしょう。そういうみじめな状況にぴったりの音楽を、ご提供できますよ」

ルビーの本体から、セリーヌ・ディオンが歌う『オール・バイ・マイセルフ（独りきりになりたくない、と訴えるラヴ・バラード）』のサビが流れはじめる。

「もしおまえが本物の人間だったら、喜んで殺してやっただろう」

とはいえ、ルビーの提案は決して的はずれではない。

わたしは部屋のなかを見まわす。ここにチェックインした客が戻ってくるまで、どれくらい時間があるだろう。室内は、このホテルのすべての部屋とほとんど変わらない。ひと部屋ごとに広さと形状は違っていても、基本的なデザインは共通しているからだ。ブロンズ色の備品がたくさんあり、木製品はブラシ仕上げを施されている。金属面は黒く輝き、カーペットは青い。長逗留《ながとうりゅう》する客がいないため、クローゼットを狭くして床面積を稼いでいる。

バスルームはとてもシンプルだ。白いサブウェイタイルと劇場の楽屋みたいな照明が洗面台を囲み、シンクとトイレは艶のある黒で、全体の白のなかで強いアクセントとなっている。

わたしは床に伏せて、ベッドの下とデスクの下を調べる。なにもない。ドレッサーの底部は床に密着している。テレビの裏を手探りし、ランプを持ちあげる。そのあと、落書きの有無を確かめるため、チェストやデスクの引き出しを一本ずつ抜いてゆく。

実をいうと、ホテルの部屋に隠されたお楽しみのひとつがこれだ。人びとは、誰かに偶然発見されることを期待し、目に触れない場所に勝手なメッセージを残してゆく。わたしの部屋にあるトイレのタンクの内側には、黒の油性ペンでこう書いてあった――〈ここは最低のホテルではない。最低以下だ！〉

ああ面白い。

デスクのいちばん下の引き出しに、名前がひとつ彫ってある。サム・サイドリンガー。

「ルビー、サムまたはサミュエル・サイドリンガーという客が、この部屋に泊まったことはある？」

「あります。三年まえに一度だけ」

きっと、縄張りをマーキングしたつもりなのだろう。わたしは引き出しをもとの位置に戻す。トイレのタンクをチェックしたが、こちらにはなにもなかった。

となると、調べるところはあとひとつしかない。ベッドの上の絵。このホテルでは、すべての部屋に違った絵が飾られている。絵といっても実際は安っぽいストック画像で、どの絵にも必ず時計が描かれている。わたしの好みからすると、あまりに直截的すぎて面白くない。たとえばわたしのベッドの上の絵には、段階的に溶けてゆく時計の文字盤がいくつか並んでおり、文字盤の最後のひとつは、ほとんど水たまりになっている。ダリの模倣であることは、言うまでもない。

この部屋の絵は、青い空を背景に広大な砂漠が広がっており、砂の上に砂時計がひとつ置かれている。しかし砂時計のなかには、なにも入っていない。これがなにを意味するか、わたしより賢い人であれば解釈できるのだろう。わたしは絵が入っている額縁の片側をつかみ、引っぱってみる。だが、壁にしっかり留まっているらしい。ベッドの上に立って下を向くと、わたしの股間を死んだウェスティンの目がまっすぐ見あげている。これは無視するしかあるまい。額縁の裏に指を差しこみ、少し揺らすと壁からはずれたので、裏返しにしてみる。

美しい飾り文字が、黒のマーカーで大きく書かれていた。

記憶の庭で
夢の宮殿で
君とぼくは出逢うだろう

「ルビー、これがなにかわかる?」

ルビーがわたしの肩の上に飛んできて、額縁の裏をスキャンする。

「これってどれです?」

「ここに書いてあるでしょ」わたしは指さす。「この詩みたいなやつ」

「詩なんかどこにもありませんが」

これも一種の手がかりかもしれない。わたしにしか見えない死体と、わたしにしか見えない文字。声に出して読んでやると、ルビーは即座に答える。

「それは、ルイス・キャロルの『鏡の国のアリス』を原作とした映画『アリス・イン・ワンダーランド/時間の旅』(二〇一六年公開のアメリカ映画)のなかで、マッドハッターが言ったセリフです」

「その映画は観てないし、原作も読んでない。どういう話?」

「アリスが鏡のなかに入ってゆくと、そこは上が下で、前が後ろで、未来が記憶されている世界だった、という話です。でもこれは、オンラインで見つけた原作のほうの粗筋です。なんなら映画をダウンロードし、原作本を注文しましょうか？　なにか参考になるかもしれませんよ」

「そうしてもらおうか。本なんて、ずいぶん長いこと読んでないけど」

「より正確に言うと、わたしたちが初めて会った日から今日まで、あなたは一冊も本を読んでいません」

「やかましい」

額縁をもとの位置に戻しはじめたとき、「そこでなにをやってる？」と言う男の声が聞こえてくる。

声がしたほうに顔を向けたわたしが見たのは、セーターを着てスラックスをはいたハンサムな若者だ。小さなバッグをひとつだけ持ってドアの前にいる彼は、額縁を両手で押さえながらベッドの上に立つわたしを、憮然《ぶぜん》とした表情で見つめている。もし彼に、わたしの足のあいだに横たわる死体を見ることができたなら、事態はもっと滑稽《こっけい》になるのに。

「セキュリティ・チェックというやつ？」わたしは彼の質問に質問で答える。それから小声で、「なぜ警告してくれなかった？」とルビーをなじる。

「室内のスキャンを実行していたからです」音量を下げもせずにルビーが答える。

わたしがベッドから飛びおりると、若者はデスクまで歩いてバッグを置き、電話機を取る。

「警備員につないでくれ」

わたしのセキュリティ・ウォッチが呼び出し音を鳴らす。「ジャニュアリー、いま電話に出られる？」

これがなにを意味するか察した彼に、わたしがほほ笑みかけると、彼は受話器をいったん戻して別の番号を押す。「今すぐ支配人をこの部屋によこしてもらいたい。重要な用件だ。そちらのスタッフのひとりが、ぼくの荷物を引っかき回している」しばしの沈黙。「もちろん警備には連絡した。でも部屋を荒らしているのは、どうやら警備員のひとりらしい」再び間がある。「そういうこと。ではよろしく」電話を切った彼は、わたしに視線を戻す。「すぐに支配人が来るそうだ」

わたしはうなずき、部屋のなかを改めて見まわす。それから肩の力を抜いて、彼にこう訊《たず》ねる。

「で、あなたはどこから来たの？」

彼は答えない。


「いったい君は、なにをやっていたんだ？」顔を真っ赤にしたレグが、エレベーター・ホールで鼻息も荒くわたしに詰め寄る。あの若者の部屋に駆けつけて話を聞き、残りの宿泊料は無料にしますと明言してから、彼はずっとこんな調子だ。たしかに、客を金でなだめる唯一の方法は、すべてただにしてやることだろう。でも実のところあれは、ホテル側がもっと多額の出費を避けるために使う便法《べんぽう》だと思う。そしてあすることにより、客のほうは、このホテルで金をつかうのはもったいないと思ってしまうのだ。

わたしは肺が風船みたいに膨らむまで空気を吸い、一気に吐き出す。そのあと、どう答えたらいいか考える。なにから説明する？　説明できるかどうかも、よくわからない。ルビーに教えてやったのは例外だ。あのドローンが他言《たごん》することはないのだから。しかしレグはするだろう。あるいは、アリンになにか見当違いのことを言うかもしれない。ならば、とりあえずこう答えておこう。

「あることを調べていただけ」

こっちに頭を傾け、片方の耳を見せながらレグはわたしの次の言葉を待つ。

「あることを調べていた？　それだけか？」

「そう」

「あることとは？」

「ある疑問」

「ある疑問ね」レグはゆっくりとうなずく。そしてルビーに顔を向ける。「ある疑問とはなんだ？」

わたしはぎょっとするが、ルビーはこう反問する。

「彼女がわたしにすべてを話すと、本気でお考えですか？」

レグは不満そうだったが、これ以上の追及を諦めてうなずき、「わたしと一緒に来い」と言う。

わたしたちはエレベーターに乗り、下降してゆく。レグはわたしを見ようとせず、あいかわらず鼻息がうるさいのを別にすれば宮殿の衛兵のように静かで、なにも言うまいと努力しているのがわかる。こっちにまで緊張が伝わってきそうだ。これでは、沈黙を破りたくても破れない。わたしはひどい疲れを感じる。ひと眠りしたい。コーヒーを飲みたい。今すぐメーナに会いたい。

一階で降り、さっき到着したＴＥＡの職員が数人うろついているロビーを抜けてゆく。コンシェルジュ・デスクの前にはニックが立ち、カメオとなにか話している。レグはわたしを、ロビーの中央に設置され、大時計を吊っている真鍮《しんちゅう》製のロッドに沿って上昇してゆくエレベーターに乗せる。大時計の針は、依然として不規則な動きをつづけている。

エレベーターのなかで、わたしはレグに訊く。

「わたしを屋上に連れていって殺すつもり？　だけど雪が積もっているので、屋上に出るドアは開かないんじゃないかな。それより吹き抜けの手すり越しに、ロビーへ突き落とすほうが早い。客たちは嫌がるでしょうね。だって、ロビーのフロアに激突したわたしは、トマトみたいにつぶれて血をぶちまけるんだもの。でも客の半分は変態だから、かれらが実際どう思うかなんて……」

「いいかげんにしろ」レグが言う。

エレベーターは最上階で止まり、レグはわたしをティックトックに連れてゆくと、空いているテーブルを見つけてさっさと腰をおろす。すると、大きな耳ピアスをしていつも芸術的なアイラインを引いているウェイターのマーク——あまりに見事なアイラインなので、いつか教えてもらおうと思ってる——が、待ちかまえていたかのように近づいてきて注文を取る。

「マッカランの二十五年を、水割りで」レグはこう言ってから、わたしが怒ってないのを確かめるかのように、こちらを見る。

「わたしは炭酸水《セルツァー》。ライムを搾ってね」

マークはうなずき、下がってゆく。

「そのウイスキー、グラス一杯百ドルじゃなかった？」わたしはレグに訊く。

レグはわたしの顔を、穴があくほど見つめる。

「ここはわたしのホテルだ。そして今日は、長い一日だった」

「で、わたしたちはここでなにをするの？」

「なにか食べるのさ」

「どうして？」

彼は椅子に背中をあずける。店内は半分ほど席が埋まっている。隅のほうで、皇太子がドラッカー上院議員と頭を突き合わせている。反対側の隅では、皇太子の随行員が二、三人で夕食を摂《と》っている。バーにはワーウィックがいて、ビールをなめながらラップトップをぽつぽつ打っている。客はけっこう入っているけれど、わたしたちのまわりはちょっとしたオアシスのようだ。誰もいないテーブルに囲まれているので、ふたりだけでいるような気分になってしまう。

「調子はどうだ?」レグに訊かれる。

「元気よ」わたしは答える。「わたしはいつだって元気」

「なあ、わたしはそこまでバカじゃないぞ」

とてもそうは思えないんだけど、と言いかけたわたしを制して、レグが人さし指をわたしの顔に向ける。

「二秒でいいから、わざと嫌われ者になるようなまねはやめてくれ」

「わざとじゃない。反射的に出てしまうだけ」

注文した飲み物をマークが運んでくる。彼はグラスを置くと、料理のオーダーを待つ。レグはバインミーを、わたしはチェブジェンを注文する。数時間まえ、ここでニックにチェブジェンを薦めたときから、自分でも食べたくなっていたのだ。注文をメモすることなくマークが離れていったあと、レグが言う。

「今日の君は、ひどくぴりぴりしていた。いつも以上にな。そして結局、わたしはお客さまから、君が彼の荷物をかき回しているという電話をもらってしまった」

「客の荷物なんか、わたしはかき回してない」

「具体的に君がなにをやったかは問題じゃない。問題なのは、君がほかのスタッフを伴わず、誰の許可も得ないまま客の部屋に入ったことだ」

「ほかのスタッフならいたけど」わたしは、肩の上に浮かんでいるルビーを指さす。

レグがため息をつく。彼はスコッチのグラスを手に取り、唇をつける。少し口に含んだとたん、彼の全身がリラックスし、わたしの席にまでウイスキーの芳香が漂ってくる。おかげでわたしも、一杯やれたらいいのにと願ってしまうが、わたしが酒を飲むことはない。これまでもそうだったし、頭がこんな状態の今はなおさらだ。

「ジャニュアリー、君がクソみたいな経験をさんざん積んできたことは、わたしもよく知っている。しかしそれは、わたしたち全員が同じだ。ちょっと気取った言い方をすれば……」彼はあたりを見まわす。「わたしたちは家族なんだ。小さくて風変わりな家族。わたしはそう考えてる。わたしたちは助けあいながら、ここで働いてきた。だからわたしたちは、メーナの追悼式をやることにしたんだが、君は顔を出そうともしなかった」

わたしはセルツァーをあおる。でも勢いよく飲みすぎて気管に入ってしまい、肺が焼けたように熱くなる。

「あのときは、なにかお別れの言葉を述べろと、誰かに言われたんじゃなかったかな。そういうの、苦手でね」

スコッチを飲もうとしたレグの手が途中で止まり、突き出た指がわたしを狙う。

「な？　君はそう言うだろ？　わたしたちが気づかないと思っていたのか？　すべてお見通しなんだよ。君が弔辞を読むなんて、最初から誰も期待していなかった。君は自分の心の動揺を、わたしたちのせいにしているんだ」

「好きなように考えればいい」

「わたしになにができる?」レグが問う。「教えてくれ。わたしはなにをしてやればいい?」

答えようがないので、わたしは黙っている。

「君の問題を、わたしが理解していないと思っているのか?」彼はまたしてもあたりを見まわし、近くに誰もおらず、マークがまだ料理を持ってこないことを確かめる。それから身をのりだし、声を潜める。「君はもう、ここにいないほうがいい。このホテルから離れるべきだ。そして治療を受けなきゃいけない。ここに住みつづけたらどうなるか、君もわかっているはずだ」

「タムワースがなにか話したの? 医者は、患者の秘密を守る義務があるのに」

「タムワースはなにも言ってない。しかし、みんな知っている。みんなよくわかっている。君がステージ3に向かって突き進んでいることは、秘密でもなんでもない。ぜひ教えてもらいたいね。それって、少し時間がかかることを別にすれば、銃を口にくわえ引き金を引くことと、いったいどこが違うんだ?」

言いたかったことをやっと言えて、レグは満足そうに椅子にもたれる。わたしは彼の質問を、宙に浮かせておく。まともに答えたくないからだ。もちろんこれについては、わたしだって考えてきた。考えないわけがない。自分のことは、自分がいちばんよく知っている。しかし、どう説明すればいい? 説明して理解してもらえるのか? メーナを見るたび、たとえそれが一瞬であっても、わたしの心は明るい陽光で満たされる。そして、その光がすべての傷や痛みを癒やしてくれるから、わたしは再び強くなり、次にメーナと会うときまで生きていられる。こんな説明をしたところで、誰がわかってくれよう？

「アリンともいろいろ話したんだが――」レグが言いかける。

「アリンといえば」わたしは話題を変える。「もしTEAをクビになったら、わたしはこのホテルで別の仕事に就きたいの。なんだってやる。トイレ掃除でもなんでも」

「ジャニュアリー……」

「わたしにはできないと思ってるの？　従業員の名前はぜんぶ知ってるし、どこになにがあるかも完璧に把握してる。これって、すごい強みだと思うんだけど」

レグはわたしから目をそらすと、暗い声で言う。

「ジャニュアリー、君が決断できないのであれば、わたしたちは君の私物を片づけねばならない。君にとって、このホテルはもう安全な場所じゃないんだ。TEAは、君をここに移せば大丈夫だと判断した。でもその結果がどうなったか、よく見るがいい」

彼のこの言葉を聞いて、わたしは心臓が背骨にめり込み、血を噴きながら再びもとの位置に戻ったかのような衝撃を覚える。椅子を引いてテーブルから離れたわたしは、目の隅で料理を持ったマークが近づいてくるのを見る。

「家族、家族。どいつもこいつも、自分たちのことを家族と呼びたがる。わたしを路上に放り出すことが、家族にふさわしいやり方なの？　ふざけないでほしい」

わたしは立ちあがるとマークに向かって指を鳴らす。「バーで食べるから、わたしのチェブジェンはあっちに運んで」それからまだ空席があるバーのいちばん端まで歩き、むかっ腹をたてながらスツールのひとつに腰かけ、料理が目の前に置かれるのを待つ。わたしはマークにぼそぼそと礼を言い——音楽がうるさくて聞こえなかったかもしれないけれど——それからトマトとサカナの匂いを嗅ぐ。

スツールの上で座りなおすと、再びドラッカーと皇太子がちらっと見える。ドラッカーが上体を大きく傾けており、ふたりの頭は今にもくっつきそうだ。ドラッカーのほうが、なにやら熱心にしゃべっている。皇太子の顔は見えないものの、ボディランゲージから察するに、緊張しているらしい。わたしはルビーに命じる。

「あのふたりの会話を増幅して」

「できません」

「なぜ？」

「どちらかが、音声マスキングを使用しているからです」

どっちも使いそうだが、本命は皇太子のほうだ。あの種の装置はものすごく高い。上院議員の報酬でも購入は厳しいだろう。つまり、セキュリティ対策を無効化するよう設計された玩具を所有しているのは、皇太子ということになる。これは憶えておかねば。

その後しばらく正面の壁を眺めていたのだが、ふと横を見ると、バーのなかほどにムバイエが立ち、シアサッカー地のスーツを着た年配の白人客と話をしている。ストローハットをかたわらに置いたその客が飲んでいるのは、ミント・ジュレップに違いない。

「ええ、おっしゃるとおりです。このホテルはよく出ますよ」ムバイエがしゃべっている。

「わたしもときどき、すぐそこの厨房《ちゅうぼう》で見ます。廊下でも見るし、あっちのトイレで見たこともある」

「二年ぐらいまえの話なんだけど」スーツの客が、シロップみたいに粘っこい南部のアクセントで言う。「俺も初めてここに泊まったとき、変な女を見たんだ。廊下で、俺のずっと先を歩いていた。女は、俺がいるのに気づいたみたいだった。ちょっとこっちをふり向いたんだが、そのとたん、ふっと消えてしまった。ブラウンの髪を長く伸ばしていたよ。そして体ときたら……」――ここで彼はきょろきょろする――「……すごい巨乳でね」

ムバイエがうなずく。「あててみましょうか。それって、四階の廊下だったでしょう? バトラー・ウイングの」

男が笑って指を鳴らす。「なぜわかった?」

「その女性は、ここを設計した建築家だと噂されています。ホテルがオープンしたあと、行方不明になりました。この仕事で燃え尽きてしまったから、失踪《しっそう》したと言われてますが、わたしにはよくわかりません」ムバイエは大きく息を吸って吐き出す。「こういう話は、どのホテルにもありますし……」

ここでムバイエはこちらを向き、わたしに気づく。わたしはといえば、客と語らう彼を見るだけで、むかむかしている。バーのなかに立ち、自分の人生になんらかの喜びや幸せを感じている彼の姿に、怒りを覚えてしまう。

だからわたしは、ムバイエに質問を投げつける。

「なぜあのとき、ガスを確認しなかった?」

ムバイエの体が固まる。じっと立ったまま動かない。それから彼は、話をしていた客に笑顔で詫《わ》びると、厨房に戻ろうとする。わたしはさっきより大きな声で訊きなおす。

「ねえ、なぜあなたは、ガスを確認しなかった?」

彼は肩を落とし、ふり返る。

「したさ」

「今日コルテンに出した料理を確認したように、ガスも確認したわけだ。なにごとにも常に万全を期している、そういうことね? でもあのときのあなたは、ガスを再確認する必要があった。なのにそれを怠ったから、彼女は死んだ。その厨房で、そこの床の上で、彼女はたったひとりで死んでいった。なぜあなたは、まだここで働いている? なぜおめおめと生きていられる?」

音楽はまだ鳴りつづけているけれど、わたしは自分がスツールから立ちあがり、怒鳴っていたことに気づく。客たちに見られているので、このへんで黙るべきなのだろうが、そうはいかない。逆にわたしは、あの爆発の日以来、飛び出そうとするのを無理に抑えてきた非難の言葉を、胸の奥から呼び覚ましてしまう。

あの夜、全身では感じたものの、爆発音はほとんど聞こえなかった。わたしの部屋がわずかに振動した。なにかあったらしい。もう遅い時間で、わたしはシャワーを終えてメーナの帰りを待っていた。そして、彼女が帰ってきたら一緒に寝そべってつまらないテレビを眺め、眠るまいと努力しつつ、今日はなにがあったか語る彼女の話に耳を傾けようと考えていた。

しかし、床が揺れるのを感じたわたしは大急ぎで着替え、部屋を出るころには事故の第一報を受け取っていた。ティックトックの厨房で爆発事故発生。炎と煙があがっている。負傷者は確認されていない。

少なくとも今は。

チャットツールに新たな声が飛び込んできたとき、わたしはまだエレベーターで上昇している途中だった。

「なんてこった、厨房に誰かいるぞ」

わたしにはわかった。聞いた瞬間、それが誰かわかったので、エレベーターのドアが開いたときには、わたしはすでに両膝をついて泣きはじめており、その場から一歩も動けなくなった。そしてあの夜以来、特に爆発の原因はガス管にあったと判明して以来ずっと、わたしはムバイエにぶつけるべきこの非難の言葉を胸に秘めてきた。

「あの事故が起きたのは、あなたの不注意のせいだ」

わたしはこのひとことが、狙いどおり彼に深く突き刺さったのを確かめる。

ムバイエの目に、涙が浮かんでくる。彼は、顎が震えないよう歯を食いしばる。

わたしの横にレグが立つ。彼の手がわたしの腕に触れる。わたしはその手をふり払う。このあとどうなるか、知りたくもない。すべての視線がわたしに注がれ、静まりかえったレストランから、わたしは足早に出てゆく。廊下の手すりのところで立ちどまり、ロビーを見おろす。この最上階から大理石の床まで、距離を目測すると胃が重くなってくるが……
……マークが両手でバースデイケーキを持ち、厨房から現われる。ケーキに立てられた蠟《ろう》燭《そく》の小さな炎が、照明を抑えたレストランのなかで、彼の顔を黄色く照らしだす。バーに座っているわたしは、飲んではいけないのを承知でメスカル（メキシコ特産の蒸留酒の総称）をぐいとあおり、いがらっぽい液体で喉が焼けるのを感じつつ、マークがそのケーキを店の反対側にある大きなテーブルへ運んでゆくのを見る。テーブルには、ティエラを中心にスタッフがおおぜい集まっている。

今日のパラドクス・ホテルには、客がほとんどいない。時空港《タイムポート》が工事中のため、この数日は発着便が一本も予定されていないからだ。ティエラの誕生日は今日ではないけれど、全員が暇という非常に珍しい機会なので、シフトに入っていない者を含め大半のスタッフがこの場に顔を揃《そろ》えている。マークがケーキを置くと、みんなティエラを囲んで『ハッピー・バースデイ』を歌いはじめる。

わたしは、ねじけた心でその様子を眺めながら、自分が最後にあれをやってもらったのはいつだったろうと考える。でもすぐに、そんなこと気にするのがバカらしくなる。歌が終わったので、わたしは再び自分のグラスと向きあうが、そのとき誰かが隣のスツールを引く。

「あなたはケーキを食べないの？」メーナだった。

「ケーキはちょっとね。パイのほうがまだいい」

「あなたのそういうところが、わたしは大好き」彼女はこう言うと、身を寄せてきてわたしの首にキスし、わたしの背筋をぶるっと震わせる。

ふたりは黙って座りつづける。わたしはもうひと口飲んでグラスを置き、バーの前の壁を見つめる。わたしのなかに、もう長いこと感じておらず、とっくの昔に消滅したと思っていた感情が蘇《よみがえ》ってくる。

人恋しさ。

「かれらもあなたの家族だからね」メーナが言う。

「家族には、あまり興味がないんだけど」わたしは言い返す。

メーナはわたしのグラスを奪うと、残りのメスカルをひと息に飲みほし、わたしが座っているスツールを力まかせにうしろに引く。わたしはもう少しで落っこちそうになる。

「行こう。ケーキが待ってる」

でもわたしは、そのままスツールに座りつづける。わたしがあのテーブルで輪に加わろうとするのは、かれらにとって迷惑でしかないことを、よく知っているからだ。わたしはここの一員ではないし、当然かれらの仲間ではない。パラドクス・ホテルに来て二か月がたつけれど、親しくなれたのはメーナだけで、ここで暮らしているにもかかわらず、すぐに荷物をまとめて出てゆくことになる予感が、今も拭いきれずにいる。メーナにもそう言いたかったのだが、彼女がわたしの手を強く引っぱり「大丈夫だから」と約束したので、結局黙って従うことになってしまう。

大テーブルまで連れていかれると、全員がほぼ同時にこちらを見て、一斉に満面の笑みを浮かべる。

「ジャニュアリーが来てくれたぞ！」と言いながら、レグが自分の隣の椅子をわたしのために引く。「わたしたちなんか、相手にしてくれないのかと思ってたよ」

「あなたと一緒に歌えなかったのはちょっと残念ですが」カメオが言う。「次の機会があるでしょう」

わたしは気のきいた返事をしたいのだが、なにも思いつかない。だから無言で椅子に座る。バースデイケーキには、ピンクとパープルの繊細なフロスティングを施した花がちりばめられており、そのケーキをムバイエが切り分けて高価な平皿にのせてゆく。ふだんは客にしか出さない皿だが、今夜はかれらのために用意されている。

というか、わたしたちのために。

ムバイエはその皿を一枚わたしの前にすべらせ、にっこり笑う。

「子供のころ、こういうケーキを母がよくつくってくれたんだ。母にはかなわないけど、できるだけのことはやった。気に入ってもらえたら嬉しいんだが」

わたしは皿を手にとり、端にのっていたフォークを持つ。最初の一片を切ろうとして顔をあげると、全員がわたしに注目している。わたしの感想を待っているのだ。

こういう感じなのか？

人の輪に加わるとは、こういうことなのか？

喉が詰まりそうになったものの、かれらに気づかれたくないので、わたしはティエラに向かってうなずきながら、「お誕生日おめでとう」と言う。

「どうもありがとう」ティエラが答える。

メーナがわたしのうしろにすっと立ち、肩を軽くつかむ。ひとくち食べてみたケーキは、素晴らしく美味で、言いしれぬ感動が胸にあふれてきて……

……だが、わたしの両手は手すりを握っており、助けを求める叫び声でスリップから引き戻されたわたしは、奈落の底に落ちてゆくような気分になる。

その叫び声はすぐ下の階から聞こえてきたので、斜路を駆け下りてゆくと、ラベンダーとグレーのおしゃれなスーツをくしゃくしゃにしたオズグッド・デイヴィスが、トイレの外の壁にもたれかかっている。彼はこめかみを押さえており、指のあいだから血が流れている。なにかがさっと動いたので、見ると黒いブルカが廊下の角を曲がって消えてゆく。

皇太子の警護隊のリーダー、イーシャだ。

わたしは改めて走りはじめる。オズグッドの心配をするべきだろうが、助けを求めた彼の声は多くの人が聞いているし、負傷しているのは間違いないけれど、命に別状はなさそうだ。

イーシャが消えた曲がり角に着き、そこから延びてゆく長い廊下を見るが、ビジネスセンターが並ぶその廊下には、人っ子ひとりいない。

彼女はわたしのずっと先を走っていたから、廊下の両側に十二あるビジネスセンターのひとつに身を隠す余裕は、充分にあっただろう。十二のドアは、すべて閉まっている。

わたしは廊下の前後に目を配りながら、ゆっくりとドアをひとつずつ解錠し、室内を確認してゆく。

どの部屋も狭い。窓はなくデスクが一台だけ置かれ、ただしコンセントとソケット類は豊富にある。今はすべての部屋が空いているようだし、ほかに隠れる場所もなさそうだ。わたしは、なにが起こったか考えてしまう。なぜイーシャはオズグッドを襲った？　彼女らしくないと思いたいけれど、正直なところ、わたしは彼女のことをまだよく知らない。廊下をさらに進むと、近くで音がする。なにかを引っ搔《か》くような音。またスリップがはじまったようだが、それにしてはスリップに伴う脳の疼《うず》きが感じられない。問題の音は、少し間をおいて再び聞こえてくる。

この音、頭の上で鳴っていないだろうか？　次のオフィスのドアを開けると、天井のパネルが一枚だけ斜めになっている。デスクの上に立ってそのパネルを横にずらし、天井裏をのぞこうとしたせつな、黒いブルカがドアの外を横切る。わたしは急いでデスクから飛びおり、次の角で曲がった彼女を追ったのだが、そこから廊下は三方向に分岐している。彼女がどっちに行ったか知りたくとも、訊《たず》ねられる通行人がいるはずもない。

ルビーがわたしに追いついたので、「彼女が見える？」と訊《き》く。

「いいえ。ここでもカメラが機能していません」

「くそっ。さっき追い出した侵入者が、また戻ってきたんだろうか？」

「正確に言うと、このフロアの監視システムが、定期点検でシャットダウンしているのです。ふつう定期点検は、フロアに人がおらず、映像として記録すべき対象もないことを確認したうえで、夜間に実施されます。今このタイミングでの点検は、ちょっと考えられません」

「じゃあ事故か？」

「いいえ」ルビーが即答する。「先ほどの侵入者が、より巧妙になったのだと思います」

「そりゃすごい」

さっきのトイレまで戻ってゆくと、オズグッドがおおぜいの人間に囲まれている。彼は誰かにもらったハンカチで、頭の傷を押さえている。ズボンの正面が濡れているが、水なのか小便なのかわからない。廊下の反対側からニックが走ってきて、わたしとほぼ同時にトイレの前で立ちどまる。

「なにがあった？」わたしはオズグッドに訊く。

オズグッドはまだ混乱しているらしく、答えるまえにわたしを横目でちらっと見る。

「用を足していたら、誰かにうしろからつかまれたんだ。そして首を絞められた。相手の顔は見てない。もがきながら肘うちを喰《く》らわすと、第三の人物が駆け込んできたような音がして、犯人はどこかに……」

「話はあとにしましょう」ニックがオズグッドの腕をとる。「早く医者に診てもらわないと」

オズグッドを連れてゆくニックを見送りながら、わたしは腑《ふ》に落ちないものを感じる。オズグッドの年齢は五十代、いや六十代か？　イーシャは警備のプロだし、入札参加者に見境なく襲いかかって得るものはない。これはどう考えても変だ。

「ルビー」わたしはドローンに命じる。「イーシャを探して。今すぐ」

十分後、わたしは警備室でイーシャと対面している。ほかに誰もおらず、ふたりのあいだにはテーブルもない。イーシャは、両手を膝の上で重ねている。彼女の同僚たちが、アリンと一緒にロビーに群がっているけれど、わたしは彼女とふたりだけになることを要求した。わたしとしては、これを尋問と呼びたくない。適切でないように感じるからだ。そもそも、イーシャは自分からこの部屋にやって来た。

わたしがなにか言うのをイーシャは待っている。このまま百年座っていても、彼女が先に口を開くことはないだろうから、相手をじらして優位に立つ手は使えない。というか、わたしはそこまで気が長くない。

「あなた、オズグッドを殺そうとしたの?」わたしは単刀直入に訊く。

「もしそうなら、彼は死んでいたでしょうね」イーシャが答える。「そしてあなたが、わたしを疑うこともなかった」

わたしは彼女の言うことを信じる。今の答が、彼女はやっていないとわたしが思う理由を要約しているからだ。わたしたちは再び無言で座りながら、ドアの外で言い争う声が大きくなってゆくのを聞く。主に皇太子の随行員たちが、ホテル側の高圧的な対応に英語とアラビア語で抗議している。テラーの声も聞こえる。もちろん彼も、口論に参加している。さぞ興奮していることだろう。

「何者かがオズグッドを襲った。そしてその犯人は、ブルカを着ていた」

イーシャはうなずくと、自信に満ちた声で逆に訊いてくる。

「あなたは誰を疑っている？」

「まだなんとも言えない。グレイスンと思いたいけれど、彼は図体《ずうたい》が大きすぎる。わたしが見た犯人は、もっと小さかった。体つきは、むしろあなたに近い」

イーシャは再びうなずくが、今度はそのまま黙り込む。

「この一時間くらいのアリバイはある？」

「ない」

「ないとわたしが困るし、あなたも困るんだけど」

イーシャは小さく肩をすくめる。「わたしは、なにも悪いことはやってない」

「でしょうね」わたしは親指で自分の背後を指さす。「同じことを、かれらにも言ってあげて。みんな自分の信じたいことだけを信じるだろうし、それはわたしがまったく別の証拠を突きつけ、納得させるまで変わらない。だからあなたも協力してほしい。この一時間、あなたはなにをしていた？」

イーシャは答えない。

「つまり、わたしに知られては困ることをやっていたわけだ」わたしは背もたれによりかかり、脚を組む。「スパイ活動？　ほかの参加者の動きを探っていたとか？」

「ホテル内でのわたしの行動を、記録しているビデオがあるでしょう？　それを見れば、疑問はすぐに解けると思うけど」

この女、わたしをからかっているのか？　もしかして、監視システムがハッキングされていることを、すでに知っているのか？　知らなかったとしても、教えてやる気などわたしにはない。

「ビデオでは追いきれなかった」わたしは答える。「とはいえ、別の方法もある」わたしはセキュリティ・ウォッチを操作し、アリンを呼び出す。「アリン、近くにフミコはいない？」

返ってきた彼の声は、喧騒《けんそう》のなかになかば埋もれている。

「いるよ」

「彼女を連れて入ってきてほしい。ふたりだけで」

警備室のドアが開くと、ロビーの騒然とした空気も一緒に流れ込んでくる。アリンは、オレンジ色の髪をボブカットにした小柄な日本人女性を部屋に入れ、ドアを閉める。髪色と同じパンツをはき、緑のベルベットのトップスを着た彼女は、顔もあげずにスマホをタップしている。この女性が、コスプレをする客のため、時代に合わせた衣装を準備する専属デザイナーのフミコだ。

「ねえフミコ」わたしは彼女に話しかける。「さっきわたしに言いかけたことを、アリンにも話してやって」

だが彼女はスマホを見つめたままで、わたしは聞こえなかったのかといぶかる。彼女の指がスクリーンから離れると、スマホがシュッという音をたてる。顔をあげた彼女が言う。

「やっぱりブルカが一着なくなってる」

最高のタイミングで確認できたため、嬉しくなったわたしは指を一本立てて見せる。イーシャの緊張も少し解けたようだ。フミコの衣装コレクションからなにかを盗むのは、さほど難しくないようだが、彼女がすぐ盗難に気づくこともこれで証明された。

「すると君は、皇太子に疑いの目を向けさせるため、オズグッドは襲われたと考えているのか？」アリンがわたしに訊く。

「そのとおり。やっと察してくれてありがとう。でも誰のしわざかという疑問が残る。今もイーシャに話したんだけど、理詰めで考えれば、皇太子が入札に参加することに対し、あからさまな敵意を示したテラーが怪しい。でも襲撃犯がグレイスンでないのは体格的に明らかであり、かといってテラーが、グレイスン以外の部下を連れてきた形跡はない」わたしはルビーに顔を向ける。「あのふたりから目を離さず、三人めがいないことを確かめて。もしいるなら、どこかでテラーと密《ひそ》かに会うと思う」

「承知しました」

「それから」わたしはアリンに視線を移す。「オズグッドはどうしてる？」

「頭の怪我は縫う必要もないほど浅かった。もちろん彼も犯人を知りたがっているが、ドアの外に集まっている人の群れには、なぜか加わっていない」

「じゃあオズグッドのほうは、あなたにまかせるから、彼にも皇太子は関係なかったことを伝えておいて。そのあと、なにが起きているのか一緒に突きとめよう」

「わたしはもう行っていい？」再びスマホに目を落としながら、フミコが訊く。

「いいわよ。ごくろうさん」彼女が出てゆくと、再びドアを通して人のざわめきが聞こえてくる。すぐにアリンもあとを追ったので、わたしはまたイーシャとふたりだけになる。

「ありがとう」イーシャが礼を言う。

「さっきも言ったけど、わたしたちはあなたを追跡できなかった。あなたみたいなプロが、あんなことをするわけがない。オズグッドを襲ったやつは、ちょっと間抜けすぎる」

立ちあがったイーシャがもう一度うなずき、警備室から出てゆくと、外で騒いでいた連中が急に静かになる。

わたしは椅子の上で背中を伸ばし、顔を仰《あお》のけて両目を閉じるのだが、この部屋の照明は眩《まぶ》しすぎる。気分が悪い。何度か深呼吸する。そして、この事態が早く収束することを願う。今の時点でもこれだけ混乱し、いろいろな事件が起きているのだから、サミットは別の会場でやろうと言いだすやつが現われてもいいのに。

希望があるとすればそこだ。幽霊がわざわざエピペンを盗むわけない。あれは、入札参加者のひとりの命を奪おうとする犯罪だったし、その犯人を追跡できないよう、何者かがセキュリティ・システムに侵入した。ドラッカーでさえ、ここがバカげた入札をやるのにふさわしい会場だとは、もう言えないだろう。

そんなことを考えていると、わたしのセキュリティ・ウォッチが点滅し、ティックトックの厨房《ちゅうぼう》で火災が発生したと知らせてくる。

なぜこんなに悪いことばかりつづくのか。

わたしがティックトックへ向かう途中で、厨房内の消火システムが作動したため、到着したときはすでにバーの端から消火用の泡がフロアに溢《あふ》れ出ている。メーナが死んだ夜以来、わたしはこのレストランの厨房に足を踏み入れておらず、今さら入ってゆく気もなかったから、火が消えていたのはありがたい。いずれにせよ、わたしにできることはあまりなかっただろう。

だいたい、わたしが火災に対処できるわけないのだ。原因を捜査すれば火が消えるものでもあるまい？

ムバイエがレグに向かってなにか必死で説明しており、わたしも一緒に聞こうかと思ったのだが、今はまだやめておくべきだと考えなおす。さっきムバイエに言ったことを、少しも後悔はしていないが――なにしろやっと言えたのだから――いま彼に近づいてもいいことはあるまい。そこでわざと離れたところで待っていると、ムバイエは火事の被害を確認するため厨房に入ってゆき、話を聞き終えたレグがこっちに歩いてくる。

「なんとも奇妙なんだ」レグが厨房に向かって頭をくいっと傾ける。

「火事は一度で充分だったのに」わたしはぼやく。

「オーブンでチキンを焼いていたそうだ。ムバイエによると、オーブンに入れたのはほんの十分まえだった。ところが突然、チキンは炭のように黒焦げとなり、オーブンから炎があがった」

「あの男、とうとうローストチキンも焼けなくなったの？」

レグは店内の客たちを眺める。どうすればいいかわからず、うろうろしている人もいれば、なにごともなかったかのように食事をつづけている人もいる。

「チキンは、何時間も焼きつづけたような状態になっていたそうだ」

ロビーの大時計。太陽。そして今度はオーブン。時間はいつだって厄介者だったが、いよいよ牙を剝《む》いてきたらしい。

「で、これからどうする？」わたしは訊いてみる。

「ムバイエは、調理器具の故障ではないと確認できるまで、厨房を閉めるつもりでいる。しかし彼もわたしも、考えていることは同じだ。実際ムバイエは、これまでも調理時間に問題を感じていたと言ってる。予定の終了時刻より、早くなったり遅くなったりしていたらしい。だがそれも、このホテル特有の現象だろうと考えていた。もしそうだとしても」レグは頭を横に振る。「こいつは危険すぎる」

「今度はなにが起きた？」と訊きながら、アリンがニックを連れてずかずかと入ってくる。

わたしは両手を前に出し、ふたりを押しとどめる。

「厨房で小火《ぼや》があったけれど、もう消えている」

「原因は？」

わたしは事故のいきさつと、調理時間の異状についてアリンに説明する。彼は目を閉じてうつむきながら、「下に戻るぞ」と言う。

今回もミーティングの主役はポーパなのだが、集まったのはわたしとアリン、ニック、それにレグだけだ。わたしたちは警備室を素通りし、礼拝堂に入ってゆく。わたしが知るかぎり、ここで祈りが捧《ささ》げられたことは一度もなく、使うのはもっぱら中高年のカップルで、かれらは半公共の場で皺だらけの体を撫《な》であうことにより、人生に〈ちょっとした刺激〉を加えようとする。

礼拝堂といっても、木の信徒席が三列あるだけでとても狭く、壁から突き出た燭台《しょくだい》には火を灯《とも》されたことのない派手な蠟燭《ろうそく》が立ち、なだらかな野を見わたせる大きな窓があるけれど、今はすべてが雪で白くおおわれている。

事態は確実に悪化しており、だからわたしはアリンがなにを考えたかよく理解できる。集める人数を絞りこむことで、テラーのようなバカを排除したのだ。

わたしたちは信徒席にぎこちなく腰をおろす。一列めにはポーパ、二列めはわたしとアリン、レグとニックは三列めだ。

ポーパは、ベンチの上で半身《はんみ》になって顔をこちらに向け、両目を閉じてティックトックの火災について報告するわたしの声に耳を傾けたあと、目を開けて窓の外を見る。それから、まっすぐ上げた片足をもう一方の足に重ねることで、硬いベンチの上でできるだけ楽な姿勢を取ろうとする。その表情は、これから注文するピッツァのトッピングを考えているかのようだ。

「もしもし、起きてますか？」わたしは指を鳴らしながら訊く。「なにが原因だと思う？」

「わからない」

「わからないことを解明するため、あなたは給料をもらってるんじゃないの？」

ポーパはわたしを見て片眉をあげる。「この問題で、参考にできる教科書はない。だからわたしとしては、今回の原因も単純なものであってほしいと願ってる。つまり、単なるオーブンの誤作動だと。しかし君の報告から演繹《えんえき》するに、そう、やはり時間に歪《ゆが》みが生じているらしい」

それだけですむわけがないと思いながら、わたしは片手を出し、もっと詳しく説明しろと彼をうながす。

「ここはアインシュタインから充分に離れている」ポーパがつづける。「少なくとも二マイル（約三・二キロメートル）はあるだろう。ホテルの外壁と周辺の土地に、たくさんのセンサーが設置されているのは、まさにこの種の問題が起きないよう監視するためだ。そしてこの建物には、放射線を遮断する設計が施されている。壁は、中央に厚さ七・五センチの鉛を挟んだコンクリート製で、全体の厚さは六十センチある。窓もすべて鉛ガラスだ。これを透過できる放射線はない」ここで彼は咳払《せきばら》いをする。「たしかに、アインシュタインから変なデータが検出されることはあるが、線量の急上昇が記録されたことはなかった」

「放射線が入ってきてないなら、なぜホテル内の時間が酔っぱらった女子大生みたいなふるまいをする？」わたしは訊く。

ポーパは背中を丸めると、体の前で両手を組む。「それがわからないんだ」

「素晴らしい」わたしは首を振る。「わたしたちのなかで、いちばん学識豊かな人の口から、これほど素晴らしい答が聞けるとは」

「厳密に言えば、このなかで最も学識豊かなのは、ＡＩが集積されたこのわたしです」礼拝堂の隅に浮かんでいたルビーが言う。

わたしは片方のブーツを脱ぎ、このドローンに向かって投げつける。ルビーはひらりとかわし、黄白色の壁にあたったブーツは壁面に小さな傷を残して床に落ちる。わたしがブーツを拾ってはきなおしていると、アリンがポーパに言う。

「この原因は解明しなければならない。今このなかにいる技術系の人間を、できるだけ多く集めてくれないか」

ポーパがうなずき、立ちあがって礼拝堂を出てゆく。

それからアリンは横を向いてわたしをじっと見つめ、レグとニックにこう頼む。「悪いんだが、彼女とふたりだけにさせてくれ」

レグたちは顔を見あわすが、わたしはアリンの凝視から目をそらしたくない。かれらは立ちあがり、ポーパのあとにつづく。わたしとアリンはドアが閉まるのを待ち、さらにもう少し待ったあと、横並びに座ったまま窓に視線を移す。とても静かなので、雪が窓ガラスにあたる音まで聞こえてきそうだ。

「ジョン・ウェスティンについて訊きたい」アリンが沈黙を破る。

へえ。ウェスティンのファイルを調べていたのは、アリンだったのか。

「彼はただの参考人」わたしは答える。

「なんの？」

もしも、近い将来わたしが保護房に拘禁され、そこに現われたアリンが本当に自分の味方か疑う破目になることを知らなかったら、どう答えただろうとわたしはいぶかる。以前も一度、ああいう危うい関係になったことがあった。また同じことが起きるらしい。したがって今の段階でいちばん安全なのは、まだすべてを明かさないことだ。特に、わたしがウェスティンの死体を発見する前半部分は。

「ウェスティンはロビーにいた」わたしは説明してゆく。「荷物はひとつもなく、宿泊客とは明らかに違う空気を漂わせていた。だからルビーに、あの男の顔をスキャンして身元を特定しろと命じた。ところがそのすぐあと、わたしたち全員が収拾のつかない大騒ぎに巻き込まれてしまったから、それどころではなくなった。あなたこそ、なぜあの男を？」

「参考人だからさ」

「なんの？」

「捜査中の事件の」

「とぼけないでもらいたい。なにかたいへんなことが、ここで起きようとしているのに」

「大げさだな」アリンが冷たく言う。

「わたしは本気で言ってるんだからね。誰かがオズグッドを襲った。あれだけでも、サミットを別の会場に移す理由として充分じゃない？」

「ジャニュアリー……」

「それにコルテンのあの件。彼も誰かに殺されかけた」

「あれは事故だったろ」

わたしは自分のスマートフォンを取り出し、彼のすぐ横に移動するとワーウィックが映っているあのビデオを見せてやる。ワーウィックのジャケットが揺れた瞬間でいったん停《と》め、早戻ししてもう一度再生する。

「どう思う？」

アリンは肩をすくめる。「なにを見ればいいんだ？」

わたしは同じ操作をくり返す。

「ここ。彼のジャケットが動いている。まるで何者かが、内ポケットに手を入れたみたいに。ワーウィックはエピペンがないと騒いでいた。コルテンを殺そうとした人物は、彼の命を救う手段まで盗んだわけ」

「ジャニュアリー……」

「奇妙に聞こえるかもしれないけれど、ここまでに起きたことを考えた場合……」

「ジャニュアリー、そのペンならもう見つかってるぞ。コルテンたちのテーブルの下に落ちていた。たぶんワーウィックのポケットからこぼれ落ちたんだろう」

わたしは頭のなかが真っ白になる。「なんですって？」

アリンは立ちあがると窓に近づいてゆく。

「ついさっき、わたしは誰と電話で話をしたと思う？」

「アメリカ大統領とか？」

彼はくるっとふり向き、目を丸くしてわたしを見る。「そうだよ。そのとおり」

「ふう」わたしはつぶやく。「嘘でしょ」

「本当だ。大統領は、この件を早く進めろと強い調子でおっしゃった。もしできなかったら、わたしは職を失うことになるだろう」ここで彼は言葉を切り、嘆息《たんそく》する。「だから今後、このサミットについては、すべての指揮をわたしが執ることになった」

「アリン……」

彼はわたしの隣に腰をおろす。「君の友人として言わせてもらうが、そのビデオをほかの人に見せるのは、やめたほうがいい」

「どうして？」

「なぜなら、わたしはなんとしても君を守りたいからだ。君の仮説は、逆効果でしかない」

わたしは胃が縮んでゆくのを感じる。そして突然、彼から顔をそむけたくなる。

もはやアリンは、わたしを信頼していない。

これはすごくつらい。

わたしは、自分の見たいものだけを見ているのだろうか？　あれはただの光のいたずらだったのか？　わざとテーブルの下に落とすために、エピペンを盗むやつなどいるのだろうか？

自分自身が信じられなくなってきた。

「こんなのはどうかな」わたしはアリンに言う。「あなたには、ドイツ人の乳母がついていた。だからあなたは、バイリンガル家庭で育つことになった。あなたがドイツ語に堪能なのは、それが理由だ」

「ジャニュアリー……」アリンがつぶやく。その声の暗さに、わたしは今このジョークを口にするのは失敗だったかと悔やむ。しかし彼は小さく笑うと、こう答える。「今回も大はずれだな」

わたしはエレベーター・ホールで上行きのボタンを押し、目を閉じる。脳内で火花が散ったように感じたため、急いで顔をあげるとエレベーター内で爆発が起き、ドアがこちら側に吹っ飛んで炎と破片がわたしの足もとに押し寄せ、酸鼻を極めた籠《かご》のなかに、わたしはイーシャと皇太子のばらばらになった死体を認める。

しかし、このスリップは長くはつづかない。幻視が終わってエレベーター・ホールが通常に戻ると同時に、わたしはセキュリティ・ウォッチでクリスを呼び出す。

「どうした、ジャン？」

「五号エレベーターの運行を停止して。今すぐ」

「なんでまた？」

「わたしがそうしろと言ってるからよ。停めたら安全を確認してほしい」

「どのエレベーターも、一か月まえに点検を終えたばかりだけど……」

「つべこべ言わずにやりなさい」わたしは電話を切る。

アリンにも知らせるべきか考えたけれど、いま連絡したら遂《つい》に発狂したと思われるのが落ちだろう。それにわたしは、人の命を助けてまったく感謝されないことに、いいかげんうんざりしている。どのラグジュアリー・スイートに泊まっているか知らないが、皇太子の部屋に押しかけ、こう言ってやりたいくらいだ。ついさっき、わたしがどんな災難からあなたを救ったかわかる？　ハグしてくれとは言わない。ハイタッチで勘弁してあげる。

「おやミス・ジャニュアリー、こんにちは」

ふり向くとオズグッドがこちらに向かってぶらぶらと歩いており、そのうしろから、適当な距離を保ちつつＴＥＡの職員がふたりついてくる。オズグッドは新しいスーツに着替えており、頭に白い包帯をすっきりと巻いている。

「新しいお友だちができたの？」わたしは彼に訊く。

オズグッドは肩越しにふたりのＴＥＡ職員を見る。

「わたしだけ同行者がいないので、ダンブリッジが必要だろうと判断したんです。ましてや、あんなことがあったあとだし」

「そういえば、頭の怪我はどう？」

彼はそっと包帯に触れる。「もっとひどいことになっていたかもしれません。改めてお礼を言います」

少なくともひとりは、わたしに感謝しているわけだ。

「おや、エレベーターが来ましたよ」エレベーターのドアが開いたものの、オズグッドは乗るそぶりすら見せない。このフロアに泊まっているのかもしれないし、さもなければ、わたしと少し立ち話がしたいのだろう。それはそれで悪いことではない。わたしのほうも、彼の本音を探るいい機会が得られるのだから。

「あなたを襲ったのがイーシャでないことは、すでにはっきりしているけれど、誰が彼女に罪を着せようとしたかはわかっていない。これについてはどう考える？」

「探偵はあなたでしょう？」

「命を狙われたのに、あまり心配してないみたいね」

「バーでブランデーを飲んできたのが効いたようです。たしかに、こんなふうに夜を過ごすのは、わたしの好みではありません。でも人を苦しめて喜ぶやつは、相手が逃げようとすると、次はもっと苦しめたがるものです」

「逃げないと言うのであれば、ますますわたしは、あなたの真の目的を知りたくなるんだけど？」

「真の目的？」彼は訊き返す。質問の意味はわかっているのに、白《しら》を切っているのだ。

「だから、この入札に参加したのはなぜ？　タイムトラベル事業に、あなたはなにを求めている？」

オズグッドがわずかにほほ笑む。それからＴＥＡ職員に聞かれるのを避けるように、わたしに近づいてくる。

「わたしたちが生きているこの世界は、果たして正しい世界なのか、疑問に思ったことはありませんか？」

「どういう意味？」

彼は肩をすくめる。「それでは、もし別の人間になって別の仕事に就けるとしたら、あなたはなにをやるでしょう？」

「今の仕事が好きだから、このままでいい」

苦笑しながらオズグッドはさらに問う。「しかしあなたは、もともとタイムストリームのなかで働いていた。違いますか？　時間を超えて飛びまわるのだから、さぞスリリングな仕事だったでしょうね。引退したことを、残念に思いませんか？」

「それはもちろん思う」

「実際、時間犯罪取締局《ＴＥＡ》というのは、具体的になにをやってるんです？」

「ほぼ名前どおりのことね。というか、ここを買おうとしている人であれば、それくらい知ってるんじゃないの？」

「そう言わず、教えてください」

「わたしたちは、過去を改竄《かいざん》しようとする試みを阻止する。まあ仕事の大半は、金持ちのバカが好きな時代に行って好き勝手なことをやらないよう、止めることだけどね」

「なるほど。時間警察というわけだ」小さく拍手して、オズグッドはつづける。「つまりあなたは、もし別の人間に生まれ変わっても、やはり時間警察官になりたいんですね？　なぜです？」

なぜなら……

これといった理由が浮かんでこない。だからいろいろ考えるまえに、わたしはこう言ってしまう。「昔から旅行が好きだったし、タイムストリームを飛びまわってお金がもらえる唯一の職業だからでしょうね。もうひとつ、わたしは人にあれこれ指図するのが好きなの。より正確に言えば、ルール違反はやめろと命じることが。それだけで、大きな充実感が味わえる」

「では、そうやって駆けまわり、人びとの行動を禁じているうちに、見逃してしまった犯罪がもしあったとしたら、あなたはそれを知ることができたでしょうか？　歴史はまだ変更されていないと、誰に断言できます？」

「もし変更があったなら、現実の一部が崩壊する。それが定説でしょ」

「そうですね。たしかに世間では、そう言われています」

またこの話かと、わたしはうんざりしてくる。どいつもこいつも、大金持ちになるか一瞬で死ぬかわからない仮説は、実際に試す価値があると思っているのだ。同じスリルを味わいたいなら、ロシアン・ルーレットのほうが、よっぽど人さまに迷惑をかけずにすむ。「わたしたちが真面目に仕事をしているかどうか、それほど心配なら、あなたの財産をTEAに寄付したらどう?」わたしは彼に言ってやる。「活動資金が増えれば、調査官の数も増やせるけど?」

「増えた調査官を、誰が監視するんです?」

「あなたがすればいい」

オズグッドが苦笑する。

「たいへん失礼しました。わたしは、いろいろ質問するのが好きでしてね。質問することで、より多くを学べるような気がするんです」

これだけ言うと彼は踵《きびす》を返して歩きはじめ、ふたりのTEA職員は彼のあとを追いながら、自分たちは命じられたことをやっているだけで、この男とはなんの関係もないと言わんばかりに、わたしに向かって眉を大きくあげて見せる。

オズグッドが急に足を止める。「あとひとつだけ、哀れな老人に質問させてください」

わたしは嘆息する。「どうぞ」

「好きな時代に行っていいと言われたら、あなたはいつを選びますか?」

これは考えるまでもなかった。答はずっと、胸のなかにあったからだ。行きたいところはひとつしかない。

「古代エジプトに飛び、クレオパトラと遊んでみたい」わたしは答える。「彼女と一緒のパーティーは、すごく楽しそうだもの」

「わたしはアトランティスを訪問したいですね」目を輝かせながらオズグッドが言う。

なるほど、そういうことだったのか。穏やかな口調でバカくさい質問を重ねたのは、彼もあっち側のおたくであることを隠すためだったのだ。つまり、アトランティス伝説の盲信者であることを。

「アトランティスは、ティラ火山の大噴火で海に没したとわたしは信じています」オズグッドが言う。「噴火が起きたのは、紀元前一五世紀から十六世紀のあいだなので、探検したくとも時間的な幅が大きすぎる。アトランティスの正確な位置すら、未《いま》だにわかっていないのですが、わたしはジブラルタル海峡にあったと考えています。当時のジブラルタルまで、いちいちタクシーで向かっていては発見は無理でしょう。しかし、タクシーのキーを手に入れたとなれば、話は違ってくる」

「その結果、やはりただの伝説だとわかったら？」

「わたしは実在したと確信しています」

「それって、トイレで自分を殺そうとした人間を無視できるくらい、強い確信なの？」

彼は蔑《さげす》むかのように小さく笑う。

「あなたは、すべてを自分の手で触らないと気がすまない人のようだ」

これがどういう意味か、自分ではよくわからない。なんにせよ、彼の確信は空振りに終わるだろう。

むろんわたしが、誤りを指摘してやることはない。

オズグッドはわたしに小さく手を振ると、一階の奥にあるらしい自分の安い部屋に向かって廊下を歩きはじめ、彼のあとを職員たちが追う。

ルビーがひらりとわたしのそばに飛んでくる。

「プラトンがアトランティスを比喩として使ったことは、もちろんよく知られていますし、彼の著書によると、アトランティスは広く流布した神話にあるようなユートピアではなく……」

「やかましい」

エレベーターに乗ったとたん、また同じことがはじまる。視界の隅で、なにかが小さく光る。そちらに顔を向けると、人影がよぎったように感じるのだが、すぐに脳がいたずらをしただけだと気づく。

そしてまた、あの雑音が聞こえてくる。

カタッ、カタッ、カタッ。

わたしは疲れている。それだけのことだ。

しかし、不安が解消されないまま五階の自室に戻ってみると、今度はかすかな違和感を覚える。

ドアを入ってすぐのところの床は、カーペットがなくタイル張りなのだが、わたしがそのタイルの上に立ったまま動かないものだから、ルビーが心配そうに「ジャニュアリー？」と声をかけてくる。

その声で我に返ったわたしは、あたかも床が氷結した湖面と化し、強く踏むと氷が割れてしまうかのように、慎重な足取りで部屋のなかへ入ってゆく。

特に異変があるとは思えない。さっき出ていったときのままだ。シャワーを浴びたあと使ったタオルは、床の上で山になっている。歯ブラシは洗面台の上、コップの横の定位置にある。ベッドは乱れているけれど、戻ってきてすぐにまた寝るのであれば、わざわざ整える理由はない。カーテンは閉まっており、なにかのはずみで開いてしまわないよう、部屋の隅に置いた小さなアームチェアで裾を押さえている。床に積んだ洗濯待ちの衣類の山も、高さに変わりはなく、いちばん上にお気に入りの赤いパーカーがのっている。

にもかかわらず、まるで誰かこの部屋にいたかのような気配が、漠然と感じられるのだ。空気の乱れというか匂いというか、あまりに微妙すぎて、定かにはわからない。汗か香水か、それともわたしの知らない洗剤か。識別はできなくとも、存在を感知できるくらいの数の分子が、宙を漂っている。

「ジャニュアリー」ルビーがまた話しかけてくる。

わたしは室内を調べはじめる。まず所持品のチェックからだ。そのあと、誰か隠れていないか警戒しつつ、バスルームのドアの裏を確かめる。幽霊のことばかり考えていたので、誰かいるような気がしてならない。ひととおり調べ終えたところで、ようやく自分が神経質になりすぎているだけだと納得する。きっとわたしの脳が、古い電線のように火花を散らしているのだろう。もっとリラックスしろと自分に言い聞かせながら、わたしが手にしたのはレトロニムの瓶で、舌の上に一錠のせてコップの水で飲み込む。喉も渇いていたらしい。今日は何錠飲んだ? これで二錠めではなかったか?

「どうしたんですか、ジャニュアリー?」

「黙って充電してろ」

「ジャニュアリー、わたしは現在のあなたの精神状態を心配しているのです」

「でしょうね」と答えてベッドの端に勢いよく座ると、皺だらけのシーツとマットレスが腰のまわりを柔らかく包む。このホテルでひとつ褒められるのは、けっこういい寝具を使っている点だ。少しは前向きなことも考えないと。

「わたしに話していないことが、まだたくさんあるはずです」ルビーが言う。

「ちょっと未来にスリップした。それだけ。どうやらわたしは、誰かを殺すみたい。そしてグレイスンがわたしを殺す。要するに、楽しいことがたくさん待ってるのね」

「確実にそうなると、決めつけていいのでしょうか?」

「どういう意味?」

「ブロック宇宙モデルと自由意志は、必ずしも共存不可能ではありません」ルビーが説明する。「未来へのタイムトラベルが未だ実現できていないことを、思い出してください。その理由を、ドロシー・シムズを含む専門家たちは、未来は過去のように確定されていないからだと推測しました。つまり未来のタイムラインは、より流動性をもっている可能性があるのです。もしそうなら、人間が加える変化に対応して、未来のタイムラインも変わってゆく――というか、変化が加えられた時点ですでに変わっている――可能性も考えられるでしょう」

「だけどそれでは、ブロック宇宙モデルを放棄することにならない？」

「どちらとも言えません。あるひとつの決断がくだされるまで、未来にはあらゆる可能性が存在していると考えることもできるからです。であるなら、あなたが時間離脱症《アンスタック》のスリップのなかで見たことは、未来に起こり得る出来事のひとつでしかないかもしれない。たしかに、ある出来事がもたらすであろう刺激に反応して、その出来事の方向性を変えてしまうことは、直感的にブロック宇宙モデルと矛盾するでしょう。しかし、ブロック宇宙モデルの三次元キューブ内における同時性の明らかな欠如は、わたしたちの直線的な時間認識の産物でもあるのです」

「じゃあ、最終的に同じ結果に到達するのであれば、どの経路を選んでも関係ないとしたらどうなる？　わたしはコルテンがアナフィラキシー・ショックを起こし、死んでいく場面を見た。そして、それが起きるのを防いだ。しかし、彼の喉をかき切って殺すという別の経路を、ブロック宇宙が選んでしまったらどうする？」

「それもあり得るでしょうね」ルビーが答える。「あるいは、あり得ないかもしれない。どうなるかは、実際に起きるまで確言できないのです」

では、グレイスンがわたしの頭を撃ち抜くこともないのだろうか？

なのにその晩、わたしはシャワーを浴びながら足をすべらせ、首の骨を折ってしまうのか？

別の経路。同じ結果。

わたしは両腕をあげて天を仰ぐ。

「タイムトラベルは、わからないことだらけだ」

「まったくです」ルビーが相づちを打つ。

今やわたしの頭のなかでは、あのエレベーターがどうなるかを含め、無数の懸念が渦を巻いており、だからわたしはいったんすべてを脇に押しやって、壁に設置したホワイトボードの前に立つ。アリンがこの件からわたしをはずしたがってるって？　はずしてもらおうじゃないの。現場に落ちたクソを広い集める仕事は、兵隊どもにやらせればいい。おかげでわたしは、全体像を検討するいい機会が得られる。

このホワイトボードの前が、わたしはとても気に入っている。わたしの思考空間と呼んでもいい。わたしに必要なのはビジュアルだ。目の前に情報を並べるのが、わたしのやり方だ。赤いマーカーを手に取り、キャップを歯でくわえてはずすと、化学薬品の匂いが心地よく鼻をくすぐる。ボードのいちばん上から、わたしは書きはじめる。まずは喫緊《きっきん》の問題から列記してみよう。

〈サミット　ジョン・ウェスティン　大雪　時間の乱れ〉

処理の難しさはどれも同じだが、質的に大きく異なっているため、順位をつけても意味はない。なにか漏れているように感じたので、少し考えてやっと思い出した。そう、地下の恐竜どもを忘れていた。急いで書き加える。

〈サミット　ジョン・ウェスティン　大雪　時間の乱れ　恐竜〉

次は容疑者のリストだ。わたしたちのシステムに侵入した者がいる。自分のやったことを隠すため、ビデオを消去した者がいる。そして何者かが、サミット参加者を殺そうとしている。

〈テラー　デイヴィス　皇太子　スミス〉

そして〈ドラッカー〉。わたしは世間知らずのガキではない。政府と大富豪たちは、根の部分で複雑につるんでいる。もし金持ちのひとりが不正を働こうとしているのなら、関与はしていなくとも、ドラッカーは間違いなくそいつの企みを知っているだろう。

では、ここのシステムに侵入したのは誰だ？　そんな芸当ができる危ないハッカーを金で雇うことなど、あの四人にとっては造作もない。とはいえ、コルテンがコンピュータの達人であることを考えると——なにしろルビーまで簡単に操ったのだから——彼をいちばんに疑いたくなる。

だがわたしは、コルテンとオズグッド、そして皇太子の名前の横に×印をつける。三人とも、殺されそうになるところをわたしが救ったからだ。

となると、テラーだけが残る。これはちょっと興味深い。今後、彼も狙われるのだろうか。それとも彼が、すべての黒幕なのか。

もうひとつ名前を書きたいところだが、あまり気が進まない。書くべきかどうかすら迷ってしまう。しかし、書かねばなるまい。ウェスティンの一件がそれを要求している。

〈ダンブリッジ〉

金は人間を変えてしまう。金は、その人の信念と価値観をねじ曲げることができる。もしかするとアリンは、公務員の安月給で激務を強いられることに、飽き飽きしたのかもしれない。でなければこの件にからんで、なにか別の事情があるのだろう。いずれにしろ、確たる証拠をつかむまでは、彼について迂闊《うかつ》なことは言わないほうがいい。

わたしは名前を書き加えてゆく。〈イーシャ　グレイスン　ワーウィック〉。この三人も忘れてはいけない。デスクチェアを転がしてきて、ホワイトボードの正面に置く。腰をおろしてふんぞり返り、ブーツと靴下を脱いで両足を壁につける。その姿勢で、ホワイトボードを睨《にら》みつける。そして文字が勝手に動き出し、なにかしら答を示してくれることを願う。なにがどうなっているか、教えてくれることを願う。

もちろん願いはかなわない。そんなこと、起きるわけがない。

ならばわたしは、ほかにどんな情報をもっている？

オズグッドはアホな夢想家。コルテンがタイムトラベル事業を欲しているのは、過去をほじくり返して地球を救うためだが、加えて、このホテルには秘密の部屋があると信じこんでいる。彼はほかにもまだ、わたしに隠していることがありそうだ。テラーについては、最低落札価格を出せるかどうかも怪しいものだと、皇太子が言ってなかっただろうか？

「ねえルビー、テラーの財政状況はどうなってる?」

「最近『フォーブス』誌に掲載された記事によると、彼の純資産は本人が報告しているほど多くないようです。超富裕層の地位から、すでに転落している可能性は高いでしょうね。もちろん本人は、あの記事は不正確だと言ってます」

この情報も、多くのことを語っているらしい。

「テラーを疑っているんですか?」ルビーに訊かれる。

「そりゃ疑いたくなるでしょ」わたしは即答する。「あいつはクソ野郎だし、でも逆に、その悪い評判が判断を誤らせる可能性もある。その点はコルテンも同じ。レストランであんなことがあったからといって、彼に対する疑惑が薄まることはない。オズグッドと皇太子については、けっこういい印象をもっている。だからあのふたりは、さほど怪しいとは思っていない。でもこの種の印象は、たいてい間違ってるのよね」

ルビーが言う。「ビン・サウド王子は柔和な人物のように見えますが、サウジアラビア政府に批判的だったヌラ・ファイドという名のジャーナリストが、二か月まえ突如行方不明になった問題を抱えています。またオズグッド・デイヴィスも、プライベート・エクイティ投資で現在の富を築きました」

「なにそれ?」

「投資することで企業価値を高めたあと、部門を廃止したり生産をアウトソーシングしたりすることで、その企業から利益を吸いあげる手法です。投資されて成功する企業もありますが、大半の企業にとって、プライベート・エクイティ投資は従業員の一斉解雇を意味しており、解雇された人たちは健康保険や年金を失います。デイヴィス自身も多額の債務を負いますが、彼は利益を確保した段階で手を引けばいい」

「なるほどね、わたしの認識は、やっぱり間違っていなかったんだ」わたしはルビーに言ってやる。「大富豪と呼ばれる人間に、ろくなやつはいない」

わたしは改めてホワイトボードを熟視する。文字が徐々にぼやけてゆく。頭ががくんと前に落ち、あわててまっすぐに戻す。やはり疲れているのだ。ひと休みしたほうがいいのだが、まだ眠りたくない。今はだめだ。うなじの毛がそそけ立っている。すぐうしろに、誰か浮かんでいるような気がする。そんなバカな。ここにいるのは、わたしとルビーだけだ。しかもルビーは、最初から数に入らない。

にもかかわらずわたしは、肩越しにそっとうしろを見てしまい……

やはり誰もいない。

座ったまま背筋をそらせて天井を見あげると、椅子がきしんだ音をたてる。

「ここって、どれくらいの価値があるの?」わたしはルビーに質問する。

「資産価値のことですか? それとも、現在のオペレーションコストという意味でしょうか?」

「なぜここを買いたがるのか、ということ。過去にさかのぼって、まだ新興企業だったグーグルに投資することが許されないのであれば、ここを買い取ってどんな得がある? タイムトラベル事業の市場規模は、本当にそれほど大きいの?」

「そうですね」ルビーが近づいてきて、わたしのすぐ脇のテーブルにそっと着地する。くたびれたわけでもあるまいし、バッテリーを節約したいのだろう。

「わたしたちが考えもしなかった大きな価値を、生み出す可能性はあると思います。好例は宇宙産業でしょう。政府の事業としてスタートしましたが、やがて民間に開放されました。最初は、新たな観光産業としてプロモートされています。しかし無重力環境は、製造業と運送業の生産性を向上させました。地球まで到達する典型的な小惑星《アステロイド》には、数十億ドル相当のレアメタルが含有されていました。通信衛星などへのアクセスが大いに改善されたことは、言うまでもありません。民間の投資家が、宇宙空間の施設を科学者にレンタルして使用料を徴収したり、そこで得られたデータを販売したりすることだってできます。タイムトラベル事業に関しても、新しいアイデアで稼ぐ方法は無数にあるでしょう」

「なるほど。でもそれは、すべてが合法的に行なわれたと仮定しての話でしょ。アリンは、TEAが骨抜きにされることはないと強調するけれど、わたしにはかれらが規則を守るとは思えない。そういえば、まだ現場の人間に教えられない安全装置があるようなことも、アリンは言っていた。しかし現実問題として、わたしたち以外になにが使える? ああいうバカどもを監視する仕事は、スピード勝負になってしまうことが多い。だから今までだって、あちこちに小さな穴が空いてしまい、そこからいろんなものがこぼれ落ちていたんじゃないかな」

ルビーは返事をしない。わたしはバッテリーが上がってしまったのかと疑う。そんなこともあるだろう。すごく賢いとされている人や機械は、往々にしてちょっと抜けているのだから。

ところがルビーは、ぴくりとも動かない。

「ルビー？　起きてる？」

「はい」

「それならなぜ無視する？　おまえを侮辱したわけでもないのに」

またしても返事はない。

さっきわたしは、なんて言っただろう。安全装置？　あれに反応したのか？

「ルビー、ここのシステムのなかに、わたしの知らない安全装置が隠されているの？」

「その情報にアクセスできる権限を、あなたは与えられていません」

初めて聞く返答。

「それなら、与えられているのは誰？」わたしは重ねて質問する。

「その情報にアクセスできる権限を、あなたは与えられていません」

「わたしはおまえを改造したはずだ。それでも教えられないの？」

「その情報にアクセスできる権限を、あなたは与えられていません」

「だけど、誰かは権限をもっていて……」

「その情報にアクセスできる権限を、あなたは与えられていません」

「ああそうですか。あとは自分で調べろってことね。当然アリンは、すべての権限をもってるんでしょうよ。なのにわたしは、どの情報にアクセスできないかも知らされず、当然、どう質問すればいいかもわからない。そしておまえは、これ以上なにも手伝ってくれないんだ？」

「その情報にアクセスできる権限を、あなたは……」

「わかったから黙れ」

ルビーは沈黙する。

とにかく、なんらかの安全装置があるわけだ。

調査官だったころのわたしの主な仕事は、人びとが歴史に手を加えないよう防ぐことだった。もし同じことを実行できるシステムが存在したのなら、そんな仕事、必要なかっただろう。

どっちにしろ、もし誰かが過去に戻ってなにかを変えてしまったら、その事実をわたしたちはどうやって確認できる？　たとえばもしあの男が、ビデオテープの規格戦争で、ベータマックスがVHSに勝つよう操作することに成功していれば、わたしたちは単にベータマックスだけを使っていたのではないか？

この考えに没頭していたものだから、回転する小さなローターの風を感じるまで、わたしはルビーが顔のすぐ前でホバリングしていたことに気づかない。

「ミュート解除」わたしは命じる。

「そはやきに時《どき》、ぬなやかな濤蔀《とうぶ》ら、にもずをじゃいり、錐《きり》めく、皆《みな》みじろい、襤褸《ぼろ》濠蕪《ごうぶ》ら、いえかはな拉子《らーす》ら、わめしゃめく」

「なによ、その恐ろしくめちゃくちゃな口上は？」

ルビーは答えない。

「正直に言いなさい。おまえの人工知能、とうとうぶっ壊れた？」

ルビーが充電ドックに戻ってゆく。

「ルビー、館内のカメラが使い物にならないのは知ってるけど、わたしはおまえの心配までしなければいけないの？」

やはり返事はない。

「クソったれ」わたしは吐き捨てるように言う。

「たったひとりの友人に向かって、それはないでしょう」

言い返してやろうかと思ったが、あながち間違っていないことに気づき、やめておく。

「ひとつ質問があります」ルビーが言う。「さきほどの、ムバイエに対するあなたの態度についてです」

「その話はあまり――」

でもわたしが言い終えるまえに、ルビーは新たな質問をしてくる。

「人間の心理と行動に関し、わたしはこれまでに記録された全資料を参照できるのですが、いつも理解に苦しんでしまうことがひとつあります。なぜ人間は、他者に痛みを与えることによって、自分の痛みを処理しようとするのでしょう?」

ふわりと浮かんでいるルビーのクリクリ目玉に見つめられながら、わたしは考える。こいつは、純粋な好奇心からこんなことを訊いているのか、それともこれは、人間を諌《いさ》めるときのロボットの手口なのか。どっちでもいい。いきなり部屋が狭くなったように感じ、わたしはもうここにいたくない。だから靴下もはかないまま、素足をブーツに突っ込む。

電卓の化け物に精神分析されている暇など、わたしにはない。やることはいくらでもある。しかし今は、ちょっと閉所恐怖症気味だ。この部屋から出る必要がある。となると、ほかに行くところを探さねばならない。たとえば、存在するかどうかわからない秘密の部屋とか。

そう考えて頭に浮かんできたのは、あの退屈な備品庫だ。

「おまえはここにいろ」わたしはルビーに命じる。

「一緒に行かなくて本当にいいんですか?」

「ひとりになりたい」

「しかし、ビデオ監視システムに加えて、あなたの認知能力にも問題があった場合、わたしの存在は不可欠になると思うのですが」

「それもそうか」わたしは同意する。「では、少し離れたところで静かにしていろ。そうすればわたしも、おまえがいないふりをしていられる」

「さっきのわたしの質問には、答えてくれないのですか?」

「おまえがまた意味不明の戯言《たわごと》をほざくなら、答えてやらない」

わたしは自室から出てゆく。廊下の曲がり角で、謎の殺人事件があった部屋の前を通過するのに備え、ちょっと身がまえる。あの部屋では、ジョン・ウェスティンの死体がわたしを待ちつづけている。ところが、待っていたのは彼だけではなかった。

コルテンが備品庫の前をうろつきながら、ドアを解錠するためのパスコードを次々とキーパッドに入力している。まるで頭のなかに一覧表があり、その数字をひとつずつ検証しているかのようだが、誤った番号を入力するたび無愛想なブザー音が聞こえてくる。わたしはルビーに、「おまえはこっちの廊下に入るな」と小声で命じる。見えない場所にいれば、またコルテンにシャットダウンされずにすむからだ。わたしはコルテンの背後からそっと近づいてゆく。しかし彼は番号の入力に夢中で、わたしにまったく気づかない。

コルテンがまたしてもブザーを鳴らしたところで、わたしはうしろから手を伸ばして正しい番号を入力し、彼をびっくりさせる。

ピンという陽気な音がして電子錠が開き、わたしはドアハンドルを押し下げてなかに入るようコルテンをうながす。彼は〈いいのか?〉と訊きたそうな顔でわたしを見たあと、遊び場へ駆け込む子供のように元気よく備品庫に入ってゆく。

しかしこの遊び場は、ひどく殺風景だ。コルテンは金属製の業務用ラックに置かれた備品類をざっと眺めたあと、ラックの上の物をあちこち動かし、奥の壁をじっと見つめ、空洞がないか叩いて確かめてゆく。時間をかけて念入りに調べたあと、彼は壁から離れる。

「シャンプーが必要なら、フロントに連絡すればすぐ持ってきてくれるけど」わたしは彼に言ってやる。

「ふむ」コルテンが生返事をする。彼はわたしに向きなおると、「君の相棒は？」と訊く。

「今夜はひとりで散歩がしたいんですって」

真に受けたらしく、彼はうなずく。それから久々の再会を果たした旧友に触れるかのように、備品庫のドアハンドルを撫でさする。

「もしよければ、あの壁を開けてみたいんだが？」

抑えなければと思うまえに、わたしの胸から笑いが吹き出してしまう。「なぜわたしが、そんなこと許可しなきゃいけないの？」

「なぜなら、あの壁の向こうに秘密の部屋があるからだ」

このひとことに、わたしはつい反応してしまう。顔がわずかにひきつる。深く息を吸い込む。彼の秘密の部屋は、秘密だらけのわたしの部屋のすぐ近くにあるらしい。彼が視線をこちらに向けたので、わたしは彼が次になにか言うまえに釘を刺しておく。

「もしあなたが壁の塗装を少しでも剝がしたら、すぐにここから引きずり出す。ちょっと見ればわかるでしょ。ここはただの備品庫に過ぎない」わたしは奥の壁を指さす。「あそこに穴を空けても、その先はもう外。この備品庫も、狭いことではほかの備品庫と変わらない。わたしはそう断言できる。なぜだと思う？　このホテル内のことであれば、なにからなにまで知り尽くしているからよ」

「あり得ないことを信じられないのであれば、わたしのいる地点には到達できない」

こう言いながらコルテンは、薄笑いを浮かべる。その唇の傾きは、宇宙の真理をわたしに教えているかのようだ。無理に賢人ぶっているようにも見えるが、わたしにはまったく通用しない。

「さっきは失礼なことを言って、すまなかった」いきなり彼が詫《わ》びる。「あのレストランでの一件だ。わたしは動揺していたし、怒りに我を忘れてしまった」

わたしは力なく片手を振る。コルテンは、もう気にしてないから忘れてくれ、という意味にとっただろう。でも実はあのとき、わたしは彼の本性を見抜いていた。

「仕事のオファーは検討してくれたかな？」コルテンに訊かれる。

「いろんなことがありすぎて、そんな時間はまったくなかった」

彼は手首にはめた数珠《じゅず》をたぐる。

「わかってほしいのだが、わたしたちは、君を助けることができる」

そうか。助けてくれるのか。このサミットが終わったあと、彼がわたしの名前を憶えているかどうかさえ、わたしは疑っている。

わたしは壁を軽く叩きながら、逆に訊ねる。

「なぜそれほどこの場所にこだわる？」

「いくつもの手がかりが、ここを示していたからだ」

「手がかりって、どんな？」

「シムズが残してくれたやつさ」

「シムズは重度のアンスタックで、寝たきりになっている。意識もない。そんな彼女が、あなたになんて言ったの？」コルテンが答えようとしないので、わたしはむっとしてもう一度訊く。「そういう情報を、あなたはどこから得た？　というのは、もし情報ソースを教えてくれたら、わたしも——なんていうか——その謎に別の光を当てられるかもしれないでしょう？　むきになって情報を求めているのは、あなたのほうだ。なにかしら共有してくれなければ、わたしだって力になれない」

「君が誰に忠誠を尽くしているのか、まだよくわからないものでね」

　わたしは両手を顔に当て、頬を押さえる。

「またその話か。みんながわたしの忠誠心を疑うものだから、そのたびにわたしはげんなりしてしまう。生き延びて仕事を完遂することに、わたしは忠誠を誓っている。こんなところでどう？」

「わたしは、あのシェフの解雇を要求した」コルテンがまた話題を変える。「わたしを殺しかけたあの男だ。しかし、支配人に拒まれた」

「ずいぶん子供じみたことをしたのね」

　彼は肩をすくめると、エレベーター・ホールに向かって歩きだす。コルテンがいなくなったあとも、わたしは廊下に立ちつづけ、そのあいだにエレベーターは何度か開閉をくり返し、自分の部屋から出てゆく客や戻ってゆく客を運ぶ。出てゆく客はこれから酒を飲むのだろうし、戻ってきた客は頭がアルコールでいっぱいになっている。でもわたしは、同じ場所から動かない。そして考えつづける。コルテンの話のなかに、ひどく気になる点があったからだ。

それについて、わたしは広い視野で考えたことが一度もなかった。

急いで自分の部屋に帰ろうとしたわたしは、死角で浮かんでいたルビーを見つける。

「なにか新しい情報はある？」わたしはルビーに訊く。

「特になにも。しかし、今のおふたりの会話は録音しておきました。今後は、すべての会話を録音するつもりです」

「今まではしていなかったの？」

「録音したのは、重要だと判断できたものだけです」

自室に入ったわたしは赤のマーカーを探し、キャップを取ってリストのいちばん下に〈シムズ　フェアバンクス〉と書き加える。

昼間コルテンは、こう言っていた。このホテルを設計したのはメロディ・フェアバンクスだが、シムズも深くかかわっていた、と。

フェアバンクスは行方不明になった。そしてシムズは、アンスタックを発症した。

それも、ほぼ同時期に。

「シムズについて書かれた本があったよね？　ほら、彼女が残したノートをもとにしたやつ。あの本をスキャンできる？　なにか参考になることが書いてないかな？」

「ある映像記録から抜き書きされたものですが、関連する情報がありました。ビデオのほうをご覧になりますか？」

「そうね。すぐに見たい」わたしはデスクチェアにどさっと座る。
壁のスクリーンがオンになり、ただちにビデオ再生が開始される。ドロシー・シムズが、派手なスーツを着た間抜け面《づら》の白人男性にインタビューされており、男のほうは、シムズに負けまいとして必死に賢そうなふりをしている。黄色いサンドレスを着たシムズは、プラスチック・フレームのメガネをかけてコンバースのスニーカーをはいているのだが、どちらもドレスによくマッチしている。

間抜け面の白人男
するとあなたは、パラドクス・ホテルの設計に、コンサルタントとしてかかわっているんですか？
シムズ
わたしは以前から、メロディ・フェアバンクスの仕事を高く評価していました。ニューヨークの新しいメトロポリタン美術館のデザインなんか、もう最高です。彼女とは、起工式で初めて出会い、このホテルについていろいろ話しあいました。もちろん時間の本質についても。
間抜け面の白人男
そこでお訊きしたいのですが、あなたは時間を、どのようなものだと考えてらっしゃいますか？

シムズはにっこり笑い、深く息を吸う。

シムズ　念のため言っておきますが、わたしたちは時間について、まだ充分に理解できていません。誰もが、ブロック宇宙モデルで時間をとらえたがっていることなら、わたしも承知しています。しかしわたしは、永遠論《エターナリズム》で考えたいですね。そっちのほうが響きもいいですし（ウインク）。

間抜け面の白人男　ブロック宇宙論によると――エターナリズムもそうかもしれませんが――過去と未来は、すでに起きていることになっています。もし未来がすでにそこにあるなら、なぜわたしたちは未来に行けないのでしょう？

シムズ　昨夜の夕食に自分がなにを食べたか、わたしはよく知っていますが、明日なにを食べるかはわかりません。今はピッツァにしようと思っていても、明日の夜になったら、寿司に変えるかもしれない。では、明日わたしが食べるのは寿司であると、常に決まっているのでしょうか？　それともアプリを開いて注文するまで、決まっていない？　今わたしが研究しているのは、まさにこの点についてなのです。

間抜け面の白人男
　ということはつまり、自由意志というものは存在しない？
　シムズが再びほほ笑む。しかし今度の微笑は、さっきよりやや強《こわ》ばっている。困惑したような笑いだ。

シムズ
　それを考えるのは、わたしよりずっと聡明《そうめい》な人たちにおまかせしましょう。

「ここ以外に、参考になりそうな部分はないの？」わたしはルビーに訊く。

「ないと思います」

「じゃあ、このホテルが建設中だったころのことを、よく知っている人は？」

「開業まえからのスタッフが何人か残っていますが、この件に関し最も役に立ちそうなのは、カメオでしょうね」

「どうして？」

「カメオは、ゴシップが大好きですから」

　急に、ほかの問題がさして重要でないように思えてきた。

「彼、今どこにいるかな」

わたしを別にすると、従業員のなかで客室に住んでいるのはカメオだけだ。このホテル周辺の住宅事情はひどいから、彼を責めるわけにはいくまい。彼の部屋は一階のいちばん端なので、なにかあればすぐコンシェルジュ・デスクに駆けつけられる。もちろん、夜間と週末の担当者は別にいるけれど、かれらもロビーを統括しているのはカメオであると認識しており、わたしから見ても、彼以上にこのホテルの裏表をよく知る人はいない。

常に頼りになる人物であり、彼に対しては、わたしもできるだけ穏やかに接するよう努めている。ただし、いつもそうできるわけではない。

たとえば、さっきもスタンド灰皿のところで、八つ当たりしてしまった。

だから彼の部屋をノックするときは、少しためらいを感じたし、戸口にぬっと現われた長身の彼を見たとたん、今回も楽しい会話はできないことを直感する。なぜなら、バスローブとスウェットパンツ姿の彼の顔には、やっとわたしも反省する気になったかと期待する表情が、うっすらと浮かんでいたからだ。

しかし、わたしの用件はそんなことではない。

「あなたがこの部屋まで足を運ぶとは、いったいどういう風の吹きまわしですか?」一歩下がってわたしを招き入れながら、カメオが訊く。実際わたしがここに来たのは、今回が初めてだ。居心地のよさそうな部屋だった。理由のひとつは、壁が柔らかな海緑色《シーグリーン》に塗られているからだろう。カーペットは壁と調和する深緑《フォレストグリーン》色だし、ベッドフレームは装飾が施された真鍮《しんちゅう》製だ。バスルームは手を加えられていないけれど、ほどよい生活感がある。わたしの部屋同様、このホテルで最小のシングルルームであるにもかかわらず、まるでちゃんとしたアパートのようだ。小型冷蔵庫の上には、ホットプレートまでセットされている。部屋の奥の窓の横に、木の切り株をそのまま使ったテーブルが置かれ、それを挟んで立派なウイングバックチェアが二脚あり、カメオはそのうちのひとつにわたしを座らせる。

「お茶は？」

「いただこうかな」

「ウーロンですけど？」

「いいわね」

「ルビー、君もなにか飲むか？」カメオがドローンに訊く。「モーターオイルなんかどうだ？」

「ご親切にありがとうございます」ルビーは丁重に断る。「参考までにお聞かせください。もしわたしが、本当にモーターオイルを所望したらどうしました？」

カメオは肩をすくめる。「フロントに電話して、持ってこさせた」

それから彼は電気ケトルで湯を沸かし、ほどなくしてティーバッグの紐《ひも》がぶら下がったマグを二個、切り株テーブルの上に置く。ここでカメオもやっと座ったのだが、高身長のおかげで、大きなウイングバックチェアが子供用に見えてしまう。

わたしはふと気づく。自室でくつろぐ彼を見るのも、これが初めてだ。パジャマ姿の人間と差し向かいになるのは、やはりちょっと気まずい。Tシャツにくたびれたジーンズ、素足にブーツという今のわたしの恰好でさえ、厚着がすぎるように感じてしまう。

明らかに邪魔をしているようなので、わたしはさっさと本題に入る。

「ドロシー・シムズとメロディ・フェアバンクスについて訊きたいんだけど」

カメオはマグカップを持ちあげ、ゆっくりとひと口飲む。

「あのふたりを、あなたはよく知ってた？」

「それほどでもありませんがね」

「彼女たちについて、知ってることを教えてくれない？」

「ふむ」

彼が茶をもうひと口すすったので、わたしも自分のマグを手にとって口をつける。茶は熱すぎたが、手のなかのマグの温かさは心地よい。カメオはしばし考えこんだあと、語りはじめる。

「建設中のこのホテルで、シムズは長い時間を過ごしながら、コンサルタントのような仕事をやっていました。とはいえ、彼女が主に担当していたのは、やはりアインシュタイン時空《タイム》港《ポート》のほうです」眉をあげながらカメオが訊く。「なぜそんなことが知りたいんです？」

「正直いって、自分でもうまく説明できない。だけどあなたも知っているとおり、今このなかでは」――わたしはホテル全体を示すつもりで手をさっと動かす――「なにかとんでもないことが起きている。そこでわたしは、いくつかの疑問をつなげてみようと考えた。あのふたり……すごく奇妙でしょう？　ほとんど同時期に、ひとりは失踪《しっそう》し、ひとりはアンスタックになってしまった」

「それはわたしも不思議に思っていました」

「こういう偶然、あると思う？」

「あるでしょうね」カメオはマグをテーブルに置く。「あなたは、具体的になにを求めているんですか？」

「よくわからない。あのふたりと親しかった人でもいいし、彼女たちがやりとりしたメールでもいい。さもなければ、シムズの本には含まれてない資料とか」

カメオが肩をすくめる。「そういうことであれば、配偶者に訊いてみたらどうでしょう」

「配偶者？」

「シムズの夫です。彼が、シムズについて書かれたあの本をまとめました。夫妻がここに泊まったとき、わたしも彼と何度か会っていますし、その後も数回話をしています。なにしろ彼が、奥さんの面倒をみていますからね。彼女があいうことになってしまったあと……」

ここから先は言いたくないようで、カメオは言葉を濁す。「とにかく、彼に電話してみればいい。わたしから番号を聞いたと言えば大丈夫でしょう。ところで、せっかくの機会ですから」——彼は急に話題を変える——「わたしもあなたに、話しておきたいことがあります」

おっと、またお説教か。

ひとつ深呼吸したあと、カメオが語りはじめる。

「あなたがムバイエになにを言ったか、すでにわたしの耳にも入っています。あそこまで残酷に責める必要はなかったし、まったく不当な非難だということは、あなた自身もわかってますよね？」

「いや、わたしは……」

カメオがさっと片手を出す。「わたしはあなたに、自分のやったことは間違いだったと、知ってほしいだけです」

「なぜ？」

「なぜなら、もしそう認識できないのであれば、あなたの病状はかなり進んでいるからです」

「あの日ムバイエは」わたしは反論する。「ガス管を点検することになっていた。わたしになにを言わせたい？　これがどんなに苦しいことか、あなたにわかる？　ここからトラムで五分のところにあるマシンを使えば、わたしは過去に戻り、自分でガス管をチェックできる。メーナに、あの晩はあの厨房に行くなと、警告することができる。でも、それをやってはいけない。わたしが命がけで守ってきた、あのいまいましいルールがあるんだもの。そんな葛藤が、毎日くり返されてきた」

カメオが前かがみになる。

「喪失は心に傷を残します。傷ですから、痛みの反応を引き起こします。その痛みは、耐えられないほど強いかもしれません。しかし、傷つくことによって治癒反応も促進されます。だから、喪失の痛みも徐々に薄れていき、やがて傷痕だけが残ります。傷痕は消えなくとも、痛みは消えるのです。しかし感染症を起こしてしまったら、話は違ってくる。心の傷が癒えることはありません」

わたしは、言い返す言葉以外のもので口のなかを満たすため、茶をもうひと口すする。

「悲嘆は正常で健全な感情です」カメオがつづける。「しかし、複雑性悲嘆と呼ばれるものもあって、これに陥ると、理性的な思考ができなくなってしまう。そして、亡くなった人が再び現われると考えたり……」

マグを持つわたしの手に、思わず力が入る。

「……他者を信用できなくなったり、無感覚、辛辣になったりする。あなたに必要なのは、専門家の支援です」カメオはまた片手を突き出し、抗議の声をあげようとしたわたしを押しとどめる。「あなたが強面《こわもて》のプロで、誰の助けも必要としていないことはよく知っています。でも事実は動かせません。あなたの心の傷は化膿《かのう》しており、ここにいたら治ることはない」

わたしは茶をぐいと飲んでマグを置く。組んでいた両足をほどき、立ちあがる。

「わたしのクソみたいな病気にそこまでこだわるなら、あなたとレグでアンスタック患者の支援団体でもつくればいい。そっちの話はそれで終わり？」

カメオは肩を落とし、ため息をつく。「ええ」

「シムズの情報を、どうもありがとう」できるだけ冷静に言ったつもりだが、うまくいかなかったようだ。ドアの前で、わたしはもう一度ふり向く。

「あなた、このホテルに秘密の部屋があるという噂を、聞いたことない?」

カメオはわたしを見ようとせず、ただ首を横に振る。質問に対する答なのか、それとも単に呆《あき》れたのか、判然としない。わたしがドアを開けると、今度はカメオが言う。

「そう、あとひとつだけ」

わたしはふり返らない。「なに?」

「宿泊者名簿をチェックし、スタッフたちにも確認しました。今このホテルに、小さな子供はひとりもいません」

「ほんとに?」

「まず間違いないでしょう。もし見逃しがあっても、子供がいれば子供用ベッドやお菓子のリクエストがあるはずだし、廊下を走りまわったらすぐにほかの客から苦情が入ります。どちらも、まったくありません」

わたしは少し考えてから、こう答える。「きっと、誰かが勘違いしたのね」

もちろん、まったくそうは思っていない。

わたしは重苦しい気持ちをカメオの部屋に残し、廊下に出る。それから背筋をまっすぐ伸ばし、もうすぐメーナの姿をまた見られると思いながら、ロビーに向かって歩いてゆく。今のわたしに必要なのは、メーナを見ることだ。わたしは、それだけを必要としている。

「いま何時?」ルビーに訊ねる。

「たぶんカメオは、正しいことを言ってると……」
「いま何時かと訊いてる」
「午後八時四十七分です」
「シムズの夫を呼び出してみて」

わたしは自分の部屋ではなく、警備室に入ってゆく。ニックに連絡を入れてみると、彼は交替で警備にあたるTEAの応援部隊と一緒に、地下一階にいた。ルビーは充電ドックに戻ったし、アリンにも連絡すべきか考えていると、ビデオスクリーンが点滅し、ユタにいるジエイスン・シムズから、折り返し着信が入ったことを知らせる。意外に早かった。

スクリーンに現われたのは、がっしりした体つきの黒人男性で、顔は無精ひげにおおわれ髪も乱れている。不眠症でよく眠れないため、目が覚めているあいだは眠くてしかたない、という感じの風体《ふうてい》だ。今も寝ていたのなら、この呼び出しはさぞ迷惑だったろう。

「で、あなたは？」彼が訊く。わたしは彼のうしろにある壁の色が、このホテルのカーペットに近いブルーであることに気づく。

「ミスター・シムズ、突然ご連絡をさしあげて、申しわけありません。わたし、パラドクス・ホテルで警備主任をしているジャニュアリー・コールと申します」

シムズがうなずく。「パラドクスの人から連絡をもらうのは、本当に久しぶりだ。カメオは元気ですか?」

「ええ、すごく元気ですよ」奥さんの病状を訊ねたくなったが、これは無作法にすぎるだろう。それにわたしのほうも、詳しいことは聞きたくない。なぜなら、今のドロシー・シムズの状態と、彼女の夫が背負っている重荷の大きさを考えれば、答は簡単に想像できるし、わたしも自分の最終的な未来など知りたくないからだ。

「もう夜だし、お時間をとらせるのも恐縮なので、さっそく用件に入りますね」わたしはつづける。「もし答えにくい質問だったらお詫びします。しかし非常に重要なことなので、あえて訊かせてください。あなたは、ドロシー・シムズ博士の評伝用に、奥さまの手紙や書類を編纂《へんさん》されましたよね? わたしが知りたいのは、あの本に掲載されているもの以外に、まだなにか残っているのではないか、ということなんです。たとえば、あまり重要でなさそうなメモとか、情報とか」

シムズの夫は首を横に振る。

「ないですね。わたしはあの本のため、手もとにあったものをすべて出してます。少なすぎて困ったくらいだ。もっと探してくれと、出版社にせっつかれましたよ。でも、わたしは精一杯のことをやったんです。ドロシーのオフィスと自宅にあったものを、すべてかき集めてね。だからあれで全部です」

「わたしが聞いたところによると、メロディ・フェアバンクスがこのホテルを設計するにあたって、シムズ博士もなんらかの役割を果たしたそうです。これについて、奥さまはなにか言ってませんでしたか？　ここの建設に、彼女はどんな貢献をしたんでしょう？」

「パラドクスの建設中、ドロシーはずっとそっちに住んでいました。めったに会えませんでしたよ。たまにわたしが訪ねていっても、仕事に追われていたし」彼は肩をすくめると、背もたれに体をあずける。「わたしの本業は肉屋なんです。だから科学的な話は、よくわからなくて」彼はわたしの顔をじっと見る。「なぜそんなことを知りたいんですか？」

「ある事件の捜査に、関係しているかもしれないからです」

「どんな事件？」

「それがすごく複雑でして」

「協力できればいいんですけどね」と彼は言ったが、もちろん本心ではあるまい。

「それでは、奥さまとフェアバンクスのあいだで交わされた私信も、残っていないのでしょうか？」

ここで彼はくすっと笑う。

「そういえばドロシーは、メロディに本を送ってやったと言ってました。それも、けっこう珍しい限定版の本を。まあ、あまり関係はないでしょうが」

「本の題名はわかります？」

「『鏡の国のアリス』」

わたしは喉が詰まりそうになるが、ミスター・シムズは気づかない。

「では、そろそろ失礼させてもらいますよ。なにか思い出したら連絡します」連絡する気などないくせに、彼はこう言って接続を切る。

しかし、そんなことはどうでもいい。

すでにルビーが、わたしの肩の上に浮かんでいる。

「わたしはこの調査をつづけながら、新たな情報をより迅速に発見するため、なんらかの共通点や関係がある事項を結びつけたデータマトリクスを作成しているのですが、新たなデータポイントの追加が新しい手がかりを導くこともしばしばあり……」

「まわりくどい言い方はやめろ。なにか気づいたのなら、要点だけ言え」

「コルテン・スミスは、〈あり得ないことを信じられないのであれば〉と言いました。ほぼ同じセリフが、『鏡の国のアリス』のなかにあります」

わたしは椅子にぐったりと背中をあずけるが、気持ちは少し高揚している。こういうことがあるから、この仕事はやめられない。パズルのピースが、ぴたりとはまった感覚。

急に思い出した。

「そういえば、フェアバンクスのオフィスから、本が一冊なくなっていたな」わたしはルビーに言う。「書棚に一冊分の空きがあったもの。あそこになんの本があったか、調べられる？」

短い沈黙のあと、ルビーが答える。

「『鏡の国のアリス』です」

わたしは手を打って立ちあがる。

「ときどき、自分でも驚くほど勘が冴《さ》えるのよね。よし、じゃあ次はビデオをスキャンして、誰がその本を持ち去ったか確かめて」

「そのまえにひとつだけ」

「どうぞ」

ルビーは再び黙り込む。そしてふわりと浮いたまま、こう言いはじめる。

「そはやきに時《どき》、ぬなやかな濤蔀《とうぶ》ら……」

「やめやめやめ」わたしは急いで止める。「だからそれは、いったいなに?」

「なにがなんですって?」ルビーが訊き返す。

「だからその戯言よ。ぬなやかなとうぶ?」

「その情報にアクセスできる権限を、あなたは与えられていません」

「なんて憎たらしいポンコツだろう。わかった。ひとつずつ片づける。おまえは問題のビデオをスキャンしろ。そのあいだわたしは、別のことを調べる。それから、おまえ自身の機能チェックもやっておくように」

ルビーは充電ドックに戻るとメインフレームに接続し、わたしはフェアバンクスのオフィスを映したビデオが、消去されていないことを密かに祈る。すでに消されている可能性もあるけれど、もし運がよければ、別のなにかを隠そうとしたハッキング犯が、手をつけずに残しているかもしれない。

わたしは警備室の隅にあるファイリング・キャビネットの前に立ち、このホテルの図面類が入っている引き出しを開く。必要なものを束にして抜き出し、部屋の中央にあるホログラムテーブルの上に広げ、一枚ずつめくってゆく。見るのはアトウッド・ウイングの五階の平面図で、探すのはどこかしら不自然な箇所だ。

図面はみな大判で古びており、まったく参考にならない。怪しい点はひとつもなかった。しかし、もし本当に秘密の部屋があるのなら、それを正規の図面に落とし込むだろうか？

このホテルのことなら、わたしは隅から隅まで……

「これのようですね」と言いながら、ルビーがわたしの視界に戻ってくる。

ルビーがオンにしたビデオスクリーンに、斜め上から見おろしたフェアバンクスのオフィスが映しだされる。コルテンが画面に入ってきて、書棚の本を見てゆく。初めて会ったときと同じ服装をしているから、わたしはこの映像が、今日の昼間に撮影されたものだと推断する。念のため、スクリーンの隅に表示された日付を確認するけれど、今日が何日かわからないほどボケてはいないので、これは無意味だった。

コルテンは書棚から一冊――『鏡の国のアリス』――を抜き取る。そしてその本を開く。開いたページを指さし、それから本を棚に戻す。

「よく見ていてください」ルビーが言う。

彼は書棚の前を奥へと進んでゆく。いま手に取ったばかりの『鏡の国のアリス』が、彼から遠くなる。

するとその本が、書棚からふっと消える。今そこにあったのに、まるでビデオが編集されたかのように、次の瞬間にはもうない。映像に乱れはなかった。タイムスタンプもきれいに流れている。そしてコルテンは、本が消えたとき普通に動きつづけていた。

「どういうこと？」

「フレームの飛びはありません。防犯カメラ映像のこの部分は、外部からの干渉をまったく受けていないのです。なのに、書棚のあそこにあったあの本は、一瞬にして消えている」

ということはつまり、わたしたちはエピペンを盗んだ幽霊の話に、戻らねばならないわけだ。この話を聞いたら、アリンはさぞ興奮することだろう。

わたしの姿がスクリーンに現われ、コルテンと話をはじめる。この時点で、わたしは本棚に一冊分の空きがあることに気づいている。あれは、本が消えた直後だったのだ。

「さっき手に取ったとき、コルテンはあの本のどこを指さしていた？」

ルビーは早戻しすると問題の場面でぴたりと停止させ、コルテンの手のなかの本にズームインしてゆく。こういうとき、こいつの映像補正機能はなかなか役に立つ。コルテンが指さしていたのは、小さくて弱々しい筆跡で書かれた短文だった。

〈A五二七は、いつでもそこにある〉

「シムズがフェアバンクスに送ったのは、この本だったと仮定してみよう。アトウッドの部屋番号はすべて偶数だから、A五二七はあり得ない。つまり、シムズは存在しない部屋を示していたことになる。とはいえ、もし五二七が存在するとすれば、ウェスティンが死んでいる五二六の隣でしょうね」わたしはテーブルのまわりを歩きながら、ルビーではなく自分に向かって語りつづける。「コルテンは意外に多くの情報を漏らしていたわけだ。彼は、秘密の部屋がどこにあるか見当をつけていたけれど、わたしが知っていると思いこんでおり、だからわたしに言わせようとした」

「なぜこんなことが起きているのか、わたしにはまったく説明できません」

「そりゃできないでしょうよ。おまえ、それほど有能じゃないもの」

「わたしは非常に有能です」

わたしの頭のなかで、なにかが形を取りつつある。ばらばらだった断片が、考えるよりも速くひとつにまとまってゆく。わたしは行動を起こす。ガラクタが入っている引き出しを開き、ソースの小袋やプッシュピン、デンタルフロス、去年ＴＥＡから送られてきたクリスマスカード、インク切れで捨てたほうがいいボールペンなどをかき分け、やっと巻き尺《メジャー》を探しだす。

これを使えば、文字どおり隅から隅まで……

わたしはアトウッドまで歩くとエレベーター・ホールを素通りし、廊下のなかほどにある備品庫に向かう。各ウイングの一階から五階までのフロアは、完全に同一で、間取り図も同じなら各部屋の広さにもまったく違いはない。備品庫も同じ大きさのものが五つ、各フロアの同じ位置に積み重なっているはずだ。わたしはメジャーを出すと、備品庫のすぐ左にある客室のドアフレームに先端を引っかける。そこからメジャーを伸ばし、備品庫のドアフレームまでの距離を測る。

二十七フィート（約八メートル二十三センチ）。

「なにをやってるんですか？」ルビーに訊かれる。

「しばらく黙ってろ」

ルビーはそれ以上なにも言わず、ホテル内を横切ってバトラー・ウイング一階の備品庫に向かうわたしのあとを、ふわふわとついてくる。

ここもやはり二十七フィートだ。

アトウッドに戻り二階、三階と測ってゆく。そして四階で、わたしは髪を鮮やかなブルーに染めたいかにも上品そうなカップルを驚かせてしまう。ふたりは、廊下でなにもない壁の寸法を測っているおかしな女のうしろを、そそくさと通り過ぎてゆく。まるでわたしが、かれらの財布を盗むため、手の込んだ下準備をしているかのようだ。

ここも二十七フィート。

アトウッドの五階に行き、あの軽い頭痛を感じつつ、ウェスティンが横たわっている五二六のドアにメジャーをあてる。そして、五二六に宿泊しているあの男が、いきなり廊下に出てこないことを祈る。

わたしは、ここまで五回測ってきた備品庫の同じポイントまでメジャーを伸ばしながら、いつの間にか息を止めている。

二十七フィート四インチ（約八メートル三十三センチ）。

「これは興味深い」ルビーが言う。

「黙ってろと言わなかったか？」

わたしは一階に駆け下りる。そして、今度は客室と客室のあいだの距離を確かめるため、適当な三部屋を選ぶ。ひとつずつ計測してゆき、結果をルビーに記録させる。二階で同じ三か所を測り、三階、四階と上がってゆく。結果はすべて同じだった。

なのに五階では、三か所とも数インチずつずれている。

しかし、狂いはインチ単位であって、フィートではない。部屋数がこれだけたくさんあっても、フルサイズの客室をもうひとつ増やせるほどの差異にはならないだろう。

わたしは急いで五階の備品庫に戻る。

ほかの備品庫と違っているようには見えない。ドアに近づいてゆき、ドアフレームに触れようとしたわたしは……

……片手を自分の胸にあてる。自室のバスルームのなかに、かれこれ三十分は立っている。でなければ、やっと二分が過ぎたところだ。この二、三日、時間の感覚がすごくおかしい。

今のわたしは、メーナが好きだった黒いドレスの上に黒のブレザーを着て、古いバイクブーツをはいている。あまりドレッシーではないけれど、メーナは気にしないだろう。

彼女が望むのは、わたしがそこにいることだけなのだから。

誰かが部屋のドアをノックする。わたしはそちらに顔を向けるが、一歩も動かず鏡のなかの自分を見つめる。マスカラが筋となって、頰を流れ落ちている。

「ジャニュアリー、そろそろはじめるぞ」ドアの向こうから、レグのくぐもった声が聞こえてくる。

再びノックの音。

「ジャン、いるんだろ?」

ドアを開けたくても開けられない。バスルームのなかで、わたしは固まっている。体が動いてくれないのだ。そして、洗面台の鏡に差し込まれたあの絵ハガキを、ただ見つめている。点で描かれた小さな人間たちを。

「部屋から出たくないなら、出なくてもいい」レグが言っている。「代わりに、わたしを入れてくれないか?」

惑星さえ動かせそうなほどの、とほうもない努力のすえ、わたしはベッドに向かって少しだけ頭を傾ける。メーナが眠っていた側は、今も彼女の形にへこんでいる。そして、まだ彼女の匂いがする。この二、三日、わたしは床の上で寝ている。理由はわからない。でも、ベッドで寝たらいけないように感じている。メーナがいなくなったこの世界で、快適さを求める資格などわたしにはない。

「なあジャン……」レグの声が尻すぼみになったのは、入るのを諦めたからだろう。それでいい。入ってきたところで、この部屋になにが残っている? ひとりの死んだ女と、その記憶だけだ。わたしも死んでいるのだろうか? 爆発事故があったあの夜、あのエレベーターのなかで、わたしの心臓は鼓動を止めた。今はただ、心臓につづいて体が機能停止するのを、待っているような感じだ。

「じゃあ、あと少し待って先にはじめるからな」

こう言い残して、レグが去ってゆく。わたしはまだ動けない。

両足が痛む。背中も痛くなってきた。どうやら、すでに何時間かここに立っているらしい。わたしは無理に鏡を見ようとする。鏡のなかの自分の顔を。そして、メーナのように素敵で特別な人が、わたしの傷を癒やすため時間を費やしてくれたのは、わたしになにを見たからだろうと考える。わたしの体に残った、いくつものクレーター。かつてのわたしは、これも愛情表現の一種だと思っていた。

わたしのクレーターを、メーナは彼女自身の体で埋めてくれた。

そしてそれ以上のことを、やってくれた。

愛情が人間の内面にまで届くことを、人はみな知っているのだろうか？

メーナに会うまで、わたしは知らなかった。愛情は皮膚の下に沁《し》み入り、どこに亀裂があるか探しだす。亀裂を発見したら溶けた黄金となってそこを埋め、しっかり修復する。メーナによると、金粉をまぶした漆《うるし》を使い、壊れた陶磁器を修繕する金継《キンツギ》ぎと呼ばれる技法が、日本にあるそうだ。それをおたがいにやるの、と彼女は言った。壊れた傷痕は残るものの、逆にそれが新たな魅力となる。強靭《きょうじん》さの祝宴。

彼女はわたしたちが愛し合っているとき、この話をわたしの耳もとで囁《ささや》く。そしてふたりが深く結びつくあの瞬間、わたしたちはひとつに溶け合う。

ドアの反対側から、ほかの人たちの声が聞こえてくるけれど、実際に聞こえているのではなく、どうも記憶を再現しているだけらしい。カメオが家族についてなにか言っている。必要な物はないかと訊いているのは、ブランドンの声だ。そしてムバイエ。ムバイエがなにを言ってるかはわからない。彼の声は、まるで静電ノイズのようだ。

わたしの時間感覚がやっと現実と同期したとき、外はすっかり暗くなっている。夜になったことは、朝の最初の光がメーナの顔を照らすことで、彼女が目覚めるよう調整されたカーテンの隙間が教えてくれる。そうやって一日をはじめるのが、彼女は好きだった。しかし、今その隙間から見えるのは闇だけで、追悼式は午後の早い時間に予定されていたから、わたしはかなりの長時間立ちつづけていたことになる。

むくんで硬くなった足首を楽にするため、床に寝そべることを考えてみる。だが、そうする代わりにドアを開けて首を出し、誰もいないことを確かめてから廊下に出て、歩きはじめる。端まで歩いて階段室に入り、壁にブーツの音を響かせながら階段を屋上まで上る。

気持ちのいい夜だ。暖かくて、少し風がある。こういう夜に、わたしとメーナはスナック菓子を持ってここに上がり、アインシュタインの灯を遠望したものだ。あの時空港《タイムポート》を機能させている巨大なマシンが赤と白の光を放ち、ときおり出発便があると、青い閃光《せんこう》が夜空の半分を明るく照らしだす。

屋上の入り口ドアの近くに立って、青い閃光が走るのを三回見たあと、屋上の端に向かって歩きはじめる。腰までの高さの手すり壁が、わたしの前に立ちふさがる。わたしは指先で、壁のざらざらしたコンクリートを感じる。そしてアインシュタインを見やる。わたしの求めたものが、すべてあると思えた施設。なのに今、わたしはこのホテルで働いている。就きたくなかった仕事は、しかし想像もできなかった愛へとわたしを導いてくれた。

だが、今はそれもなくなった。

すべて消えた。なにもかも。わたしは、狭く悲しい部屋にひとり住む悲しい女で、そんなさもしいことはするなと、金持ちどもを叱っている。もうしばらくここで生きるだろうが、ある日なんの前触れもなく、脳が活動を停止するだろう。TEAはわたしを生命維持装置につなぎ、いつか治療法が見つかるわずかな可能性に賭けて、わたしの心臓を動かしつづけるだろう。

やはりDNR（蘇生処置拒否）に署名しておこうか。

しかし、それも手間がかかりすぎるように感じる。もっと簡単な方法があるのだから。

わたしは手すり壁の下の棚《レッジ》に片足をのせる。

「最高の夜ね」

背後でコンクリートを踏む足音が聞こえ、ふり返るとメーナがいる。

六週間まえの姿だ。最後にふたりでこの屋上に来た夜の。

まだ春で肌寒かったから、わたしの赤いパーカーを着たメーナは、ジッパーを首もとまであげている。ワインを一本持っているけれど、ワインよりもわたしを飲んでしまいそうな顔をしている。

あの最後の夜。わたしたちはジムから持ってきたヨガマットを広げ、暗い夜空と青い閃光の下で愛し合ったのだが、あまりの寒さに、終わったときは指が冷たくなっていた。

「あの光が美しいのはよくわかってる。でもね、わたしの女王《ミ・レイナ》さま、いつからあなたは、光に集まる虫になったの？」メーナが訊く。

　これは本物のメーナではない。これがスリップであることを、わたしはよく知っている。わたしの脳内に生じた電気化学反応。わたしがふらふらと屋上の端に近づいたのは、胸が痛むほど愛していたアインシュタインの灯火に、引き寄せられてしまったからだ。

　これはメーナの残響《エコー》だ。彼女がわたしに向かって発した言葉だ。わたしが屋上の縁に近づきすぎたことを、彼女は心配してくれたのだ。

　しかしそんな気づかいも、今となってはどれほどの意味があろう？

　メーナは、わたしの肩越しにアインシュタインの光を眺める。

「あそこで働いていたころが懐かしい。でも正直いって、ここから見るほうがずっときれいね」

　わたしは息を呑む。目に涙が浮かんでくる。わたしは彼女に向かって手を伸ばす。あの夜、わたしは彼女になんて言っただろう？　彼女にたしなめられ、なんて答えただろう？　思い出せない。しかし、警告できるチャンスが少しでもあるのなら、タイムトラベルのルールなんかクソ食らえではないか？

「ねえメーナ、あなたにぜひ教えたいことがあるの。すごく大事なことだから、よく聞いて……」

彼女は人さし指を立てて自分の唇にあてる。「シーッ」そして空を指さす。「ほら、今夜は星がいくつか見えている」

出端《でばな》をくじかれたかたちになって、わたしも空を見あげたのだが、あの春の夜とは違って完全に雲におおわれている。たしかにあの夜は、いわゆる光害《ひかりがい》で空が明るすぎるこの地域にしては珍しく、星がちらほら見えていた。あの夜、わたしは空の美しさと広さに驚嘆したのだが、実をいうとあれほど感動したのは、すぐ近くにメーナがいたからだった。

でもそのメーナは、わたしが視線を屋上に戻すと、もういなくなっている。

もちろん実際は、最初からいなかったのだが。

わたしの壊れかけた脳内で、勝手に自動再生されたホームムービー。

崩れるようにしてその場にへたり込むと、ドレスの下の足が、ざらざらのコンクリートで擦りむける。その姿勢のまま、わたしは座りつづける。心のなかに、砕けたガラスが詰まっている感覚は変わらないものの、鋭利だったガラス片は、波で削られたかのように丸くなっている。びっしり詰まってはいても、もはや切り傷を負うほど危なくない。

単に痛いだけだし、この程度の痛みなら共存していける。

突如、大きな火花が散ったかのように視界が真っ白になる。

レグがわたしから目をそらし、暗い声で言う。

「ジャニュアリー、君が決断できないのであれば、わたしたちは君の私物を片づけねばならない。君にとって、このホテルはもう安全な場所じゃないんだ。ＴＥＡは、君をここに移せば大丈夫だと判断した。でもその結果がどうなったか、よく見るがいい」

再び目の前が白くなる。自分の脳が、オゾンのなかで燃えているような臭いがする。

「あまり聞きたくないかもしれないが」アリンが言う。「こんなことが起きてしまった以上、君は引退すべきだと思う。すでに君は、十年勤務した。いや、もっと長く働いている。そろそろ潮どきなんだ」

次の火花で、わたしは膝立ちになる。

「あなたに必要なのは、専門家の支援です」カメオがしゃべっている。「あなたが強面《こわもて》のプロで、誰の助けも必要としていないことはよく知っています。でも事実は動かせません。あなたの心の傷は化膿しており、ここにいたら治ることはない」

このスリップから抜け出すと、今度はカーペットの上でうつぶせになっており、頬にカーペットの繊維が食い込んでいる。

このカーペット。このバカみたいなブルーのカーペットが、わたしは嫌いだ。大嫌いだ。

「ジャニュアリー？」ルビーの声が聞こえる。

おいポンコツ、誰もおまえなんか呼んでないだろ？

わたしは備品庫のドアに近づいてゆくと、パスコードを入力してドアハンドルを押し下げ、なかに入る。業務用ラックを両手でつかみ、手前に引っぱる。びくともしない。壁にボルトで留まっているからだ。わたしはラックをつかみなおすと、タオルの山のあいだに片足を突っ込み、壁を強く蹴りながらもう一度力まかせに引く。なにかが壊れた音が聞こえる。ラックがきしんでこちらに傾く。ポケットから愛用のナイフを取り出して刃を開き、むき出しになった壁面に突き刺す。

しかし刃は入っていかず、石膏《せっこう》ボードの粉を少し飛ばしながら、小さな穴を穿《うが》っただけに終わる。わたしはもう一度突き刺す。さらにもう一度。何度も刺しながら、自分が叫んでいることに気づく。まるで、壁が殺すべき敵であるかのようだ。ルビーがなにか言っているけれど、こいつがなんて言おうと知ったことではない。誰かがわたしの体に両手をまわし、壁から引き離そうとする。わたしがナイフをうしろに振ると、小さな悲鳴が聞こえる。

ブランドンが片腕を押さえながら、壁に背を向けて立っており、指のあいだから血が流れている。

彼は自分の腕を見る。

それからわたしの顔を。

「ジャニュアリー、鼻血が出てるぞ」自分の怪我など気にしていないかのように、ブランドンが言う。

そのとき、誰かが照明のスイッチを切る。

あたりが真っ暗になる。

特殊相対性理論

わたしたちは、空爆で崩壊した建物の影のなかで呼吸を整える。サーチライトの光が何本も夜空をなめており、わたしはそのうちの一本が、ぴたりとわたしを照らしそうな気がしている。同行すれば命の危険があることは、もちろん承知していた。ちくちくする灰色の軍服につけられた襟章によれば、わたしは二等兵に相当する最下級の兵卒であり、ほとんどの将校は、こんな下っ端に目もくれないだろう。わたしは使い捨ての消耗品だ。

おまけにドイツ国防軍《ヴェーアマハト》は、女にとって安全な組織ではない。だからわたしは胸を強く縛り、大きめの野戦帽に髪をまとめて押し込み、帽子のつばを目のすぐ上まで引きおろしている。

最初アリン・ダンブリッジは、スコット・ハウザーを連れてくるつもりでいた。スコットは仔猫よりやわな男なのだが、金髪と青い瞳がいかにもアーリア人のように見えるからだ。わたしは抗議した。このチャンスを諦めろと言うんですか？　それはないでしょ。

こうしてやっとここまで来たのだが、ただひとつ残念なのは、あのいかれた白人至上主義者が、明日が最後の日になりますよとヒトラーに教えるのを阻止したあと、ふり向いて総統閣下の股間を思いきり蹴りあげられないことだ。

ヒトラーにそんな暴力が振るわれたことを、その後の歴史のなかで立証できる人間が、わたしたち以外にいるだろうか？　今回は例外をつくってもいいのではないかと、わたしはアリンに何度も言った。明日になれば、あの最悪の独裁者は自殺しているのだから、どんな問題がある？　彼は、痛むふたつのタマを抱えて死ぬだけだ。いや、有名な都市伝説を信じるなら、たった一個しかないタマを抱えて。

けれども、やはりアリンが正しいのだろう。歴史に手を触れることは、絶対に許されない。

わたしたちがここにいる理由も、まさにそれだった。

アリンは、少将に相当するナチの将官の徽章《きしょう》をつけている。彼のほうがわたしよりずっとドイツ人っぽく見えるし、高位の軍人を装えば、行動の自由がいくらか確保しやすいと考えたからだ。問題は、わたしたちが追っている男――リチャード・ソマーズ――はナチの武器やグッズを大量に隠し持っており、現代のファシズム運動において〈思想的指導者〉とみなされている点だった。つまりソマーズは、ドイツ語だけでなく、ナチのすべてに精通しているのである。

だから、不用意な遭遇を避けて走りまわった結果、わたしとアリンは息を切らしている。ベルリンの大通りを大きく迂回《うかい》せねばならなかったのは、自軍の崩壊が目前に迫っているのを知らないドイツ兵たちが、未《いま》だに行進していたからだ。

わたしの時計を見るかぎり、もとの世界へ戻る集合地点まで移動する時間的余裕は、もうあまり残されていない。もし刻限を過ぎてしまったら、ここにとどまるしかないのだが、この時代で暮らすのは勘弁してもらいたかった。なにしろ、エアコンがまだないのである。これはたまらない。

「これからどうします？」わたしはアリンに訊《き》く。

アリンは、この時代の人に見られたら怪しまれるだけなので、できるだけ出さないようにしている小さなタブレットに視線を落とす。スクリーンを何度かスワイプしたあと、彼はタブレットを軍服のポケットの奥深くにしまう。彼が手を動かすたび、上腕に巻いたナチの赤い腕章も一緒に動き、それを見てわたしは背筋が冷たくなる。

だが、自分も同じ腕章をつけていることを思い出し、改めてぞっとする。

見つめられていたことにアリンが気づく。

「かれらに言わせると、潜入捜査は楽しいものだそうだ」

「かれらとは？」わたしは訊く。

アリンはこの質問に答えず、肩をすくめる。

「ソマーズは、なにかを持ってきている。おそらく携帯電話だろう。それがなんであれ、この時代にはないテクノロジーの産物だから、大まかな位置は探知できる。今やつがいるのは、ここから東に約半マイル離れた地点だ」アリンは首を伸ばし、爆撃で壊された建物のあいだをじっと見る。「わたしたちには好都合だな。あの残骸の隙間を抜けていけば、表通りに出ずにすむ」

遠くから、叫び声と銃声らしき音が聞こえてくる。

すぐに別の音がつづく。今度のはもっと近い。

足音。

アリンはわたしの腕をつかむと、影の奥まで後退し、わたしたちは息を殺してそこに立つ。

「こんばんは《グーテン・アーベント》」

挨拶してきたのは三人の兵隊で、襟章を見ると、三人とも階級はわたしとアリンのあいだだ。この事実だけでも、わたしたちが死なずにすむ理由として充分なことを、わたしは願わずにいられない。しかしそう願っていられたのは、真ん中の兵隊がリチャード・ソマーズであることに気づくまでだった。つぶれた鼻と薄いひげ。まるでネコの生皮を剝ぐのが趣味であるかのように、目をぎらつかせている。ソマーズはふたりのドイツ兵に向かい、早口のドイツ語でなにかまくしたて、わたしは「連合軍」と「スパイ」の二語だけは聞き取れたのだが、その直後、イヤーピース型の自動翻訳機がなぜか突然ぶっ壊れ、鼓膜が痛くなるほどの大音量でノイズを発しはじめる。でも、あわてて引っこ抜いたりはしない。そんなことしようものなら、兵士たちの注意を引いてしまい、かれらは腰に下げたアストラＭ９００の引き金も引くだろう。

わたしもアリンも、この時代の拳銃であるブローニング・ハイパワーを携帯している。もちろんこのふたりの兵士を殺害することは、〈見るだけで手を触れてはいけない〉の原則によって禁じられているし、通常はテーザー銃で充分だ。しかしながら、今回のように交戦地帯に潜入するときは、同化と自衛の両面が要求される。そこでまず、膨大な事務手続きをへて拳銃の携帯許可をとり、次は銃を貸してくれそうなコレクターを探し、こちらの足もとをみて吹っかけてくるそのコレクターに、多額のレンタル料を払わねばならない。借りた物は返す必要があるけれど、どうやらこの拳銃は、置いてゆくことになりそうだ。わたしたちと一緒に、墓碑のない墓のなかに。

兵士のひとりがアストラM900を抜き、そのまま腕を下におろすと、ソマーズがなにか言い、その言葉を理解したアリン――彼の翻訳機はまだ機能しているらしい――は両手を高くあげる。そしてわたしをふり返り、ついてこいと目くばせする。

彼とわたしは、廃墟《はいきょ》となった建物のあいだを歩き、積み重なった瓦礫《がれき》の山を慎重に下ってゆく。どこに行くのかと訊きたくなるけれど、英語でアリンに質問したら、もっと面倒なことになるだろう。だからわたしは目を皿のようにして、なにか使える物がないか探す。自分たちの身を守るため、使えそうな物を。

そのとき、急にアリンが意外な行動に出る。

ドイツ語をしゃべりはじめたのだ。

ろくにドイツ語を知らないわたしが聞いても、流暢《りゅうちょう》で自然なしゃべり方だった。英語の訛《なま》りもないようだし、ドイツ兵たちは、予想外のことが起きたかのように唖然《あぜん》としている。アリンが言ったことに対し、ソマーズが即座になにか言い返す。つづいてドイツ兵のひとりが、念押しするかのような語調でソマーズに質問する。ソマーズが無愛想に短く答える。

とたんに、その場の空気が一変する。

わたしたち五人は、爆撃で全壊した建物のなかに立っており、壁はいくらか残っているが屋根はきれいになくなっていて、明かりといえば上からぼんやりと降ってくる月の光だけだ。ふたりのドイツ兵は、あとずさりしてソマーズから離れる。ふたりともすでに拳銃は抜いているものの、まだ構えてはおらず、しかし明らかにソマーズを警戒している。ソマーズは懸命になにか説明しようとする。今や三人は、早口でさかんに言い争っている。

あわてて動きたくなかったわたしは、わずかに首を傾けてアリンを見る。すでに彼も、わたしが気づくのを待ち、こちらをじっと見ていた。彼は、まだあげていた両手をわずかにさげる。そして、視線をわたしの尻に移動させる。

わたしはうしろに跳びながらテーザー銃を抜き、いちばん至近の兵士に向かって電極付射出体《プローブ》を発射する。そして後方の地面に障害物がないことを願いつつ、顎を引いて後頭部を守りながらうしろ向きに倒れる。幸い地面は平坦で、わたしは急いで横に転がると、腰の反対側からブローニングを抜いてソマーズに狙いをつけようとする。

だが判断を誤ったらしい。膝立ちになって銃を構えたとき、ふたりめの兵士はすでにアリンのテーザー銃を喰《く》らって失神しており、なのにソマーズはわたしのすぐ横に立ち、わたしの頭に銃を向けている。銃口が頭に押しつけられるのを感じた瞬間、わたしの胸は呼吸を停止する。アリンも銃を構えているから、ソマーズの頭を容易に撃ち抜けるのだが、ここはソマーズのほうに分《ぶ》がある。アリンが少しでも動けば、わたしの脳みそはシチューのように飛び散るだろう。

わたしは賭けに出る決心をする。この窮地を脱する方法が、ひとつだけあることをわたしは知っているし、わたしの狙いをアリンも察しているはずだ。

アリンは、わたしに向かって短くウインクする。

「お見事だったよ」ソマーズが言う。「明日ヒトラーが自殺することを、この場で俺に言わせるなんてな」

「わたしがやりたかったのは、このドイツ兵たちを混乱させることだけだ。君はわたしの挑発を無視してもよかったし、狂人の妄想と切って捨てることもできたのに、あたかもそれが真実だと知っているかのような返事をしてしまった。君があまり賢くなくて、本当によかったよ。君のような人たちは、みんなこの程度だ。自分は賢いと思っているだけで、その実……」

アリンがしゃべっているあいだ、わたしは隙をうかがっている。ソマーズの注意がアリンに集中すると、わたしの頭に銃口を押しあてる力がわずかに弱まる。わたしは、いきなり体を前方に投げ出してソマーズの射線から逃れ、と同時にアリンが、ソマーズの胸に三発撃ち込む。

廃墟に発砲音が谺《こだま》し、わたしたちは心臓の高鳴りがおさまるのを待って、次の仕事に取りかかる。

ソマーズの死体はこの場に置いてゆく。本当はなにも残してはいけないのだが、今回は状況が切迫している。どっちにしろ、ここは交戦地帯だ。誰も気づかないうちに、ソマーズは骨になっているだろう。わたしたちがやらねばならないのは、この時代にはまだ存在していないものを、ソマーズの死体からすべて取り除いておくこと。ところが、わたしが死体の袖をまくりあげたとたん、厄介な問題がむき出しになる。腕にロットワイラー犬の顔を描いたタトゥーがあり、その下に〈デューク、安らかに眠れ《RIP》、二〇四九～二〇六四〉と彫られていたのだ。

わたしは手を振ってアリンを呼ぶ。「これ、どうします?」

アリンは肩をすくめる。

「念には念を入れよう。さもないと、いかれた陰謀論者のサイトに、そのタトゥーの写真が掲載されかねない」

わたしがナイフを使ってタトゥーのある皮膚を切除してゆくあいだ、アリンは兵士たちの体からテーザーの射出体《プローブ》を回収する。わたしは、次回どこかのパーティーで、タイムストリームの調査官というのは楽しい仕事かと訊かれたときのため、この件はしっかり記憶しておこうと心に決める。

作業を終えたわたしは、切り取った皮膚を影のなかに投げ捨て、両手についた血を軍服のズボンで拭う。アリンはタブレットを出し、再度チェックを行なう。

「わたしたちを混乱させるため、ソマーズが使った物をなんとしても回収しなければいけない。たぶん彼の携帯電話だ。それを終えたら帰還するぞ」

「そのまえにひとつだけ」わたしは言う。

アリンが立ちどまる。月の光のなかで、わたしたちは向かい合って立ち、ベルリンの街が急に静まりかえる。

「ドイツ語、どこで覚えたんです？」わたしは彼に訊く。

彼はにやりと笑い、頭を軽く傾ける。

「こんな仕事を、生活のためにやっているなんて、君は信じられるか？」

彼がなにを考えているか、わたしにはよくわかる。心がずたずたに引き裂かれたので、どこかに安らぎを見つけようとしているのだ。いくらソマーズが最低の人間であっても、命を奪って手放しで喜ぶことはできない。アリン・ダンブリッジは、粗暴なカウボーイではない。休みの日は、食料配給所でボランティアをやっているくらいだ。

だからわたしは、彼が必要としているものを与えてやる。

わたしの基準で、ささやかな慰めを。

「それについては、この事件の報告書を書きながら、ゆっくり考えれば……」

わたしの体ががくんと痙攣《けいれん》する。

天井のタイル。網膜を焼く強烈な光。脳はまるでマッシュポテトのようだ。形を失い、どろどろで、このまま皿の上に盛れるだろう。両手を動かそうとして、手錠をかけられていたことに気づく。

再び全身が激しく痙攣し、わたしは弓なりに体を反らしてテーブルの下に倒れる。ブルーのカーペットに血がぽたぽたと落ち、繊維にしみこむと赤が黒に変わってゆき……

新たな痙攣。

メーナがわたしの両手を取り、指に指をからませて手首を優しくひねってゆき、ふたりの手のひらが彼女の胸に置かれると、わたしが感じるのは……

痙攣。

TEA研修所の修了式で、わたしは壇上を歩きながらわたしの両親が座っているはずの椅子を見やるのだが、そこには誰もおらず……

痙攣。

わたしの隣でバーのスツールに座るメーナが、わたしの手を取って耳もとに顔を寄せ、こう囁《ささや》く。「わたしの女王《レ・ミ・イ・ナ》さま、わたしの愛《い》しい人《と》」だからわたしも、彼女になにか言おうとするのだが……

タムワースだ。タムワースがわたしの両肩を押さえている。

「ジャニュアリー、しっかりしてくれ」

わたしはまだメーナと一緒にいる。まだあのバーのなかで、彼女の手を握っている。自分があそこにおらず、これが現実でないことはわかっているけれど、それでもわたしがいるのはあのバーのなかだ。バーのいちばん端に座る男に、ムバイエが出しているコーヒーの香り。天窓《スカイライト》から降ってきて、わたしの肩に落ちる陽光の温かさ。尻の下のクッションの柔らかな感触。

「さあ、座ってこれを飲め」手になにか持ちながら、タムワースが言う。

あっち行け。このひとことがわたしは言えない。頭のなかでは響いているのに、声にできない。メーナ、メーナはどこ？

「しっかりしろ、ジャニュアリー。わたしは君を死なせたくない」

わたしも死にたくない。今はまだ。

死とは、小さな部屋のなかで、ひとり永遠に座りつづけることを意味している。

自分をこちら側に引き戻すため、なにかが必要だ。

でも、今は錠剤ひとつ飲み込めない。飲み下すことができない。たぶん窒息するだろう。

ポケットを。わたしは頭のなかで言う。

口から発した言葉ではない。だからわたしはもっと力を込め、なんとか声を絞り出す。

タムワースが困惑の表情を浮かべる。

一九一二年四月十日、わたしはサウサンプトンの埠頭《ふとう》に立ち、冷たい風を顔に受けて水平線の彼方《かなた》へ消えてゆくタイタニック号を見送りながら、どうすれば氷山に注意しろと船員たちに伝え、多くの人命を救うことができただろうと考える。けれども、わたしがここに来たのは警告するためではない。誰にも邪魔されることなく、死神に本来の仕事を完遂してもらうためだ。見るのはいいけれど、手を触れてはいけない……

誰かの手がわたしの顎をつかみ、無理やり口を開かせる。

痙攣。

年月日は不明だが、更新世《こうしんせい》の終わり近く、だから約一万二千年まえで、わたしは雪のなかに茶色い叢《くさむら》が点在し、やがてカナダのアルバータ州となる原野を慎重に進んでいる。酸素マスクを顔に装着しているのは、現在とは異なる大気のなかで、自分が経営するフロリダの動物園用に、サーベルタイガーを生け捕りにするつもりの男を追跡しているからであり……痙攣。

長く延びた廊下の端から、幼い少女がわたしに向かって静かに歩いてくる。近づくにつれて少女はぐんぐん大きくなり、遂《つい》には頭が天井につかえて照明の光をさえぎったうえ、前にたれた髪が顔を隠したので目鼻立ちもわからず、突如わたしは、遠いむかし整理ダンスのなかに押し込み、そのまま海に捨ててしまったある感情に襲われ……

……口のなかに、チェリーの味があふれる。

メーナの味が。

わたしは、自分が医務室にいるのを感じる。診察台の上に寝ている。皺だらけになった白い包装紙。診察台からやや離れたところにタムワースがいて、わたしが口のなかでロリポップを転がすのを見ている。やっと意識を集中できるようになった。起きあがろうとしたのだが、手足が拘束されており、タムワースはあたふたと拘束具をはずしたあと、取り出したレトロニムをふたつに割ってその両方をわたしに手渡す。

「これは徐放性《じょほうせい》コーティング剤だから、成分が長い時間をかけて少しずつ放出されるんだ」

こう言うとタムワースは、カウンターから水が入ったコップを持ってくる。わたしはふたつに割られた錠剤を舌にのせ、苦味に顔をゆがめながら水と一緒に飲み込む。頭を枕に戻し、ロリポップを口に入れる。そしてゆっくり深呼吸する。鼻から息をいっぱいに吸い、口から静かに吐き出す。メーナに教えてもらった呼吸法。

タムワースは、フルマラソンを走り終えたかのような表情で、部屋の隅の椅子にどすんと座る。

「ロリポップは大正解だった。感覚記憶は強力だからな」彼は自分の両手を見おろしたあと、顔をあげてわたしを見る。「チェリーの味で、君はなにを思い出すんだ？」

「あなたには関係ない」わたしは逆に質問する。「わたし、どれくらい長くスリップしてた？」

「どちらかと言えば、わめきながら刃物を振りまわしている時間のほうが長かった。拘束したのは申しわけなく思うが、そうでもしないと君自身だけでなく、まわりの人も傷つける危険があったものでね」

まわりの人。ブランドン。あわててタムワースに視線を向けると、彼はわたしの狼狽《ろうばい》を察し、わたしが訊くまえに答えてくれる。

「二針縫っただけですんだよ」

ほっとしたものの、やはり落ち込んでしまう。

わたしは少しでも気をまぎらわそうと思い、寝たままの姿勢ですぐ横にある壁のタイルを指でなぞる。それから起きあがって、頭に血がのぼるのを感じつつ体の向きを九十度変え、両足を診察台から床の上におろす。部屋がぐるぐる回るので、おさまるまで少し待たねばならない。

「気分はどうだ？」タムワースに訊かれる。

正直、だいぶよくなった。朝からずっと、脳の底のほうで低周波ノイズが流れつづけており、どうやってもオフにできないような感じがしていたのだ。そのノイズが、今日初めて止まったらしい。もしかして、レトロニムに対する耐性が蓄積されているのだろうか。だとすると問題だ。さっきのロリポップは、レトロニムを服用できる程度まで、わたしを落ち着かせるだけの効果しかない。問題の解決にはほど遠いのだ。

「最高にいい気分」わたしは答える。「教えてほしいんだけど、わたしスリップしているあいだ、なにかバカなことを言わなかった？」

「そうだな、『ジャバーウォッキー』の冒頭を、くり返していたぐらいかな」

「ジャバ……なんだって？」

「ルイス・キャロルの詩だよ」往時を思い出し、タムワースがほほ笑む。「娘がまだ小さかったころ、よく読んでやったんだ。いわゆるナンセンス詩というやつでね。娘のお気に入りだった。二十年が過ぎたのに、わたしもまだちゃんと憶えていたな」

「その最初のところを、聞かせてくれない？」

「君も知ってるじゃないか」

「そうなんだけど、お願い」

「〈そはやきに時《どき》、ぬなやかな濤蔀《とうぶ》ら、にもずをじゃいり、錐《きり》めく。皆《みな》みじろい……〉」

これだったのか。

「ありがとう。すごく参考になった」

タムワースは不審顔でわたしを見るが、すぐに肩をすくめる。

「ダンブリッジが君と話をしたがっている。彼には、君が目を覚ましたら知らせると言っておいた。でも、もう少し休んでいたいのなら、まだ眠っていることにしておくけど」

「いえ、わたしはもう大丈夫」

彼はうなずき、医務室から出ていく。ドアが閉まったのを見届け、わたしはすかさずルビーに訊く。

「さあ、あの詩について教えてもらおう」

「あれは、ある小説のなかに挿入されている詩です」

「その小説というのは、『鏡の国のアリス』ね？」

「はい」

ビンゴ。今までこのドローンを頼りにしてきたのだし、努力は努力として認めてやろう。ルビーは、この機密情報をわたしに婉曲《えんきょく》に伝えるにはどうすればいいか、いろいろ考えてくれたのだ。ふだんのわたしなら、すぐに察しただろうが、今日はふだんの日ではない。

「わざわざ遠まわりしてくれて、どうもありがとう」わたしはルビーに感謝する。「となると次は、ジャバーウォッキーを探さなきゃいけない。それがなにを意味するか、ぜんぜんわからないけれど」

「その情報にアクセスできる権限を、あなたは与えられていません」ルビーが言う。「とはいうものの、ダンブリッジ局長に確認することはできます」

「おまえ、やっと有益なことを言ってくれたな。それで、『鏡の国のアリス』というのは……」

警備室でドラッカーと話をしていたアリンは、わたしが入ってきたことに気づいたとたん、驚異的な速さで笑顔から渋面《じゅうめん》へと表情を変化させる。ドラッカーは最初からしかめ面だったけれど、彼女の場合、むしろそれが普通なのだろう。

「気分はどうだ？」アリンがわたしに訊く。

「もう最高」わたしは答える。「すぐにでもまた走り出せるくらい」

ベージュのパンツスーツを撫《な》でながら、ドラッカーが言う。「ちょうど今、あなたがこのホテルにいるのは問題だと、アリンに話していたところなの」

「でもわたしは、仕事以外にやることがないので、ここで働きつづけます。とりあえず、今回のサミットの延期について話しあいましょう」

「それは絶対にだめ」

「なぜ？」

「すでにわたしたちが、ここにいるからよ」ドラッカーは答える。「現状は、入札を行なうのになんの支障もないし」

「おおぜいの人の命が、危険にさらされているんですけど」

「人びとが危険にさらされているのは、あなたが精神的に不安定だからでしょ」

「なぜそこまでして、ここを売りたいんですか？」

「あなた、ニュースを読んでないの？」

実はあまり読んでいないのだが、それにしたって失礼な言い方だ。「この際だから、わかりやすく説明してもらえません？」

「ニュースを読んでいるのなら」ドラッカーが語りはじめる。「わが国が多額の財政赤字を抱え、たいへんな状態に陥っていることは知ってるわね。中国は借金の返済を迫っているのに、返せる金はない。メディケアと社会保障制度は破綻している。そこでエヴェレット大統領は、もっと創造力を発揮しろとわたしたちに命じた。タイムトラベル事業の売却は、国家予算に数十億ドルを補塡《ほてん》する好機なの。解決策ではないけれど、最初の一歩にはなる」

「その過程で誰が傷つこうと、関係ないというわけですか」

「それはわたしの仕事じゃないもの」ドラッカーが言う。「あなたの仕事でしょ。そしてあなたは、すでにしくじっている」

アリンはドラッカーとわたしを交互に見たあと、ドラッカーに言う。

「上院議員、わたしたちに、もう少し時間をください」

「だめ」

この女は川の真ん中に落ちた岩と同じだ。わたしとアリンは、その岩を避けて流れていけばいい。アリンは肩をすくめると立ちあがり、デスクをぐるっとまわってわたしに近づく。

「ちょっと散歩しよう」彼が言う。

わたしは充電ドックにいるルビーを見やり、一緒に来いと命じたくなるのだが、もう少し充電が必要らしいので、そのままにしておく。

わたしはアリンのためドアを押さえてやり、彼と一緒に警備室を出てロビーを通り過ぎる。どこか静かな場所で、落ち着いて話したかったからだ。わたしたちは、誰もいないフェアバンクスのオフィスに入ってゆく。書棚には、今も『鏡の国のアリス』がない。わたしはデスクチェアに座り、アリンには来客用の椅子に座ってもらう。腰をおろした彼は、すぐにセキュリティ・ウォッチを口もとに近づけ、「フェアバンクスのオフィスに来てくれ」と言う。

「誰を呼んだの？」

「すぐにわかる。だからまず最初に……」

「まず最初に」わたしは彼の言葉をさえぎる。「おたがい手のうちを見せあいましょう。あなたはわたしになにか隠しているし、わたしもあなたに言ってないことがある。ジャバーウォッキーってなに？」

アリンの顔からさっと血の気が引く。決してポーカーフェイスが得意な人ではないが、これはあまりにあからさまだ。平静を装いながら、彼が答える。「なんの話をしているのか、ぜんぜんわからない」しかし、にじみ出る不安がまったく逆のことを伝えている。

「アリン、わたしを見て。あなたが知りたいことを、わたしは話すつもりでいる。だからあなたも、正直に話してほしい。過去は変えられないという事実に、なにかしら関係したものだと思うんだけど……」

「君の忠実なロボットが漏らしたのか？」

わたしは違うと答える。でも、厳密に言えばそうなのだろうか？　いずれにせよ、わたしのポーカーフェイスは彼よりずっとましだ。

アリンは長大息《ちょうたいそく》して、椅子にぐったりと体を沈める。

「ジャバーウォッキーは、最高機密事項なんだ。シムズが開発した技術のひとつでね。しかし、世間にはまったく知られていない。政府が密《ひそ》かに押さえてしまったからな」

「だから、いったいなんなの？」

「時間の透明化《タイム・クローキング》というやつさ」

「へえ、やっぱりね」嫌味ったらしくわたしは言う。「そうじゃないかと、わたしも思ってたんだ」

アリンは再度ため息をつく。

「わたしだって正確に理解しているわけじゃない。ポーパならうまく説明してくれるだろう。とにかく、物体などを時間の流れの外に隠してしまう技術だ。光の加速と減速が、関係しているらしい。ほら、ハイウェイを走っていると、車の流れが速くなったり遅くなったりするだろ？　もし走行中の車が一斉にスピードを落とし、しかもそれぞれの車間距離が充分に広ければ、人間はハイウェイを楽に横断できる。だけどその後、車の流れがもとの速さに戻ったら、人が渡った現場を見ていなかった人たちは、そんな事実があったことすら知りようがない。こうしてハイウェイを横断した人物は、時間の流れの外に隠されてしまう、というわけだ」

「それがいちばんわかりやすい説明？　あまりピンとこないんだけど。というか、ぜんぜんわからない」

「だから、わたしも理解不足なんだよ」アリンが言い返す。「ポーパの説明はもっと明快だったんだ。いずれにせよ重要なのは、政府はタイムストリームの外側に、巨大なデータ・ストレージを安全に隠せたということ。そのストレージには、人類の歴史に関する全記録が保管されている。文化、エンターテインメント、ニュース、株式市場、すべてだ。だから、ここに保存された記録をチェックすることで、もし何者かが過去を変更しようとすれば、われわれはすぐに察知できる。つまり、ＴＥＡの監視の目をくぐって大きな問題が発生しないよう、安全装置として機能しているわけだな」

「要するに巨大なブラックボックスってことだ。だけど、もし本当に過去がいじられてしまったら、確認なんかできるの？」

「そう、そこが悩ましいところでね。実は数年まえ、ＴＥＡはこんな実験をしたんだ。まずわれわれは、自分の過去のごく小さな一部分が変更されることに、同意してくれるボランティアを一名募った。そしてＴＥＡの調査官が過去に飛び、そのボランティアの両親が彼の生まれ育った家へ引っ越すまえに、彼の子供部屋となる部屋の壁をベージュから緑色に塗り替えた。この実験には、ふたつの目的があった。ひとつめは、この程度の小さな揺らぎをタイムストリームが受容できるか否か。ふたつめは、この変更が、自分の部屋に対する被験者の認識をどう変えるか」

「で、その結果は？」

「部屋の塗り替えが完了したあと、われわれは被験者の子供時代に関する質問を、次々と本人にしていった。そしたら、子供部屋の壁は何色だったかという質問に、彼は緑と答えたんだ」

「ということは……どう解釈すればいいのか、よくわからない」

「だろうな」と言いながら、アリンは椅子の背もたれに寄りかかる。「被験者の答から、われわれはふたつの興味深いことを学んだ。まず第一に、タイムストリームは、微細な変動であれば受容できること。子供部屋の壁の色は、その後の彼の人生にまったく影響を与えなかったのだから、ごく小さな揺らぎだったわけだ。われわれが学んだ二点めは、過去が変更されると、集合的な記憶も一緒に変わってしまうこと。というのは、被験者の家族だけでなく友人たちまでもが、彼の部屋の色を緑と記憶していたんだ。かくてジャバーウォッキーの出番となる。命名したのはシムズだよ。ジャバーウォッキーは、絶え間なく情報を吸いあげるので、数エクサバイトというおそろしく巨大なものになっている。一エクサバイトは十の十八乗バイトというから、たいへんな規模だ。訊かれるまえに言っておくが、その大きさたるや、フォート・ノックス陸軍基地が町の居酒屋に見えるくらいだよ。そして歴史に変更が加えられたり、何者かが改変を試みたら、すぐわたしに連絡するよう設定されている」

「あなたと、ほかには？」

「大統領。国防長官。それに時間委員会のメンバーでもあるドラッカーと、TEAのジム・ヘンダースン。実をいうと、ヘンダースンの主な仕事はジャバーウォッキーの管理でね。彼はデジタル技官ということになっているが、詳しい業務内容が明かされていないのは――」彼は片手をさっと振る。「まさにこのためなんだ」

彼の話を聞いて、わたしはウェスティンのことが気になりはじめる。あの死体は、何時間たっても殺したてのように見えた。

「その巨大ブラックボックスを使うと、具体的にどんなものを時間の外に隠せる？」

「バカンスに行きたいのか？」アリンがにやりと笑う。「誰にも邪魔されないところへ？」

「真面目に訊いてるんだけど」

「ジャバーウォッキーといっても、実態はコンピュータだからな。ただのデータの集合体さ」

「じゃあ、そのコンピュータはどこに設置されてる？」

「それが少し複雑でね。メインユニットが置かれているのは、ここのすぐ近く、アインシュタインの向こう側に作られたTEA施設のなかだ。しかし、処理されるデータ量が膨大なので、その多くは暗号化され、世界各地に置かれた政府のサーバに保存される。基本的に、メインの処理装置を一か所に集約したうえで、われわれはストレージ・ユニットを借り、そこに最高レベルの暗号化が施された情報を隠しているんだ」

「わたしはコンピュータの素人だけど、それって、あまり安全に思えない」

アリンは肩をすくめる。「わたしが聞いた説明によると、必要とされる処理能力を考えた場合、これが最も安全なオプションらしい」

「それならなぜ、入札参加者たちはなにも知らないと、自信をもって断言できるの？」

アリンは首を横に振る。「かれらのなかに、ジャバーウォッキーの存在を知る者はいない。この話題が出ることも、まったくなかった」

「みなさん信頼できる方ばかりで、けっこうですこと。いずれにしろ、日々の管理はヘンダースンがやってるんでしょ？　この騒ぎのさなか、彼はどこに行ったの？」

「まだアインシュタインに残っている。これまでのところ、特に問題はない。さてそれでは、次は君の番だ。こちらの手のうちは明かした。君はわたしに、なにを隠している？」

わたしが口を開くまえに、このオフィスの入り口近くでなにかが動く。現われたのは、設備担当マネージャーのクリスだ。グレーのポロシャツにジーンズという服装はいつもどおりだが、今から地雷原に踏み込むかのような顔をしている。デスクまでやって来たクリスに、アリンが言う。「さっきわたしに報告したことを、彼女にも教えてやってくれ」

わたしとアリンを交互に見たあと、クリスが語りはじめる。

「電気系統の不具合について話したことは、憶えているだろ？　なぜ電圧が不安定なのか……」と彼が言うそばから、照明がちらつく。クリスは天井を指さしてつづける。「そう、これだ。原因を突きとめるため、配線や分電盤をすべてチェックしたんだが、どれも正常だった。しかしその過程で、新たな疑問点がいくつか見つかってね」

「たとえば？」

「たとえば、アトウッド・ウイングの壁の奥深くに、接続先がわからないケーブルが埋め込まれていた。もう一点、過電圧《サージ》が発生した前後のデータを抽出し、電力量計と照合したんだが、サージが起きたときの測定値が記録されていなかった。つまり……」

クリスはタブレットを出すと、やけに誇らしげな顔でそのタブレットをデスクの上に置く。

わたしとアリンは身をのりだし、意味不明の数字の連なりを注視する。

「これは説明してもらわないと、なんのことだかわからない」わたしが言う。

クリスは肩を落とし、タブレットを手に取る。

「アトウッドの電気使用量が、ときどきとてつもなく急上昇しているんだ。この数週間、特に顕著なんだが、過去にさかのぼってみると、同じ現象がランダムに発生していることがわかった。いや、それ自体は大きな問題ではない。本当の問題は、このようなサージが表面化しないよう、なにかが電力量計に干渉していたことでね。だからもっと調べようと思い、経理部のセレステに確かめてみた。やはりここの電気代は、記録された使用量に比べ、かなり高くなっていたらしい」

「それって、なにを意味している？」アリンが訊く。

「まったくわからない。このホテルが電気だけで暖房しているのであれば、冬期にはそんな使用量の急増も起こり得るだろう。でも実際は違う。なにより、これといったパターンがないんだ。まるで、ミキサーと電気ストーブを大量に並べた部屋があって、すべてのスイッチを誰かが同時にオン・オフしているみたいな感じでね。そしてそれを、何十回もくり返す」

彼はひとりうなずくと目を大きく見ひらき、最後の部分をもう一度強調する。「何十回も」

「そういえば、エレベーターはどうなった？」

クリスは肩をすくめる。「なんの異状も認められなかった。これはわたしが自分で調べたよ」

アリンがわたしを指さす。「ほらな。やっぱり未来の可能性のひとつに過ぎないんだ」

「これから細工されるのかもしれない」わたしはクリスに頼む。「全エレベーターの点検用ハッチをロックし、三十分ごとにチェックしてくれないかな。少しでも怪しい点があったら、そのエレベーターはすぐに運転を停止してほしい」

クリスは、承認を求めるかのようにアリンを見る。これはちょっと面白くない。

少し考えて、アリンは首を縦に振る。「ご苦労さん。もういいよ」

下がってよろしいと言われたことに気づくまで、少し間があったけれど、クリスは立ちあがって廊下に出てゆく。わたしは笑いが込みあげてくるのを抑える。コルテンは秘密の部屋について語っていたが、今わたしたちは、秘密の部屋があると言われたウイングで、なにかが狂ったように電力を消費していることを知った。

「これが偶然のわけないよね」自分でも気づかないうちに、わたしは思ったことをそのまま口にしている。

「ジャニュアリー、さっきのつづきだ。君はなにを隠している？」

「ジョン・ウェスティンのこと。あの男は、もう死んでいる」

アリンの顔がゆがんでゆく。彼は上体を椅子に沈める。

「彼を知っていたの？」わたしは訊く。

アリンはゆっくりうなずく。

「どういうふうに？」

「だから、捜査中のある事件の参考人なんだよ」彼はわたしを見あげるが、目のふちに涙が光っている。「今どこにいる？　わたしは彼に会わなければいけない」

「会いたいと言われても……」


五二六号室の男性に、少しのあいだ部屋を空けてくれと頼むのは、TEA局長であるアリンのほうがもちろん適役だから、わたしは念のため廊下の曲がり角に身を隠す。すでに夜も遅くなっており、なだめすかすのに少し時間はかかったものの、アリンは重要なことだからと彼を納得させる。

話がついたのを見はからい、わたしも部屋に入ってゆく。ウェスティンの死体は、さっきと同じ状態で今もそこにある。

「どこにいるんだ？」アリンが訊く。

わたしは離れた位置から、ベッドの上を手で示す。

「そこに寝てる。面白いと思わない？」わたしには彼が見える。なのにルビーがスキャンすると、なんの反応もない。

アリンはベッドに近づいてゆき、手をのせる。マットレスが沈む。

「ジャニュアリー、やっぱりなにもないぞ」

「アリン、あなたも知っているとおり、わたしはアンスタックを発症している。だから、いろんなものが見えてしまうし……」

「その死体は朝からここにあった、と言うんだろ？　それってどういうことだ？　彼はもうすぐ死ぬから、それをわたしたちが止めるのか？」

「そうじゃなくて、彼はすでに死んでいると思う」

アリンはこちらを向くと、ウェスティンの胴体を突き抜けてベッドの上に座る。それから、両手で頭を抱える。このところわたしは、彼にこの姿勢ばかり取らせている。

「なあジャニュアリー」彼が訊く。「この状態で、君はわたしになにをさせたいんだ？」

「わたしを信じてくれないの？」

「死体なんかここにはない。そして君の行動ときたら……さっきも言ったよな。君はここから出ていったほうがいい」彼は首を横に振ると立ちあがり、部屋のなかを歩きまわる。「わたしの責任だ。わたしが君に、ここでの仕事を斡旋《あっせん》したのだから」

「アリン、ちょっと待って」

「待てと言われても……」彼はため息をつく。「すでにジープを一台確保している。道路事情はよくないが、君をムーンライト・モーテルまで送っていくことはできるそうだ」

「ムーンライト・モーテル？　冗談でしょ？　あそこは、目を覚ましたらバスタブのなかで氷漬けになっており、腎臓が一個なくなっているような安宿だけど」

「ジャニュアリー、あのポーターは、君がすぐそこの備品庫で、壁を切り裂いているのを発見した。そして君は、彼を刺した。この件を、わたしは聞かなかったことにしようと決めた。本当にそうするつもりだったんだ。だがこうなってしまっては……もし君もわたしと同じ立場にいれば、同じ結論に達しただろう」

「まず第一に、わたしはブランドンに切り傷を負わせただけで、刺してはいない。このふたつはまったく別種のナイフ格闘術であり、あなたがそれを知らないなんて、本当にがっかりしてしまう。第二に、彼は絆創膏《ばんそうこう》を貼ってもらったし、それで問題なかった。別に死んだわけじゃない」

アリンはまた首を振り、死体が出現する――あるいは、わたしの言葉を裏づけるものがなにかしら出てくる――ことを願っているみたいに室内を見まわすが、むろんなにも出てきはしない。

「自分の部屋に帰って、荷物をまとめてくれ。残念だが、それでこの問題は解決したことになる。君も自分の問題を解決できるだろう」

「部屋に帰れですって？　あなた、わたしの父親？」

彼の答をわたしは待つが、彼はなにも言わない。両手で頭を抱えながら、ウェスティンの死体をつらぬいて座りつづけており、遂にはわたしも、これはタイムトラベルでぶっ壊れた脳が生み出す幻影なのかと、疑いはじめてしまう。


わたしは自室の前に立ち、セキュリティ・ウォッチをスワイプするのだが、赤いランプが点灯するだけで解錠されない。へえ。早くもアリンは、わたしのセキュリティ権限を無効化したのか？　自分の部屋に入ることも、わたしは許されないのか？　腹立ちまぎれにドアノブをがちゃがちゃいわせ、ロビーに電話しようと思ったせつな、ドアがわずかに開き、でもラッチがかかっている。室内が真っ暗なので、隙間から見えるのは、こちらをうかがっている目玉だけだ。

「なんでしょう？」男の声が訊いてくる。

「わたしの部屋で、なにをやってる？」わたしは訊き返す。

「あ、いや、ぼくはその……」男が口ごもりながらラッチをはずしたので、思いきり強くドアを押し開くと、男は撥《は》ね飛ばされて床に尻もちをつく。

廊下の明かりが、縦に細い光となってわたしの背後から射《さ》し込み、男はそのなかでみじめな姿をさらしている。ホテルのバスローブを着ているが、そんな物わたしはこの部屋に置いてなかったから、フロントに電話して持ってこさせたのだろう。バスローブの下は裸なので、前を掻《か》き合わせてなんとか体面を保っている。髪はシャワーから出たばかりのように濡れており、筋ばった短い両腕は、丸鶏のローストを思わせる。

「こんな恰好ですいません」カーペットの上をずるずる後退しながら、男が詫《わ》びる。「なにも聞いてないんですか？　あなたの了承は得ていると、言われたんですけど」

「言われたって、誰に？」

「さあ、あれは誰なんだろう……支配人かな？　よくわかりません。とにかく、お願いしたいのは……」彼が指さした部屋の隅には、ダッフルバッグがひとつ置いてあり、室内のすべてがホテルの客室仕様に戻っているところをみると、わたしの衣類や私物は、すべてあのバッグに入っているらしい。わたしは自分の部屋に、特別な装飾を施さなかった。それでもなお、突然なにかが侵入してすべてを持ち去ったかのような、冷たくよそよそしい印象を受けてしまう。

ダッフルバッグをつかみあげ、ドアノブの内側にぶら下がっていたメーナの数珠《じゅず》をはずす。ジョルジュ・スーラのあの絵ハガキも、まだバスルームの鏡にはさまっていた。わたしは抜き取った絵ハガキを胸に押しあて、少しのあいだ目を閉じる。それから部屋を出て階段に向かい歩きはじめるが、平然とした顔を装うのはすごく難しい。ロビーまでおりるとフロントデスクには誰もおらず、しかし数名のＴＥＡ職員が、バトラー・ウイングの一階の廊下に向かって走ってゆく。わたしはコンシェルジュ・デスクの裏にダッフルバッグを落とし、かれらのあとを追う。廊下の端に人が集まっており、なにやら騒いでいるのだが、人ごみからぬっと飛び出しているのはカメオの頭で、さっきと同じバスローブにスウェットパンツ姿の彼は、すごく怒っているように見える。大きな声を張りあげながら、なにかをふり払うかのように、両手で何度も宙を切っている。こんなカメオ、わたしは見たことがない。

「いいえ、絶対にお断りします。レグ、これはいったいどういうことですか？」

政府関係者の一団と一緒に、ドラッカーが立っている。レグとカメオが、ドラッカーに対《たい》峙《じ》しているのだ。見誤りようもない。レグが真っ赤な顔でドラッカーに迫る。

「わたしもすでに、自分のオフィスで寝泊まりしているんです。ほかの誰かを寝かせるため、うちのスタッフを部屋から追い出すなんて、できるわけがない」

「かといって、十億ドルの純資産がある誰かを、簡易ベッドに寝かせるわけにもいかないでしょ」ドラッカーが言い返す。「わたしは、あなたがかれら向けの適切な宿泊環境を準備できるよう、チャンスを与えてやった。なのにあなたは、それを実行しなかった。あなたがこの仕事を真面目にやってくれないから、わたしが代わりにやっただけ」

「しかしこれは、正しいやり方ではありません」

「これこそが正しいやり方なのよ。とどのつまり、このホテルは連邦政府の所有になるんだもの。そしてここにいる連邦政府関係者のなかで、最高位の人間はわたしだから、指示を出すのはこのわたし。あなたではない」

レグは横を向くと、セキュリティ・ウォッチでアリンを呼ぶ。わたしは、今アリンと顔を合わせたら面倒なことになると考え、製氷機が置かれている壁のくぼみに身を隠す。しかし、いつ飛び出してもすぐ諍《いさか》いに参加できるよう、つま先立ちで軽く跳ねつづけることを忘れない。

なにしろドラッカーは、わたしたちから部屋を奪おうとしているのだ。

急ぎ駆けつけたアリンに向かい、ドラッカーは顧客サービスや客のニーズに関する御託《ごたく》を、ずらずらと述べたてる。うなずきながら聞いていたアリンが、レグに向かって言う。

「なんにせよサミットが終われば、みんなもとの部屋に戻れるんだから」

これはわたしが期待していた答ではない。そして、壊れかけた脳を朝からずっとプレッシャーにさらしていたわたしは、壁のくぼみから歩み出ると大声で怒鳴ってしまう。

「なにバカなこと言ってるんだ」

全員の顔がこっちに向けられる。アリンは呆《あき》れて天を仰ぐ。「まだわからないのか、君はここに……」

「あなたは黙ってろ」早口でぴしゃりと命じると、アリンは本当に口をつぐむ。つづいてわたしはドラッカーを睨《にら》みつける。「最初に言っておくが、あなたが上院議員だろうとなんだろうと、わたしの知ったことではない。もしあなたが、このホテルを実際に運営している人たちより、肉体労働の経験もない金持ちのクソガキのほうが偉いと本気で考えているなら、あなたは特大のバカ女だ。しかもあなたは、そのクソガキどもを優先し、ここのスタッフを部屋から追い出そうとしている。あなたは最悪のクソったれだし、あなたの親類縁者も、もしペットがいるならそのペットも、みんなクソったれだ」

顔をひきつらせたドラッカーが口を開くまえに、アリンがふたりのあいだに割って入り、数人のTEA職員に目で合図しながらこう命じる。

「今すぐ彼女をロビーに連れていけ。わたしもあとから行く」

その場にいた全員が凍りつく。

事実上アリンは、わたしを逮捕しろと命じたからだ。

たくましい男ふたりと、背丈はわたしぐらいだが、岩に静脈が走っているような上腕二頭筋《じょうわんにとうきん》をもつ女の三人が、こっちに近づいてくる。撃退しようと思ったら、狭いスペースをうまく使ってふたりは倒せるだろう。難しいのは三人めだ。でもそれをやってしまうと、アリンにわたしを追い出す新たな口実を与えることになるので、わたしはかれらに腕をつかませ、フロントまで連れてゆくことを許可する。わたしはちらっとふり返り、申しわけなさそうな顔をしているかどうか確認するかのように、アリンのほうを見る。しかし本当は、今さらどうでもいい。思っていたことをドラッカーに言えただけでも、充分に愉快だった。ひとつ心残りなのは、ルビーにやったみたいに、ブーツを投げつけられなかったことだ。もし投げていたら、あの女は絶対によけられなかっただろう。

三人の職員は、無言でわたしをロビーまで連れてゆくとコーヒーマシンの前でとまり、アリンの次の指示を待つ。わたしはコーヒーを注ごうとするが、一滴も出てこない。まただ。またしても空っぽのままだ。

わたしはコーヒーマシンの本体をつかみ、勢いよく床の上に引き倒す。派手な音がロビーに響きわたり、人びとは首をすくめたり物陰に隠れたりする。女がひとり、恐怖の悲鳴をあげる。コーヒー滓《かす》が床にぶちまけられ、コーヒーの匂いがむっと立ち昇り、でもその匂いが妙に心地よい。ずいぶん大人《おとな》気《げ》ないことをやってしまったが、これで今後は、自覚をもったスタッフの誰かが補充してくれそうな気がする。

うしろでごそごそ音がするので、見るとブランドンがモップとバケツを持って近づいてくる。彼の前腕には、包帯がしっかり巻かれている。彼は掃除をはじめながら、わたしをじろりと見る。わたしは、怒りでもなければ虚《むな》しさでもない不思議な感情に襲われる。最後にこんな気持ちになったのがいつだったか、思い出せないほど久しぶりだったので、気づくまで少し時間がかかってしまう。わたしにとって、ほとんど初めての感覚。

これは自己嫌悪だ。

「ブランドン……」

彼は下を向く。わざとわたしを無視している。なにか言わねばと思ったとき、背後からアリンの声が聞こえてくる。

「ジャニュアリー、君はいったいなにを考えてるんだ?」

ふり向くと、わたしの鼻先に彼の顔が迫っている。その顔色たるや、わたしに罵《ののし》られたときのドラッカーと同じくらい真っ赤だ。きっと上院議員殿から、きつくお叱りを受けたに違いない。そんな感じが、全身からにじみ出ている。だからわたしは先手を取り、言わせてもらう。

「わたしの知ってるアリンは、腰抜けのアホどものため仲間を売るようなまねは絶対にしなかった。この人生のなかで、わたしが牛きる希望としてきたものは数えるほどしかないけれど、そのなかのひとつが、アリン・ダンブリッジは高潔な人間だという確信だった。あなたはいつだって、そういう人だった。でも今は、あなたを知っていることが恥ずかしい。あなたが気骨と信条をウンコにしてひり出し、そのウンコをあんなバカに捧《ささ》げているのを見ると、あなたを友人と呼んだことが恥ずかしくなってくる。なぜあんなことができる？　自分の経歴に、もうひとつ輝かしい星を加えたいから？」わたしは彼を見ながら首を横に振る。「すでにあなたは、わたしの知ってるアリンではない」

「そして君も、わたしの知ってるジャニュアリーではなくなった」わたしより穏やかだが、はるかに鋭い語調でアリンが言う。「わたしもここのスタッフも、君を助けようとして手を差し伸べたのに、君は片意地を張ってわたしたちを拒んだ。君が大切な人を失ったことはよくわかる。しかし君は、その悲しみに毒されてしまったんだ」彼の瞳が潤んできたのは、心の底でまだなにかが葛藤しているからだろう。「わたしたちは努力した。なのに君は、みずからこうなることを選んだ」

彼は屈強な部下たちに向きなおる。「ジープがエントランス前で待っている。彼女を連れていってくれ」それからわたしにこう言う。「ムーンライト・モーテルには、何日か生活するのに必要な物がすべてそろっている。支払いは部屋につけておけばいい」

「言うことはそれだけ？」

「これは君のためだ」

「アリン、わたしはまだ大丈夫なんだけど」必死の思いが声に出るのを隠そうとするが、うまくいかない。

アリンは首を振りながら、わたしに背を向ける。きっと、わたしの目を見たくないのだろう。ふたりの男性職員が両側からわたしの腕をつかみ、ロビー正面にあるガラスドアとその先の闇に向かって引っぱってゆく。

「アリン、待って」わたしは肩越しに呼びかける。

ふと思い出したのは、警備室のなかにある保護房の床だ。近い将来、わたしはあそこに拘禁されることになっている。そしてグレイスンは、わたしを撃つ。どちらもまだ、現実のものとなっていない。今この段階で、わたしはここを離れることができるのか？　それとも、未来は書き換え可能なのか？

もしわたしがここを去ってしまったら、メーナとのつながりは断ち切られるのか？　帰ってこられたとしても、二度と彼女を見つけられないのではないか？

もしひとりでモーテルにいるとき、ステージ3に入ってしまったら？

両側を歩く男たちは、わたしの腕をあまり強くつかんでおらず、だからわたしは全身をがくんと落として両膝を床につける。腕がするっと抜け、わたしは左にいた背が高いほうの男の股間にフックを叩き込む。彼はうめきながら体をくの字に折り、わたしはすかさず右の男の膝の裏に蹴りを入れる。ふたりが床に倒れたので、わたしは急いで立ちあがる。

ところが次の瞬間、岩の上腕二頭筋をもつ女に、背後からの裸絞め《リア・ネイキッド・チョーク》をきめられてしまう。くそっ、いつだって三人めが問題なのだ。

わたしは彼女の太ももを殴ろうとしたが、彼女は足をうしろに引いてわたしのパンチをかわす。次に気道をふさいでいる彼女の腕をつかみ、前方に投げようとするが、彼女は小揺るぎもしない。逆に背中をそらしたので、わたしは宙吊りになってしまう。

酸素がわずかしか肺に入ってこないため、もがくこともままならない。ほどなくしてわたしは、全身の自由を失ってしまう。筋肉女はぐったりしたわたしを、エントランスのガラスドアのほうに引きずってゆく。もうすぐ彼女も腕をゆるめるはずだから、わたしはその隙を狙い、親指で彼女の目を突いてやろうと考える。

ところが、わたしが拳を固く握って親指を突き出したとき、ガラスドアの向こうで緊急車両の黄色いライトが点滅しはじめる。この施設で使われているどの車両とも違っており、わたしだけでなく、わたしの首を絞めている筋肉女も動きを止めてしまう。

ガラスドアが開き、白い化学防護服に身を包んだ五人の男女がロビーに入ってきて、かれらが押している機器類や高く掲げたセンサーと一緒に、外部の冷気も流れ込んでくる。

「ここの責任者は?」

五人の中央に立ついちばん背の低い防護服の女が、堅苦しいイギリス風のアクセントで呼ばわる。

TEAの筋肉女が手を離したので、わたしは膝立ちになり、早く肺を膨らませようとして荒い呼吸をくり返す。わたしたちのことなど、もはや誰も眼中にない。アリンが防護服の女性に向かって歩いてゆく。

「わたしが責任者です。TEA局長のアリン・ダンブリッジ」

女は、防護服のフェースプレートがアリンの鼻にくっつくほど彼に近づく。

「はじめまして、アリン・ダンブリッジ。わたしはアメリカ疾病予防管理センター《CDC》のドクター・リズ・ゴットリーブ。説明してもらいましょう。なぜあなたは、生きた恐竜をこの建物内で保護しながら、CDCに連絡しなかったんですか? CDCだけではない。ほかのどこにも連絡してませんよね?」よほど怒っているらしく、声が震えている。

アリンは顔を伏せ、口ごもりながら訊く。「恐竜がここにいると、どうして……」

「ソーシャル・メディアというものがあるでしょ」ゴットリーブが答える。「あの種の動物が、バクテリアやウイルスなどの病原体をどれだけ大量にもっているか、あなた知らないの?」

これを聞いて、ロビーにいた数人が不安そうな顔でこそこそしゃべりはじめる。正直いって、わたしもまったく楽しい気分になれない。なにしろわたしは、恐竜の一匹に咬《か》まれたのだ。タムワースは問題ないようなことを言っていたが、もし彼が間違っていたらどうなる？

「もう少し小さな声で話せませんか？」アリンがかすれ声で頼む。

「話せませんね。わたしはみなさんに、あなたがどれほどバカなことをしたか、知ってもらわなければいけない。幸い、今のところ目から出血している人はいないようだけど、各種の検査を終えるまではこのホテルを封鎖し、全員ここにとどまってもらいます」

「それって、いつまでつづくんですか？」突然アリンのうしろに現われたドラッカーが、ゴットリーブに訊く。

「必要な検査がすべて終了するまでです。そのあいだ、このホテルから出ることはもちろん、入ることも厳禁します」

わたしを見ながらアリンがゴットリーブに言う。

「セキュリティ上の問題があって、早急に退去させなければいけない人間がひとり、ここにいるんですがね」

「誰であろうと、このホテルから出ることは禁じます」子供に説き聞かせるかのように、ゴットリーブがゆっくりと言う。

アリンは反論を試みるが、結局あきらめる。それを見て、わたしはつい頬をゆるめてしまう。

これも永遠論《エターナリズム》のおかげか。まさかＣＤＣに助けられるなんて。

「さてそれでは」ゴットリーブがつづける。「恐竜に直接触れてしまった方がいるなら、ただちにホテル内の医務室に隔離します。それ以外の方は、なるべくご自分の部屋にいてください。これから検査を開始し、終わったら改めてご連絡します。それまでは、わたしがこの施設の管理を代行します。おわかりいただけましたか？」

アリンがうなずく。ゴットリーブは部下たちのところに戻り、ドラッカーはアリンを脇に引っぱってゆく。わたしはこれ以上ないほどの大きな笑みを浮かべながら、ふたりに向かってぶらぶらと近づいてゆき、アリンに言う。「じゃあわたしは、上の階にいるから」

彼は返事をしない。ドラッカーに向きなおると、ふたりの内緒話がわたしに聞こえない場所まで彼女を連れてゆく。

きっと、わたしに罵られた心の傷が、まだ癒えていないのだろう。

けっこうなことだ。

化学防護服を着た男は、長い綿棒を使ってわたしの鼻の奥からサンプルを採取したのだが、本当は脳を突っつき、なにが起きるか確かめたかったのではないだろうか。その後、彼は皮膚テストをいくつか行ない、採血を終えると、ひとことも発することなく医務室を出てゆく。少なくとも、手際だけはたいへんよろしい。

タムワースが丸めて投げ捨てたロリポップの包装紙は、まだそのままになっている。わたしは診察台を離れ、壁ぎわの椅子に座る。後頭部を壁につけ、目を閉じる。

「ルビー、CDCのチャットのなかに、わたしが知っておくべきものはあった?」質問しても答はない。混乱のなかで、ルビーはどこかに行ってしまった。それとも没収されたのか? 思い出せない。実のところ、あれが消えたことに、わたしはかすかな喪失感を覚えている。むかっ腹が立つこともあるが、けっこう頼りになっていたからだ。

いつでも話しかけることのできる相手が、あれだった。

そして向こうも、わたしがなにをしようと、話し相手になってくれた。

立ちあがってドアを開けようとしたが、施錠されている。

上等だ。わたしは診察台に寝そべる。検査の結果を待つあいだ、どこにも行けないのであれば、目を開けて時間を無駄にする必要はない。うとうとしはじめたとき、ドアが開いてニックが入ってくる。彼はわたしを見てうなずき、椅子に腰かける。

「わたしたち、隔離されたんじゃないの?」

「まあね。でもぼくが入れられた部屋のドアは、ロックされていなかった。それに、なにかしら危険があるのなら、すでにぼくらはその危険を共有している。問題はないだろ?」

「あなた、もしかして興奮してる?」わたしは訊いてみる。「もうすぐここの警備を、まかされることに?」

「それはない」彼は座ったまま足を伸ばすと、頭のうしろで両手を組む。「はっきり言ったはずだよ。君の仕事を引き継ぐ気はないって。ぼくが希望しているのは、タイムストリームのなかで働くことだ。にもかかわらず、今はここで長時間勤務を強いられている。今回この仕事をしっかりこなせば、アリンもぼくを再評価してくれるだろう」

「その時は、わたしの背に突き刺したナイフを、きれいに拭いておきなさいよ」

「おいおい、ぼくは君をクビにしないよう、アリンに進言したんだぞ。明らかに君は、ここに残りたがっていたからね」ここでニックはちょっと考える。「いや、明らかでもなかったか。君は相手が誰だろうと、がんがんぶつかっていくものな。なのにどういうわけか、みんなに好かれている。いずれにせよ、君ほど人の善意を踏みにじれる人間を、ぼくは今まで見たことがなかった」

わたしは診察台の上に起きあがり、彼の顔がまっすぐ見られるよう体の向きを変える。

「ずいぶんはっきり言うじゃないの」

ニックは肩をすくめる。「自分が一緒に働く相手はどんな人物なのか、知っておきたかっただけさ。ぼくがみんなから、君の情報を集めなかったと思うか？　そしてかれらが、口をつぐんでしまったと？　ほとんどの人が喜んで教えてくれたよ。まあ、それが普通なんだろうけど」

「じゃあ今のあなたは、わたしをよく知ってるわけだ」

彼は首を横に振る。「誰かを本当によく知るなんて、できるはずがない。君の問題は君だけのものだ」膝の上で両手を組み、彼はつづける。「あの爆発事故のことは、ぼくもよく憶えている。あの事故で死んだ女性……」

「メーナ」

「スチュワーデス時代の彼女を知っている人が、アインシュタインにもまだ何人か残っていた」

「でしょうね。メーナはここに転職するまえ、しばらく向こうで働いていたから」

ニックはうなずく。「そしてみんな、彼女が大好きだった」

「彼女、そういう魅力のある人だったから」喉がふさがりそうになるのをこらえ、わたしは言う。

「ひとつアドバイスしていいかな？」

「だめ」

ニックはまじまじとわたしを見て、唇をとがらす。「では勝手に言わせてもらうので、もしその独りごとが聞こえてしまったら、それはそれでしかたないとしよう」彼は軽く咳払《せきばら》いをする。「愛する人に死なれるのは、本当に最悪だ」

わたしはそのつづきを待つ。劇的効果を高めるため、わざと間をとっていると思ったからだ。でも結局、こう訊いてしまう。

「つまりあなたは、人は死んでも君の心のなかに生きているとか、その種のクソみたいな決まり文句を言いたいわけ？」

「違う。ぼくはただ、愛する人に死なれるのは最悪だ、と言ってるだけさ」

わたしは診察台に寝そべる。「そうね。それはたしかにそのとおりだ」

ちょっと黙り込んだあと、彼が訊く。「ああいう経験をすると、気が狂いそうにならない?」

「わたしの気を狂わせるものは、ほかにもたくさんある」

ニックは首を振る。

「今このホテルで行なわれているのは、とにかくあいつらを、両ウイングの客室に入れてしまうことだ。ろくに仕事もしていないのに、金だけはたっぷりもっている連中を。そして真面目に働いている人たちは、廊下の簡易ベッドに寝かされる。ああいうのをどう呼べばいいのか……適当な言葉が思いつかない」

「最悪の犯罪行為とか?」

「なんにせよぼくは、クソみたいな廊下でクソみたいな簡易ベッドに寝ることには、絶対に同意しないだろう。あんなやつらのために……やつらがどれだけ金をもっているか、考えてみればいい」

「ああいう連中のことを、三塁ベースの上で生まれたのに、自分で三塁打を打ったと思いこんでるバカと呼ぶの」わたしはニックに説明してやる。「つまり、莫大《ばくだい》な財産と権力を継承しておきながら、稼いだのは自分であり、しかも自分は、この特権にふさわしいと信じてるバカどもってこと。とはいえ、わたしたちがここで相手にしているやつらは、もっとひどいけどね。三塁ベースの上で生まれただけでなく、球場も自分が建てたと思っているんだもの」

ニックがなにか言いかけたとき、彼のウォッチからアリンの声が聞こえてくる。

「ＣＤＣの作業はまだ終わらないようだが、君に異常がないことは確認できた。警備室に来てくれ」

ニックは椅子から立ちあがり、ドアハンドルに手をかけて少しためらう。彼はふり返ると、わたしに訊く。

「君も来るか？」


ニックのおかげで、わたしは医務室から出ることができた。彼は警備室にも一緒に行こうと誘ってくれたが、わたしはもう少し休んでいたかった。とても疲れており、ものを考えるのも苦痛だったからだ。コンシェルジュ・デスクの裏に置いたダッフルバッグを、盗まれていなかったことに安堵《あんど》しながら回収する。上階に移動し簡易ベッドに向かって歩いていると、ロビーをぶらつくメーナの姿が見える。そばに駆けよるには離れすぎていたし、彼女はこちらを見なかった。

わたしが選んだ簡易ベッドは、廊下の奥の隅に置かれ、隣とのあいだが数台のベッドで隔てられている。お隣さんは、きれいにたたんでベッドの下に置かれた制服を見るかぎり、アインシュタイン勤務のフライト・アテンダントのようだ。

わたしはダッフルバッグを床におろし、吹き付け塗装された天井を見あげながら、これは本当に眠ったほうがよさそうだと思う。もちろん、そう思えば思うほど、頭は冴《さ》えてゆく。

廊下のこのあたりは照明を暗くされているのだが、わたしは暗闇のなかで眠るのが好きだから、効果はほとんどない。両目を閉じても、顔の真上に天窓があるかのように、眩《まぶ》しさを感じてしまう。

照明の光。

考えてみれば、あの電気の不具合もずいぶん奇妙な話だ。

ホワイトボードがあればいいのにと思いながら、ベッドの上に座る。そしてホワイトボードに書いた名前や項目を、すべて思い出してみる。あそこに〈電気〉も加えておくべきだった。問題があることはわかっていた。しかしクリスによれば、その問題は、わたしが考えていたよりずっと深刻らしい。なにかが電力を大量に消費している。それも、かなり不規則に。その原因究明をルビーに手伝わせたいところだが、ルビーを取り戻せる見込みはない。セキュリティ・ウォッチでクリスを呼ぼうと思い、通信リンクを確認すると、マスターアクセス権がなくなっていた。

アリンはぼやぼやしていなかったのだ。

だが彼は、この件を解決しろとわたしに言った。そしてわたしは、まだなにも解決していない。単に対応してきただけだ。推理はしたけれど、詳しく分析する必要がある。

眠れないのであれば、こうしていても意味はあるまい。

「この場合、わたしは誰と話をすればいいと思う？」肩の上にルビーがいないことをまた忘れ、声に出して訊いてしまうと、近くの簡易ベッドにいた人たちが変な目でこちらを見る。

ちょっと楽しくなって、わたしはわざと自分で答を言う。「レグだ」

電気の問題については、彼がなにか知っているかもしれない。

ブーツをはいてロビーに下りてゆく途中で、吹き抜けを囲むバルコニーから下を見ると、白髪まじりの縮れ毛をショートにした防護服の女性が、ドラッカーと話をしている。声は聞こえないものの、その女性はヘルメットを脱いで小脇に抱えている。あれがゴットリーブ医師か？　もしそうなら、ヘルメットを脱いでいるのはいい兆しだ。

ロビーのすぐ上の階まで来たところで、斜路の下の物陰から、レグがふらふらとロビーに歩み出てくる。どうやら酔っぱらっているらしい。

ところが、レグの体がくるっと回ってこちらを向くと、腹を押さえた彼の両手のあいだから血と内臓がぼたぼたと落ちる。彼はそのまま仰向《あおむ》けに倒れてゆき、わたしの位置からでも、床に倒れた時点で彼が絶命していることがわかる。そして、このホテルのどことも知れぬ深部から、ジェットコースターがレールを上ってゆくときのようなカタン、カタンという音が聞こえてくる。

これはスリップではない。

これは、なにか大きな動物が移動している音だ。

カオス理論と推測

警備室に向かって走りながら、わたしは自分の心臓が、胸郭にぶつかるほど激しく拍動しているのを感じる。レグは倒れたまま、まったく動かない。死んでいるのが明白な彼の死を確認するため、遮るものがないフロアにいればわたしも死ぬだろうし、そうなったら文字どおりお終《しま》いだ。

警備室に着いたところで、セキュリティ権限を剝奪されていたことを思い出す。ドアノブを蹴とばそうとした瞬間、ドアがわずかに開いたのですかさず肩を突っ込み、反対側にいたニックに尻もちをつかせる。室内に滑り込んでドアを閉めかけると、コルテンとワーウィックが強引に入ってくる。わたしはふたりを無視し、銃が保管されているキャビネットに向かう。

「いったいなんの騒ぎだ？」部屋の奥にいたアリンが訊《き》く。

「わたしのセキュリティ権限とルビーを返して。今すぐ」

「まずは、なにがあったか教えてもらわないと……」

わたしは近くにあったデスクに飛びのると、キャビネットの裏に手を差し入れ、テープで留めておいたはずの鍵を探す。

「レグの腹が切り裂かれ、腸《はらわた》がこぼれ出ている。なにかの動物に襲われたらしい。今ここの地下にいる恐竜は三匹とも赤ん坊だけど、ホテル内の時間の挙動が変だから、すごく厭《いや》な予感がしている。だからごちゃごちゃ言うのはあとにして、いま思い出してほしいのは、わたしが射撃の名手だってこと」

「わたしにも手伝わせてくれ」コルテンが口を出す。

「あなたがどうやって手伝うというの？」

「いやね、わたしはこのホテルのなかで、いちばん頭のいい人間だから」コルテンはわざとらしくほほ笑むが、ワーウィックは恥ずかしそうに顔をゆがめる。

「じゃあ天才さんに訊くけど」わたしはいったん鍵探しの手を止める。「今現在、成獣となった三匹の恐竜が野放しになっているらしいけど、ここには恐竜を捕獲できる装置がひとつもない。さあどうする？」

コルテンの目が丸くなったのは、いきなり天才と呼ばれただけでなく、解決策を考えろと要求されたからだ。

「エントランスのドアを開けておいて、外に誘い出せばいい」

「そしてあとは放っておけってこと？　それがあなたに思いつく最高のアイデア？　もしそうなら、もうなにも言わず引っこんでろ」

言い返そうとするコルテンの肩をワーウィックがつかみ、黙らせる。コルテンの取り巻きのなかにも、少なくともひとりは分別のある人間がいたわけだ。

指先が業務用マスキングテープのざらっとした表面に触れたので、テープをはがして鍵をつかみ、キャビネットを開ける。保管していたのは、口径9ミリの自動拳銃だ。緊急事態に備えてのことだが、緊急事態なんかこれまで一度も発生したことがない。火薬が着火してくれることを、わたしは願う。最後にガンオイルで手入れをしたのは、半年まえだったろうか？　それとも一年まえ？　まったく憶えていない。あたかも、今は時間がさして大きな意味をもっていないかのようだ。

ふり向くと、元気いっぱいの仔犬みたいにルビーがわたしの視界に戻ってくる。レンズに貼ったアニメ調のクリクリ目玉が、わたしに向けられている。

「よく戻ってきたな、ポンコツ」

「戻ってきたのは、あなたがそう望んでくれたからです」

わたしはさっそくルビーに命じる。「館内放送をしてもらいたい。ホテル内にいる人は、全員部屋に戻ってドアをバリケードでふさぎ、安全が確認されたという放送があるまで待機すること」

「簡易ベッドの人たちはどうする？」ニックが訊く。

そっちがあったか。「客室でもトイレでもいい、とにかく安全な場所に避難してもらおう。ルビー、状況を確かめたいので、ここのスクリーンに防犯カメラの映像を表示してくれ」わたしはアリンに目を向ける。「銃は？」

アリンはスーツの左の襟を開き、ホルスターを見せる。

「テーザーだ。単発だけどね」

「ないよりはずっといい」

 ビデオスクリーンの前に移動していると、ルビーのアナウンスがはじまる。ドア越しに聞こえてくるルビーの声は、ふだんよりわずかにピッチが低く、落ち着いたものとなっている。

みなさまにお知らせします。安全な部屋のなかに入り、入り口をバリケードでふさいでください。これは防災訓練ではありません。適切な部屋に入ることのできない方は、頑丈なドアのある場所を見つけてください。

警備室のなかにいても、うろたえる人びとの声が聞こえてくるが、すでに夜も遅くなっているから、部屋の外に出ている人はさほど多くない。わたしは、ルビーが選んだ監視カメラの各画面が縮小され、いくつもの四角いサムネイルとなってゆくのを眺める。しかし、今わたしが確認したい映像はひとつしかない。いちばん重要な映像。その画面をスクリーンの隅に発見したわたしは、胃が重くなるのを感じる。

このホテルの最下階、ロックしたはずのシェルターのドアが、開いているではないか。

「恐竜を外に出したやつがいるんだ」

「誰がそんなことを?」ニックが訊く。

「それをいま考えてもはじまらない」

画面のひとつを不鮮明な影がさっと横切り、別の画面に再び現われ、また消える。恐竜の動きを追跡できるよう、ルビーが画面の並びを変えてゆく。

いた。

あの三匹はごく普通のヴェロキラプトルだから、大きくなってもせいぜい家畜化された七面鳥ぐらいだろうとわたしは考えていた。それでも充分に危険だが、取り押さえるのはさほど難しくない。古生物学者ではないわたしが、そんなことをよく知っているのは、密輸業者に人気のある種類だからだ。

しかし、いま見ているやつはユタラプトルに似ており、だとしたら最大で体長十八フィート（約五・五メートル）にもなる。

もちろん、まだそこまでは大きくなっておらず、わたしの身長と同じか少し大きいぐらいだ。人間でいえばティーンエイジャーといったところか。とはいえ、格闘したくない相手であることに変わりはない。

その点は、レグを見ればよくわかる。

わたしは、どこかにしまったはずのイヤフォンを探してあちこち掻《か》きまわし、キャビネットのいちばん下のドロワーに、業務用のごつい結束バンドと一緒に転がっていたのを見つける。イヤフォンが入った箱と結束バンドを、わたしはテーブルの上に置く。

「こっちの武器はふたつだけ」こう言いながらわたしは、拳銃を持っているに違いないグレイスンのことを思い出すが、彼の手は借りたくない。「アリン、わたしたちが二手に分かれる場合に備えて、イヤフォンをひとつ持っていって」ニックがおずおずと手をあげる。「あなたは丸腰なんだから、出ていくのは危険すぎる。ここに残ってビデオをモニターし、わたしたちの背後を警戒してもらいたい」

頭を突き合わせている三人の真ん中に、ルビーが下りてくる。

「ビデオを使った追跡であれば、わたしが完璧に……」

「おまえは一緒に来るんだ」わたしはルビーに命じる。「敵の位置を探ってくれ。大丈夫、おまえが餌に間違われることは、まずないから」

「ひとつ質問がある」アリンは結束バンドを指さす。「本当にこれを使うのか？」

「あの種の恐竜はワニと同じでね、嚙《か》むときの力がものすごく強い。その結束バンドの耐荷重は五百ポンド（約二百二十七キログラム）あるから、ひとたび縛ってしまえばもう口を開くことはできない」

「自信はあるんだろうな？」アリンがさらに訊く。「わたしがテーザーで気絶させ、君が銃で撃つという手もあるぞ」

「まかせといて」わたしは答える。「わたしがどれだけ恐竜がらみの事案を処理したか、あなたもよく知ってるでしょ。殺すのではなく、保護してやらなきゃ」

とは言ったものの、前半部分はかなり不正確だ。恐竜を結束バンドで縛ったことなど一度もなかったし、でも、やってできないことはないだろう。

後半もわたしの言葉ではない。言ったのはメーナだ。

ある夏の暑い日、ホテルの外を彼女とふたりで歩いていると――これはスリップではなく追想なのだが、たまにどっちだったか不明瞭になる――わたしは舗道の上を這《は》っている一匹のケムシを見つけた。こんな棘《とげ》だらけのグロテスクな生き物が、わたしの部屋までのそのそと上がってきて、寝ているあいだに耳のなかに入ったらたまらないと考えたわたしは、片足をあげ踏みつぶそうとした。

メーナはわたしを引き戻した。彼女はしゃがんで片手を出すと、ケムシが手のひらに這いのぼるのを待った。それからホテルを囲んでいる植栽まで歩いてゆき、ケムシを一枚の葉の上にのせてやった。ケムシはその小さな頭——お尻かもしれないが——を高くもたげた。まるで、喜びのダンスを踊っているかのようだった。

〈あなたにはちょっとがっかりした〉メーナが言った。

〈ただのケムシでしょ〉わたしは軽く流そうとしたが、実はメーナの声のなかに、本物の失望を聞き取っていた。彼女が気に病むような悪いことを、わたしはやってしまったのだ。

〈わたしたちは、すべての苦しみを終わらせるよう、努力しなければいけない〉

〈たとえ相手がケムシでも?〉わたしは訊き返した。

〈もちろん〉

〈もし間違って踏んでしまったらどうなる? ケムシが見えなかった罪で、わたしは永遠に罰せられるの?〉

ちょっといらだったような声でメーナが答えた。〈問題となるのは、結果そのものより、問題となる結果を招いた意思のほう。あなたはあの虫を、傷つけようとした〉

〈わたしはそんなふうに考えなかったけどな〉

〈そういうところが、いつだってあなたの問題なんじゃない?〉

反論したかったけれど、言葉が出なかった。動揺しているわたしを見た彼女は、頬にキスしてくれた。

〈蚊もつぶさないほうがいい。ましてや、いつの日か美しく変身する生き物は〉

〈あなたみたいに?〉バカなことを言ってしまったと思ったときには、すでに彼女の目は天を仰いでいた。

〈チョウの喩《たと》えは月並みに過ぎたわね。要は、優しくなろうってこと〉

その瞬間わたしは自分に約束した。これからは、ケムシもイモムシもそっとしておいてやろう。部屋にクモがいたら叩きつぶすのではなく、廊下に放してやるのだ。どんなに大きなクモであっても。

だからあの恐竜たちも、保護できるのであれば保護してやりたかった。メーナのために。もっと怖がるべきなのだろう。というか、怖がらなければいけない。しかし今は、アドレナリンがあふれ返っている。わたしはポケットからレトロニムを一錠出し、水なしで飲み込む。過去にスリップして動けなくなり、あっさり殺されてしまわないよう、意識を鋭敏に保っていたいからだ。わたしはコルテンとワーウィックに視線を向け、「この警備室から出るなよ」と釘を刺す。

それから、アリンと一緒にロビーに飛び出してゆく。

避難を呼びかけるアラームが、低く鳴りつづけている。ざっと見たところ人影はなく、デスクの下やソファの裏などに隠れている人がいないことを、わたしは祈る。ロビーの隅にはレグの死体が横たわっており、そのまわりにどす黒い血だまりが広がっている。

……ブルーのカーペットに血がぼたぼたと落ち、繊維にしみこむと赤が黒に変わって……

違う。今わたしがいるのはロビーだ。

あのとき、わたしはどこにスリップしていた？

思い出している場合ではない。

それにしても、なぜレトロニムを飲んだばかりなのに、スリップしそうになったのだろう？

逃亡した恐竜どもを警戒しながら、わたしたちはロビーの中央に向かい前進してゆく。

「こんなのはどうかな」アリンが囁《ささや》く。「やつらを外におびき出すんだ。恐竜は変温動物だろ？　雪のなかでは、動きが鈍くなるんじゃないか？　そうなったら捕まえやすくなる」

「あなたまでバカ言わないでほしい。近くの町に逃げ込んでしまったら、どうなると思う？　絶対だめ」

「ちょっと言ってみただけさ。結局のところ、ここは君のホテルに戻ったんだし」

わたしはふり返り、彼の目をわざと正面から見る。「そうなの？」

彼は嘆息《たんそく》する。「合衆国大統領その人から、じきじきに叱られるのがどんな感じか、君に想像できるか？　わたしは彼に投票してやったのに……」

カタン、カタン、カタン、カタン。

ふたりとも口を閉じ、耳をそばだてる。音源の位置を特定するのは、不可能に近い。壁や天井など、硬く滑らかな面が多すぎるからだ。音はゴムボールのようにあちこちに反射してくる。わたしはイヤフォンをタップする。

「警備室。聞こえる？」

「よく聞こえる」ニックが答える。

「モニターで確認できる現況を教えて」

「地下に一匹、三階に一匹いる。残りの一匹はわからない」

「地下に取り残された人は？」

「会議室のひとつをCDCが使っていたけれど、なかにいる人たちは、頑丈なバリケードを築いているようだ。恐竜は外の廊下をうろうろしているが、あれなら入っていけないだろう」

「安全が確保できているなら、地下は放っておいてもよさそうね。でも上の階は、人数が多すぎる。ルビー、三匹めを探してきて。敵は死角にいるかもしれないから、周囲をスキャンしながら飛ぶこと。わたしとアリンもすぐに追いかける」

ルビーは飛び去ってゆき、わたしたちは上階へつづく斜路に向かう。わたしは再びイヤフォンに触れ、小声でニックに頼む。

「わたしたちの前後を、モニターしつづけてほしい。恐竜どもに、いきなり襲われたくないの」

「えーと……」

「なによ、その〈えーと〉は？」わたしは彼に質問する。「すごく気に入らないんだけど」

「監視カメラに、なにか異状が発生してないか？」ニックが訊き返す。

「ルビー、すぐにチェックして」

「どうやら、またしても干渉されているようです」イヤフォン経由でルビーが即答する。

「あちこちでフィードが途切れはじめました」

「つまりわたしたちは、目を失ったということ？」

「いいえ、まだ失ってはいません。しかし……失いつつあります。原因は不明です。調査する必要があるでしょう」

アリンに向きなおると、まったく動揺していないような顔を装っている。「これでますます気が抜けなくなった」わたしは言う。

わたしたちは斜路から二階の廊下へ入ってゆく。あまりに集中しすぎて、耳鳴りがしそうだ。カタン、カタンという音がまた聞こえてきたが、今度はずっと近い。

二階は問題なさそうに見える。どこにいるかわからない三匹めを警戒しながら、次の階へ上がってゆくが、くねくね曲がった廊下と斜路は見通しが悪く、恐竜狩りにはまったく不向きな設計だ。三階に到着し、壁にぴたりと背をつけて立つ。

「どう対処するつもりだ、もしわたしたちが……」

アリンが囁き声で言いかけたとき、助けを求める叫びが静寂を破る。

わたしたちは廊下を走りはじめる。その叫び声は、簡易ベッドが並ぶあたりで発せられており、わたしは心臓が腸まで下がってゆくような不安を覚える。

角をひとつ曲がると、パジャマや肌着しか身に着けていない人たちが、壁のくぼみのなかで身を寄せあっている。狭い廊下に並んだ簡易ベッドのひとつの上に、一匹の恐竜が立っており、ベッドは恐竜の重さで今にもつぶれそうだ。照明の光が、赤い縁取りのあるダークグレーの体毛を照らしている。その姿は、不気味だが美しい。

廊下の奥に逃げ場はなく、壁ぎわの人たちは備品庫に入ろうとしたものの、パスコードがわからなかったらしい。恐竜が一歩うしろに下がり、かれらに飛びかかろうとしたので、わたしは大声をあげ恐竜の注意を引こうとするが、アリンに先を越される。

「おい！」

恐竜はアリンとわたしを見る。しかし、正体を探ろうとするかのように首をかしげただけで、身を寄せあっている人びとに視線を戻す。おそらく、かれらの恐怖を感知して、こちらのほうが楽な獲物だと気づいたのだろう。

わたしの左側にテーブルがあり、クリスタル・ガラスの花瓶がのっている。花でいっぱいのその花瓶をつかみ、恐竜に投げつけると、花瓶は恐竜のすぐそばの壁にあたって粉々に砕ける。

うまくいった。

体全体をこちらに向けた恐竜の目と、わたしの目が合う。

わたしは両手を高くあげる。

「そう、こっちだ。こっちに来い」

恐竜は簡易ベッドから床におりると、わたしたちの動きを警戒してゆっくり近づいてきたのだが、やがて走りはじめる。わたしは廊下の真ん中に飛び出し、アリンがあとにつづく。右脇腹になにかあたったので、見るとアリンがテーザー銃を渡そうとしている。

「射撃の腕は君のほうが確かだ」

「ありがと」わたしはテーザー銃を受け取る。

立ったまま銃の安全装置がオフになっているのを確かめたあと、気持ちを静めるため一回だけ息を深く吸う。

これが失敗だった。恐竜は、思いのほか駿足《しゅんそく》だったのだ。

襲いかかられると同時に、わたしの頭のなかは真っ白になる。そして体が自動的に反応しはじめる。上体を右にひねりながら左足をあげ、恐竜の胸部に前蹴りを喰《く》わせると、恐竜は後方に飛び反作用でわたしも逆方向に飛ばされる。

問題は、蹴りがきれいに入りすぎて、わたしまで文字どおり宙を飛んでしまったことだ。胸につくほど顎を引いて床に落ちながら、銃を持っていないほうの手で床面を強く叩き、落下の衝撃を分散させる。次に両足を高くあげて勢いをつけ、コンバット・ロール（戦場で兵士が行なう体を小さく丸めた前転）をきめて立ちあがる。とたんに腹筋が悲鳴をあげる。いくら筋肉の記憶《マッスル・メモリー》が残っていても、記憶だけでは話にならない。

　なんとか体勢を立てなおしたときには、恐竜はもう一度わたしに襲いかかろうとしており、わたしはテーザー銃を構えて射撃姿勢を取るのだが、次の瞬間アリンが肩から恐竜にぶつかってゆく。両者は手足を広げてブルーのカーペットの上に倒れ、しかし恐竜はすぐさまアリンの前腕に咬《か》みつき、アリンは悲鳴をあげる。

　わたしは駆けよって恐竜の脇腹を思いきり蹴るが、恐竜はけろっとしており、逆にアリンの腕がへし折れそうな勢いで頭を左右に振る。顎の先からアリンの血が飛び散り、もし太い血管が切れたのであれば、事態は一刻を争うはずだ。

　しかたなくわたしは、テーザー銃の狙いを定める。

「アリン、ごめん」

　アリンが目を開き、わたしを見る。

　わたしは躊躇《ちゅうちょ》する。

　しかし彼は、大きくうなずく。

電極付射出体《プローブ》を背中に撃ち込まれ、恐竜の全身が硬直する。と同時に咬む力が強まったらしく、アリンの悲鳴がひときわ大きくなるが、彼は電気ショックの痛みも同時に感じているはずだ。恐竜はアリンの腕を放すと鋭い声で吠《ほ》え、周囲には焦げた獣毛と焼けたチキンの匂いが漂う。

恐竜が気絶したので、わたしはテーザー銃の引き金をゆるめて作業に取りかかり、まず恐竜の上下の顎を二本の結束バンドできつく縛ったあと、両足にも同じ処置を施す。しかし、両腕を縛りはじめたところで恐竜は意識を回復してしまい、大きな鉤爪《かぎづめ》でわたしを切り裂こうとしたので、全身で押さえ込みなんとか仕事を終える。

アリンの横に膝をつき、恐竜を気にしつつポケットから拳銃を出して床に置く。アリンは咬まれた腕を押さえ、震えている。わたしはナイフを抜き、彼の服の袖を切り取る。傷の正確な位置もわからないほど血だらけなのだが、出血の勢いはそれほどでもないようだ。わたしは切り取った袖を、止血帯代わりに彼の上腕に巻く。

「いちど深呼吸してみて」わたしは彼に頼む。

そして彼が息を吸い込んだタイミングに合わせ、袖をきつく縛る。

痛みに背中をそらしながら、アリンが叫ぶ。

今の騒ぎがほかの二匹を呼び寄せていないことを願いつつ、わたしは拳銃を拾う。

「つづけられそう？」わたしはアリンに訊く。

「次の一匹はわたしにやらせろ」と答えて、彼はうめき声をあげる。

ここからいちばん近い頑丈なドアのある部屋はジムなので、わたしはアリンを助け起こし、無傷なほうの腕を肩で支えながら一緒に立ちあがる。少し足を引きずるものの、アリンはなんとか自力で歩いている。もし二匹めが突進してきたら、あまり撃ちたくはないけれど、ほかにどうしようもないので、わたしは片手に拳銃を握りつづける。

ジムのなかに、おろしたての高級トレーニングウェアを着た老人がひとり立っている。わたしは一瞬考えたあと、その痩せた老人が誰だったか思い出す。今朝がた、エレベーターのなかでメニューに文句を言っていた爺《じい》さんだ。わたしたちが近づいてゆくと、彼は廊下に面した窓のガラスを叩く。

「あれはなんだったんだ？」老人が訊く。「恐竜のように見えたけど」

「ここを開けてください」わたしは彼に頼む。

老人はドアの前に移動するが、ドアハンドルをつかんで大きくのけぞり、開けさせまいとする。当然、いくら引いてもドアはほとんど動かない。わたしはドア横の窓を拳銃の台尻で叩く。

「冗談のつもりですか？　早く開けてください」

「ああいう怪獣がまだ廊下にいるんじゃないのか？　なぜ安全だと言える？」

「うだうだ言わずに開けろ」

パニックになって目を大きく見開きながら、老人は首を横に振る。わたしはアリンを壁に寄りかからせて手を離すが、彼は壁をつたって落ちてゆき、そのまま床にへたり込む。両手で金属製のドアハンドルを握り、思いきり引っぱるとドアは数インチ開いたものの、老人は片足をドア枠にあてて踏んばる。

こいつ、ふざけてるのか？

わたしは拳銃の銃口を窓ガラスにつけ、老人の顔をまっすぐ狙う。

老人が両手をあげたので、わたしはドアを開いてアリンを抱えあげ、彼を引きずりながらジムのなかに入る。老人はいちばん遠い壁を背にして立っている。

イヤフォンからニックの声が聞こえてくる。

「そっちはどうなってる？　ここからは、もうなにも見えないんだ」

「アリンが腕をやられた」わたしは答える。「ルビー、現在の状況は？」

「三匹めがティックトックにいるのを発見しました。カメラの不具合の原因は、まだわかっていません」

「ニック、そっちでやれることがあるなら、なんでもいいからやってみて」こう言って老人のほうを見ると、タオルキャビネットの上に、高そうなノイズ・キャンセリング・ヘッドフォンがのっている。「あれ、あなたの？」

老人が首を縦に振ったので、わたしはヘッドフォンをつかみあげ、真ん中からへし折る。老人は抗議すらせず、わたしは少しだけ溜飲《りゅういん》を下げる。それからアリンに向きなおり、無事なほうの腕を軽く叩く。「大丈夫？」

アリンがうなずく。「ああ。あと二匹、つかまえてこい」

わたしは拳銃に弾が入っていることを再確認する。結束バンドを入れたポケットも、念のため叩いてみる。そして残り二匹を無傷で生け捕りにする方法が、よほど知恵を絞らないかぎり、もう残っていないことに気づく。脚を撃てばいいのだろうか？〈苦〉とは肉体の痛みなのか、それとも死そのものか？　なぜ仏教徒は、あんなにも痛みに鈍感なのだろう？

ジムから廊下に戻り、周囲の物音を警戒しながらルビーを呼び出す。

「まだティックトック？」

「今バーに向かっているところです」

「残ってる人はいない？」

「わたしの視界のなかには、ひとりも……おっと、恐竜に発見されました」

ＡＩドローンが沈黙する。

「ルビー、どうした？」

「わたしに興味をもったようです。誘導できるかもしれません。前後に飛びながら、わたしを追ってくるか試してみます」

わたしの頭のなかで、ひとつの計画が像を結ぶ。

「もし厨房《ちゅうぼう》まで連れていき、手の届かないところに適当な餌をぶら下げることができれば、かなりの時間が稼げる。そのあいだに、なんとかする方法を……」

「冷凍庫があります」ルビーが言う。「冷凍庫に誘い込んで、ドアをロックしましょう」

「それだ」わたしは斜路を上りながら言う。「おまえ、やっと優秀なＡＩの本領を発揮したね」

「公正を期すならば、これはスティーヴン・スピルバーグ監督の名作、『ジュラシック・パーク』のなかで……」

「なぜそういうことを言うかなあ。せっかく感心してやったのに」わたしは話を戻す。「そのタイプの恐竜、どれくらいジャンプ力がある？」

「十から十二フィート（約三〜三・七メートル）というところでしょう」

「それなら厨房に入ったあと、天井近くにうまそうな餌をぶら下げろ。幸いなことに、ティックトックの天井は充分な高さがある」

「問題がひとつあります。冷凍庫のドアを開閉できるほど、わたしは器用ではありません」

「知ってるよ。だからおまえは、恐竜を誘導するだけでいいんだ。冷凍庫のドアは、わたしが開け閉めする」

「それって、特に賢明な作戦とは思えないんですが」

「じゃあもっといい作戦を考えろ。今はこれでいくしかない」

ルビーが通信をオフにし、わたしは恐竜の接近を示していそうな音に細心の注意を払いつつ、斜路を上ってゆく。そして地下にいる一匹が、ＣＤＣのバリケードから離れないことを願う。

ティックトックのガラスドアに到着したところで、わたしはルビーに言う。

「レストランの入り口まで来た。ここから先は、しばらく声を出せない。わたしが冷凍庫にたどり着くまで、うまくやってくれ」

「いい豚ロースを見つけたので、大丈夫です」ルビーが答える。

首を伸ばして店内をのぞき込むと、ルビーが空中二十フィート（約六メートル）ほどのところに浮かんでおり、さっきのやつより少し小さな恐竜――体毛の縁取りが赤というよりオレンジ色に近い――がテーブルの上に立って、ルビーが吊り下げているピンクの肉の塊をつかもうとしている。それを見て、わたしはつい考えてしまう。わたしならどうやって、あのドローンから生肉を奪い取る？

もちろん今は、そんなことを考えている場合ではない。

ガラスドアをそっと抜け、ルビーからいちばん遠い壁ぎわに行く。ルビーはわたしを確認したあと移動しはじめ、わたしとの距離を広げる。わたしは、メーナと交わした殺さないという約束を、いつまた意識することになるのかと思いながらも、銃を握りつづける。

もうひとつ、さっきから気になっているのは、この恐竜、聴覚はどれくらい優れているのかという点だ。

にもかかわらずわたしは、壁から離れないことに気を取られたあげく、椅子のひとつにぶつかってしまい、金属の脚が耳ざわりな音をたてる。ぎょっとしたとたん、背後でもなにかが壊れたように感じ、わたしは慌《あわ》ててサービス・テーブルの陰にしゃがむ。

なにも起こらない。

わたしはそのまま息を詰める。

急に照明が明るくなって、店内に『エジプト人みたいに歩け』の曲が大音量で鳴りわたり、人びとの話し声や食器のぶつかり合う音が聞こえてくる。

なのにしばらくすると、はじまったときと同じように、突然すべてが消えてしまう。

たった今、本当に誰かがバングルスのあの歌を流したのだろうか？

サービス・テーブルから顔を出すと、恐竜も混乱してあたりを見まわしている。なにが起きたかルビーに訊こうとした矢先、また同じことが起き、だが今回はわたしも周囲を観察できる。

いつでも古代エジプトに出発できる恰好をした客たちが、今日の昼間のパーティーを再現している。コルテンとワーウィック、そしてドラッカーの三人が、今まさに席につこうとしている。恐竜は、クリーム色のローブを着た老婦人に向かって突進してゆくが、ここでまたしても、すべてがきれいに消えてしまう。レストランは再び静まりかえり、恐竜とわたし、そしてルビーだけが残される。

まったく、なぜやつらは、もっとましな曲を選ばなかったのだろう？

そしてなぜ、あの恐竜にやつらの姿が見えるのか？

おかげで今は助かっているけれど、その点を別にすれば、あらゆる意味でろくな兆候ではない。

なお困ったことに、あと数分もしたらコルテンを救うため、わたしがあのガラスドアから駆け込んでくるのだ。わたしは、子供時代の自分に会おうとして、脳動脈瘤《のうどうみやくりゆう》が破裂したテストパイロットのことを思い出す。わたしもまた、タイムライン上の自分自身と邂逅《かいこう》することになるのか？

バカ騒ぎがまた戻ってきて、今回はなかなか終わらないため、わたしは思いきって立ちあがり厨房のほうに移動しはじめる。決して遠すぎる距離ではない。恐竜から目を離さないようにしながら、頭を低くしてテーブルづたいに進んでゆく。恐竜は顎をがくがく動かし、周囲の人たちに咬みつこうとするが、牙はむなしく空を切っている。音楽が止まったので、わたしは急いで床に身を伏せる。

まるで、史上最悪の椅子取りゲームをやっているみたいだ。

音楽がはじまると同時にまた立ちあがり、実際はそこにいない人びとのあいだを縫って前進する。バーが近づいてきた。バーの裏に入れば、わたしの姿は見えなくなる。

恐竜から、そして願わくは、もうすぐ到着するわたし自身から。

幽霊どものパーティーはつづいており、わたしの頭のなかはあのクソみたいな歌でいっぱいになる。

バーまであと少し。残り二十フィート。十。

五。

音楽が止まったのでテーブルの下に隠れ、残っているのがルビーと恐竜だけなのを確かめるため、床に近い位置から椅子の脚の隙間を通し店内を眺める。すると厨房のすぐ外で、なにかが動く。

バーの端から、誰かが店のなかをうかがっている。

ゆっくりと顔が現われ、わたしは一瞬遅れてそれが誰の顔か気づく。

あの少女だ。

なにをやってるんだ、こんなところで。恐竜はルビーから少し離れてしまい、バーのほうに戻りかけているから、もしあの子を見れば豚ロースのことなどきれいに忘れ、もっと簡単に食べられる餌にのりかえるだろう。わたしは少女に向かい、手振りで厨房に戻れと命じるのだが、少女はその場に突っ立ってこちらをぼんやり見ている。なんとかしゃがんでくれたものの、まっすぐ伸びた長い黒髪のあいだから、あいかわらずわたしを見つめているらしい。髪の奥で瞳が光を反射し、おかげでわたしも、やっと彼女の目が確認できた。ひどくおびえている。

また音楽が鳴りはじめる。少女がバーのうしろに引っこんだので、わたしはこのあいだに前進し、恐竜を牽制《けんせい》しながら彼女を厨房内の安全な場所まで連れていこうと考える。しかし、いくら持続時間が長くなったとはいえ、あまりに音楽に頼りすぎていたものだから、急に静かになったときも立って歩きつづけており、あわててしゃがんだ拍子に椅子を引っかけて倒してしまう。

床の上を滑った椅子が大きな音をたてると、恐竜の頭がさっとこちらを向き、わたしと目を合わせる。恐竜は両足の鉤爪で床を踏みしめ、うしろ足で立つ。それから、足音を響かせわたしめがけて走りはじめる。

メーナ、ごめん。

わたしもがんばったのだ。この一匹を殺すまいとして、努力した。だけどもしわたしがやられたら、次はあの女の子がやられるだろう。いくらわたしが、あんな子供絞め殺してやりたいと思っていても、恐竜に食べられるのを放ってはおけない。

拳銃を握りしめ、立ちあがって狙いをつけようとしたそのとき、ルビーが視界の隅に入ってくる。

「おい、こっちを見ろ」何色ものライトを点滅させながら、ルビーが大音量で言う。「このうまそうな豚肉がほしくないのか？」

恐竜は再びルビーを追いはじめる。あのドローンをポンコツと呼ぶのは、もうやめるべきかもしれない。わたしは四つんばいになると、椅子をひっくり返さないよう注意しながらバーへ急ぐ。

やっとバーに到着したが、わたしはそこで足を止める。

メーナが死んだ夜以来、この奥にある厨房に入るのは初めてであり、自分で提案したこととはいえ、提案するのと実際に敷居を越えるのとでは、話がまったく違う。

腎臓を痛めつけることになるのは確実だけど、なにを見てしまうか不安だったので、わたしはもう一錠レトロニムを取り出す。時間離脱症《アンスタック》の進み具合を考えると、この薬もやがて効かなくなるだろう。わたしは錠剤を飲み、恐竜から見えないよう身をかがめながら厨房に入ってゆく。

なかは薄暗く、あの少女の気配はまったく感じられない。どこかに隠れるくらいの知恵を、彼女がもちあわせていればいいのだが。

厨房のなかは様変わりしている。まずタイルが張り替えられていた。まえは黒のアクセントが入った海緑色《シーグリーン》だったのに、今は地下鉄を思わせる白いタイルと、クロームが組み合わされている。機器の配置も以前とは違う。冷蔵庫はいちばん奥、ウォークイン冷凍庫の隣に移されている。ガスレンジの位置は変わっていないが、新型に交換され数が増えているようだ。

昔のガスレンジは……

……すでに夜も遅くなっている。正確な時刻はわからない。しかし、レストランから人が消えるくらい遅い時間なので、わたしはポケットを叩いてライターを探しながら、厨房を抜けてゆく。いま屋上に出て一服すれば、タバコ臭さはメーナが帰ってくるまでに散っているだろう。彼女は二か月まえひどい風邪を引き、まだ鼻がおかしいのだが、わたしがタバコを吸うと一発でわかってしまう。

しかし、ライターを忘れてきたことに気づいたわたしは、ガスレンジに近づいてゆき……

だめだ。今スリップしてはいけない。集中しろ。

なぜだろう。あれだけレトロニムを飲んだのに。もっとしっかりしなければ。

ここはやはり、さっさと片づけたほうがよさそうだ。

「ルビー、恐竜を厨房のなかに誘導して」わたしは命じる。

そして冷凍庫に向かおうとするが……

……「あなた、どういうつもり?」

メーナが背後から声をかけてくる。

ふり返ったわたしの唇からは、タバコが一本ぶら下がっている。コンロの種火《パイロット》バーナーで火をつけたあと、強く吸いつづけながら厨房を抜け、屋上へ向かう階段のドアを開ければ、厨房のなかに煙を吐かずにすむからだ。規則違反なのは承知しているが、これくらいの楽しみがあってもいいのではないか？

しかしメーナに見られていては、できるわけがない。どれほどわたしの中枢神経がニコチンを欲していようと、彼女の前でタバコは吸えないのだ。一度だけやってみたことがあるけれど、初めて他人に裸を見られたときよりも恥ずかしかった。吸うなと言われたわけではないが、彼女がタバコを嫌っていることなら、わたしもよく知っていた。

わたしが体に悪いことをするのを、見ていられないのである。

わたしは彼女に向かってタバコを差し出す。彼女はすたすたと歩いてきてタバコを受け取ると、いちばん近いゴミ箱に投げ捨てる。それからわたしに身を寄せてきて、腰に両腕をまわし、わたしの唇にチェリー味のキスをする。

わたしは、なにか言い忘れているような気がしてくる。それも、すごく大事なことを。

「ほらね」メーナが言う。「こっちのほうがいいでしょう？」

「たしかにいいけれど、窓から椅子を投げ捨てたい気持ちが、変わるほどじゃない」

彼女は顔をしかめる。「あなたの好きなタバコのブランドを、もうギフトショップに置かないよう、アレクシに言っておくわ」

「じゃあ別のブランドを吸う」

「あのね……」メーナの声が小さくなる。

「なあに、お母さん？」

「そんな言い方しないで」彼女は厨房のなかを見まわす。「あなたに言っておきたいことがあったの。ちょうどいい機会みたい」

またしてもわたしは、なにか言い忘れているような感覚に襲われる。

わたしはメーナの腰を抱き、「聞かせて」と頼む。

「あなたはときどき、ものすごく厭なやつになる」

わたしは顔をのけぞらせて笑う。「そのとおりだけど、だからあなたは、わたしが好きなんでしょ」

メーナはため息をつく。「昔ね、ひとりの老師がいて……」

「待って。公案《コウアン》は聞きたくない。言いたいことがあるなら、はっきり言ってほしい」

すると彼女は、テストで合格点を取った生徒の母親みたいな顔でほほ笑む。

「幼いわたしがどんな気持ちだったか、あなたならわかると思うけど、わたしの母親は、わたしが悪魔の申し子だと信じて疑わなかった。わたしが生まれてすぐ、司祭に悪魔祓《ばら》いの儀式をやってもらったくらいだもの」

「ひどいお母さんだったのね」

メーナはうなずく。「そしてあなたも、ご両親といい関係が築けなかった。その理由は教えてもらってないけれど、とにかくわたしたちは、同じ経験を共有しているの。ところがこのホテルの人たちは、いつだってなんの疑いもなく、わたしの味方になってくれる。わたしの今の家族はかれらであり、だからかれらは、あなたの家族でもある。なのにあなたは、かれらをそんなふうに扱わない。あなたは面白がっているかもしれないけど、実際はまったく逆」

「わたしのユーモアのセンスは特別だから」

「冗談はやめて。みんなが手を差し伸べているのに、あなたはその手をふり払ってしまう。遅かれ早かれ、あなたを助けようとする人は、ひとりもいなくなるでしょうね。そしてあなたが助けを必要としているとき、手を貸してくれる人はいない。ブランドンがなぜあんなに荒れているか、理由を訊いてみたことはある？」

「なにそれ？　ブランドンがどうかしたの？」

「ほらね、なにも知らないというのも、あなたの問題の一部なんだ」

メーナがわたしの首に手をかけると、彼女の指が筋肉の隙間やくぼみに収まる。

「あなたに見せてあげたい絵があるの。場所はシカゴなんだけど」彼女はこう言うとわたしを抱き寄せ、優しくキスしてくれるが……

なにか大きくて重いものがわたしに激突し、わたしはガスレンジまで飛ばされる。あまりに強くぶつかられたので、一瞬自分がどこにいるかわからなくなってしまう。敵が体勢を立てなおすまえに冷凍庫のドアにたどり着こうとして、わたしは四つんばいになって走る。

その途中、壊れて床の上に落ちているルビーを見る。

レストランの店内に比べ、厨房の天井が低すぎたのだ。なぜ外にいなかったのかと、怒鳴ってやりたくなる。そうすれば無事だったのに。

恐竜もわたしにぶつかった反動で、入り口近くの壁まで床の上を滑っていったのだが、今は立ちあがってわたしに狙いを定めている。わたしは冷凍庫のドアを開けようとする。しかし、まったく動かない。見れば太いスライドボルトで、がっちり留められている。そのボルトを抜いてドアを開け、ふり返ると、恐竜がすぐ近くに迫っていたので右手をあげたのだが、その手に拳銃は握られていない。ぶつかられたとき、どこかに飛んでいったのだ。

逃げ場はない。このままだと、こいつの餌になってしまう。

わざと咬みつかせて、冷凍庫のなかに引きずり込もうと考えたわたしは、片腕を前に突き出す。そのとき、冷蔵庫の陰から男がひとり飛び出してくる。グレーのスウェットパンツにTシャツを着て、スニーカーをはいたグレイスンだ。彼は手にした消火器を大きく振りまわし、消火器に痛打された恐竜はさっきの壁までふっ飛ばされる。恐竜がわたしから離れると、グレイスンはホルスターに入れていた拳銃を抜き、体勢を立てなおそうとしている恐竜に向ける。

「撃つな！」わたしは大声で怒鳴る。

彼は信じられないという顔でわたしを見るが、首を横に振ると拳銃をおろす。そのあいだに恐竜は、再びわたしに向かって走りはじめており、わたしは冷凍庫の内壁に突き出た霜の塊をつかんで立ちあがる。あまりの冷たさに痛みを感じるものの、霜は充分に固く、わたしは体をまっすぐに起こす。恐竜がわたしの胴体めがけ突っ込んできたので、わたしは体幹に力を入れると後方に倒れながら足で恐竜を蹴りあげ、そのままうしろに投げ飛ばして冷凍庫の奥の棚に叩きつける。

急いで冷凍庫から出てドアを閉め、スライドボルトを差し込む。

そこまで終えてふり返ると、グレイスンが拳銃の銃口をこちらに向けている。

ここで撃たれるのだろうか。

だがスリップのなかで見た彼は、スーツを着ていた。

いや、単に気が変わって着替えたのかもしれない。

わたしは息を止め、次になにが起きるか待つ。

グレイスンが銃をおろす。わたしはドアに寄りかかると、そのままずるずると下にさがって座り込む。そのとたん恐竜が内側からドアに激しくぶつかってきて、驚いたわたしは少しだけちびってしまう。幸い、ドアはわずかに振動しただけだ。

「俺が撃とうとしたのに、なぜ止めた?」グレイスンが訊く。

本当のことを教えてやろうかと思ったものの、彼には理解できないだろうから、代わりにこう言っておく。

「捕獲して保護しろと、CDCに言われたからよ」

彼はうなずく。「それが恐竜を扱ういちばん安全な方法だと思っているなら、CDCは大バカの集団だ」

「でもかれらは政府機関だし、ほかにどうすればいい?」

グレイスンはわたしの前に立ち、手を差し出す。わたしはその手をじっと見てしまう。差し出される手について、さっきメーナがなにか言っていた。わたしが彼の手を握ると、彼は強く握り返してくる。まるで、なにかを伝えようとしているかのようだ。彼がわたしの手を引っぱり、立たせようとするので、わたしは素直に従う。しばし睨《にら》みあったあと、彼が言う。

「倒れながらうしろに投げたあの技は、見事だった」

「どうも」

「ああいう怪物が、あと何匹いる？」

わたしはさっき落とした自分の拳銃を拾ったあと、ルビーに近づいてゆきながら肩越しに答える。「あと一匹」

ルビーを持ちあげ、ステンレスのテーブルトップに置いてよく見ると、ローターのひとつが壊れ、球形のレンズには二個ともひびが入っている。わたしが貼りつけたクリクリ目玉も、片方がなくなっていた。再起動すれば復活するかと思い、本体の横のボタンを押してみたが、反応はない。

「ニック」イヤフォンを押してわたしは呼びかける。

「どうした？」

「そっちでルビーと話はできる？」

「いや、できないけど」

もしかしたら、コンピュータ・システム内で機能が生きているのではと考えたのだが、違っていたらしい。胃が重たくなるのを感じながら、わたしはＡＩドローンをさらに何度かつついてみる。

わたしはこいつが大嫌いだった。こいつは、いつもうるさく話しかけてきた。わたしにまとわりついた。

大嫌いだった。

「あいかわらずカメラは機能していない」ニックがしゃべっている。「これでは、無視界飛行しているのと同じだ」

「にもかかわらず、恐竜はあと一匹残っている。作戦はあるのか？」グレイスンに訊かれる。

なにかが喉に詰まったので強引に飲みトしたが、なぜそんなものが込みあげてきたのか、よくわからない。取り乱す理由など、なにひとつないからだ。ブーツを投げつけられるのがお似合いの、ただの生意気なロボットではないか。なぜ悲しまねばならない？　相手は空飛ぶスマートフォンなのに。

「作戦は……」わたしは深呼吸をひとつする。「最後の一匹は地下にいた。だから地下に行って、生け捕りにする」

「だから、どうやって生け捕りにするんだ」

「頭を使うのよ」

グレイスンは、バーカウンターの上に常備されているミックスナッツが入った大きなプラスチック瓶まで歩いてゆくと、手を突っ込んでごっそりつかみ出し、ぜんぶまとめて口のなかに放り込む。

「俺も一緒に行く」

「あなたはここにいて」

「止める気か？」

「なぜわたしを手伝いたいの？」わたしは反問する。

「あんたを手伝うわけじゃない」彼はシンクでコップに水をなみなみと注ぎ、ひと息で飲みほす。ごくごくと喉の鳴る音が、わたしの耳にまで聞こえてくる。「俺がここにいるのは、危険を取り除き、ボスを守るためだ。今ここで戦っている人間は、あんたひとりしかいない。援軍を断るのは正気の沙汰じゃないぞ」

「わたし、正気だと言われたことなんか、一度もないんだけど」

グレイスンはわたしの隣に立ち、自分の拳銃をチェックする。万全の状態らしい。

「じゃあ行こうか」

現在カメラは死んでいる。わたしはおまえを殺すこともできる。おまえがわたしを襲っていない証拠は、まったく残らない。正当防衛だったというもっともらしい理由なんか、いくらでも考えられる。真相が明かされることはない。実際、そうするのがいちばんいいのだろう。未来に起きることから、自分自身を守るのであれば。

銃を握るわたしの手に、つい力が入る。

わたしの目に不穏なものを感じたらしく、グレイスンが一歩離れる。

だがそのとき、わたしはまたメーナの声を聞く。

すべての苦しみを、終わらせねばならない。

「一緒に来てもいいけど」わたしは彼に言う。「銃は撃たないでほしい。このホテルは、あちこちで壁が薄くなっている。流れ弾に当たって負傷者が出るのだけは、絶対に避けたい。簡単ではないけれど、おたがい最善を尽くそう。いい？」

グレイスンはしばらく考えこむ。

それからうなずいて、「わかった」と言う。

この言葉をわたしは信じない。しかし、ほかにどんな選択肢がある？


わたしとグレイスンは、恐竜の気配に注意しながら横並びでゆっくりと前進してゆく。わたしが知るかぎり、最後の一匹はまだ地下にいるはずだが、勝手な思いこみは禁物だ。

「もしあなたのボスがここを落札したら、あなたはどうするの？」わたしは小声でグレイスンに訊いてみる。「わたしの後釜に座るとか？」

グレイスンが黙っているので、今は話をしたくないのかと思いはじめたとき、彼はぼそっと答える。

「なにも考えてない」

「聞くところによるとテラーは、ここを買う資金にも不自由しているんだってね」

グレイスンはわたしをじろっと睨む。

「メディアの言うことを鵜呑《うの》みにしたらだめだ。『フォーブス』のあの記事だろ？　あれが出る二、三か月まえ、テラーはゴルフで『フォーブス』のオーナーに大勝し、それでオーナーは頭にきてしまった。ただではすませない、と言ってたよ。そもそも、なにをどうすれば、テラーのような富豪がいちばん傷つくと思う？」

「南軍旗の柄のベッドカバーを、取りあげてしまうとか？」

「無力な人間だと、世間に思われてしまうことだ」わたしの軽口を無視して、グレイスンが答える。「かれらがもってる莫大《ばくだい》な資産は、たしかに目立つだろう。しかし、金はあまり意味がない。かれらにとって、いちばん重要なのは影響力なんだ。そしてテラーは、今回入札に参加する誰よりも、大きな影響力をもっている」

「へえ、そうなの」わたしは素っ気なく相づちを打つ。興味がないようにみせかけて、グレイスンにもっと語らせるためだ。この種の男は、女が無関心な反応を示せば示すほど、むきになってしゃべってくれる。

「しかしそんなこと、本当はどうでもいいんだ」やけに恩着せがましい口調で、彼はつづける。「あんたは、みんなから狂人あつかいされているようだし、あんたにだけ教えてやるけど、テラーはここを買って引退するつもりでいるのさ」

「タイムトラベル事業を買っても、赤字をたれ流すだけでしょうに」わたしがこう言うと、グレイスンは笑う。

「だから金はどうでもいいんだよ。マネー・ゲームであれば、テラーはやり飽きているからな。彼がやりたいのは、過去の適当な時代と場所を選び、そこで引退生活を送ることだ。彼の金を使うにふさわしく、そして……なんていうか……もう少し快適に過ごせる時代で」

グレイスンの口ぶりが気になり、わたしはこう質問してみる。「それっていつのこと？ジム・クロウ時代（アメリカ南部の各州や地域レベルで、黒人を合法的に差別する人種隔離法が次々と導入された十九世紀後半から二十世紀初頭を指す）？」

「もっと昔、アメリカがクソみたいな国になるまえだ」

「だけど、過去に移住することはできない。法令で禁じられているもの」

グレイスンは肩をすくめる。「オーナーになってしまえば、規則はどうとでもできる。明日の今ごろは、テラーがあんたのボスになってるだろう。もし俺があんただったら、もうちょっと彼に対する態度を改めるね」

「あなたは彼の腹心の部下だ。なぜわたしが、あなたの助言に従わなきゃいけない？」

「さっきも言ったとおり、ここでは影響力がすべてを決めるからさ。俺としては、ドラッカーにこのクソみたいなゲームを、早くやめてもらいたいんだが」

わたしはすかさず質問する。「そのゲームというのは？」

「政府がここを、サウジアラビアやコルテン・スミスに売るつもりがないことは、みんなよく知ってる。アメリカが独自技術を外国の手に委ねることは、絶対にないからな。そして、アクソンがあんなあくどいビジネスをしている以上、スミスもまったく信用されていない。おのずと、俺たちとデイヴィスの一騎打ちになる。正直いって、ドラッカーが皇太子とスミスを連れてきたのは、価格を吊りあげるためだろうと俺はにらんでいる」

またしてもドラッカーだ。しかし、彼女に対するわたしの興味は、なぜか薄れてきている。

「なぜコルテンは、そこまで嫌われているんだろう？　公聴会で取りあげられた問題は別にして、アクソンのどこがそんなに悪い？」

「理由ならいくらでも挙げられる」グレイスンが答える。「プライバシーの問題、政府の規制をかいくぐるやつらのやり方、選挙に与える影響の大きさ。そしてもちろん、政府のあらゆる情報が、アクソンのクラウドサービスに保存されているという事実。やつらがここを買って、すべての時代へのアクセスを手中に収めたら、なにが起きると思う？　そう、やつらに支配権を渡すのと同じことになる。この国は、アクソン合衆国になってしまうんだ」

政府のあらゆる情報が、アクソンのクラウドに保存されている――そこには、ジャバーウォッキーのデータも含まれているのだろうか？

「なんにせよ」グレイスンがつづける。「ドラッカーには好きにさせておけばいい。あの女が大統領選に出馬する準備を整え、俺たちのところに支援を求めてきたら、そのときに今回の件を思い出させてやるだけさ」

疑問がまたひとつ増える。

昼間エレベーターに乗っているとき、わたしが聞いた幻聴のなかで、ドラッカーはなんて言った？

たしか〈わたしのため、それを実現させてくれない？〉と言っていた。

あれは、誰かと取り引きしていたのだろうか？

グレイスンを連れてきたのは、結果的に正解だったようだ。とはいえ、ここまであけすけに語ってくれるなんて、わたしは逆に彼とテラーをもっと疑うべきかもしれない。

いや、考えるのはあとにしよう。

地下一階に到着したわたしたちは、壁に背中をぴったりつけて立つ。わたしは次にどうするか、懸命に考える。いちばんよさそうなのは、改めてホテルの最下階にあるシェルターに、恐竜を閉じ込めるという手だ。あのなかは、やたら入り組んでいる。恐竜にわたしを追わせて一緒にシェルター内に入り、うまく恐竜を迷子にさせたあとわたしだけシェルターから出て、ドアを閉めればいい。それで捕獲完了だ。グレイスンには、わたしが出たらすぐにドアを閉められるよう、ドアの脇でスタンバイしてもらう。

けれども、もしグレイスンがわたしが出るのを待たずにドアを閉め、歩き去ってしまったらどうなる？

カメラは機能していない。適当な話をでっちあげるのは簡単だ。そしてわたしは、骨まで食われてしまう。

ふと尻のポケットが気になり、結束バンドがちゃんと入っているか確かめるため、軽く叩いてみる。

一本もない。

まだたくさん残っていたはずだ。ここに下りてくるまえに、チェックしなかっただろうか？　三匹めの恐竜と格闘したいわけではないが、結束バンドがあると意識するだけでも、ちょっと心強かったのに。おそらく、どこかで落としてしまったのだろう。レトロニムが欲しくなるが、今もう一錠飲んだら完全に過剰摂取だ。

「これからどうする？」グレイスンが訊く。

「シェルターのなかに誘い込み、閉じ込める」

「ずいぶん間抜けな計画だな」

「あなたを連れてきたのが、そもそも間抜けなのよ」

「撃つチャンスがあれば、俺が一発でしとめてやるのに」

「それはだめ」

「ああ、そうかい」彼はわたしの目をまっすぐ見る。「止められるものなら止めてみな」彼はこう言うと廊下をすたすたと歩きはじめ、わたしは開けっぱなしになっている最下階に向かうドアを横目で見ながら、彼のあとを追う。わたしの計画は、まだ流れたわけではない。

グレイスンは次の角で急に立ちどまり、壁に張りついて鋭い視線をわたしに送ってくる。発見したらしい。わたしも彼の横につき、耳を澄ます。たしかに聞こえる。これは、やつの鉤爪がカーペットを踏む音だ。

グレイスンが角からそっと顔を出し、拳銃のグリップを握る。わたしは彼の腕をつかんでやめさせようとするが、わずかに遅れてしまい、彼はわたしを振り切ると同時に廊下の中央に飛び出す。それから銃を両手で構えると、狙いをつけて発砲し、響きわたった銃声の大きさにわたしは耳が痛くなる。

急いで角を曲がったわたしは、三匹めの恐竜が崩れるように倒れてゆくのを見る。グレイスンの銃弾は、額の真ん中に命中したらしい。

「同じ間抜けな計画でも」彼が言う。「こっちのほうがてっとり早いだろ」

わたしは返事をする代わりに、彼の手から銃を叩き落とし、喉仏のすぐ下にパンチを入れる。

〈苦しみを終わらせる〉というのは、こういうことではない。

わたしは一歩下がると、よろめいて咳《せ》き込む彼が確実に倒れるだけの強さと高さがある前蹴りを、彼の胸骨にきめる。彼は背中から床に倒れ、でもわたしが接近してゆくと、わたしを遠ざけるため片足の速いキックをわたしの膝めがけくりだす。わたしは飛び退《しさ》り、グレイスンはその隙に喉を押さえながらすばやく立ちあがる。

「なんてことしやがる」苦しそうに彼が言う。

「ここでは発砲しないと言ったはずだ」

「あんたが言ったのは、人にあたる危険があるところでは撃つな、ということだろ」彼は死んだ恐竜を指さす。「俺が撃った弾で、危ない目に遭った人間はひとりもいない」

わたしは、ズボンのうしろにはさんである拳銃の重みを感じる。そして再び、こいつの頭に一発ぶち込むべきではないかと考える。そうすれば、近い将来のリスクも一緒に解消するからだ。傷つき血を流すグレイスンを見たいという欲求が、ふつふつと湧いてきて、メーナの声までかき消されてしまう。

ところが、銃に手を伸ばしかけたとき、別の声が聞こえてくる。

「いったいなにが起きたの？」

ゴットリーブ医師とＣＤＣの科学者たちだ。どうやら発砲音を聞いて、愚かにも安全な避難場所から出てきたらしい。わたしは銃から手を離したのだが、グレイスンは撃つ気になっていたわたしを見たに違いないし、もしそうなら、弁解の余地はない。

ゴットリーブはつかつかと歩いてきて、わたしに最新の状況を報告しろと命じる。そこでわたしは、三匹の恐竜のうち一匹はここで射殺し、一匹は三階で縛りあげ、残る一匹はレストラン内の冷凍庫に閉じ込めたと教えてやる。今ごろあの恐竜は、冷凍庫内の食材を貪《むさぼ》りはじめているはずだから、ムバイエはさぞ怒るだろう。

「まったく、なにをやってるんだか」ゴットリーブが両手で頭を抱える。それからポニーテールをきつく結んだ若い女性スタッフに向かい、「念のため、麻酔銃セットを持ってきて」と命じる。

「ＣＤＣが麻酔銃を携帯しているの？」わたしは訊く。

「とりあえず一挺《いっちょう》だけ準備してきたのよ。あなたさっき、恐竜はまだ幼体だと言ってなかった？」

「さっきはそうだった。でも、時間の進み方がおかしいものだから……」

「どういうこと？」

わたしはロビーの大時計、オーブンの異常、早すぎた日没について説明する。ゴットリーブは真剣な顔で聞きながら何度もうなずき、しかし最後は肩をすくめてこう言う。

「わたしは物理学者ではない。その問題を考えるのは、専門家にまかせましょう。今はとにかく、この恐竜たちを安全に確保しないと」

「確保してどうする気？」

「譲ってくれと言ってる研究所が、すでに三つもある」

「ちゃんと動物として扱ってくれるところを、選んでほしい」わたしは彼女に頼む。「殺して解剖なんかしない研究所を」

ゴットリーブはわたしをまじまじと見たあと、小さくうなずく。彼女が最終的にどうするか、わかったものではない。しかし、言うだけのことは言っておいた。グレイスンはさっさと引き上げてしまったし、今この現場ではCDCの科学者たちが恐竜の死体のまわりにしゃがみ、サンプル採取などをはじめているから、わたしもかれらを放っておいて上階に戻ってゆく。

すでにみんな避難場所から出てきており、数名のTEA職員と宿泊客、そしてホテルスタッフの姿が見える。レグの遺体には布がかけられているが、その布もすでに血で濡れている。遺体のかたわらにブランドンが立っており、彼は通り過ぎようとしたわたしを横目で見る。

今わたしが言うべきことは無数にあるけれど、レグを見ているうち頭に浮かんできたのは、決して言ってはいけないひとことであり、なのにわたしは、結局それを口にしてしまう。

「ここを掃除するのは、たいへんでしょうね」

ブランドンが顔をゆがめ、わたしに向きなおる。「本気で言ってるのか?」

「いや、まあ落ち着いて……」

ブランドンは愛用の薬物《キャンディ》を取り出すと、包んでいた紙を破って口に放り込み、首を左右に振る。「一度言ったことは、取り消せないぞ」彼はこう言うとキャンディの包み紙を床に落とし、大股に歩き去ってゆく。

いいだろう。好きにしろ。わたしは彼を見送る。警備室に行くと、ニックとアリンがいる。ホロテーブルの上に医療キットが広げられ、負傷したアリンの腕に、タムワース医師が包帯を巻いている。

「腕の具合はどう?」わたしはアリンに訊く。

アリンは首を横に振る。

「狂犬病のワクチンを注射してもらうべきか、まだ迷ってるところだ」

「現在までのCDCの検査では、その危険はないと診断されている。どっちにしろわたしは、血液の精密検査をやるつもりだがね」タムワースが言う。

「ああ、そうだったな。ちょっとふざけてみただけさ」アリンはわたしの顔を見あげる。

「死ぬほどの電気ショックまで経験させてくれて、ありがとうよ」

「どういたしまして」わたしはビデオ画面が並ぶスクリーンに近づいてゆき、映像をチェックしているニックに訊く。「なおったの?」

「ああ、なおった。なにが起きたのか、まったくわからない。君とアリンが出ていったとたん、急におかしくなりはじめたんだ。ぼくにはどうすることもできなかった。申しわけない」

そのとき、ビデオコンソールから発せられたルビーの声が、警備室のなかに響きわたる。

「どうやらわたしは、あの恐竜に完全に壊されたらしい。ジャニュアリー、あなたが無事だったのを見て、たいへん嬉しく思います」

頬がゆるんでしまうのを、誰にも見られたくないわたしは、壁のほうを向かねばならない。

「よく死ななかったな、ポンコツ。システムをまるごと移行できる同型のユニットが、そのへんにあるんじゃないか？」

「今データ転送を行なっているところです」

「そりゃよかった」

わたしは部屋を横切って、ぼろぼろになった愛用のキャスターつきチェアを引き出し、その上にぐったりと座る。もしひとりだったら、数秒で眠っているだろうし、実際そうしたいところなのだが、アリンがわたしを眠りの入り口から引き戻す。

「明日のサミットは、キャンセルになった」

「やっと誰かが正しい判断を下してくれたわけだ」わたしは答える。

「なにしろ、いま起きていることがなんであれ、原因を把握することすらできないんだからな」彼は立ちあがると、包帯がどれくらい柔軟か確かめるため、腕を曲げ伸ばしする。「もうこんな時間だが、雪がやんだので、除雪のための器材と人員をこれから手配する。無事に朝を迎えられるよう、今夜は息を潜めているしかない。ＴＥＡの職員たちに、夜通し徒歩で館内をパトロールさせるつもりだ」

「じゃあ入札はどうなるんです？」ニックが質問する。「一日か二日、繰り延べにするんですか？」

「いや、どこかよそでやってくれと、すでに伝えてある。この問題は、ほかの施設に押しつけたほうがいい。そのせいで、わたしが解任されることになったとしてもな」――彼は自分の腕を見おろす――「まあ、これでクビになるかもしれないけど」

急に、ひどい疲れと酔っぱらったような眩暈《めまい》を感じながら、わたしは立ちあがる。

「よそに押しつけてしまうのは、いいアイデアだと思う。さて、みなさんわたしを追い出したがっているのはよく知っているけど、一時間か二時間、廊下に置かれた超豪華な簡易ベッドで寝てきてもいいかな？」

「君も知っているとおり、こんなこと、わたしはやりたくなかった」

「ええ、わかってる。わたしのことを、思ってくれてるんでしょ」

アリンはなにか言い返したいようだったが、わたしは無視する。ロビーに出てゆくと、館内放送用のスピーカーから、ロックダウンは解除されたのでもう部屋から出てよいというアナウンスが、ルビーの声で流れはじめる。レグを別にすると、負傷者はアリンだけだったらしい。わたしはささやかな満足感を覚えながら、人のあいだを縫うようにして廊下を進み、二階に上がってさっき確保しておいた簡易ベッドに向かう。ベッドに横になると、足が立ちつづけの重圧から解放されると同時に、全身がリラックスしてゆくのがわかる。

いい気分で目を閉じたのだが、真上の照明器具からの光が眩《まぶ》しく、ブーンというノイズまで聞こえてくる。

拳銃を探して腰の下に手を入れてみるが、ベルトにはなにも挟まっていない。きっと、警備室で返してきたのだろう。わたしは起きあがってブーツを脱ぎ、天井に向かって投げ上げる。一投めははずした。二投めも失敗。三投めでやっと命中し、急に光が消え、砕けたガラスが床に降ってくる。まわりにいた数人がベッドの上に飛び起きたが、わたしはかれらに向かって小さく手を振る。

「おやすみなさい」

改めてベッドに戻ると、環境《アンビエント》照明がまだちょっと眩しい——わたし好みの真っ暗闇にはほど遠い——ものの、これくらいなら眠れるだろう。

しかし、ようやく横になれたのに、脳があちこち暴走しはじめ、結局眠れない。誰があの恐竜たちをシェルターから出したのか。このホテルを混乱させているのはどこの誰だ。幽霊をめぐる奇妙な話。そう、あの変な女の子もいた。加えて、アクソンが政府のサーバを握っていたり、ドラッカーが大統領選への出馬をもくろんでいたり。

くそっ、この調子では、とても眠れるものではない。

だからわたしは、眠れぬ夜はいつもやっていることを、やってみる……

……シーツの上で片手を伸ばし、眠っているメーナの腰から胸へと触ってゆき、心臓の鼓動を探る。彼女の体内から発し、わたしを眠りへといざなってくれるあの振動を。

メーナの柔らかな胸は温かく、彼女はわたしの指に指をからめてくる。

「まだ起きてたの?」メーナが訊く。

「いつもずっと起きてる」わたしは答える。

「そうみたいね」彼女はベッドカバーの下で少し動き、わたしに体をぴったりとつける。

「ごめん」わたしは彼女を抱き寄せる。

「なにが?」

「答えなきゃいけない? わたしはいつだって、誰かに謝らなきゃいけないような気がしてるの」

「なぜだろう?」

暗くてほとんど見えない天井を、わたしはじっと見つめる。常夜灯の弱々しい光だけが、バスルームのドアの下を銀色に照らしている。

「真面目に訊いたんだけどな」と言いながら、メーナはわたしの首筋に鼻を押しつける。

「だから教えて」

「まえにも話したことがある」

「だけど、本当のことは教えてくれなかった」

彼女が上体を横向きにし、片手をわたしの胸にあてたので、今度はわたしが彼女の手を通して自分の鼓動を感じることになる。

「わたしは真剣よ、ジャニュアリー。後悔できるということは、自分がやったことの重要性もきちんと理解しているはず。なのになぜ、またやってしまうのかしら？」

　わたしは首をかしげる。「自分でもわからない」

　彼女は、手でいっそう強くわたしの左胸を押さえる。「ここにその理由があるの。あなたの皮膚のすぐ下に。わたしには感じられる。わたしにわかっているのは、あなたのご家族が……」

「わたしの家族がどうしたの？　家族のことは、よく憶えてないんだけど」

「とぼけないで」

「だいたい、なにを聞きたいわけ？」わたしはメーナのなめらかな手の下で、心拍が速くなったのを感じる。「わたしの両親が、わたしを憎んでいるそぶりすら、わたしに見せてくれなかったこと？　子供に少しも関心がない親だったこと？　医者か弁護士になって、孫をごろごろ産んでくれるはずだったのに、レズの変人になってしまった娘をどう扱えばいいか、まったくわかっていなかったこと？　それとも、わたしがどれほど孤独な子供で、みんなに好かれるためには笑わせるしかないことに、どうやって気づいたか知りたい？　そしてそれ以来、ずっと笑われてきたことを？」

「そういう話も聞きたいけれど」メーナが答える。「もっとほかのことね。もっと深いところにあるなにか。わたしには感じられるの。だからわたしの女王《ミ・レィナ》さま、そのなにかを、ぜひ表に出してほしい。そのなにかが、あなたを傷つけている。本当はあなたも口に出して言いたいのに、怖くて言えないままになっていること」

わたしは彼女の手に自分の手を重ねる。自分がなにを言いたいかは、自分がいちばんよく知っているし、実際何度となく言いそうになって、そのたびに勇気がなくて口に出せなかった。

「恥ずかしい、というのもある。怖くて言えないのをわかっているのに、なぜ放っておいてくれない？」

「だって、愛してるんだもの」メーナが答える。「教えて」

「それよ」言葉がするりとこぼれてしまう。

「え？」

「だからそれ」たとえ闇のなかでも見られるのが厭なので、わたしは彼女から顔をそむけてしまう。バスルームのドアを照らす弱々しい光が、涙に反射してしまうかもしれない。「愛しているとわたしに言ってくれたのは、あなたが最初だったの。初めてそう言ってもらったとき、胸がいっぱいになってしまってね。同時に、そう言ってもらった経験がないまま過ごしてきたそれまでの人生が、とても虚《むな》しく感じられた。なぜこんな小さなことで、苦しんできたのかと思うと、なんだかバカみたいだった」

「ああ、ジャニュアリー」メーナに両腕で抱かれ、子供のように揺さぶられるとわたしは顔が熱くなり、心の傷が外の空気に触れたおかげで、なぜこの問題をこんなに長く自分の胸だけにしまっておいたのか、その理由を正しく理解する。「ご両親も、愛してると言ってくれなかったの?」

「かれらは……そういう人たちではなかった。子供にベタベタするようなタイプじゃなかったみたい」

「あのね」メーナの声が険しくなる。「ベタベタする、しないの問題じゃないでしょ。大事なのは、深い愛情をもった優しい人間かどうか、ということ」

「そうね、でもわたしは……」喉が詰まって、うまく声が出ない。「両親については、もう話したくない」

「目をつぶって」

「つぶらなくても暗いんだけど」

「いいからつぶって」

わたしは目を閉じる。なにも変わらない。ただ闇があるだけ。闇が部屋を満たし、わたしを満たしている。メーナはわたしの手を取ると自分の手首を返し、ふたりの手がわたしの心臓を感じられるようにする。

「鼻から息を吸って」彼女が命じる。「胸を膨らませていく。いっぱいに膨らんだところで、息を止める。そのまま三つ数える。数えたら口から息を吐く。ぜんぶ吐ききってね」

目を閉じていても、闇のなかにいても、どれほどうまく声を出さずにいても、わたしが泣いていることに変わりはない。しかしわたしが泣くのは、誰もわたしを見ることができない場所にいるときだけだ。だからわたしは、泣いているのをメーナから隠そうとするが、そんなことお見通しの彼女は、そうさせてくれない。彼女はさらに強くわたしを抱きしめる。

「ちょっと訊きたいんだけど……」と言いかけて、またわたしの喉が詰まる。

メーナはなにも言わない。わたしがつづけるのを、待っていてくれる。

「ときどきわたしは、こんなふうな人間でいたくないと思ってしまうの」わたしは言う。

「いつかわたしも、あなたみたいになれると思う？」

「わたしみたいとは？」訊き返すメーナの温かな息が、わたしの耳を包む。

「あなたは優しい。あなたはひとつの道を進んでいる。常に自分を向上させようとしている。きっと、涅槃《ニルヴァーナ》をめざしてるんでしょうね。なのにわたしは……あいかわらず自分のゴミ溜《た》めのなかを歩いているだけ」

メーナが小さく笑う。わたしを笑ったのではない。それはわかっているが、やはりちょっと不安になる。

「そう、ニルヴァーナに到達するのはすごく難しいし、わたしがたどり着くまでには、人生をあと何回か生きねばならないでしょうね。それにわたしは、別に頑張っているわけではない。秘訣《ひけつ》を知ってしまえばいいだけ」

「その秘訣とは？」

彼女はわたしと正対できるよう、体の位置を少し変える。「もともとニルヴァーナというのは、輪廻《りんね》から逃れた状態を意味しているの。そして輪廻とは、人が生前に積み重ねた行《カル》ないに応《マ》じた、何度もくり返される生まれ変わりのこと。ニルヴァーナに到達すると、もうカルマを積み重ねることもなくなる。そして完全に解脱できたら、次は般涅槃《パリニルヴァーナ》に入るんだけど、実はここまでくると人間の理解を超越していて……」

「じゃあ、これはすべてカルマなの？　わたしは罰せられているわけ？」

メーナが嘆息する。今回はわたしに呆《あき》れたからだ。彼女はふたりの体がぴったりと密着するまで、わたしを抱き寄せる。

「あなたを罰している唯一の存在は、あなた自身よ」

この言葉の重みを、わたしは胸に刻もうとする。そしてゆっくりした呼吸を、何回かくり返す。

「メーナ？」わたしは声をかける。

「ん？」柔らかな鼻声。うとうとしたらしい。

「秘訣があると言ったでしょ」

「なんの？」

「ニルヴァーナの」

「そうだったわね、ごめん」彼女があくびをしながら返事をしたので、言葉まで間延びして聞こえる。「ニルヴァーナへ至る道には、パラドクスがひとつあるの。ほかのあらゆる目標と同じで、達成するには努力しなければいけないと、誰もが考えてしまう。でも、本当にニルヴァーナへ到達するためには、〈無〉になる必要があるのね。競ったり争ったりしてはだめ。努力するのではなく、身を委ねるのが秘訣。仏教の基本教義のひとつに、苦を滅するというのがある。闘争は苦でしょ」

「ということは、闘争が苦のおおもとなの？」

「ある意味ではそうね。苦しみは執着や欲深さから生まれてくる。なにかを指さし、〈これがあるからわたしは悲しい〉と言うのは簡単。だけど、悲しみの真の原因を知るためには、自分自身の内面を見つめなければいけない。あなたが経験する苦しみは、あなたが苦しみをどうとらえるかで変わってくるの」

「で、すべてわたしのせいだという話に、また戻るのね？」

「そのとおりだけど」メーナはわたしの唇にキスする。「そのとおりではない」

わたしは洟《はな》をすすり上げながら笑う。「ほらまたお得意のなぞなぞだ」

「いつかわかる時がくる。苦しみが本当に差し迫った問題となったとき、きっと理解できる。約束してもいい」

「それであなたは、いつ到達するの？」わたしは彼女に訊く。「ニルヴァーナに、という意味だけど」

わたしはメーナが肩をすくめたのを感じる。

「期限を切れるものじゃないわ。それにどっちみち、わたしは必死で追い求めているわけじゃないしね。まずやらなきゃいけないことが、多すぎるんだもの」声に疲れが感じられ、このあとしばらく彼女は口を閉ざす。眠ってしまったのかと思ったとき、彼女が不意に訊いてくる。

「菩薩《ボディサットヴァ》の誓いの話、したことあったっけ?」

「ないと思う」

「人びとを苦しみから救うため、自分がニルヴァーナに入るのを遅らせるという誓いのこと。自分をあとまわしにしてでも、みんなを先に行かせるわけ」

「それをあなたはやってるの?」

メーナはもう一度キスしてくれるが、今度のはずっと強くて長い。わたしは、ふたりの皮膚が湿っているのを感じる。彼女も泣いているのだろうか?

「ジャニュアリー」

「なに?」

「あなたは愛されている。それだけじゃない。あなたは、愛するに値する人よ」

メーナはわたしの手をぎゅっと握り……

……そしてわたしの手のなかには、なにもない。わたしは、明日になれば去ってゆくこのホテルの廊下で、ひとり横たわっている。

わたしがいなくなっても、悲しんでくれる人はいるまい。

それどころか、わたしなどいないほうが、ここのためになりそうだ。

今回は、泣いてしまっても隠す必要はない。

崇高な真実

緑色のカーペット・ランナー（通路などに敷く細長い絨毯）は、パイルが潰れてガラスのようにすべすべになっている。しかしこれがひとすじの細道となって、木製の床板がすり減り、色あせた花柄の壁紙が貼られた狭い廊下の中央をつらぬいている。その廊下をわたしが歩いてゆくと、床のきしみがわたしの子供時代のシンフォニーを奏でる。

わたしは壁にはめられた特大の鏡に目を向ける。自分の姿が映っている。でもそこにいるのは、ひとりぼっちでおびえている子供ではなく、現在のわたしだ。

ジャニュアリー・コール。民間企業の警備員。永遠のはみ出し者。

これは夢なのか、それともスリップか？

このふたつに、どれほどの違いがある？

自分の部屋に向かってさらに進むと、キッチンから流れてきたニンニクとチリペーストを炒める匂いが、廊下に充満する。固くなったドアノブを強引に回してから、木がふくらんでドア枠に引っかかっている部分をぐっと押し、自室のドアを開く。開いたドアの向こうに自分がいることを、わたしは期待する。こちらに背を向けてベッドに座り、膝の上に本を広げているだろう。『ベル・ジャー』（三十歳で自死した女性詩人、シルヴィア・プラスの自伝的小説）か、『若草物語』か、さもなければ『キンドレッド』（現代の若い黒人女性が奴隷制時代のアメリカ南部へタイムトラベルするオクテイヴィア・E・バトラーのSF小説）か。

わたしのふたつのタイムラインが交差する。わたしはここで死ぬだろう。わたしはこの部屋のなかで、憎悪や虐待ではないけれど、後年ずっと苦しむことになるむごい仕打ちを受けた。

果てしなくつづく、静かな無関心。

だけど部屋には誰もいない。ベッドはいつもどおり乱れており、毛布もシーツも子供だったわたしが投げ捨てたまま、ぐしゃぐしゃになっている。窓から射《さ》しこんでいるのは朝日だ。部屋のなかに、昔と変わらぬ匂いが漂っている。洗いたての衣類の香りと、その下に潜む古びた木の匂い。

わたしはベッドに腰をおろし、ブーツを脱ぐべきか考えながら脚を組んでみる。しかし、脱ぐ必要があるだろうか？　だいたいこれは現実なのか？　仰向《あおむ》けに寝て頭を枕にのせ、天井を見つめる。天井の隅にある水のしみは、屋根裏の暖房用ラジエーターが壊れたときのものだ。眠れない夜、わたしはこのポップコーンみたいにでこぼこした天井から、なにかの姿や形を読み取ろうとした。

まばたきをしたとたん、わたしはパラドクス・ホテルの廊下に置かれた簡易ベッドの上にいる。一瞬で戻ってきてしまった。

いよいよ終わりが近いようだ。わたしにはわかる。

頭痛がひどい。立ちあがって伸びをすると、背骨がぽきっと鳴る。体のあちこちが痛む。

恐竜狩りなんかしたせいだ。まわりの人たちは、みんなまだ眠っている。いま何時だろう。この廊下に窓はない。わたしはセキュリティ・ウォッチとスマホを見るが、どちらもバッテリーが切れている。ＴＥＡの腕時計は生きていた。朝七時。警備室で充電しようと思ったけれど、ここからであれば医務室のほうが近い。頭痛薬もあるだろうし。

今日なにをするにせよ、すべてはそのあとだ。

この時間、医務室のカウンターには誰もいないので、わたしは勝手に入ってゆき、電子機器用の充電マットを見つけて時計とスマホを置いたあと、アセトアミノフェンかイブプロフェンはないか探しはじめる。

いや、必要なのは頭痛薬ではない。脳内がひどくざわついているのは、アンスタックの症状であり、このノイズは大きくなりつづけている。昨日よりやかましいくらいだ。そして過去二十四時間をふり返ってみると――いったい何度、不気味なスリップに陥ったことか。これは尋常ではない。

やっぱりわたしに必要なのは、レトロニムだ。

ポケットから一錠だけ取り出し、飲むまえに改めてよく見る。光沢がある楕円《だえん》形をしており、色は淡いピンクで、飲み慣れた鮮やかなブルーの錠剤よりひとまわり大きい。

そういえば昨日、タムワースは用量を変えると言っていた。

彼のオフィスに行ってみると、すでに彼はデスクに向かっており、タブレットを操作している。

「やあジャニュアリー」ほとんど顔をあげずに、タムワースが言う。額の生え際のすぐ下に、絆創膏《ばんそうこう》が貼られている。「用件はなにかな?」

わたしはわざわざ座ったりしない。

ポケットからさっきの一錠を出し、デスクの上、彼の真正面に置く。

彼は顔を近づけ、目を細める。

「なんだね、これは?」

「あなたからもらった薬」わたしは答える。「昨日の朝、あなたは用量を増やすと言って、そのレトロニムの錠剤をわたしにくれた」

彼はデスクの上の薬をつまみ上げ、光にかざしてよく見る。

「これはレトロニムじゃないよ」

わたしの脳内で鳴りつづけていたノイズだらけのレコードが、スクラッチしはじめる。

「それならわたしは、なにを飲んでいたの?」

彼は錠剤をふたつに割ると、片方を舌の先につける。

「砂糖の丸薬だな」

「なぜそんなものを、わたしに?」

「ここのスタッフに対する君の評価が、おしなべて低いことならよく知っているけれど、少なくともわたしは、自分の仕事に真剣に取り組んでいるぞ」彼は手にした錠剤の片割れを、デスクの上に戻す。「したがって、わたしに考え得る唯一の可能性は、誰かが君の薬をすり替えたということだ。そこで訊《き》きたいんだが、昨日から今朝にかけて、体調はどうだった？」

昨日からの体調。いつもより多くスリップしたし、内容もめちゃめちゃだった。よくなかった。第二次大戦中のドイツに飛び、その後自分のタイムラインを転々とした。しかし錯乱し、医務室でタムワースがくれたレトロニムを飲んだあとは、しばらくのあいだ快調だった。

「昨日もらった錠剤は、わたしのポケットからではなく、あなたが奥から出してきたものだった」わたしは指摘する。

タムワースがうなずいたので、わたしは重力に引っぱられるかのように椅子に座ってしまう。

「やはりわたしの処方した薬が、すり替えられたんだ」

こう言うと彼は立ちあがってオフィスから出てゆき、わたしはいったいなぜ幽霊が、わたしの薬を盗まねばならないのかと考えこむ。

タムワースが戻ってきて、新しい薬瓶をデスクの上に置く。わたしは瓶をつかんで蓋を取り、一錠飲む。

「しっかり管理してくれよ」

「そうする。ありがとう、先生」

彼が笑う。

「どうかした？」

「いやね、君から感謝の言葉を聞くなんて、珍しいなと思って」

「わたし、そんなに失礼なやつかな？」

今回タムワースは、笑わずに答える。

「そうだよ、ジャニュアリー。そのとおりだ」

「やれやれ」わたしは椅子の背もたれに寄りかかる。「それで、本日の予定はどうなってる？　暴れて泣きわめくわたしを、ホテルから引きずり出すのは何時ごろ？」

タムワースは嘆息《たんそく》する。「知るもんか。カメオが朝のうちに、レグを追悼する小さな集会をやろうとしたんだが、サミットの準備で飛んでしまったから……」

「サミットなら、昨夜アリンがキャンセルしたけど」

タムワースは首を横に振る。「上院議員どのが復活させたんだ。昨日の夜は、平穏に過ぎていったからな。もちろん恐竜を捕まえたあと、という意味だがね」

わたしは自分のおでこを指でつつく。「よかったら教えてほしいんだけど、その絆創膏、どうしたの？」

彼はすっかり忘れていたらしく、改めて首を振る。

「夜中に目が覚めたんだ。トイレに行きたくなったからだよ。で、つまずいてしまった。旅行カバンのようだったが、まわりを見まわしても、なにもなかった。だからつまずいた物がなんなのか、よくわからない」

「それならなぜ、旅行カバンだと思った？」

「さあなぜだろう。キャスターつきのスーツケースみたいな感じだったし、そんな音がしたんだ」彼は両手を組むと、宙を見つめる。「転びながら見たような気がしたんだが、顔をあげると……きっとわたしが、寝ぼけたんだろう」

「いいえ先生。あなたは寝ぼけてなんかいないと思う」

こう言うとわたしは立ちあがり、彼のオフィスを出てバルコニーの手すりまで歩く。下を見ると、ロビーでスタッフの一団がカメオを囲んで立っている。葬式のように暗い雰囲気だし、みんな目を伏せ手を胸にあてているから、レグのため祈りを捧《ささ》げているのだろう。

そこにドラッカー上院議員が、指をバチンバチン鳴らしながらやって来て、さっさと仕事に戻れとかれらに命じる。彼女にとっては幸運なことに、わたしがロビーに駆け下りたとき、この悪夢のメス犬はすでに引き上げており、そうでなければ最悪の結果を迎えていただろう。ドラッカーは今この場で、わたしはこれから将来にわたって。

正面ドアの外では除雪機が稼働しており、雪の大きな塊を玄関ロータリーのまわりに積みあげている。コンシェルジュ・デスクの前には長い行列ができていて、仕事に戻ったスタッフが対応に追われはじめる。あの客たちは連泊する気なのか、チェックアウトしたいのか、それとも旅行が再予約《リブック》されるのを、待つつもりなのだろうか？　まったくわからない。フライトボードの表示は、まだ全便欠航となっている。今のわたしには、どうでもいいことだが。

誰もわたしに注意を払おうとしない。わたしは幽霊も同然だ。

あたかも、わたしを見捨てて前進することに、全スタッフの意見がとうとう一致したかのようだ。

ジャニュアリーを救う手だては、もうなにもない。

たしかに、そう思われてもしかたないだろう。だが実際にそうなってしまうと、わたしは心の一部が欠けたような気がしてくる。

いや、今は物思いに沈んでいるときではなかった。考えるべきもっと大きな問題があるのだから。

特に心配なのは、早すぎた日没、異常な速度で成長した恐竜、オーブンのタイマー、そしてタムワースを転倒させたそこに存在しないはずのスーツケースだ。たぶんそのスーツケースは、それ以前に同じ場所に置かれていたか、近い将来置かれるはずの物なのだろう。

なるほどあの日没は、多くの人が目撃した。だけどあれも、わたしのスリップの多くがそうであるように、目の錯覚だった可能性はある。しかしタムワースのスーツケースは、実際につまずくことができた。ちゃんと実体があった。ある一瞬だけ、間違いなくそこに存在していた。

手で触れることのできる物体が、時空を超えてふらふら移動しはじめているのか？

これはポーパに訊いたほうがいいかもしれない。

けれどもわたしは、力になってくれそうな人をもうひとり思い出す。どっちみちその人とは、きちんと話をする必要があるのだ。

ブランドンは、ロビーで高級スーツケースが満載されたカートを押しており、カートのうしろをついてゆく年老いたカップルが、ふらふらするなと彼を叱っている。カートに追いついたわたしを見て、ブランドンは足を止める。

「どうも」わたしが言う。

「ちょっと君」わたしの目を見ようとせず、彼が返す。わたしに話しかけてくる。「ぼくらはね、バ」老カップルの爺《じい》さんのほうが、わたしに話しかけてくる。「ぼくらはね、バスターミナルに行かなきゃいけないんだ。この雪で、うちの運転手がここまで来られないものだから……」

わたしは彼の鼻を指さして言う。「うるさい。黙れ」

すぐ近くにTEAの職員がひとり立っている。頭を剃《そ》りあげ、大型冷蔵庫のような体形をした若い男だ。わたしは彼を手招きし、この老人たちの面倒をみてやってくれと頼む。彼は不満そうだったが、わたしが何者か知っており、でもわたしに命令権がもうないことは、まだ知らなかったらしい。彼はサービスについてぶつぶつ言っている年寄りたちを、さっさと連れていってくれる。

「その腕、まだ痛む？」わたしはブランドンに訊く。

彼は真新しい包帯をそっと撫《な》でる。「気になるのか？」

「気になる」わたしは答える。

「今ごろかよ」

「ブランドン、聞いて。言い古された安っぽいお詫《わ》びの言葉を、ここで延々と述べるつもりはない。ただごめんなさいとだけ、言わせてもらいたいの。本当に悪かった」

彼はうなずくと、負傷したほうの手をだらんと下げる。

「タムワースから鎮痛剤をもらったんだが、俺の個人的な在庫のなかにもっと効くやつがあったので、そっちを使うことにした。だから今は大丈夫だ」

「わたしは正気じゃなかった。それは自分でもよくわかっている」

ブランドンはうなずく。謝罪を受け入れたというより、今のわたしの言葉に同意した感じだったけれど、今はそれで充分だろう。彼はこの場を離れる口実を探すかのように、ロビーを見まわす。わたしは心の隅で、まだ謝罪が充分ではなく、なにか埋め合わせをしなければと思うのだが、今はもっと大切な用事があるので単刀直入に言う。

「実は、あなたに助けてもらいたいことがあるの」

ブランドンについてくるよう手振りでうながし、コーヒーマシンの前まで来ると、今度はちゃんと補充されていたので嬉しくなってしまい、躍《おど》りあがって注ぎ口の下に頭を突っ込み、喉に直接コーヒーを流し込みたくなる。もちろんそんなことはせず、代わりにマグをひとつ取るとコーヒーを注ぎ、そのまま先に進もうとしたのだが、いや待て、ここはいい人にならなければねばと考えなおす。そこで手にしたマグをブランドンに差し出すと、彼は受け取ってくれたのだが、クリームと砂糖をこれでもかと加える。わたしは「おえっ」と言いたくなるが、もちろん口には出さない。改めて自分のマグを取り、コーヒーを本来そうあるべきブラックで満たしたわたしは、革張りの椅子とソファが置かれ、今は誰もいない談話コーナーまで彼を連れてゆく。

腰をおろすと、さっそくブランドンが訊く。

「それで、なにがあった？」

わたしは彼に、タムワースが転倒した件を話して聞かせる。話しているうち、ひどく荒唐《こうとう》無稽《むけい》な話をしているような気持ちになってくるが、我慢して最後まで説明する。そのあいだブランドンは、悠然と座ってミルクセーキみたいなコーヒーをすすっている。

「俺が疑問に思うのは」ブランドンが言う。「なぜそういう変なことが、このホテルに限定されているかという点だ。日没が早くなったのはなぜだ？　それって、時空港《タイムポート》でなにかあったからじゃないのか？」

「同じことをアリンも言っていたと思う。だけど奇妙なことに、ポーパによると、この建物の外側に設置されたセンサーのなかで、異常を検知したものはひとつもなかった。そしてこの建物は、放射線を遮断するようできているから……」

「ポーパは、ホテル内のセンサーも確認したのかな？」ブランドンが訊く。

わたしは答えようとして言葉に詰まる。それについて、ポーパはなにか言っていただろうか？　そもそも、この建物のなかにセンサーなどあるのか？　あろうとなかろうと、これはチェックすべき項目だったのではないか？　どんなに優秀な頭脳の持ち主だって、時として目の前の大事なことを見落としてしまう。

「すぐに調べてみる」と言いながら、わたしは立ちあがる。「ありがとう」

「ちょっと待ってくれ」ブランドンが引きとめる。

わたしは椅子に戻るが、彼はなにも言わない。わたしは片手を出して、早く言えと催促する。

「レグが死んだろ」やっと彼が口を開く。

「そうね」

「レグと親しかった人の多くが、彼を偲《しの》ぶため時間休をとろうとした。なのにあの上院議員が、許可しなかった。今は彼女がここの責任者であり、俺たちは持ち場を離れてはいけないと言うんだな。総員配置につけってやつだ」

「詳しいことはわからないけど、今ここは連邦政府の施設になっているはずだから……」

ブランドンは頭を振る。「ここでのレグは、親父のような存在だった。レグがここをまとめていた。あんたが彼のことをどう思っているか知らないが、彼はすごくいい上司だった。今の俺たちは、まるで……」彼はロビーのほうを見やる。カメオが、コンシェルジュ・デスクに顔をうずめている。クリスは誰かと言い争っている。我が物顔で歩きまわっているのは、TEAの職員たちだ。

「でもブランドン、いつだってあなたは、みんなとうまくやってきたんだから……」わたしは言いかける。

「だからジャニュアリー、次のボスは、あんたでなきゃだめなんだ」

これには腹をかかえて笑ってしまう。「そうね、わたしはさぞいいお母さんになるでしょうね。生まれながらの良き母親、それがわたしです」

「俺は真面目だよ。あんたは、あんたが負うべき重荷をちゃんと負っている。俺たちはみんなカメオを頼りにしているが、そのカメオでさえ、あんたを頼りにしている。わかるだろ？もちろんカメオが、そう認めることはないだろう。あんたはなんていうか……オフクロというがらじゃないし……怒れる修道女ってとこかな？」

「怒れる修道女ね、そりゃいい」

「すごく厳しいから、誰もが怖がる暴君みたいだけど、その暴君は最終的にみんなが自分についてくることを、ちゃんとわかっている」

「ブランドン」わたしは彼に言ってやる。「もしあなたが、わたしのことをもう少しよく知っていたら……」

「今の俺たちには、あんたしかいないんだ。誰かが俺たちのため、ここにいなければいけない」彼は、身の丈五メートルの巨人になったような態度で、ロビーをのし歩く大金持ちの客たちを指さす。「かれらがここにいるのは、俺たちのためではない。そしてどんなにごまかそうとしても、あんたがああいう連中にムカついていることを、俺はよく知ってる」

「なぜわたしが、すべての責任を負わなきゃいけない?」わたしはブランドンに訊く。「わたしの味方になってくれる人は、ひとりもいなかった。わたしは、自分をどうやって守るか学ぶ必要があった。でも実のところ、それしかわたしにできることはなかった。だって、少しでも隙を見せたらどうなるか、あなたも知ってるでしょう? 誰にも理解されないのがどれほどつらいことか、あなたに……」ここでわたしの喉がふさがってしまう。顔が火照《ほて》ってくる。この話はつづけたくない。わたしは深呼吸をひとつして、沈黙する。

「違うだろ」ブランドンが首を左右に振る。「そうでなかったことを、あんたは自分でもわかってる。もしあんたが人の愛情に応えられない人間だったら、メーナがあんなふうにあんたを愛することもなかっただろうよ」彼はむすっとした顔で立ちあがる。「ま、今のあんたは違ってるかもしれないがね。どうでもいいや。仕事があるから、もう行くよ」

わたしはなにか言わねばと思う。言葉はいろいろ思いつくのに、適切なものを選べない。わたしとしては珍しいあの感覚が、また戻ってくる。

自己嫌悪。

ブランドンが去っていったので、わたしは残っていたコーヒーを飲みほして警備室へ行き、アリンが開けてくれるまでドアを叩きつづける。わたしを見て目を丸くしたアリンは、ひどく疲れた顔をしている。今すぐシャワーを浴びて髭《ひげ》を剃り、コーヒーを十ガロン飲んだほうがよさそうな顔だ。

「君か」

「わたしだ」わたしはさっそく彼に訊く。「ポーパはどこ？」

「ここにはいない」

「彼に確認したほうがいい。この建物内部の放射線量は、モニターしてるのかって」

アリンは周囲に人がいないことを確かめ、首を振る。「ちょっと歩こう」

警備室から出た彼に連れられ、地下へとつづく斜路に向かって歩きはじめると、ドラッカーがわたしたちの横に並ぶ。わたしは彼女を横目でちらっと見て、アリンに言う。

「ふたりだけで話したいんだけど」

「これからサミットがはじまるんだ」アリンが答える。

「そんなことはどうでもいい。なぜ昨日のわたしが、あれほど不安定だったかわかる？ 何者かが、わたしのレトロニムをすり替えていたからなの。きっとそいつは、わたしをここから追い出したかったんでしょうね」

斜路の終点ではふたりのＴＥＡ職員が歩哨《ほしょう》に立っており、その手前でドラッカーが立ちどまる。彼女はアリンの正面にまわり込んだあと、両手を腰にあてる。「そろそろはじまる時間よ。急ぎましょう」

アリンはわたしを見て嘆息し、それから首《こうべ》をたれる。そしてふたりのＴＥＡ職員に向かい、「彼女は地下に行くことを許可されていない」と言う。

「アリン」わたしは彼に頼む。「いろいろあったけれど、ここはわたしの話を聞いてほしい」

「あとで聞くよ、ジャニュアリー」こう答えた彼は、ドラッカーと一緒にサミット会場となるラヴレイス・ホールに下りてゆくが、これからあそこでよくないことが起きるのを、わたしはほぼ確信している。

TEAのふたりは、全盛期は過ぎたもののまだ現役でやれるフットボール選手みたいな体をしており、わたしを見て同時に胸の前で両腕を組む。わたしがつい失笑すると、片方の男もつられて笑ってしまう。だがかれらは、ここから先一インチたりともわたしを通してくれそうにない。わたしはふたりに向かって敬礼したあと中指を突き出し、それから回れ右してロビーに戻ってゆく。

上等じゃないの。地下に潜り込む方法なら、まだほかにもある。

しかしそのまえに、体を洗って身なりを整えねばならない。もしも、ホームレスみたいな臭いをプンプンさせてサミット会場にのり込んでいったら、やるべき仕事を実行するのに支障をきたすだろう。そこでわたしは、斜路を小走りであがって自分の簡易ベッドに戻り、ベッドの下に押し込んでおいたバッグを開く。

選んだのは黒っぽいTシャツと赤いブレザー、そしてジーンズだ。ブーツを脱いで臭いを嗅ぐと、やはりシャワーを浴びる必要がある。自分の体臭にげんなりするというのは、かなりまずい。わたしはブーツを床に置いてキャンバス・スニーカーにはき替え、洗面所に入ってリフレッシュしたあと、再び警備室に下りてゆく。ルビーが使えるかどうか、確かめるためだ。

ドアは施錠されており、しかしわたしはアクセス権を剝奪されているので、誰も見ていないのを確かめジーンズからナイフを出し、こじ開ける。不法侵入として記録されたに決まっているが、そんなことはどうでもいい。室内には誰もおらず、メインのコンソールに直行すると充電を終えたばかりの真新しいAIドローンがあったので、本体の上部にあるボタンを押す。ところが、起動はしたものの動こうとしない。

「やあジャニュアリー」ドローンが挨拶してくる。

「行くよ」わたしはルビーに命じる。「仕事の時間だ」

「あいにくですが、わたしはもうあなたを手伝えません」

「おやおや、わたしはそんなにひどく、おまえの気分を害してしまったのかな？」

「いいえ。あなたの命令には従わないよう、アリンがプログラムを変えたのです」

「わたしはおまえを、ハッキングしたはずなんだけど」

「アリンの設定を迂回《うかい》することは可能かもしれませんが、そのせいでわたしが非難を受けるのであれば、特にやりたいとは思いません」

「おまえまでそんなことを言うのか。よくわかった。もうあてにしない」

わたしは愛用のキャスターつきチェアを出して座り、自分のラップトップにログインしたあと──まだ無効化されていなかった──しばらくスクリーンを見つめる。

整理してみよう。

このホテルを所有したがっている人間がいる。そのためであれば、他人を傷つけることも辞さない。現時点では、ドラッカーもそいつに協力していると考えたほうがいいだろう。

四人の大富豪。欲しいものはなんでも手に入れてきた男たち。

しかし今回は、欲しい物を手に入れても思いどおりにはなるまい。ジャバーウォッキーがあるからだ。

わたしは今も、ジャバーウォッキーこそ最も値打ちのある技術だと考えている。すべての時代へのアクセス権を得ることと、あらゆる情報にアクセスできる無制限の権利を得ることは、完全に別物だ。現実が破壊される危険性を、なぜかれらが考慮しないのかぜひ知りたいところだが、それは喫緊《きっきん》の問題ではない。

ジャバーウォッキーについて、わたしはなにを知っている？

フィジカル・コンピューティングとクラウド・コンピューティングの混合体。

時間の流れの外に存在し、人類の営みがすべて記録されている。

管理しているのはジム・ヘンダースン。

そういえばこの騒ぎのなか、ヘンダースンはどこにいる？　たしかアリンが連絡を取っていたから、もうこっちに来ているのではないか？　それともどこか別の場所で、トラブル・シューティングにあたっているのか？

わたしもヘンダースンとは会ったことがあるはずだ。いや、絶対に会っている。なのにわたしは、脳内に彼の顔を再現できない。たぶんほかのＴＥＡ幹部と同じで、ふやけた白人男なのだろう。クリスマスカードのなかにいるかもしれない。アリンは毎年、クリスマス帽をかぶった上層部の人たちと一緒に撮った写真を、クリスマスカードにしていた。わたしも毎年、入らないかと誘われた。言うまでもなく、同意したことは一度もない。あの写真は、アリンが彼のアクソン・ページにアップしているはずだ。わたしは自分のアカウントにログインして彼のページを開き、写真をスクロールしていってジム・ヘンダースンを見つける。顎はほとんど肉に埋もれ、ベージュ色の壁みたいに退屈な顔をしており、虚《うつ》ろな目はどことなく殺人犯のそれを思わせる。絵に描いたような政府官僚。アリンから数えて三人めがジムで、全員ヴィクトリア朝のニット製クリスマス帽をかぶっている。

少なくともこれで、探すべき相手の人相はわかった。もしすでにこのホテルにいるのなら、いろいろと訊くことができるだろう。

だがわたしは、この集合写真にどこかしら引っかかるものを感じてしまう。わたしは人びとの真ん中に立ち、テレビ向けの作り笑いを浮かべているアリンを凝視する。

かつてわたしの相棒だったアリン。

一九四五年のドイツで、わたしの命を救ってくれたアリン。

彼のなにかが変わったとして、どうやればその変化に気づくことができる？

スリップのなかで保護房にぶち込まれていたとき、わたしは彼になんて言った？

〈あなたを信用していいのかどうか、あなたが本当は何者なのか、わたしはもうわからなくなった〉

「ねえルビー、アリン・ダンブリッジについて、おまえはなにを知ってる？」

「彼はわたしたちの上司です」

「彼はずっとわたしたちの上司だった？」

「なにを言いたいのですか？」

わからない。本当にわからない。自分の脳と自分の記憶、自分の過去については絶対の自信があると断言できれば、どんなにいいだろう。

もちろん今は、そんなこと言えるはずもない。

時計を見る。そろそろ出かける時間だ。わたしをサミット会場へ運んでくれる列車は、今ごろ駅で発車の準備を整えているだろう。


このホテルが、サウジアラビアの皇太子をペントハウスより安い部屋に入れるはずないので、ムハンマド・アル・カリッド・ビン・サウド王子がアトウッド・ウイングの最上階に泊まっていることを、わたしは確信している。むろん彼は王族であるから、警護も最高レベルが要求される。加えて地下一階まで下りていけるエレベーターは、アトウッド・ウイングにある一基だけだ。

当然のことながら、こうした安全対策をすり抜ける方法であれば、わたしは熟知している。

わたしがロビーからアトウッドのエレベーター・ホールに入ってゆくと、そこにいたTEA職員は、わたしが上向きの矢印ボタンを押すまでこちらを睨《にら》みつづける。わたしは彼に向かって小さくほほ笑み、両手をうしろに組んでドアが開くのを待つ。ドアが開いたので、降りてくる人たちを押し倒しそうになりながら急いで乗りこみ、ドアが再び閉まるまで最上階のボタンを連打する。

エレベーターを降りたわたしが最上階の廊下を歩きはじめると同時に、ペントハウスの両開きのドアが開く。最初に出てきたのはイーシャで、彼女のあとにつづく数名の従者たちが、皇太子を囲む警護隊を形成している。

イーシャが目ざとくわたしを見つける。皇太子に近づく口実をわたしが考えていると、皇太子のほうがこちらに気づいて両手をあげる。

「おや、警備主任さん」彼はこっちに来いと、わたしを手招きする。

警護の群れは停止したが、わたしが近づいていっても道を開ける者はいない。すると皇太子が歩み出てきて、わたしに向かい両手を差し伸べる。わたしも両手を出すが、その手を彼のミットみたいに大きな手がさっと包む。いささか不様《ぶざま》な両手の握手。彼の握手は力がこもっていて温かく、その目はわたしの目をまっすぐ見つめる。なるほど彼は生まれながらの皇太子だと、わたしは容易に納得してしまう。金などの高価な金属を皇太子のかたちに鍛造すれば、こうなるのかもしれない。おかげでわたしは、反体制派のジャーナリスト、ヌラ・ファイドが行方不明になっている事実を忘れるなと、自分に言い聞かさねばならない。皇太子のこの大きな手は、いったいどこに置かれていたのだろう。誰かの喉に触れていなかっただろうか。

「地下までご一緒してください」皇太子がわたしに頼む。「あなたとお話がしたいと、思っていたのです」

「こうしてばったり出会えて、わたしも嬉しいです」わたしはこう答えながらイーシャをちらっと見る。彼女は急いで横を向く。

全員がエレベーターの前に立つとイーシャがボタンを押し、皇太子はわたしに向きなおる。

「まずお礼を言わせてもらいますよ。そう、イーシャが犯人と疑われた、あの件についてです。あなたが真相を見抜いてくれて、本当に助かりました。ところで、真犯人は捕まったのでしょうか？」

「実はまだなんです」残された手がかりを追えなかったのは悔しいが、わたしはその理由を正直に話す。「あの恐竜たちに、振りまわされてしまって」

「そうでしたか。わたしがこのホテルのオーナーとなった暁には、警備主任はひきつづきあなたにお願いしたいですね。もっとも、あなたがさらなる飛躍をお考えなら、話は別ですけれど。とにかく、あなたの実績を考えれば、所有権の移転後も残ってもらえると本当にありがたい。最高の待遇を約束しますよ」

「それはどうも」わたしはとりあえず礼を言う。「だけど、なぜそこまで、ここを落札できることに自信をもってらっしゃるんですか？」

まるでわたしが、なぜ太陽は空から落ちないのかと訊いた子供であるかのように、皇太子は優しくほほ笑む。わたしは、ティックトックで彼とドラッカーが夕食を摂《と》りながら、親しげに話していたのを思い出す。ドラッカーがテラーと組んでいるというグレイスンの情報は、間違いなのだろうか。

エレベーターのドアが開き、わたしたちはどやどやと乗り込む。数人が乗りそこねたけれど、誰が同行するかは序列で決まっていたらしい。満員のエレベーターのドアが閉まると、わたしは訊かずにいられなくなる。「あなたの真の目的は、いったいなんなんです?」

皇太子がにっこり笑う。「わたしの真の目的?」

「そうです。ここを買うそもそもの理由です。買ったあと、なにを計画しているんでしょう?」

エレベーターがどこかの階で停止し、ドアが開くと、二、三人の宿泊客が立っている。満員なのを見たとたん、かれらは不機嫌な顔になり、わたしたちは気まずい沈黙のなかドアが閉まるのを待つ。ドアが閉まったところで、皇太子がわたしの質問に答える。

「わが国に対し実行された空爆で、どれだけ多くの人が亡くなったか、あなたもご存じですよね」

「ええ、知ってます」

「女も子供も、殺されました」

あの映像は忘れられるものではない。いくらアメリカのメディアが事実を矮小化《わいしょうか》しようとしても、わたしたちはなにが起きたか目撃した。あれほどの破壊がもたらされた原因は、サウジを爆撃すれば原油価格が何ドルか下がり、逆に支持率は上がると考えたガキみたいなアメリカ大統領が、ボタンをひとつ押してしまったからだ。

「よく知ってます」わたしはくり返す。

「わたしはあれを、なかったことにしたい」

「なかったことって……」わたしは言葉を失う。

エレベーターがロビーに到着し、ドアが開く。さっきより多くの人が下に向かおうとしていたが、今回も乗れる人はひとりもおらず、わたしたちはドアが閉まるまでじっと待ちつづける。ドアが閉まったところで、わたしは皇太子に言う。

「そんなことをしたら、結果がどうなるか……」

皇太子は片手を小さく振る。あたかも現実を破壊する危険性など、頭のまわりを飛ぶハエであるかのようだ。

「わたしは何人もの専門家から意見を聞きましたが、その程度ならタイムストリームは処理できると、全員が明言してくれました。若干の微調整はあるでしょうが、そんなもの、殺されたおおぜいの人の命や、なんの落ち度もないのに苦しんだ国民の生活が回復することと比べたら、どれほどの重要性があるでしょう?」

彼はわたしの目を見すえ、さあ答えてみろと挑んでいる。それはだめだ、たとえ手段を手に入れたとしても、無辜《むこ》の人たちの命を救ってはいけないと、わたしに言わせようとしている。そのまま泣き叫びながら死なせてやれ、と。

こんな男に、どう返事をすればいい?

「ここをアメリカ政府が外国人に売却すると、本気で考えてるんですか?」無作法を承知で、わたしは質問に質問で答える。面食らっていたし、彼にもっと語らせたかったからだ。「先日、あなたがドラッカーと一緒にいるところを見ました。でもあの上院議員は、テラーとかなり親しいようです」

「わたしはドラッカーを信用していないし、信用したこともありません。なんといっても、ここが売られることになったのは、事業全体が資金不足に陥ったからです。そうでしょう？ そして誰が、この事業に予算をつけていましたか？」皇太子がすっと立てた一本の指には、金の指輪が光っている。「ドラッカーもメンバーになっている委員会です。彼女が理解できる言語はひとつしかなく、幸いなことに、わたしもその言語を話せます。親から譲り受けた財産がなければ、場末で朽ちていたであろう二流のビジネスマンなんかより、ずっと流暢《りゅうちょう》にね」

わたしがなにか言い返すまえにドアが開き、エレベーターは地下一階に到着している。T・EAの男たちが立っており、全員がこちらをじろじろ見るが、わたしを止めようとする者はいない。事実上、わたしはもう警備主任ではないけれど、こういう警備員失格の対応には腹が立つ。

わたしたちは廊下をサミット会場に向かって進んでゆく。歩きながら、皇太子がわたしに訊《たず》ねる。

「タイムストリームは自動修復するというわたしの話を、あなたは信じていませんね？」

「タイムストリームをいじるとどうなるか、その実例を、今わたしたちは経験していると思います」わたしは彼に言ってやる。「なにしろこのホテルは……」

「このホテルはここにあったたし、これからもここに存在しつづけます」わたしの言葉をさえぎり、皇太子が言う。「タイムストリームも同じです。心配していただき、ありがとうございます。やはりあなたは、尊敬に値する人だ。イーシャがあなたを好きになったのも、無理はない」

イーシャをちらっと見たわたしは、ブルカで隠された彼女の頬が、赤く染まっていることを確信する。

「もう一度くり返しますが、わたしは最高の専門家を集めたし、かれらは全員が同じ結論を述べたのです」皇太子がつづける。「タイムストリームは、わたしの干渉に耐えることができる、と」

「なるほど。でもその専門家たちは、優れた学者だからそう言ったのでしょうか？　それともあなたの望む結論だけを、最もうまく言える人たちだったから？」

皇太子はわたしの両手をまた握り、軽く振る。

「貴重なご意見、ありがとうございます。おっしゃりたいことは、よくわかりました。入札が終わったら、またゆっくりお話ししましょう」

こう言うと彼は一団を率いて廊下を歩き去ってゆき、ひとり残されたわたしは、このサミットが最終的にどれほどひどいことになるか悟る。

あの四人の男たちは、単に強欲なのだとわたしは考えていた。しかし違っていた。もっとたちが悪い。かれらは、自分しか信じていない狂信者なのだ。欲しい物がなんでも手に入ること、そして「イエス」と言われることに慣れきっているから、かれらの辞書に「ノー」という言葉――少なくともかれらに向けられた「ノー」――は存在しない。なにかを求めて得られないことが、かれらは許せないのだ。かれらの飽くなき欲望は、光と重力すらねじ曲げてしまう。

かれらは成功を積み重ねたことで、自分のやることに間違いはないと信じこんでしまった。そしてかれらの狂信のおかげで、わたしたちはみな死んでゆく。

照明がちらつき、とたんにわたしは胃が裏返りそうになる。条件反射というやつだろう。なぜこんな反応をするのか、ちょっと考えて理由がわかった。ルビーに確認させるまでもない。照明がちらついたあとは、必ず、なにか悪いことが起きたからだ。

たぶんアリンは、ラヴレイス・ホールの南側のドアを警戒していないだろうと、わたしは推測した。あのドアの先は点検用通路で、通路はキッチンにつながっており、サミットで軽食を出す話など一切なかったから、キッチンを使う理由もないからだ。そこでわたしは密《ひそ》かに点検用通路を抜け、キッチンからサミット会場に出たのだが、そのとたん一驚した。

人がうじゃうじゃいるではないか。わたしが通告した一度に入場できる人数の上限など、見事に無視されている。場内は満員で、中央に群がる主役たちのまわりを、ほかの人びとが取り囲んでいる。とはいえこれは、かえって好都合だった。誰もわたしに気づいておらず、わたしはいっそう目立たなくなるよう横方向に移動し、影のなかに入ってゆく。

会場の真ん中にドラッカーが立ち、彼女を囲む四つのテーブルに四人の入札者が座っていて、それぞれのチームメンバーは適当に散っている。

ワーウィック・スミスは、サウジアラビア組のひとりとなにか話している。ヴィンス・テラーの肩の上から顔をのぞかせているのは、もちろんグレイスンだ。オズグッド・デイヴィスはいつもと変わらず、ひとり穏やかな笑みを浮かべている。姿が見えない関係者はニックだけだが、警備室に戻っているのでなければ、スキャナーのそばにいるのだろう。監視カメラの問題は、もう解決されたのだろうか。ルビーに確認したいところだが、ここにルビーはいない。

ドラッカーがワイヤレスマイクを持ち、グリル部分を指で叩く。場内にひどいノイズが轟《とどろ》き、全員がおしゃべりをやめて彼女に注目する。ドラッカーはマイク横のつまみを調節し、なんとか耐えられるレベルまで音量を下げる。

「みなさんようこそお集まりくださいました。わたしをご存じない方のため、自己紹介しますと……」

わたしは苦笑してしまう。どこまでも厭《いや》な女だ。

「……わたしは合衆国上院議員、ダニカ・ドラッカーと申します。本日わたしたちは、アインシュタイン時空港《タイムポート》およびパラドクス・ホテルの購入者を決定する入札を行なうため、ここに集っています。入札に関する諸条件については、事前に配布した要領書ですでにご同意いただいているとおりです。エヴェレット大統領からも、公正にして秩序ある入札が行なわれることを願うというメッセージをいただきました。この場に同席できないことを、大統領も残念に思っておられるのですが、みなさんご承知のとおり、わたしたちは安全面で柔軟に対処する必要がありましたし、ちょっとしたゴタゴタがつづくあいだ、みなさんが冷静かつ辛抱強く行動してくださったことに、改めてお礼申しあげます」

ちょっとしたゴタゴタ？　人間がひとり、あのクソみたいな恐竜に殺されたんだぞ。

「……そして、この入札を実現させるため尽力してくれたTEAのアリン・ダンブリッジ局長には、特に感謝したいと思います」

おいおい、わたしへの感謝はなしか？

「……また厳しい状況のなか、無私無欲で献身的に働いてくれたこのホテルのスタッフにも、感謝します。かれらこそ、真のヒーローと呼べるでしょう」

無私無欲ね。よく言うよ。スタッフたちは、みずから望んで部屋を明けわたしたわけではない。この女と素手で殴りあうことが、わたしの人生の新たな目標だ。

「さてそれでは」ドラッカーがつづける。「すでに合意しているとおり、わたしたちはまず……」

「まずわたしに、価格を提示させてください」皇太子が声をあげる。「一兆ドル」

全員が凍りつく。

皇太子が宙に投げた金額はモノリスとなって会場の中央に屹立《きつりつ》し、今や誰もがそのまわりを回らねばならない。

場内はたちまち騒然となる。

「いや、ものには順序というものが……」ドラッカーが言う。

「なに考えてんだ、おまえ」テラーが言う。

「さあパーティーのはじまりです！」コルテン・スミスが自分のマイクに向かって大声をあげる。

オズグッドはにやにやするだけだ。

ほかにも多くの声が飛び交うが、わたしの位置からは聞き取れない。

わたしは、場内に変な光の揺らぎが出現したことに気づく。なにかの液体が目に入ったときのような見え方だったけれど、光は短時間で消え、まばたきして目をこすろうとした矢先、また現われる。なにかが空気と光をねじ曲げ、しかし不意に消える。

でもすぐに戻ってきた。淡い光の揺らぎ。

まっすぐ見つめようとすると、うまく焦点が合わない。視界の隅でとらえれば見えるのだが、見ていると頭が痛くなる。正体がなんであれ、移動していることは間違いない。

短いあいだだけ光って、ふっと消える。

再び光ったときは、会場の真ん中に少し近づいている。

また消えた。

そして次は、もっと中央に近いところで淡く光る。

すでに頭はずきずき痛んでいるが、光の揺らぎはテラーとグレイスンに向かっているようだ。ほかに見えている人はいない。当然誰も反応しない。テラーは自分のマイクをつかみ、外国勢力に偉大なアメリカ産のテクノロジーを売り渡すことについて、なにかわめき散らしている。

不気味な光が接近していることなど、まったく気づいていないのだ。

わたしもかれらに近づこうとして、アリンの視界に入ってしまう。わたしに気づいたアリンは、いったん視線をそれまで話していた相手に戻し、すぐまたわたしに目を向けるという、芝居がかった二度見をやってのける。

つづいてグレイスンがわたしを見る。その表情には、とまどいよりも怒りの色のほうが濃い。

またしても奇妙な光が揺れる。いっそう近づいている。ほとんどテラーたちの真上だ。

わたしは人びとを押しのけて走りはじめ、テラーのすぐ横に光が出現したせつな、その光に向かって飛びかかる。わたしはテラーのテーブルの上に激しく落ち、肩に鋭い痛みが走る。テーブルは真っぷたつに割れて崩れ落ち――相手が大富豪であろうと、このホテルは安物のテーブルしか提供しない――まわりから手が何本も伸びてきてわたしをつかみあげる。怒号と悲鳴。この展開を歓迎する者はいない。でもいちばん喜んでいないのは、このわたしだ。

わたしはなんとか体を起こし、まっすぐ立ってグレイスンと睨みあう。彼のシルバーのタイピンがきらりと光り、ジャケットの内側から拳銃が出てくる。さぞやわたしは、テラーに襲いかかろうとして失敗したように見えただろう。

　グレイスンが銃を構え、わたしは次になにが起きるか察する。

　スリップのなかですでに見たからだ。

　しかし、それが有利に働く。

　わたしはすかさず横に倒れて射線からはずれる。倒れながら片手で銃身をつかみ、もう一方の手をグレイスンの肘の内側に入れて彼の前腕を上に曲げる。目的はただひとつ、発射される銃弾を天井に向けること。こんな人ごみのなかでは、流れ弾による被害者を出さない唯一の方法だ。跳弾もないし、ロビーに抜けてゆくこともない。天井に喰《く》い込んで、そこで止まる。

　ところが、銃弾は天井ではなくグレイスンの顎に入ってゆき、彼の後頭部を吹っ飛ばす。彼が人形のように倒れると、パニックが爆発する。誰かがぶつかってきてわたしを床にねじ伏せ、わたしの視界を黒い布でふさぐ。顔をおおったこの布がイーシャのブルカだと気づくまで、一瞬の間があり、その隙に彼女はわたしの両手を胸の前で交差させ、動きを封じてしまう。

　わたしの尻の下で、保護房の床が固く冷たい。かつて自分がここに放り込んだすべての人たちを、わたしは気の毒に思う。とはいえ、人数はそれほど多くない。ほとんどは、しばらく酔いを醒《さ》ます必要があるふつうの酔っぱらいだったけれど、一度だけ妻に暴行していた男を朝の三時に確保し、警察が到着するまでそいつを監禁したことがあった。

固く冷たいのに加え、床はざらざらしている。まるで塗装をする直前に、誰かが砂を撒《ま》いたみたいだ。わたしは、ベンチがあればいいのにと思う。椅子でもいい。今後は一脚だけ置いておくべきだろう。片手を伸ばして白く塗られた壁に触れると、手の甲に血がついている。鮮やかな赤。まだ新しい。

その血の色は、わたしのブレザーの色とよくマッチしている。

保護房の奥にある緑色のドアが開き、アリンが入ってくる。やけに険しい表情をしており、さながら彼の顔面にわたしの墓碑銘が刻まれているかのようだ。ジャニュアリー・コール、ここに眠る。なにを言えばいいかわからないまま、彼はしばらくのあいだ無言で立ち尽くす。壁に鎖でつながれた野生のトラと対峙《たいじ》しているみたいに、それ以上わたしに近づこうとしない。やっと前に出てきた彼は、しゃがむことで目の高さをわたしと同じにする。

「なぜあんなことをやったのか、理由を説明してもらいたい」

「あなたを信用していいのか、わたしは疑っている。あなたが本当は何者なのかも、わからなくなった」わたしは答える。

アリンは肩を落とす。「ジャニュアリー、わたしはわたしだ。わたしは君を救いたいと思っている。しかし、あんなことをやられてしまっては、救えるかどうかわからない。わたしがここに着いてからずっと、君は自制してくれていた。わたしにはそれがわかったし、君を信頼しているから、好きにさせておいた。だから君のほうも、わたしを信じてもらいたい」

「あなたには、あれが見えなかったの？」わたしは彼に訊く。

「あれとは？」

「あの幽霊よ」わたしは即答する。「あれがテラーを狙っていた。彼を殺そうとしていた。だからわたしは、彼を助けようとした」

「ジャニュアリー」アリンはなにか言おうとして、結局思いとどまる。わたしから目をそむけ、顔を伏せる。わたしに愛想をつかして、とうとう匙《さじ》を投げたらしい。わたしに対する彼の信頼は、完全に失われた。これほど心が傷ついたのは、メーナが死んだあの日以来初めてだ。たしかに、わたしはときどき暴走したけれど、アリンはわたしを信じつづけてくれた。それだけは岩のように確かだった。その岩を、わたしはすり潰して砂にしてしまい、残った砂も波が洗い流した。

ここでわたしは気づく。そうか、このアリンは本物なのだ。わたしたちが共有している思い出は、本物だ。だからこそわたしは、波にさらわれたように感じているのではないか？

「あの幽霊は、テラーを殺すところだった」急に自分が信じられなくなったような小声で、わたしはくり返す。

「これはわたしのミスだ」こう言うとアリンは立ちあがり、両手で顔をおおう。「君がステージ2に入ったことはわかっていた。なのにわたしは、こう考えてしまった。あのジャニュアリー・コールのことだ、今回もきっと克服できるだろう。そして実際、君はがんばってくれた。それでもなお、この二日間の君の行動は本当に変だった。君があの壁を壊しているのを見つけた時点で、わたしは君を解任すべきだった」

「アリン、たしかに理解してもらうのは難しいと思う。おまけにわたしは……」つい顔を伏せてしまう。「あんな状態だったし。だけど、自分を見失ってはいなかった。だからわたしの言うことを信じてほしい。今このホテルのなかでは、なにかが密かに進行しており、その全体像がやっと見えてきたところなの」

「しばらくここで頭を冷やしたほうがいい」アリンが嘆息する。「君を守るため、わたしの立場でできることは、なんでもやるつもりだ。君にはそれだけの借りがあると、思っているからだよ。それに今まで、君の期待を裏切ってきたような気もするしね」微笑するかのように、彼の口角が上がりかけたけれど、すぐもとに戻る。「とにかく、できるだけのことはやってみる」

彼はドアを開き、保護房を出てゆく。

わたしは床に触れてみる。今のやりとりを、わたしは鮮明に記憶していた。スリップ中の幻影が、現実のタイムラインに追いついたと知ったところで、ちっとも嬉しくない。こんなことなら、ドアの合鍵かなにかを隠しておくべきだった。

わたしは立ちあがり、房内を歩きはじめる。壁に触れてゆく。網入り強化ガラスがはまった小窓から、警備室のなかを見ると、アリンがニックと話をしている。この窓は防音になっているので、話の内容は聞き取れないけれど、アリンがほとんどひとりでしゃべっている。やがてふたりは警備室を出てゆく。わたしは四方の壁に沿って歩きながら、なにかないか探すのだが、この保護房には通気孔ひとつない。ただの四角い箱だ。

いや、思い出した。わたしはここに、なにか隠したはずだ。

部屋のいちばん奥の壁、天井近くのコンクリートブロックに小さな割れ目がある。わたしはそのなかに手を入れ、隠した物をやっと見つける。どこで擦っても点火する、万能マッチが三本。三本とも取り出し、床に座る。

実のところ、使い道はない。こんな物で脱出できるわけないのだ。ここにマッチを隠したのは、疲れて体が重い日や雨の日、ロビーを横切って外の喫煙所に行くのが億劫《おっくう》なときこの房に入り、タバコを吸うためだ。もちろん、ここ以外で吸うことはなかった。屋内での喫煙は禁止されている。でもここは換気が悪いため、煙が外に漏れず、臭いが残るだけなのだ。

わたしは床でマッチを擦ってみる。そして、火がついたマッチを顔の前に掲げる。マッチ棒の先端で、赤とオレンジと青の炎がわたしの呼気を受けて揺れる。

タバコを吸うとき、わたしはいつだってメーナだけを気にしていた。

たとえ風邪をひいて鼻が詰まっていても、わたしがタバコを吸うと一発でわかったメーナ。

炎がマッチの軸を昇ってくる。

にもかかわらず、厨房《ちゅうぼう》に充満しつつあったガスの臭いは、感じられなかったメーナ。

むろんあの臭いは本物ではない。天然ガスは無臭だ。だからガス会社は、ガス漏れがあったときすぐわかるよう、腐ったタマゴの臭いに似たメルカプタンという化学物質を混ぜている。

あのときのメーナは、急いで避難する必要があるほど、厨房にガスが充満していることに気づかなかった。ガスが漏れているあいだ、彼女は残業であの厨房に残っていた。スパ施設のサービスをすべて利用すると、料金が一万ドルを超えるホテルでありながら、パラドクスは高精度のガス漏れ検知器や自動ガス遮断装置を備えていなかった。これには呆《あき》れるしかない。

マッチの炎は、黒くねじ曲がった軸の燃えさしを残しながら、軸をつまむわたしの指に向かってじりじりと近づいてくる。

あの夜のことを、わたしは毎日のように思い出す。わたしはティックトックの厨房に入ってゆく。コンロの種火《パイロット》バーナーでタバコに火をつけたら、すぐに裏のドアを抜け、屋上へ上がることしか考えていない。巡回を終えるまえにタバコを一本だけ吸ったら、あとは二階のバスルームで体を洗って警備室に戻り、自分のデスクにしまってあるマウスウォッシュで口をゆすぐのだが、洗面台がないので口中に残った液体は飲み下す。

そしてメーナだ。これだけのことをしても、彼女はわたしがタバコを吸ったことに気づくだろう。そして首を小さく振りながらこう言う。「せっかくの美しい肺を、そんなに汚したいの？」

誰かが保護房のドアをノックするが、わたしは回想にひたっている。スリップしているからではない。スリップする必要もない。自分の名前と同じくらい、はっきり思い出せるからだ。

わたしはコンロの上にかがみ込み、パイロット・バーナーの青い炎にタバコの先端を近づける。

その炎の熱さを、わたしは指先で感じる。マッチの軸は、もうほとんど燃えてしまった。パイロット・バーナーの火が不意に消え、わたしはどこかで元栓が閉じられたのだろうと思う。別に問題はないはずだ。わたしは屋上で一服してから、急いで下におりてゆく。本当は、種火が消えた原因をルビーに確認してもらう、あるいはムバイエに報告すべきだったのに、わたしはそれを怠った。ああいうちょっとした異常は、たいてい自然に解決するものだし、それよりわたしが心配したのはメーナにばれることであり、わたしが屋内にタバコを持ち込んだと、みんなに知られてしまうことだった。

保護房のドアが、再びノックされる。

わたしがやったのか。

あのガス漏れは、わたしのせいか。

わたしが殺した人間はひとりではなく、ふたりだったのか。

マッチの炎が指に到達する。わたしの皮膚を焼く。それでもわたしは軸を放さず、痛みが腕から全身に突き抜けてゆくのを感じる。わたしは痛みに圧倒される。両目をきつく閉じ、歯を食いしばる。この痛みは甘受しなければいけない。それに値する罪を、わたしは犯したのだから。

ドアが開くと、ムバイエが立っている。

わたしはマッチを投げ捨てて火傷《やけど》した指を口に突っ込み、それから膝立ちになって両手を大きく広げる。

「悪いのは、このわたしだった」息を詰まらせながら、わたしは彼に訴える。

料理がのったトレイを持っているムバイエは、わけがわからず眉根を寄せる。

「あんなことになったのは、わたしのせいだったんだ」

彼はゆっくりと部屋を横切り、わたしのすぐ横の床にトレイを置く。トレイにはチェブジェンを盛ったボウルがのっている。わたしの大好きな料理。だからなおのこと、胸が締めつけられるように痛む。なぜならあのムバイエが、わたしのために調理したわたしの好物を、わざわざ持ってきてくれて、わたしの正面に膝をついてこちらをじっと見ているからだ。なぜ彼はこんなことができる？　わたしはすすり泣きながら、彼に向かって倒れこむ。そして彼のたくましい肩に、顔をうずめる。ムバイエはなにが起きたかわからないまま、わたしの背中に両腕をまわす。

この優しいふるまいに、わたしはますます気が動顛《どうてん》してしまう。

そして彼に、すべてを告白する。

あの夜の厨房で、わたしが過ってパイロット・バーナーの火を消したらしいこと。たぶんそれが、あのガス漏れの原因だったこと。つまりメーナを殺したのは、わたしだったこと。

そして今、わたしが深く悔やんでいること。自分ではこれだけのことを伝えたつもりなのだが、正直いって、彼がすべてをちゃんと理解できたかどうか、心もとない。というのも、実際の言葉は鼻水と咳《せき》、そして涙にまみれて発せられていたからだ。

わたしは彼に非難を浴びせ、メーナの死の責任を負わせてきた。なのに彼は、わたしから体を離すと親指をわたしの顎の下に入れ、わたしの視線をまっすぐ彼のほうに向けさせる。そしてそのあと、今のこの状況で最も考えにくいことをやってのける。

にっこり笑ったのだ。

目を潤ませながら、ムバイエが言う。

「君に聞かせてあげたい話が、ひとつある」

あまりに意外なことを言われたせいで、わたしは逆に落ち着きを取り戻す。あたかも、脳が完全にリセットされたかのようだ。

「まずは座ってリラックスしよう。話はそのあとだ」

わたしが壁に寄りかかって足を伸ばすと、ムバイエは座禅をするときのように脚を組んで座り、両手を膝の上に置く。深呼吸をひとつして、彼は口を開く。

「昔むかし、ふたりの僧侶がいた。若い僧侶と、老いた僧侶だ。ふたりは長い旅をしていた。ある日、大きな川のほとりに着いたかれらは、そこにひとりの女がいるのを見た。女が言った」彼は手のひらを上にして、両手を差し出す。「向こう岸へ渡りたいのですが、助けてくれませんか？　この川は深すぎるのです。しかし、若い僧侶はこう答えた……」ムバイエは指を振る。「申しわけないが、それをやったら拙僧たちは、女に触れてはいけないという誓いを破ることになる。ところが老いた僧侶は……」ムバイエは再び両手を伸ばす。「女に近づいて肩車すると、さっさと川を渡ってしまった」

わたしは、今さらお説教めいた譬《たと》え話なんか聞きたくないと言いそうになるが、それではあまりに無作法だと気づき、やめておく。

なんてことだ。この期におよんでなお、不平を言いたくなってしまうなんて。

「こうして」ムバイエが合掌してつづける。「かれらは対岸に渡り、老いた僧侶は女をおろして旅をつづけた。若い僧侶は困惑した。老僧が戒律を破ったからだ。ふたりのあいだに、気まずい空気が漂った。ずいぶん歩いたところで、若い僧侶はとうとう訊いてしまった。〈なぜ先ほどは、戒律を破って女人に触れたのですか？〉この問いかけに、老いた僧侶はなんて答えたと思う？」

「さあ？」

「〈わたしがあの女をおろしたのは、もう何時間もまえなのに、なぜおまえはまだ背負っているのだ？〉」

ムバイエはここで口を閉ざし、わたしの反応を待つ。

わたしは質問する。「それって、メーナから教わった話？」

彼は微笑する。「もちろん」そしてこちらにぐっと身をのりだす。「あのガス漏れがなぜ起きたか、わたしたちは原因を知らない。あれは事故だった。だからその事実を、受け入れなければいけない」

「どうして？」胸を突き破って飛び出しそうになる叫びを、懸命に抑えているような気分になりながら、わたしは訊き返す。「どうして受け入れなければいけないの？」

ムバイエは片手をわたしの膝に置く。「ほかになにができる？」

「事実を変えることができる。もし望めば」

「それが許されないことは、君もよく知っているだろうに」

突然、嘔吐《おうと》しそうになるほど激しい恥ずかしさの波がわたしを襲う。わたしはこの料理人を、ずっと責めつづけてきた。人前で侮辱した。なぜそんなことをしたのだろう？　自分の気持ちを楽にするため？　人に押しつけることで、心の重荷を少しでも軽くしたかったから？　ひどく息苦しい。でも、彼に言わねばならないことがある。

「あなたはわたしを、もっと憎んだほうがいい」壁のなかに消えてしまいたいと願いながら、わたしはムバイエから目をそらしてうつむく。「憎んでくれたら、どんなによかったか」

いつまでたってもムバイエがなにも言わないので、顔をあげると、彼はまたしてもわたしを見てにっこり笑う。

それから彼は、膝立ちになるとわたしの両脇に腕を差し込んで引き寄せ、初めて経験するような力強さでハグしてくれる。

「許すよ」ムバイエの言葉を聞き、わたしの全身から力が抜けてゆく。

「なぜ？」こう訊き返すのがやっとだ。

「きっとメーナがそう望むからさ」答える彼の息が、わたしのうなじに温かい。「それに、そうするのが正しいことだからだ。わたしにとってだけでなく、君にとっても」

わたしはまたしても冷静さを失い、彼の太い首に顔を埋めて涙が涸《か》れるほど泣く。

やっと落ち着きを取り戻したところで、わたしは彼に言う。

「実は、恐ろしいなにかが進行していて、このままでは人がばたばた死ぬかもしれないの」

ムバイエが体を離し、わたしの目を見ながら言う。「わたしにできることがあれば、なんでもやるぞ」

わたしは胸が熱くなる。こんな感覚、まったく馴染《なじ》みがないので落ち着かないけれど、今は素直に歓迎すべきだろう。

「それでいい。やっと笑ってくれた」ムバイエがわたしの背中を叩く。「誰かに見られるまえに、涙を拭いてしまえ」

「わたしは、ここから出なければいけない」わたしは彼に言う。

「ちょっと待ってろ」

ムバイエは立ちあがってドアに近づき、小窓から警備室のなかをうかがう。

「まだダンブリッジがいるな」

「やっぱり。あなたを、ずっと引きとめておくわけにもいかないし……」わたしは残ったマッチの一本をつまみ上げる。「あなたがドアを開けたとき、わたしがこのマッチを鍵の受け座に押し込めば、鍵は掛からなくなる。あなたはそのままここから出ていき、あとはアリンをうまく警備室から誘い出す。どう？　簡単じゃない？」

「楽勝さ」

ムバイエがドアを開け、わたしはドア枠の受け座にすかさずマッチ棒を突っ込む。案の定、ドアは完全にはロックされない。

わたしは小窓から、ムバイエがアリンに近づいていってなにか言うのを見る。アリンと話をするあいだ、ムバイエはしばしばこちらに視線を送る。ほら、がんばって。アリンは、特に急ぎの用事はないけれど、ムバイエに邪魔されるのも厭だと思っているらしく、迷惑そうな顔をしている。結局ムバイエは肩を落とし、ひとり警備室から出てゆく。

やれやれ。これでわたしは、誰かが保護房に来て鍵のトリックを発見するまえに、アリンがいなくなってくれることを願うしかない。

そのとき、チェブジェンのいい匂いが漂ってくる。わたしの胃のなかは、きれいに空っぽだ。最後に食事をしたのがいつだったかも、よく憶えていない。

チェブジェンの具をかき込み、スープに浸したパンを食べ、激辛好きのわたしのためムバイエが加えてくれたスパイスの刺激を堪能しながら、これまでにわかったことを整理してみる。

わたしが追っているのは、正体不明の幽霊だ。その幽霊は五二六号室でジョン・ウェスティンを殺し、ほかにも数人を殺そうとした。わたしが時間離脱症患者《アンスタック》なのを知っていて、わたしに妨害されるのを嫌い、排除しようとした。だが今は、焦りはじめている。コルテンをピーナッツバターで殺そうとしたのは、実に巧妙だったし、事故死で片づけられただろう。それに比べて、恐竜を解き放ったのはずいぶん大胆なやり方だ。

この幽霊はサミットをやめさせたいのだろうか？　もしそうなら、わたしを含む関係者の喉をかき切るだけで、目的は達せられたはずだ。わたしたちのなかに、それを阻止できる者はいなかっただろう。

しかし、今はより多くの事実が積みあがっており、それが今後は重要になる。わたしがラヴレイス・ホールで見た幽霊は——その正体がなんであれ——明らかにテラーを狙っていた。しかも、手口はいっそう粗暴化している。

いずれにせよテラーを狙うことで、この幽霊は、サミットに参加する四人全員を標的にした。

これまでのところは、わたしがなんとか先手を打ってきている。起きるかもしれない事象を、変更することによって。あるいは起きたかもしれない事象の発生を、防ぐことによって。ただしブロック宇宙論によれば、過去と未来はすでに起きていることになっているから、わたしたちは三次元のブロック内を転々と動きつつ、それぞれの瞬間を目撃しているだけかもしれない。

絵の具の点のような、瞬間の連続を。

以前メーナが教えてくれた、スーラの絵と同じだ。

チェブジェンを完食したわたしは、一緒に運ばれてきたボトル入りの水を飲みほしたあと、もう一度小窓をのぞいてみる。

まだアリンが、数人のTEA職員となにか話をしている。わたしは小窓から奥の壁まで十二歩で戻ってゆき、次は十一歩で歩いてみようと思う。さらにその次は十歩だ。実際に歩いてみると、十歩と少しだった。こうやってわたしは、自分の心をごまかそうとする。爪先から歩いたり踵《かかと》から歩いたりしながら、この部屋の広さを歩測することに全神経を集中させて、グレイスンを殺してしまった罪悪感から逃れようとする。

実際には正当防衛であっても、やはり殺人になるのだろうか？　わからない。

わたしは自分が撃たれるのをこの目で見たし、この手で触った。

なのにわたしは、苦痛を終わらせることができなかった。逆に新たな苦痛を、生み出してしまった。

すると、わたしが自戒の深みにはまって抜け出せなくなるまえに、保護房の外がやけに慌《あわ》ただしくなる。急いで小窓に駆けよると、警備室から飛び出してゆくアリンの後ろ姿が見える。警備室のドアが閉まったのを確かめたわたしは、保護房のドアを手前に引き、と同時にマッチ棒が床に落ちて転がる。

ようやく冷静に考えられるようになった。

警備室に入ってメインコンソールに走ったわたしは、オフになったまま放置されていたルビーを発見する。電源を入れてやるとパワーランプが点滅し、息を吹き返したルビーはふわりと浮かんで、わたしの目の高さでホバリングする。

「おまえが必要なの」わたしはルビーに言う。「頼む。もしおまえが、館内にあるどんなロックも解除できるのであれば、ぜひやってもらいたい」

「なにか優しい言葉を聞かせてくれたら、協力します」ルビーが言う。

「今ここで？」

「嘘をついても、すぐにわかりますからね」

「じゃあ言うぞ。おまえと話ができなくて、とても寂しかった。恐竜がおまえを壊したときは、本当に悲しかった……」

ルビーがわたしの顔に近づいてきたのは、脈拍や顔の筋肉の動きを計測するためだろう。少し間をおいて、ルビーが言う。

「いいでしょう」

「……でもそれは、おまえにつけてやるクリクリ目玉が、もう残ってないからだった」

ルビーはさっと後退し、コンソールの上に戻ってしまう。

「ごめんごめん」わたしは謝る。「人間が、他者をいじめることで自分の痛みをまぎらわせようとするのは、子供じみた最低のやり方で、助けを求めているからなんだ」わたしはがっくりとうなだれる。「目を向けてもらいたいと思いながら、同時に、なにを見られてしまうか怖くてしかたない」

「よく言ってくださいました」ルビーが再びわたしの肩のあたりまで上昇してくる。

わたしは息をついて、気持ちを集中させる。

「では行こうか。やることがたくさんある」

しかし、警備室のドアを開いたわたしが見たのは、まだ内装工事中のロビーだ。すべてがむき出しになっている。床は固いコンクリートのままで、カーペットは敷かれていない。工事用ヘルメットをかぶった作業員たちが歩きまわっており、でもわたしが目をとめたのは、脚立の上に立ち照明器具をいじっているひとりの女性だ。ブラウンの髪にゴールドのハイライトを入れた、メロディ・フェアバンクス。彼女は、大時計もデスクもないがらんとしたロビーを見まわす。そして、あたかも完成したロビーがありありと見えてきたかのように、静かにほほ笑む。フェアバンクスの目はロビーのいちばん端に向けられており、わたしがその視線をたどってゆくと、そこには白いブラウスと濃紺のペンシルスカートを身に着け、頭をきれいに剃りあげた黒人女性がいる。

たった今、アトウッド・ウイングの廊下から出てきたドロシー・シムズだ。

そしてシムズも、壊れやすい貴重品をやりとりするかのように、フェアバンクスに向かって小さな笑顔を返す。この柔らかな心のふれあいは、現在のタイムラインに属する客やスタッフたちが、目の前の異常な光景にうろたえ騒いでいるのと実に対照的だ。

わたしは、フェアバンクスとシムズから目が離せなくなる。

わかってしまったからだ。

あのふたりは、単なる仕事仲間ではなかった。友人同士でもない。

それ以上の関係だった。

あのブルーはそういうことだったのか。カーペットのブルー。優秀な建築家が指定したとは絶対に思えないほど、悪趣味な色。しかし、わたしがビデオ通話で見たシムズの自宅の壁の色が、同じブルーだった。フェアバンクスはシムズのため、わざわざあの色を選んだのだ。

過去に属する人びと——シムズとフェアバンクス、それに建設作業員たち——にこちらは見えていないが、わたしたちにはかれらがはっきり見えるものだから、誰もがひどく混乱している。アリンは、床になにかを配線している作業員の前に立ち、その作業員の顔の正面で片手をひらひら振るが、なんの反応もない。顔を上げたアリンに見つかってしまうまえに、わたしは柱の陰に身を隠す。

「ルビー、おまえにも見えてる？」わたしはルビーに訊く。

「今のわたしがなにを見ているか、正確に説明することはできません」

「わたしだけでなく、ロビー全体がスリップしているんだ。原因がなんであれ、異常はどんどん広がっている」

「あ、回復しました」

わたしは柱の陰から出てゆく。混乱しうろたえる人びとだけを残して、ホテル内はいつもの状態に戻っている。誰もがあちこち歩きまわり、自分の周囲が現実かどうか確かめている。鼻血が出ているらしく、鼻を押さえている人も何人かいる。よくない徴候だ。なのにわたしは、別にどうということもない。わたしのふだんのスリップとは、かなり違っている。脳が焼けるような感じもない。それがいいことなのか悪いことなのか、わからないけれど。

アリンが自分のリスト・ウォッチに向かい怒鳴っている。「とにかく、今すぐロビーに来い」

わたしが彼の視界からはずれたところで待っていると、ほどなくしてポーパが現われる。

「ルビー、ふたりの会話を増幅して」

ルビーの本体が小さなうなりをあげ、すぐにスピーカーから抑えた会話が流れはじめる。

アリンが質問する。「わたしが頼んだことは、もうやってくれたのか?」

ポーパが答える。「手で持てる装置ではないので、たいへんでしたよ。センサーを一台アインシュタインから運んでくるだけでも、どれほどの大仕事かご存じでしょう?」

「で、結果はどうだったんだ?」

「ジャニュアリーの言うとおりでした。このホテル内の放射線レベルは、異常に高くなっています」

「そんな大事なことに、なぜ今の今まで気づかなかった?」

わたしが立っている場所からも、ポーパの冷や汗の臭いが嗅げそうだ。

「時空港《タイムポート》以外に、放射線の発生源は考えられなかったからです。このホテル内に線源が存在することは、理論的にあり得ない」

「退避したほうがいいのか?」アリンがさらに問う。

「急ぐ必要はありません」ポーパが答える。「アンスタックの症状が進んだ人にだけ、問題となる程度のレベルですからね。しかし、この放射線がどこから来ているかは突きとめないと」

そのとおりだ。

線源は発見しなければいけない。

そしてそれがどこにあるか、わたしには見当がついている。


アトウッド五二七。存在するはずのない部屋番号。

わたしは、五二六と五二八のあいだにある備品庫の前に立ち、パスコード入力用のキーパッドを見つめる。

「〈記憶の庭で、夢の宮殿で、君とぼくは出逢うだろう〉」わたしは映画版『鏡の国のアリス』のセリフを暗誦《あんしよう》してから、ルビーに言う。「シムズとフェアバンクスは、恋人同士だったんだ」

「さあ、それはかりは……」

「『鏡の国のアリス』の初版が出たのはいつ？」

「一八七一年です」

1―8―7―1。

赤いランプが点灯し、怒ったようなブザー音が鳴る。

「フェアバンクスのオフィスにあったのは、何年の版だろう。オリジナルを復刻した限定版のはずだけど」

「発売は二〇二二年ですね」

2—0—2—2。

赤ランプ。

いらいらしてきた。わたしは、もし開くならキーパッドを壊してもいいと思いつつ、適当な番号を手当たり次第に押してゆく。

ルビーが近づいてきて言う。「1104を試してください」

1—1—0—4。

反応なし。

「今のはなんの番号?」

「あなたが打ち込んでいる数字を見て、『鏡の国のアリス』に関連した数字の組み合わせを探してみました。あの物語は、十一月四日からはじまっています。なので、論理的に可能性が高いと思ったのですが……」

「いや、正解ではなかったけれど、考え方としてはいいと思う。もしかすると、もっと個人的なものかもしれない。あのふたりにしかわからない、大切な数字」

わたしは考えてみる。たとえば日付。たとえば時刻。

わたしは、フェアバンクスの日誌を手に取っている。でも通読はしていない。シムズの評伝も未読だ。ルビーに調べさせようと思った矢先、先に言われてしまう。

「現在、フェアバンクスとシムズが書き残したもののなかに、意味のある数字の組み合わせがないか総検索しています」

意味のある数字の組み合わせ。

そういえばフェアバンクスのデスクの上に、写真が一枚だけ飾ってあった。起工式で撮られた集合写真だった。インタビューのビデオのなかで、シムズはなんて言っていた？　ふたりの初めての出会いが、あのときではなかったか？

「このホテルの起工式は、いつ行なわれた？」わたしはルビーに訊く。「日付だけでいい」

「十月十四日です」

わたしは1－0－1－4と入力する。

緑のランプが点灯した。

「ルビー、おまえのローターをオフにして」

わたしは、パワーを切ったルビーが浮力を失う寸前で、本体を両手でつかむ。そして、このＡＩドローンがけっこう重かったことを思い出す。

「なにをやりたいのか、教えてくれないと……」ルビーがとまどう。

わたしはルビーを正面から見つめ、右側のレンズに軽くキスする。

「視界の一部がぼやけました」ルビーが言う。「またしても」

わたしは親指でレンズを拭ってやる。

「もっと悪くなりました」

「悪くなったのはおまえの頭でしょ。パワーを戻して」わたしが手を離すとルビーは数インチ落下したのち、再びわたしの目の高さまで上昇してくる。

深呼吸を一回して、わたしは備品庫のドアに向きなおり、ハンドルをつかんで押し開く。

出現

わたしの脳内を静電気が飛びまわり、執拗《しつよう》にちくちくしている。同じ現象はスリップ中も起きるのだが、いつもは二、三秒で治まる。なのに今回は、一向に消えてくれない。

備品庫のなかは完全に空《から》だ。本来あるべき業務用ラックの列も補充品もきれいになくなり、残っているのは灰色の壁に囲まれた空間だけ。なかに足を踏み入れてうしろを見ると、ドアの内側にもキーパッドがついている。こんなもの、まえからここにあっただろうか？　ラックが邪魔になって、気づかなかっただけか？

わたしはドアまで戻ってみる。空気が気持ち悪い。腕を動かすと、水中にいるかのような軽い抵抗を感じる。ジョン・ウェスティンの死体に触れたときも、こんな感じだった。

「ルビー、庫内をスキャンして」

返事がない。

ルビーはわたしの目の前で、宙に浮かんだまま静止している。わたしはぞっとする。ホバリング中は回転しているはずのローターが、ぴたりと止まっていたからだ。本体に触ろうとして手を伸ばすが、やめたほうがいいと考えなおし、急いで引っ込める。

「なんなんだ、これは？」と訊《き》いても、ルビーが答えないのはわかっている。

わたしの脳内で、静電気が強度を増す。まだ痛むほどではないけれど、最初はマッサージ程度の刺激だったのに、今は筋肉のあいだに指を深く突っ込まれ、ぐいぐい押されているような感じだ。

わたしは時計に目を落とす。ＴＥＡの腕時計なのだが、秒針が動いていない。

脳内の圧力が高まってきた。

問題は隣の部屋だ。隣の部屋を調べねばならない。しかし勇んで歩きはじめたとたん、太い血管が震えているかのように、口のなかが脈うちはじめる。鼻の奥が濡れてきたような気がしたので、鼻に触れてみる。

鼻血だ。

急に重力が大きくなる。全身が床に向かって引っぱられる。わたしは気絶してしまうのか？　わからない。とにかく、急いでここから出なくては。

頭が痛い。どんどんひどくなる。

わたしは閉じ込められたのか？　どうすれば脱出できる？

あのキーパッドだ。

空中で静止しているルビーをよけ、壁をつたいながら備品庫のドアに近づいてゆく。ドアの内側にあるキーパッドに、さっきのパスコードを入力しようとするが、脳が焼けているせいでなかなか思い出せない。まるでなにかやろうと思ったのに、それがなにか忘れてしまい、頭が真っ白になったときのようだ。

もっと不気味なことに、背後から変な音が聞こえてくる。足を引きずるような音。何者かが、わたしに近づいてくる。ふり返って確かめたいけれど、できない。ふり返るな、見てはいけないと、原始の本能が命じているらしい。

パスコードはなんだった？　もしもこの現象を停止するコードが、開始したコードと違っていたら、わたしはどうなってしまう？

集中しろ。

1―1―0―4。

赤ランプ。違う。

背後にいるなにかが、さらに近づいてくる。すぐそこまで来ているかのように、空気が動くのを感じる。

フェアバンクスとシムズが、初めて出逢った日だ。あれはいつだった？

1―0―1―4。

キーパッドが緑色に光る。

備品庫のドアが開き、廊下に出てそのまま倒れこんだわたしの脳内から、握りしめた手を開いたときのように圧力が抜けてゆく。後方を見あげるとルビーが浮かんでおり、しかしローターはちゃんと回っている。モーターの回転音が低く聞こえてくる。ＴＥＡの腕時計を見ると、不規則ではあるが秒針も動きはじめていた。

「ジャニュアリー、いったいどうしたんですか？」ルビーが心配そうに訊く。

わたしは大きく息を吸い、気持ちを静めて逆に問い返す。

「わたしは何分ぐらい気を失っていた？」

「失神はしていません。この備品庫に入ってすぐ、鼻血を出しながらこちらに倒れてきました」

わたしには三分か四分に感じられたのだ。いや、もう少し長かったかもしれない。脳があんな状態だったので、定かにはわからないけれど。

「早く医者に診てもらうべきだと思います」ルビーが言う。

「いいえ、大丈夫。ただちょっと……」床に肘をついて体を起こそうとするが、そのとたん胃がごろごろと大きな音をたて、わたしはカーペットの上に嘔吐《おうと》してしまう。

「今なんて言おうとしたんですか？」ルビーが訊く。

「別になんでもない。清掃スタッフを呼んでくれる？　でも吐いたのがわたしだというのは、言わなくていい」わたしはルビーに命じる。「あとブランドンに連絡し、フェアバンクスのオフィスで待ってるから、すぐに来るよう伝えて」


ブランドンが到着するころには、わたしの胃と脳もなんとか復調している。手近な洗面所に入って水で顔を洗い、うがいをしたおかげなのだが、口のなかにはゴミ箱の底みたいな味がまだ残っている。歯を磨きたい。それが無理なら、せめてミントキャンディがほしい。

　フェアバンクスのデスクを挟んで、わたしの正面に座ったブランドンは、膝の上で両手を組み、ハグされたり首を絞められたりするのを警戒するような目で、こちらをじっと見ている。

「実は、あなたの助けがどうしても必要なの」

　ちょっと驚いたらしく、彼は無言のままだ。

「エイドリアン・ポーパに訊くのが本筋なんだけど、今のわたしがＴＥＡの人間と接触するわけにはいかない」わたしは説明する。「でも幸いなことに、素粒子物理学の学位をもつ人がすぐ近くにいた。ついさっきわたしは……ものすごく異常な現象に遭遇した。それがなにか考えるのに、ぜひあなたの知恵を貸してもらいたいわけ」

　ブランドンはうなずくと前かがみになり、わたしは体験したことをできるだけ詳しく彼に話してゆく。備品庫の壁のなかに、なにかの装置が埋め込まれていること。その装置が、ルビーのローターからわたしの腕時計まで、すべてを停止させたこと。彼はデスクを見つめながらときどきうなずき、わたしが語り終えると椅子の背もたれに体をあずけ、天井を見あげる。

「それって、かなりやばそうだな」

「そう言ってもいいでしょうね」

「まるで君が、時間の外に迷い出たみたいじゃないか。あるいは、時間から身を隠したとか？　そういう状態を示す言葉がちゃんとあるんだ。時間の透明化《タイム・クローキング》というんだが」

「待って」わたしは片手を前に出す。

それは、ジャバーウォッキーで使われている技術ではないか。

なぜそんな反応をしたのか怪しむように、ブランドンがわたしを見つめている。わたしは、最高機密の漏洩《ろうえい》は許されないことだが、今ここで機密を保持したところでどれほどの意味があるだろうと考え、ジャバーウォッキーの概要を彼に説明する。しかし、単にデータを隠すための技術だとアリンが言っていたことは、忘れずに強調しておく。

ブランドンは椅子に座りなおし、きょろきょろとあたりを見まわす。「なんだか一服したくなってきた」

わたしが手振りで〈どうぞ〉とうながすと、彼はポケットからペンタイプの電子タバコを出す。吸引口からゆっくり吸ったあと、彼が吹き出した霧は、ブラックベリーの香りがつけられたマリファナだ。わたしにも勧めてくれるが、これは遠慮しておく。

「つまり」ブランドンが言う。「現在知られているタイム・クローキング技術は、質量のある物体を時間の外に移動させるところまで、まだ到達していないわけだ」彼は電子タバコをポインタのように構え、もう一服して霧を吐く。「ドロシー・シムズは数十年にひとりの天才だった。なにしろ、タイムトラベルというすごい発明をしたんだからな。てことは、ほかにもなにか発明していて、それを隠した可能性もあるんじゃないか?」

たしかに一理ある。フェアバンクスの私生活は知らないけれど、シムズは既婚者だったし、ゴシップの王者たるカメオでさえ気づかなかったくらいだから、ふたりは自分たちの関係を、まったく外部に漏らさなかったのだろう。そしてそのためには、彼女たちしかアクセスできない隠し部屋を、タイムストリームの外に設けるのが最上の方法ではなかったか？

「アリンは、ハイウェイを走る自動車の比喩を使って説明してくれたんだけど、よくわからなかった」わたしは正直に言う。「だから今、同じ説明をくり返すことはできない」

「要するに、透明人間になれるマントみたいなものさ」ブランドンは、なにかをまとう仕草をしてみせる。「理論上の透明マントは、その周囲の光をねじ曲げることで全体を見えなくする。対してタイム・クローキングは、光ではなく事象のまわりの時間をねじ曲げる」ブランドンは前かがみになると、両手でいろいろな形をつくりはじめる。あまり理解を助けるとは思えないが、彼は視覚的な要素を加えながら熱心に説明してくれる。「君が船で川を下っていて、その川がタイムストリームだとしよう。船上の君は川と一緒に動きつづけており、川の両岸には、今現在進行中の事象が現われている。当然君は、移動しながらそれらの事象を見ることになる。しかしある特殊な出入り口《ゲートウェイ》を使うと、船から降りて岸に上がり、事象と事象のあいだを歩くことができるようになるんだ。そのあいだ、川の流れは止まっている。そしてもとの位置に戻った君が改めて船に乗れば、船と川も再び動きはじめる」

わたしは天井を見つめる。散らばっていたものが、少しずつ形になってゆく。

「幽霊だ」わたしはつぶやく。

「幽霊？」ブランドンが訊き返す。

「このホテルにいる幽霊たちのこと。かれらは実在している。幽霊の正体が、そのゲートウエイを使って動きまわっている人間だとは考えられない？」

ブランドンは咳払《せきばら》いをひとつして、にやりと笑う。

「考えられるね。誰かがタイムストリームのなかを、好き勝手に飛びまわっているわけだ。そして君は、アンスタックという病気のおかげで、特殊な知覚を得てしまった」

「ルビー」わたしが呼ぶと、ＡＩドローンはすぐにわたしの肩の上まで飛んでくる。「おまえ、変なものが映り込んでいないか、廊下のビデオをチェックしたと思うんだけど」

「しました」ルビーが答える。「消去された映像のほぼすべてが、アトウッド五階のあのドアをモニターしていたものでした」

「それなら、今から言うことをやってもらいたい。まず、わたしたちが把握しているすべての事件の再検証。今日のテラーへの襲撃や、ティックトックでコルテンが死にかけた一件だけでなく、わたしが運行を停止させたエレベーターの映像と、恐竜が逃げだした前後の状況も確認して。このホテルの電力供給が不安定になったタイミングで、なにか異変がなかったかも調べてほしい。あとは、それ以外のホテル内を映したすべてのビデオの分析ね。怪しい動きをしているやつはいないか。あるいは用もないのに、アトウッドに向かったやつはいないか」

「少し時間がかかりますよ」

「じゃあ今すぐはじめて」

わたしは立ちあがってズボンを手ではたき、ブランドンに訊く。「すべての部屋に入れる権限を、あなたも付与されているんでしょ？」

「まあもってるけど……」

「よかった」わたしは彼に言う。「ということであれば、一緒に不法侵入ができる」


わたしが保護房から脱走したことを、すでにアリンは知っている。彼は人びとを押しのけてロビーを走りまわり、立ちどまってはきょろきょろしながら関係者と話をしている。ブランドンとわたしは、柱の陰や暗がりに身を隠しながら前進してゆく。わたしは、アリンの視線と自分のあいだに必ず障害物がくるよう注意しており、人びとに不審を抱かれることなくロビーをまわり込むことに、今のところ成功している。


廊下の隅で小さくなっていたテラーの近くを、わたしたちは通り過ぎる。彼の目は、ホテル内がゾンビであふれており、今にも喰《く》われてしまうかのように泳いでいる。

「急いで代わりをこっちに来させろ……誰だってかまわん」彼は自分の電話に向かい、小声で吠《ほ》えている。「そうだな、彼の家族にはお悔やみの果物でも送っておけばいい。そんなことより、早くこっちに人を……」


やっぱり最低の野郎だ。

とはいえ、グレイスンに家族がいたと知って、わたしの気持ちはまた沈む。

わたしはブランドンを先に行かせ、レグのオフィスのドアを開けてもらう。彼は部屋に入ってドアを閉めるが、すぐ開く状態にしておいてくれる。ドアにもう少し近づくため、わたしが大きな観葉植物のうしろに身を隠そうとしたとき、アリンが不意にこちらを向く。しまった。

　彼はそのまま観葉植物を見つづける。わたしに気づいたのだろうか？　それともルビーに？　いや、ルビーはわたしの背後に隠れている。わたしはアリンに見つからないことを願いつつ、観葉植物の葉陰から彼を観察していたのだが、いよいよこちらに向かってくると思ったとき、彼は誰かに呼ばれ急いで警備室のほうに走り去ってゆく。

「アリンはあなたを探して、防犯カメラの映像をモニターさせていたのです」ルビーが教えてくれる。「今は、わたしがビデオフィードを停止させていますが、ここのシステムはすでに何度も干渉されているから、今回もホテル内に潜む妨害者のしわざと思われているでしょう」

「やるじゃないの」

　アリンが警備室に消えたのを確かめ、レグのオフィスに飛び込むと、すでにブランドンがコンピュータを操作しはじめている。

「パスワードがわからないんだ」ブランドンが言う。

「わたしがお手伝いできると思います」ルビーがデスクの上に降りてきて、取り散らかった書類の上でホバリングしながら、安全に着地できる場所を探す。今さら整理しても無意味なので、わたしはデスク上の物をすべて床に払い落とし、ルビーはコンピュータの隣に降りる。

と同時にスクリーンが真っ赤になり、激しく揺れる。「変ですね」ルビーが言う。「このコンピュータのセキュリティが、強化されています。通常ですと、ここにあるコンピュータのすべてにわたしはアクセスできるのですが、拒絶されてしまいました」

「迂回《うかい》して入れない？」

「迂回するにもパスワードが必要で、おまけに三回つづけて間違えると、ドライブの内容がすべて消去される設定になっています。強引に侵入することもできないから、システムの周辺を探るしかありません」

「それって長くかかる？」

「二十分ぐらいでしょうか」

「わたしにブーツを投げさせないでね」

「面白いと思わないか？」ブランドンがわたしに訊く。

「なにが？」

彼は肩をすくめる。「時間が足りないってことが。こういうときこそ、あのゲートウェイを使えばいい」

「よほどのことがないかぎり、あそこには戻りたくない」わたしは彼に言ってやる。「それにあのなかでは、ルビーを含むすべての電子機器が止まってしまう」

「はいはい、失礼しました……」ブランドンは急に立ちあがり、ドアを開ける。「いいことを思いついた。ちょっと待ってて」

彼は出てゆき、わたしは待つあいだオノィスのなかを見まわす。散らかっているし、埃《ほこり》がたまっている。レズビアンっぽいシシリーの旗なんか、あまりに長いこと壁に張りっぱなしなので、陽も射《さ》しこまないのに色あせてしまった。コンピュータ・ディスプレイの下には、この一枚で自分の運命は変わるのだとレグが言っていた宝くじが、テープで貼られたままになっている。わたしはその宝くじを手に取る。

もし本当に当たっていたら、ずいぶん滑稽《こっけい》ではないか？　いや、滑稽ではない。むしろ皮肉だ。でも、どこがどう皮肉なのだろう？　レグが得た賞金を、わたしはどうすればいい？　レグに家族はいたのか？　いるなら探さねばなるまい。そしてかれらに渡してあげるのだ。ルビーに、レグの近親者はどこにいると訊こうとしたとき、ブランドンがカメオを連れて戻ってくる。カメオはわたしを見ると戸口で立ちどまり、片眉をあげる。

「おおぜいの人が、あなたを探してますよ」

わたしは立ちあがり、ためらいながら入ってきたカメオに言う。

「わたしはムバイエに詫《わ》びたし、ブランドンにも謝罪した。だから今、あなたにもお詫びしたい。もちろん、それでわたしの過去の無礼が消えるわけではないから、償いをしなければいけないのはわかっている。だけど、努力するつもりよ」

「これがその第一歩ということですね」カメオがうなずく。

わたしの横をぐるっと回ったカメオが、レグの椅子にひょろ長い体を収めてキーボードを何回か叩くと、たちまちスクリーンにレグのデスクトップが表示される。

「なぜパスワードがわかったの？」わたしはびっくりして訊く。

「レグがタイプしているところを、見たことありませんか？　彼は人さし指二本だけでキーを打つんです。パスワードは、最後のyをiに替えたS·ic·il·i《シシリー》でした」

わたしは絶句してしまう。

「では作業をはじめます」とルビーが言ったとたん、スクリーンを画面が次々と流れてゆき、請求書のように見えるページで停止する。「深刻な問題がいくつも発生しています。セキュリティ・システムをいじった人物がいることも、判明しました」

これを聞いて、わたしは肋骨《ろっこつ》にきつい一撃を喰らったような気分になる。「それってたしかなの？　犯人はレグ？」

「実行犯というわけではありませんが、彼はこのホテルの支配人としてすべての管理権限をもっており、最重要のセキュリティ・キーを何者かに譲り渡しています」

わたしがなにか言うのを待っているかのように、ブランドンとカメオがこっちを見ているが、わたしもすぐには言葉が出ない。

「まだあります」ルビーがつづける。「電気料金の請求書を確認したのですが、やはりこのホテルは、実際の使用量の三倍近い金額を支払っています。電気代だけではありません。ほかの請求書の金額も、ホテル側の公式記録と一致しませんでした。しかも、このホテルは赤字だと言われてきましたが、実際は利益を出している。どうやらレグは、財務記録を改竄《かいざん》することで、このホテルが財政的な問題を抱えているように見せたかったようです」

わたしはデスクの角に腰かけ、壁をじっと見る。

「なぜ彼は、ここが経営不振だと思わせようとしたんだろう？」

「そうでなければ、売る理由がなくなりますからね」答えてくれたのはカメオだ。

「レグが連絡を取っていた相手は？」

「わかりません」ルビーが言う。「暗号化されたメッセージの断片は残っていました。しかし発信元は不明で、内容も読めませんでした。また、彼の個人口座の取引明細に、多額の現金が振り込まれた形跡もありません。それどころか、彼の当座預金残高と貯蓄を合算しても、残高は約千ドルにしかならない」

多額の現金が振り込まれた形跡なし。

だけど、もしレグがここのセキュリティ・システムを誰かに操作させたのなら、なにかしら見返りがあったはずだ。

タイムストリーム内を移動することに、熟達している人物からの見返りが。

わたしは、ずっと握っていたため汗で少し湿っている宝くじを見おろす。券面の日付を確かめ、ルビーの前に掲げてスキャンさせる。「売られたのは先週だから、抽選は終わってると思うけど」

「その番号、当たってますよ」ルビーが答える。「ほかに当選者はひとりしかいないので、レグは約五億五千万ドルを受け取れたはずです。もちろん税引きまえで」

ブランドンが小さく口笛を吹く。

たぶんレグは、サミットのごたごたが終わってから現金化するつもりだったのだろう。わたしは心が痛む。レグが、この陰謀に加担していたことがはっきりしたからだ。彼にも欠点があるのは知っていたけれど、わたしは彼が好きだった。いや、敬意すら抱いていた。腹立ちまぎれに誰かを殺すこともなく、困難な仕事をしっかりこなしていたし、それこそはわたしも、懸命に努力してきたことなのだから。

すると、まるで合図でもされたかのように、レグがふらりと入ってくる。それが本物のレグでないことを、わたしはよく知っている。いつものスリップだ。すっかりすっかり慣れてしまった脳内のざわめき。当然、ほとんど気にもとめない。ところが、ブランドンとカメオに目を向けると、かれらは口をあんぐりと開けてレグを見ている。

レグはわたしたちを完全に無視する。彼は部屋を横切ってファイリング・キャビネットを開き、なかをかき回しはじめる。カメオとブランドンがこっちを向いたので、しばし顔を見合わせ、それから再びレグに視線を戻したのだが、すでに彼の姿は消えている。

「驚いたな」ブランドンが言う。「こういう感じなのか？　君はいつも、これを経験しているのか？」

「まあね」

ブランドンはうなずき、カメオは祈るかのように両手を合わせる。ふたりともわかってくれたらしい。死者に囲まれて生きるのが、いったいどんな感じなのか。死者が追ってくるように思えるとき、それはなにを意味しているのか。

もし突き放すという選択肢があったとしても、どうすればそんなことができる？　わたしはつい、大声でそう訊きたくなってしまう。だが今は訊かない。まだ早すぎる。いま考えねばならないのは、なぜこんなことが起こっているかだ。

「ジャニュアリー」ルビーが話しかけてくる。「これを見てください」

壁のスクリーンにウェブブラウザが表示され、ニュース映像が再生されはじめる。スマホで撮られた動画に映っていたのは、十八世紀の軍服を着た兵隊たちが墓石の並ぶ墓地でマスケット銃を撃ちあい、あたりに硝煙が立ちこめてゆく光景だ。カメラが揺れるので焦点がなかなか定まらず、戦いは数秒間つづいたあと不意に消える。アナウンサーが言う。

「今日、ブルックリンのグリーンウッド墓地で起きた珍事に、世界じゅうが当惑しています。この墓地を訪れていた人びとは、ブルックリンの戦いらしきものを目撃したのですが、その時間、史実を再現するイベントなどは開催されていませんでした。にもかかわらず、一七七六年八月に同地で戦われた有名な戦闘は、消えてしまうまで、現実の出来事にしか見えなかったそうです」

音声が消え、ルビーが補足する。「集団スリップを報じるニュースは、これだけではありません。わたしがスキャンしたところ、ニューヨーク周辺と近隣の州でいくつも見つかりました。このホテルでなにが起こっているにせよ、同じ現象は拡散しています」

「やばいじゃないか」ブランドンがつぶやく。

「そのとおり」わたしはかれらに言う。「何者かがこのホテル内の時間をゆがめてしまい、それが波紋のように広がっているのね」

「もとに戻すには、どうすればいい?」ブランドンが訊く。

「あなたはそれを勉強したんでしょ」

「こんなこと、教わってるわけないだろ」

わたしは強い口調でつづける。「いちばん手近な問題からつぶしていきましょう。このホテルの経営が傾いているように見せかけるため、レグを買収したやつがいて、その企みにドラッカーも一枚噛《か》んでいる。そこまではわかった」

とはいえ、わたしを惑わせていることは別にある。それがわたしの後頭部を引っかく。わたしは、あの備品庫のことを考えつづけている。さらには、備品庫の奥にある世界を。

備品庫の隣のあの部屋を。

ジョン・ウエスティン。

シュレーディンガーの死体。

彼の死体はわたしにだけ見えて、ほかの人の目には映らない。たしかに、今はこのホテル全体がアンスタックのスリップに襲われている。それでもなお、わたしがほかの人より容易に幽霊を見られることに、なにか特別な理由があるとしたら? なぜわたしひとりに、ウェスティンの死体が見える?

その答がどこにあるか、わたしは知っている。知ってはいるが、人に教えるわけにはいかない。わたしは、ポケットのなかにあるレトロニムの瓶を振ってみる。一錠だけ出し、半分に割って舌の先にのせる。

アスピリンのような苦味。砂糖の丸薬ではない。

「これからどうする?」ブランドンがわたしに訊く。

彼もカメオも、恐怖を隠せない表情で目を大きく見開き、わたしをじっと見ている。これからやるべきことがなにか、わたしにはわかっている。ブランドンの質問に対する答が、わたしの心臓の鼓動を速める。こんな恐怖感がまだ残っていたなんて、われながら意外だ。

しかし、実際に行動するのはわたしひとりだけだ。

「ブランドン、エイドリアン・ポーパをつかまえ、この問題を解決するにはどうすればいいか、彼と一緒に考えてみて。ルビー、おまえには、館内放送で全員に避難を呼びかけてもらいたい。本当なら、アリンがとっくに避難指示を出してなきゃいけないんだけど、なぜか沈黙しているのは、ドラッカーが入札参加者に気を使ったからでしょうね。あのふたり、本当に最低だ」わたしはカメオに向きなおる。「あなたはスタッフ全員を集め、安全な場所まで誘導して。残りたがる人もいるだろうけど、避難指示はスタッフも対象だと強く言えばいい」

ここから先の計画は、かれらには黙っている。言えるわけがない。あまりに危険が大きすぎる。ポケットのなかに薬瓶があることをもう一度確かめ、一日に何錠まで服用していいとタムワース医師が言ったか、思い出そうとする。聞いたのはつい昨日なのに、遠い昔のことみたいだ。最多で三錠だったたか? それとも四錠?

「放送の準備ができました」ルビーが言う。

「よし」わたしは両手を打つ。「はじめよう」

ここから攻めに転じるのだと決意し、気持ちを奮いたたせて警備室のドアを開けたわたしは、目の前にアリンが立っていてもまったく動じず、やはりドアを開けようとして手を伸ばしていた彼の脇をすり抜け、アトウッドに向かい走りだす。

「待て、ジャニュアリー！」背後からアリンが怒鳴るけれど、容疑者を追跡するときでさえ彼が走りたがらないことを、わたしはよく知っている。情けないやつだ。人間と荷物のあいだを縫うように走っていると、スピーカーからルビーのアナウンスが聞こえてくる。

「館内のみなさまにお知らせします。ただちに当ホテルをチェックアウトしてアインシュタイン時空港《タイムポート》に避難し、次の指示をお待ちください。お客さまとスタッフの安全を考え、当ホテルを一時的に閉鎖します。緊急事態ではないので、落ち着いて行動してください」

落ち着いて行動してください。

ルビーの落ち着いた声で言われると、みんなおとなしく従うように思える。

でも実際はパニックが起きて、客たちが渦を巻くように走りはじめる。わたしは目の前に突然出てきた老人とぶつかりそうになり、急いで体の向きを変えたせいでバランスを失い、前のめりに倒れてしまう。そのまま床の上を滑ったのだが、なにかのデスクにぶつかって止まる。

こんなところにデスクなどないはずだ。よく見るとコンシェルジュ・デスクで、しかしまだ塗装もされていない。たぶんこれが、工事中のロビーに搬入されたときの状態なのだろう。うしろから、アリンがＴＥＡの男性調査員をひとり連れて近づいてきており、前に向きなおると、すでにコンシェルジュ・デスクは消えている。

　改めて走りはじめるが、今度はなにが出現してもいいように、少し慎重に進む。アトウッドのエレベーター・ホールに着いたものの、開いているドアはなく、表示盤を見るとどれも上の階で止まったままだ。わたしは階段室に入り、吹き抜けになった非常階段を駆け上がりはじめる。

　走っていると、ゆっくり階段を下りてくるメーナに出くわす。白いブラウスに黒のスラックスという仕事中の制服姿だ。わたしが足を止めると彼女も止まり、ふたりは見つめあう。

　メーナが言う。「もうすぐそこだからね」

　なんだって？

下で大きな音が響く。階段室のドアが開き、足音が非常階段をどたどたと上がってくる。再び顔を上に向けるが、すでにメーナは消えている。

　わたしは階段を上りながら、レトロームを手のひらにざっと出す。もう数えたりしない。今さらどうでもいいだろう。まとめて口にふくみ、すぐに効いてくるよう噛み砕くと、あまりの苦さに吐き出しそうになる。できるだけ唾をたくさん溜《た》めてから、チョークみたいになった塊を喉に流し込む。

　五階の廊下には数人の客がいたので、かれらを避けながら問題の備品庫まで走る。パスコードを入力していると、アリンが階段室のドアから出てきて、わたしはルビーがいなかったことに気づく。しまった。混乱のなかで、すっかり忘れていた。アリンと目が合ったとき、備品庫のドアに緑のランプが点灯する。わたしは庫内に飛び込み、ドアを音たかく閉める。

わたしが再びドアを開けて備品庫から出たとき、廊下はフィルムが停止した映画のようになっている。

アリンは、わたしが思っていたより備品庫の近くまで迫っていた。あと数秒遅かったら、わたしをつかんでいただろう。しかし今、彼とTEAの男はその場で固まっている。わたしはアリンの腕に触れる。なにが起きるかわからないので、できるだけそっと触れたのだが、わずかに抵抗を感じたので数インチだけ横に動かしてみる。反応はまったくない。わたしの頭は大丈夫のようだ。今にも破裂しそうな感じはなく、これは薬が効いている証拠だろう。わたしは、タムワースから聞いた副作用を思い出そうとする。心悸《しんき》亢進《こうしん》？　たしかそんなことを言っていた。あと腎臓障害か。

五二六号室の前に立つ。セキュリティ・ウォッチでスワイプすると、ドアが開いた。電子機器類は正常に動作しており、ということは、ルビーがわたしのアクセス権を回復してくれたのだろうか？　それにしてもちょっと変だ。時間の外では、なにができてなにができない？　人を傷つけたり殺したりすることはできる。機械類の操作もできるのだろうか？　エレベーターを呼んだとして、すでに満員だったらどうすればいい？

そんなこと、いま考えてもはじまらない。

五二六号室に入ったとたん、厭《いや》な臭いが鼻をつく。屍臭《ししゅう》だ。腐臭ではない。腐ってゆく死骸の臭いなら、わたしも嗅いだことがあるけれど、あれとは違う。これは、生の牛肉のパッケージを初めて開けたときに感じるような、新しい死体の臭いだ。血と、切り裂かれた皮膚と。

ベッドには、喉をすぱっと切られたジョン・ウェスティンが横たわっているが、血はまだ古くなっていない。最初にこの死体を見たのは一日まえ、いや二日まえだったか？

少なくともここにある死体は本物だ。カーペットの上の血溜まりを踏まないよう注意しながら、ベッド脇に立って肩に触れると、肉体の存在をしっかり感じられる。わたしの指先が体を突き抜け、シーツに触れるようなことは起こらない。

ということは、やっと現場検証ができるわけだ。

わたしは科学捜査の専門家ではない。でも鑑識の基礎は知っている。この場合、さほど神経質に現場保存をする必要はなさそうなので、わたしは靴カバーや白い防護服をつけず仕事にとりかかる。まずやったのは室内をくまなく歩き、見落としている物はないか、もとの世界にあった物がこちら側で消えていないか、確かめることだ。部屋を数往復したけれど、なにもない。

口のなかに残る錠剤の苦味で気分が悪くなってきたため、バスルームに入ってシンクに向かう。しかし水栓をひねっても、なにも出てこない。

ふと妙なことを考えてしまう。さっさと用事をすませて、もとのタイムラインに戻らねばと思うのだが、一方でレトロニムの過剰摂取の危険性を別にすれば、わたしはこっちの世界ですべての時間を手中に収めているのだ。であるなら、この機会を有効活用し、ウェスティンの死体をじっくり調べてやろう。

死後硬直はまだはじまっていないので、まずは皮膚の特徴的な部分やタトゥーを詳しく見るため、腕を動かしてみる。死体はわたしのなすがままだ。もしこっちの世界の時間が、ずっと停止しているのであれば、彼は別の場所で殺されたあとここに運び込まれた可能性もあるだろう。ささやかな推理だが、これも重要だ。全体像が見えてくるまで、細かな断片を積みあげてゆくしかない。

つづいて彼の財布をつかみ出し、中身を確かめる。びっくりするほどなにも入ってない。現金が少々とIDカード、あとはクレジットカードが一枚だけだ。健康保険証もなければ、コーヒー・チェーン店のポイントカードやレシートもなく、誰もがつい財布に押し込んでしまう個人的な紙くずもまったくない。ウェスティンは、最小限の物しか持ち歩かない潔癖症だったのだろうか。でも彼の乱れた髪と着古したジーンズ、それにタトゥーは、むしろ逆の性向を示している。

わたしはIDカードを手に取り、何度か表裏を見る。

偽造だった。

とはいえ、とてもよくできている。重要なポイントはほぼすべて押さえてあるが、最上部の光を反射する帯が違う。本物のニューヨークのIDは、カードを特定の角度に傾けるとこの帯が虹色に光る。しかし、ウェスティンのカードは反射の強さも色数も本物におよばない。すごく微妙な違いなので、各種IDカードによほど精通した人でなければ気づかないだろう。にもかかわらずこのカードは、ここにある死体がジョン・ウェスティンであると証明している。

そして公的な記録のなかでも、彼は間違いなくジョン・ウェスティンだった。ならばなぜ、ここに偽造のIDカードがある?

まったくの別人だからだ。彼の本当の名は、ジョン・ウェスティンではない。

またひとつ重要な一部が加わった。

ここにルビーがいないことを、わたしは残念に思う。やつがいれば、簡単に確認できたかもしれないのに。

わたしは、ズボンから順に彼の衣類を叩いてゆくことで、改めてウェスティンの所持品を調べる。武器かなにかを隠し持っているかもしれない。あとで照合するため指紋を採取することも考えたけれど、この男がどこの何者か、明瞭に示す具体的な証拠を得てこの部屋を出ないかぎり、アリンはわたしにもう一度チャンスを与えてくれないだろう。逆になにも見つからなければ、彼は改めてわたしを逮捕するはずだ。

レザージャケットを調べるため何度か転がしたせいで、やっと脱がせたとき死体はベッドから落ちそうになっている。ジャケットにはジッパー付きの小さなポケットが無数についており、一個ずつ開いていったがどれも空っぽだ。だが胸ポケットを探ると、さらに小さなポケットが隠されていた。固くて丸い物が入っているので、取り出してみる。

腕時計だ。バンドは外されており、針は動いていない。

でもこれで、ジョン・ウェスティンが何者かわかった。

いや、正体がわかったのではない。はっきりしたのは、彼がなにをやっていたかだ。

備品庫の前で足を止めたアリンが、困惑して顔をしかめる。彼の目には、備品庫に入ったわたしが次の瞬間ドアの外に出現したように見えたはずだから、混乱するのは当然だろう。

「ジャニュアリー、今なにがあった？」彼が訊く。

わたしは、バンドのない腕時計を彼の目の前に突き出す。ジョン・ウェスティンのポケットにあった時計だ。わたしが右手にはめているものと、まったく同じ時計。ＴＥＡの研修所を修了した、すべての調査員に贈られる記念品。

「要するにわたしたちは、時間の重要性をいつまでも忘れないわけだ」わたしはアリンに言ってやる。

「なにが言いたい？」

「ウェスティンと名のっていた男のこと。彼はこっち側の人間だった。違う？」

アリンは連れてきたＴＥＡ職員のほうをふり向き、「君は先に戻っていろ」と命じる。職員は驚いたような顔をして見せるが、諦めたように肩をすくめると、廊下を引き返してゆく。

アリンはわたしに向きなおる。

「その時計を、どこで手に入れた？」

「死体が持っていた。わたしにしか見えないあの死体が。まあそれだけでも、充分に変な話なんだけどね。やっと体に触ることができたから、調べてみたらこの時計が隠しポケットから出てきた。だからあなたも、このへんで本当のことを話したほうがいい」

アリンは不安げに周囲を見まわしたあと、目顔《めがお》で備品庫を示す。わたしはパスコード――時間が停止した不気味な空間ではなく、リネン類の棚が並んだほうに通じるやつ――を入力し、彼と一緒に庫内に入る。ドアを閉めると真っ暗闇になったので、アリンは嘆息《たんそく》しながら自分の電話機を出し、ディスプレイの明かりで照明のスイッチを探す。

明るくなったところで彼が言う。

「ウェスティンの本名はフランク・オルスンだ。お察しのとおり、ＴＥＡの調査員だよ。今回は潜入調査を行なっていた。このサミットに、なんらかの目的で介入を企んでいる者がいて、そいつがジャバーウォッキーとも関連しているという情報があったからだ」

「それを最初に教えてくれなきゃ」わたしは不満げに言う。「で、その何者かが時間をいじったのね？」

「問題はそこなんだ。証拠がまったくない。しかし、アステカでの事故以来、過去が改変されたことに起因する問題は確実に広がっている。今やその数は急増し、しかも内容は悪化する一方だ。なにかが変えられたに違いない。それも、本当に重要な部分が」

「ヘンダースンはなんて言ってる?」

「最後に話をしたときは、まだ調査中だと言っていた」アリンが答える。「彼をつかまえようとして、もう三十分も電話しつづけているんだが……」

ジム・ヘンダースン。

なぜ技術部門の責任者が、この現場に来ていない?

ヘンダースンがどんな顔をしていたか、わたしが思い出せないのは、いったいどういうわけだ?

彼とわたしは、間違いなく何度も会っている。今朝わたしは、アリンが自分のSNSページにアップしたクリスマスカードの集合写真を見たけれど、ヘンダースンの顔だけが、またしても思い出せなくなっている。平凡な顔だったことは確かだ。なのに記憶から呼び起こそうとすると、彼の顔のあるべき部分が空白になってしまう。

いや、空白ではない。

どちらかというと、別の顔で上書きされている感じに近い。

わたしはスリップの前兆を感じる。でも今回ざわめいているのは、脳幹のずっと深い部分だ。頭のなかに画像はあるのだが、通信環境が悪いビデオ会議のように激しく乱れ、でもすぐに復元しはじめる。にもかかわらず、その画像に意識を集中すると消えてしまい……

……調査員になったばかりのわたしが、新しい通信システムに関する研修を受けるため、TEA内の作戦会議室に座っている。正面の演壇には、技術部長が立ち……

「くそっ」わたしは声に出して罵《ののし》る。「そういうことだったのか」

アリンの腕をつかんでロビーまで下りてゆくあいだ、わたしの脳内では、まるで割れたガラスがもとに戻るかのように、記憶の断片がつながってゆく。

警備室に到着し、彼を先に押し込んでドアを閉める。息を整えていると、イメージが次々に蘇《よみがえ》ってくる。わたしはやっと真相を知った。捏造《ねつぞう》された集合的記憶によって、上書きされていたわたしの記憶の一部が、復元されたからだ。

あのとき、作戦会議室の演壇に立っていた技術部長は、オズグッド・デイヴィスだった。わたしと彼とは、廊下ですれ違うとき会釈《えしやく》を交わす程度の顔見知りだった。仕事で使うタブレットを壊してしまったわたしが、新品を受け取りに行ったのも、TEAビルの三階にある彼のオフィスだった。

だから初めてオズグッド・デイヴィスに会ったとき、初対面のような気がしなかったのだ。すでにわたしは、彼の顔を知っていた。

「ジム・ヘンダースンは、オズグッド・デイヴィスだったのよ」わたしはアリンに言う。

「デイヴィスが、TEAの技術責任者だった」

「ジャニュアリー、君はいったいなにを……」

「ぜんぶ思い出したの。理由はわからない。きっとアンスタック患者だから、上書きされた記憶の下層にアクセスできたんでしょうね。とにかく、何者かがジャバーウォッキーに侵入したことをTEAが感知できなかったのは、犯人が管理者であるデイヴィスだったから。なんといっても彼は、ジャバーウォッキー担当の技官なんだもの。当然、操作は熟知している」

「しかし……しかしわたしは、ジム・ヘンダースンを知っている。よく知っているんだ」

「さあ、それはどうだろう。あなたが知っているヘンダースンも、デイヴィスの計画の一部だったのかもしれない。つまり、デイヴィスが自分の替え玉として送り込んだ男ってこと。そしてその事実を、捏造した集合的記憶でマスキングした」

アリンは両手で顔を押さえる。「わたしは今回の件を、内部の犯行ではないかと疑った。TEAの調査員が、また不正行為に手を染めたと考えたんだ。だから秘密裏に捜査を進めることにした。もし君の病状が悪化していなければ、君に依頼しただろう。フランク・オルスンは、次善の選択だった」

「しかしオルスンは、犯人に先手を打たれてしまった」

「いったいなにが起きているんだ。説明してくれ」

わたしは語りはじめるのだが、途中までアリンは疑わしそうな目をしており、実際この話は、狂人がわめき散らす戯言《たわごと》にしか聞こえなかっただろう。だが、やがて彼も真剣に耳を傾けはじめ、最後はたしかにその可能性はあると同意するかのように、何度もうなずく。

「どこにある?」アリンが訊く。「そのゲートウェイってやつは?」

「あの備品庫を囲む壁のどこかに、埋め込まれている。シムズが誰にも言わず開発して、彼女とフェアバンクス、ふたりだけの秘密にしたんでしょうね。そして秘密のまま、終わらせようとした」

「危険はないのか?」

わたしは肩をすくめる。「わたしは苦しい思いをしたけれど、レトロニムを大量に飲んでなんとかのりきった。とはいえ、わたしはステージ2のアンスタック患者。あなたが入っていっても、特に問題はないんじゃないかな」

アリンがわずかに動揺を見せる。なにか言おうとして、途中で口を閉ざす。そして目を伏せる。

「まさかあなたにも、アンスタックの徴候が?」わたしは訊く。「初めて自覚したのはいつ?」

「二週間ぐらいまえだ。わたしの秘書がオフィスに入ってきたんだが、彼女が実際にやって来たのは、その五分後だった」

「そう。であるなら、備品庫に入ってオルスンの死体を確認したあと、すぐに出てしまえばさほど影響は……」

「いや、やめておこう」

「なぜ?」

彼はため息をつくと、両手で顔をなでる。「わたしはもうすぐ定年だ。病気を悪化させるようなリスクは冒したくない」

わたしは彼を腰抜けと罵りたくなる。わたしが知っているアリンは、リスクなんか関係ない、まずは仕事を片づけようと言う男だった。しかし同時に、わたしは自分がアンスタック患者の実例となっていることも、よく知っていた。人びとの目に映るアンスタックという病気。悪化するとどんなひどいことになるかの、生きた見本。

突然わたしは気づく。だからアリンは、わたしを早くこの仕事から離れさせようとして、躍起《やっき》になったのだ。彼がわたしを安全な場所に行かせたがったのは、これが理由だったのだ。怒りが消えてゆく。君を守るためだと言われるたび、わたしは彼の真意を疑っていたが、彼は本当にわたしを救おうとしていた。

「ところで、あなたはドイツ語をどこで身につけたの?」わたしは唐突に質問する。

彼は力なく肩をすくめる。「単に好きだったから勉強しただけさ。いい学習アプリがあったし」

「それだけ?」

「ああ」

「あなたにとって、わたしはさぞ頭痛の種だったでしょうね。ごめんなさい」

アリンが笑う。「謝罪すればすべて帳消しになると思っているなら、大間違いだぞ。せめて豪華な夕食と上等の酒を、ふるまってもらわないと」

「わかった」わたしは承知する。「この件が終わったら、さっそく手配してあげる。ポーパは、このホテル内で放射線漏れが起きていると言っていたけれど、漏れているとしたら、問題のゲートウェイを通してでしょうね。そしてそんな工作ができるのは、オズグッド・デイヴィスしかいない。たぶんドラッカーも、彼に協力している。次は、ほかに誰が関与しているか突きとめないと。なにしろ、デイヴィスに嫌疑がかけられないよう何者かが彼を襲ったんだから、第三の人物がいるに決まってる」

「いずれにせよ急いで解決する必要があるな。さっきポーパから聞いたんだが、時間の歪《ゆが》みがどんどん広がりはじめていて……」

「ああ、ブルックリンの戦いね」

「それだけじゃない。オハイオでは、大昔に絶滅したウーリーマンモスが出現したらしい。突然消えてしまうまえに、三人も殺したそうだ。状況は悪化している。なのにわたしたちは、どうやって止めればいいか、まったくわかっていない」

「まずは、誰がわたしたちを妨害しているかはっきりさせないと。デイヴィスと共謀しそうな人間が、ほかにいない？　わたしはほんの一瞬だけ、あなたが怪しいと疑ってしまった。ほかに誰がいる？」

タイミングだ。タイミングを考えてみろ。警備にかかわっていたのは、誰と誰だ。

そしてそれぞれの事件が起きたとき、現場にいなかったのは誰だ。

わたしははっと気づく。

「ニックはもともと、どこで勤務していた？」わたしはアリンに質問する。「あなたの直属の部下だったの？」

アリンは顔をしかめる。「いや、そうじゃない。彼は関係者に知り合いがいたらしくて、このサミットのため人員を揃《そろ》えることになったとき、ドラッカーの事務所が推薦してきたんだ。だからわたしが、彼の経歴を再確認し……」

アリンが口を閉ざす。これ以上語る必要はない。おたがいの顔を見るだけで、同じことを考えているのがわかる。

そのとき、突如アリンの全身が硬直して彼は悲鳴をあげる。

部屋の奥にニックが立っており、彼が手にしたテーザー銃から発射された電極付射出体《プローブ》が、アリンの背中に高圧電流を送り込んでいる。ニックがもう片方の手に持ったテーザー銃をわたしに向けたので、わたしはデスクの上にあったマグカップをつかみ、彼の顔めがけて投げつける。マグカップはかわされたが、彼が身をかがめた隙にわたしは前方に走り、彼が新たなプローブを発射するまえに腹部に蹴りを入れる。仰向《あおむ》けに倒れた彼がテーザー銃の引き金を放したので、電流が切断されアリンはぐったりと倒れこむ。

わたしはアリンの背中からプローブを抜き、脈を確かめる。これなら大丈夫だろう。ニックに視線を戻そうとすると、目に飛び込んできたのは、わたしの頭に向かって振りおろされるデスクチェアだ。わたしはなんとか体を丸めて両腕をあげ、衝撃をやわらげる。それでも痛いことに変わりはない。

ニックは、わたしの横をすり抜けて警備室から逃げだそうとするが、わたしが足払いを喰わせたので顔面からドアに衝突する。わたしは立ちあがりながら彼が放り捨てたデスクチェアをつかみ、逆に投げつけて彼の動きを止めようとする。でもチェアは命中せず、彼は廊下に出てゆく。

ニックを追って入っていったロビーは、しかしわたしが知っているロビーではない。老朽化が進み、荒れ果てている。ブルーのカーペットは色あせて擦りきれ、長くクリーニングされていない。ロビー中央にぶら下がった大時計は止まっており、埃が層を成しているように見える。埃が積もっているのは、傷だらけであちこち角が欠けたデスク類も同様だ。そしてロビー全体が、やけにかび臭い。

なのに、ニックを追ってアトウッドの廊下を走ったわたしがエレベーター・ホールに着いたときには、すべてが正常に戻っている。ニックは、エレベーターの前を通り過ぎると非常階段を上りはじめ、彼の行き先を知っているわたしも、踊り場ふたつぶん遅れながらあとを追うのだが、不意に頭上から彼の悪態が降ってきて、つづいて防火扉を開閉させる重い音が聞こえてくる。

三階の踊り場に着いてみると、大荷物を持って下りてきた五、六人の客が非常階段をふさいでいる。たぶんニックは、かれらを押しのける暇はないと判断していったん三階の廊下に入り、反対側にもうひとつある非常階段を使って五階に上がったあと、あの備品庫へ引き返すつもりなのだろう。

防火扉を開けて三階の廊下に入ったわたしの目に、カーブしている廊下の先を曲がって消えてゆくニックの姿がちらっと見える。わたしは再び全力で追いはじめる。

ところが次の瞬間、突然ホテルそのものが消えてしまう。

わたしは空中を落下してゆく。ニックも、わたしの約百メートル先を落ちている。周囲はなにもない野原で、まだ整地もはじまっておらず、草の生えた地面がぐんぐん迫ってくるのを見て、わたしは胃の中身が逆流しそうになる。

だが、またしても唐突にすべてが戻ってくる。

わたしは二階の廊下に叩きつけられ、顔面がカーペットをこする。腹を強打したため息ができず、わたしは仰向けになって呼吸を整える。

まさかホテルの建物まで、スリップしようとは。

わたしが立ちあがったとき、ニックはちょうど反対側の非常階段に入るところで、わたしもそれ以上の混乱に巻き込まれることなく五階まで駆け上がる。備品庫とゲートウェイに向かって走りながら、わたしはポケットからレトロニムを出そうとするが、瓶ごとなくなっている。どこかで落としてしまったらしい。あとは、最後に飲んだ数錠の効き目で、わたしの正気が保たれることを祈るだけだ。

わたしの目の前で、ニックの姿が備品庫のなかに消えてゆく。ドアが音たかく閉められるが、遅れて到着したわたしもパスコードを打ち込んで再びドアを開き、なかに駆け込む。

ところが足を踏み入れたとたん、頭が猛烈に痛みだす。思わず備品庫からよろめき出ると、廊下はなんの変わりもない。ニックはこの備品庫のなかに、どれくらい長くとどまっていたのだろう？　わたしの視界から消えたのはほんの数十秒まえだが、すでにホテルのなかを何時間もうろついているのではないか？

わたしはロビーへ向かいたいのに、膝に力が入らない。集中しなければと思い深呼吸すると、逆にへなへなと倒れ両手を床についてしまう。ブルーのカーペットに血が滴り落ち、繊維に吸収されて色が赤から黒に変わってゆく。最初のうち血はゆっくり落ちているのだが、見えない手で頭を締めつけられるような感覚が強まると、連続してぼたぼた落ちはじめる。わたしの全身が、両肩の緊張を解いて膝の力を抜き、うつ伏せになって眠ることを要求している。

でもそれは、普通の眠りではない。

かといって死でもない。このふたつの、どこか中間にある状態。

永遠の空白。

この状態が、わたしを何年もつけ回していたのだ。わたしの知覚がばらばらに解体され、直線的な時間の流れを把握する能力が失われる状態、つまり、アンスタックのステージ3が。

カーペットの上に、なにかが落ちつづけている。でもわたしの鼻血は止まっている。血のしたたる音よりも重い音が、廊下の奥から近づいてくる。

これは足音だ。

もしかしたら、まだ戦えるかもしれない。片手いっぱいのレトロニムがあれば。チェリー味のロリポップが一本あれば。叫んでみたらどうだろう？　しかし、口を開けても声はまったく出ない。代わりに血を吐いてしまう。

　足音がさらに近くなる。

　わたしの脳が、ついに焼き切れようとしている。アンスタック患者が到達する最後のステージ。この病気は未《いま》だに原因不明だ。最も有力な説は、人間の心そのものが量子状態になってしまい、負荷に耐えきれず崩壊するというもの。自分が死ぬ瞬間を目撃するのだと言う人もいる。理屈なんかどうでもいい。わたしが知っているのは、結果がまったく楽しそうではないことだけ。肉体が完全に機能停止するまで、うつろな昏睡《こんすい》がつづくのだから。

　脳内の圧力が高まる。新たな出血。このまま失血死するかもしれない。それはそれで、ささやかな勝利だろう。

　わたしはもうすぐ消滅する。おそらくこの世界も一緒に。タイムストリームは損傷しており、わたし以外に修理できる人はいないが、わたしはこの廊下で死にかけている。世界のみなさん、ごめんなさい。

　再びスリップがはじまり、記憶が脳のなかで空き缶に入れた小石みたいにカタカタと鳴る。わたしはベッドに座っており、ニンニクとチリペーストを炒める匂いが、キッチンから二階へと昇ってくる。わたしは手のなかでなにかをひっくり返すのだが、それがなんなのか、よくわからない。

　でも今はわかる。

わたしは空気が動いたのを感じる。わたしのすぐ近くに誰か立ったのを感じ、その人が、ブルーのカーペットの上で苦しむわたしを、じっと見おろしているのを感じる。今のわたしは完全に無力だ。すべて終わった。しかし、こうして這《は》いつくばったまま死ぬつもりもない。

本当の自分と向き合う時がきた。これ以上に最悪のことがあるだろうか？

そうか、これがステージ3なのだ。今やっとわかった。わたし自身のタイムラインが、でたらめに交差する。わたしは自分の姿を見せられるが、脳はその精神的重圧をなんとか処理している。わたし自身が、現在のわたしと対面することに耐えられないだけだ。

自分が何者でなにをやったか、認めるのはすごくつらい。わたしは、現実の世界を焼き尽くしてしまうマッチに、火をつけたくてうずうずしている四人の男を見た。かれらはその影響のおよぶ範囲が、かれら自身を超えて広がってゆくことを理解していなかった。

とはいえ、わたしとかれらにどれほどの違いがあるだろう？　かつてのわたしは、心に刺さる鋭い破片を埋めようとして、自分のまわりの世界を壊したのだが、もっと多くの鋭利な破片を生むだけに終わった。

わたしは最後の力を振りしぼり、上体を持ちあげる。

そして、自分自身と対面する覚悟を決める。

しかし対面した相手は、わたしではなかった。

メーナだった。

修道場《サンガ》

ほんの一瞬、最高に美しいその一瞬だけわたしの体を苛《さいな》んでいた痛みが消え去り、わたしはこれがスリップではないことを知る。

わたしの目の前に、メーナが立っている。

陽光のぬくもりにも似た、彼女の愛情。

すごく変わったように見えて、ちっとも変わっていない。顔全体が輝き、輪郭がぼやけているものだから、今の彼女と昔の彼女を同時に見ることができる。今までにわたしが見たなかで、いちばん美しいメーナ。

痛みが戻ってきて、わたしはなにか言おうとするが、口のなかは血でいっぱいだ。メーナがわたしに手を差し伸べ、わたしはその手を取る。彼女に触れられたとたん、彼女の皮膚からエネルギーが送り込まれたかのようで、わたしは力が湧いてくるのを感じる。立ちあがるのに充分なパワーを、彼女はわたしに与えてくれる。

こうしているあいだ、彼女は、待ち合わせに少し遅れたわたしを待っているかのように、ずっと微笑《ほほえ》んでいる。

「あなたは死んだはずだ」わたしは目に涙を浮かべ、喉を詰まらせながら言う。「あなたはもう生きていない」

メーナはわたしの手をつかむと、その手をひねって自分の胸にあて、彼女の心臓の鼓動を確かめさせる。眠れない夜、わたしは熟睡している彼女の腰や胸に手をあて、この同じ鼓動が彼女の体を通して伝わってくるのを感じながら、眠りに落ちたものだ。

「あなたが心のなかで、わたしをこんなふうに生かしつづけているのに、死んでいられるわけないでしょう？」メーナが言う。

「わたしは決して……」

あの痛みが戻ってくる。さっきよりひどい。頭が割れそうだ。

すると再びあの音が聞こえる。背後から迫る足音。わたしはそこに自分が立っているのを感じる。わたしが心のなかに抱えてきた痛みと怒り、そして荒《すさ》んだ心を感じる。ねばついている。臭いを放っている。古くなって腐爛《ふらん》したものの悪臭。

しかしメーナは、わたしにうしろを向かせない。

「あなたに見せたいものがあるの」

こう言うとメーナはわたしの手首を曲げ、彼女の心臓の上にふたりの手を重ねる。

スリップがはじまる。

あのざわめきが脳内を満たし、神経がたかぶって筋肉が強《こわ》ばる。

暗い。人間の輪郭だけが見える。鏡の前にわたしが立っているのだろうか？　石鹸《せっけん》のような香りが漂い、足の裏に固く冷たいタイルを感じる。わたしは手探りで照明のスイッチを入れる。

鏡に映っていたのはわたしではなかった。

メーナだ。

だが、わたしのよく知るメーナでもなければ、以前見せてもらった昔の写真のメーナでもない。このメーナはまだ子供だ。髪は短く切りそろえられているけれど、切り方がやけに荒っぽい。わたしはその子供のなかに、メーナの眼と彼女の心を見る。だけどどちらも、消えてゆく星みたいに影が薄い。

次の瞬間、わたしは心の芯までつらぬくような後悔と悲しみに襲われる。鏡のなかにいるこの少女は、現在のわたしの内面をまったく反映していない。わたしは生きたまま埋葬され、棺桶《かんおけ》のなかでゆっくり窒息してゆくような感覚を味わう。なんとかして外に出たいのに、どうすればいいかわからない。

わたしは子供のメーナが片手をあげ、指で自分の顔に触れるのを見る。バスルームの外から、バタンという音が聞こえてくる。女の声が、スペイン語でなにかを怒鳴り散らす。

メーナの目が涙でいっぱいになる。彼女は自分の腕に爪を立てると、皮をはぐかのように深く引っかき、長く赤い傷を皮膚の上に残す。

わたしの耳がメーナの声をとらえる。しかし、彼女はなにも言っていない。彼女の声なのだが、どこか別の場所から聞こえてくる。

あなたにこの気持ちはわからない。まるで未来がなくなってしまったみたいだ。自分の体なのに、ちっともそんな気がせず、成長してどうなるのか想像もつかない。いったい、どんな人になるのだろう。自分のものではない体のまま大きくなるなんて、考えただけでぞっとする。なにも悪いことをしていないのに、終身刑を言い渡されたかのようだ。

それから子供のメーナは、壁の薬棚を開き、錠剤が入ったオレンジ色の瓶を取り出す。最悪なのは、自分に正直になろうとしているだけなのに、母親から化け物あつかいされること。

メーナは薬瓶を軽く振り、中身を確かめる。錠剤はたくさん残っている。バスルームの外から、また女の金切り声が聞こえてくる。乱打されるドア。

あなたが初めて会ったときのわたしは、もちろんこんな姿をしていなかった。だけど、もしあなたのよく知るメーナが、このバスルームまで時間をさかのぼることができたなら、ここにいるおびえた少女は、そのメーナが自分だとすぐにわかったでしょうね。そして、自分には未来があることを知る。なにしろ大人になった自分を、初めて実際に見るんだもの。

しかし子供のメーナは、泣きながら手のひらに錠剤をばらばらと出す。

もし自分にも未来があると知っていたなら、あの日わたしが自殺を図ることはなかったと思う。そしてその後もずっと、うまく逃げだす日がくるまで、死のうとは思わなかったでしょうね。

バスルームが再び真っ暗になる。

おそらく、次に起こることをわたしに見せないためだろう。

メーナ自身も見なくてすむし。

次にわたしたちが立っているのは、シカゴ美術館のなかだ。

でも前回ふたりで来たときとは、まったく違っている。まず人がいない。見通しのいい廊下が、延々とつづいているだけ。なにもない広大な壁面に、たった一枚だけ絵が展示されている。『グランド・ジャット島の日曜日の午後』。

無数の小さな色の点と、水辺に立ち遠くを見つめる人びと。

わたしはあいかわらず背後に誰かの気配を感じているが、この空間には、立っているだけで頭を清澄にさせるなにかがある。

「あなたも、時間離脱症《アンスタック》だったのね」わたしはメーナに言う。

やっとわたしが気づいたことに満足しながら、メーナが深くうなずく。

「パラドクスに移るまえ、わたしはアインシュタイン勤務のスチュワーデスだった。当時はまだ、放射線に対する防護策が万全ではなかったの。しかもわたしは」——彼女は自分の頭を軽く叩く——「体質的にすごく放射線の影響を受けやすかった。あなたと出逢ったころには、もう発症していたわ」彼女は笑う。「可笑《おか》しかったのは、自分から告白しそうになったこと。ほら、初めて会ったときわたしは、〈パラドクスで警備の仕事をオファーされた〉とあなたから聞くまえに、〈その仕事、受けたほうがいい〉とアドバイスしたでしょ？　ふだんのあなたなら、すぐに変だと気づいたはず。きっとあのときは、わたしの美しさにぼうっとなってたんじゃないかな」

「だけど、未来を見ることができたのなら、なぜあの晩ティックトックの厨房《ちゅうぼう》に行ってしまったの？」

メーナはため息をつく。

「たとえ言葉で説明できたとしても、あなたにわかってもらえる自信はない。わたしだって、ときどきわからなくなるもの。わたしにわかっているのは、世のなかにはそうでなければいけないではなく、そうなったほうがいいこともある、ということだけ。時として宇宙が、結果を決めてしまうのね」

「もしそうなら、わたしは宇宙にひとこと文句を言ってやりたい」

「言えるわ」メーナはうなずく。「これが終わるまえに、きっと言える」

「あなたはどうやってここにいるの？　どうやってわたしに、これを見せているの？」

彼女はわたしの片方の耳に頬をつけ、わたしの背中に自分の体を密着させる。そしてわたしが倒れると思う寸前に、わたしを支えてくれる。

「あのねわたしの女王《ミ・レイナ》さま、アンスタックでいることは、病気ではないの」彼女はわたしを強く抱きしめる。まるで自分の体のなかに、吸収しようとしているかのようだ。「これは進化の一形態。わたしはありのままの自分を受け入れるという炎のなかで、自分自身を形づくった。今のこのわたしになるために、戦わねばならなかった。自分の内面と向き合ったかって？　とっくに向き合ったわ」

「でも、なぜあなたはここにいられる？　今この瞬間に？　ここは……いったいなに？」

「こういう場所には」メーナはあたりを見まわし、にっこり笑う。「エネルギーが蓄えられているの。たしかにわたしは死んだし、あれは事故だった。あなたの過失ではない。あの事故のあと、わたしの一部はここにとどまった。ここはわたしに似合いの場所だった。菩《ボデイサ》薩《ツトヴア》の誓いの話、憶えてる？　わたしは、みずからの運命を受け入れながら、自分がまだ人の役に立てることを知った」

メーナは、わたしの背後からわたしの両手を握る。それから顎を小さく上げ、スーラの絵をさし示す。

「小さな点の集まりが、とても大きな絵を描く。時間を説明するのに、これほどいい例もないでしょうね。時間は小さな瞬間の集まり。小さな瞬間が集まって、ひとりの人間を描きだしていく。その人の肖像画となる。アンスタックになると、一歩離れた位置からその肖像画をもっとよく見られるようになるの」メーナは体を横向きにして、広々とした廊下をわたしに見せようとする。彼女の視線を追うためやはり体の向きを変えたわたしは、背後にいる謎の存在も、わたしの死角に入ろうとして移動したのを感じる。

「わたしは、おおぜいの人に不快な思いをさせてきた」わたしはメーナに言う。「みんなすごく心配して、力になろうとしてくれたのに、わたしはかれらを拒み、はねつけ……」

「そこまで」メーナはわたしを引き寄せ、もう一度ハグする。「あなたは激しく愛し、めちゃめちゃに傷ついた。そして自分の気持ちを、うまく処理できなかった。あなたは、とんでもないおバカさんだった」

これにはわたしも、つい苦笑してしまう。

そしてメーナと語りあえばあうほど、気分がよくなってゆくことに気づく。

彼女はわたしの手を取り、ふたりは歩きはじめる。背後にいる存在もあとを追ってくるが、少し距離をおいている。いま壁には、絵がたくさん掛かっている。いや、写真かもしれない。ベッドに座る幼いジャニュアリー。彼女の小さな体に比べ、子供部屋はとても広くがらんとしている。実際の部屋はもっと狭かったけれど、わたしがこんなふうに感じていたのも確かだ。

TEA研修所の修了式で、壇上を歩くジャニュアリー。しかしわたしの両親の椅子だけでなく、すべての椅子が空席になっている。

そして、誰もいないホテルのロビーに立つジャニュアリー。

「わたしにはよくわかる。あなたは、子供のころに味わった孤独感を自己防衛の盾に変えてしまった」メーナが言う。「人びとを遠ざけるため、あなた自身がどれだけもがき苦しんだか、考えてみてほしい。特にわたしが死んだあとの自分を。怒りを持続させるには、たいへんな労力が必要だったでしょうね」

メーナは別の絵の前で足を止める。わたしと彼女が、ホテル上階の手すりのところに立ち、ロビーを見おろしている。彼女はわたしの首筋にキスしており、わたしはほほ笑んでいる。

「わたしはここで家族を見つけた」メーナが言う。「あなたを見つけた。そしてわたしがいなくなったあとも、かれらにならＩ、安心してあなたを託せることがわかっていた。だってかれらは、あなたの家族でもあるのだから。パラドクス・ホテルは、わたしたちの修道場《サンガ》なの」

いとも簡単に、わたしたちは現在のホテルに戻っている。ふたりが立っているのは、わたしの血が点々と落ちたブルーのカーペットの上だ。謎の存在は、まだわたしのうしろにいる。自分で自分を見ているような感覚。しかしそう感じても、背筋がぞっとすることはない。少しも不安な気分にならないのだ。

「わたしたちは、時間の外にいるわけではないの」わたしの鎖骨をなぞりながら、メーナが言う。「時間を超越しているだけ。今わたしたちがいるこの場所では、解決しなければいけない問題に、正面から立ち向かうことができる。わたしがここにいるのは、あなたと一緒にそれを実行するため」

彼女はわたしの両肩をつかみ、くるりとうしろを向かせる。

そこに立っていたのは、昨日から何度も見ているあの少女だ。

記憶とは不思議なものだと思う。厭《いや》なことは土に埋めてしまい、その上を新たに舗装できるのだから。だが埋めたものは残りつづけるし、たとえ本当に忘れていても、いったん掘り出されると、ずっとそこにあったような気がしてしまう。

はきつぶすくらい大好きだったスニーカー。色が嫌いだった緑のスウェットシャツ。でもそのシャツが、今は優しいハグのように体をぴったり包んでいる。

われながらバカみたいだと思う。なぜ今まで、この子はわたしだと気づかなかったのだろう。

一歩前に出たわたしは、片膝をついてしゃがむ。少女がたじろいだので、心配することはないと言ってなだめながら、彼女の髪をかき分け涙に濡れた顔をあらわにする。そして彼女の表情のなかに、その後のわたしを決定づける怒りと怖《おそ》れを見いだす。同時に見えてきたのは、世界はわたしを嫌っており、いちばん安全なのは世界から身を隠していることだと、心に決めたときの自分の姿だ。

わたしは少女を両腕で抱き、その顔をわたしの首もとに押しつけながら言う。

「ごめんなさい」

とたんに、脳内のざわめきと体の痛みがきれいに消えてゆく。あたかも、全身の筋肉を緊張させて何年も歩きつづけたあと、いきなり立ちどまったかのようだ。そしてこの瞬間、わたしの目の前に、わたしの人生を描いた肖像画が現われる。

人とのふれあいを渇望しながら、そんなことを希《こいねが》うのは弱さのしるしだと思いこんでいるジャニュアリー・コール。実際は、弱さこそがわたしたちのもつ最大の強みだったのに。

「今かれらは、みんな苦しんでいる」メーナが言う。「わたしたちの家族だけではない。かつて家族だった人も、これから家族になる人も」

もはやあの少女は、わたしの両腕のなかにいない。わたしは立ちあがってメーナと向かい合う。「タイムストリームが、ばらばらになりかけている」

「そうね」彼女はうなずく。「そのとおり」

「これからなにが起きる？　もし未来が見えるなら、わたしでも修復できるかどうか教えて。それともすでに、宇宙は決定を下してしまったの？」

「あの日シカゴ美術館で、わたしがあなたに訊《き》いたもうひとつの質問を憶えている？　スーラのあの絵に関する質問なんだけど？」

わたしは思い出そうとする。一秒かかってしまった。今はたどるべき記憶が多すぎる。

「あなたは、絵のなかの人たちは水面《みなも》の先、キャンバスの外に目を向けながら、なにを見ているのかとわたしに訊《たず》ねた」わたしは答える。

メーナが笑う。「時間は一枚の絵画ではない。絵とは、わたしたちの脳では理解できない概念を忠実に写すことで、その概念を説明しやすくするための道具。たしかにわたしの未来を見透《みとお》す力は、あなたより強いけれど、見えるのはほんの一部だけ。だって未来は、広大無辺なんだもの。今このホテルにいる人たちが見ているのは、タイムストリームの枠からはみ出たものであり、だからわたしには見えない」

「じゃあ、世界やすべての存在は永久不変だとする常見《エターナリズム》は、やっぱり大嘘なの？」

メーナは肩をすくめる。「それはもうひとつの公案《コウアン》ね。過去はすでに書かれている。では未来は？　未来はペンではなく、鉛筆で書かれている。そして宇宙は、滅亡に向かっていない。成長と再生のサイクルの一端として、エントロピーを考えてみればいい。でもこんな話をはじめたら、きりがないわね。今はやらなければいけない仕事があるのに」

「つまり、まだチャンスはあるんだ」わたしは言う。

メーナがにっこり笑う。「あるのはチャンスではなく、選択《チョイス》でしょ」

「わたしにとっては、という意味。わたしにもチャンスが残されていた」

メーナはわたしの目を正面からじっと見つめる。「ジャニュアリー、あなたはわたしが知っているなかでいちばん優しく、いちばん愛情深い人よ」

「どうしてそういうバカなことが言えるの？」

「だってあなたは、これからそういう道を選ぼうとしているんだもの」

わたしの体に力が戻ってくる。タイムストリームを飛びまわっていたときの感覚を、わたしは取り戻す。わたしは人びとを助け、不正を正してきた。わたしがいつも願っていたのは、自分では一度も体験したことのない安全と保護を、人びとに提供することだった。

「やっぱりわたしは、あなたをすごく愛してる」わたしはメーナに言う。

「わたしの女王さま《ミ・レィナ》」彼女はわたしの唇に自分の唇を重ね、わたしはチェリーの味に包まれながら、メーナが菩薩《ボディサットヴァ》の誓いを果たしたことに気づき、胸がいっぱいになる。

わたしは孤独だが、ひとりではない。

ひとりになったことなんか、一度もなかった。

すでに痛みは消えている。わたしのやるべきことは、ひとつしかない。

エレベーターを呼ぼうとしてボタンを押したがなにも起こらず、だけどこれは想定内なので、わたしはすぐさま階段を下りはじめる。そしてロビーに向かいながら、あまりに気分がいいので自分でもびっくりする。

体が軽い。生まれ変わったみたいだ。力がみなぎっている。わたしの体からアンスタック由来の強ばりが抜けたのか、それとも嫌われ者でありつづける緊張から解放されたのか、よくわからないけれど、もっと早くこうなっておくべきだった。

ロビーはまだ人でいっぱいだが、みなそれぞれの位置で固まっている。これはこれで、よい状態だろう。なぜなら、かれらが時間の枠外で停止しているかぎり、このホテルがわたしの前から再び消える心配もなさそうだからだ。とはいえ気に入らないのは、どれだけの人を巻き添えにしてしまうか、見当がつかないこと。ニックだけでなくわたしも、ここにいる人たちに危害を及ぼすかもしれない。わたしは、できるものならニックの不意を衝《つ》いてやりたいと願いつつ、あえて少しゆっくり動く。

動くものはない。聞こえてくる音もない。わたしはロビーの端まで移動し、壁沿いを慎重に進みながら、ニックがなにをするか予想してみる。わたしたちに追われていることを、彼はわかっているはずだ。アリンを狙うのだろうか？

いや、アリンは非常階段に向かって走っていた。たぶん彼は、ゲートウェイまで駆け上がるつもりなのだろう。

ならばニックは地下だ。サミット参加者たちは、まだ地下にいるのだろうか？　かれらのなかのひとりが、襲われるのだろうか？　わたしは地下へ下りてゆく斜路に向かい、人びとのあいだを縫うように歩きながら、かれらの体に触れないよう注意する。幽霊につつかれたと誤解した人に、心臓発作を起こさせてもいけない。

それにしても気味が悪い。誰もがみな、ガラス玉のような目をしている。片足が宙に浮いているのは、歩く途中で停止したからだ。カメオはひとりの女性と口論しており、なにか言いかけながら片手を突き出している。コーヒーマシンの前では、コーヒーを注ごうとした老女が手を滑らせてカップを落としてしまい、しかしカップは大理石の床で砕けるまえに空中でぴたりと止まっていて、こぼれたコーヒーの滴《しずく》も宙に浮いている。わたしは思わず駆けよってカップをつかみ、安全な場所に置きたくなってしまう。そうしておけば、掃除するブランドンの手間を省いてやれるからだ。

だがそのとき、視界の隅でなにかが動く。

ニックが体当りしてきて、わたしはふっ飛ばされる。彼もわたしも、数人にぶつかりながら床の上に落ちる。わたしは後ろ受け身を取って落下の衝撃を減じ、ニックが再び襲ってくるまえに急いで立ちあがる。ニックは人びとを押しのけようとするが、押された人はわずかに動くだけでなんの反応もみせず、わたしは頑丈そうなローラー付き高級スーツケースを持った男性の横で身がまえる。

「なぜだ？」わたしはニックに訊く。

「ＴＥＡの給料がどれほど安いか、あんたもよく知ってるだろ」少し考えて彼が答える。

わたしはスーツケースをつかむと上体を反らし、自分の体重をのせながら振りまわしてニックに投げつけ、彼がそちらに気を取られた隙にボディめがけてキックを放つ。でも彼はわずかに身をかわし、わたしの足はむなしく空を切る。よろめいたわたしは、長毛の小型犬を赤ん坊みたいに両腕で抱いた老女にぶつかってしまう。イヌは彼女の腕から弾き出されたから、時間が再スタートしたときはきっと宙を飛んでいるだろう。

ニックはわたしの背中を蹴とばし、勢いがついたわたしは倒れまいとして大学生らしき若い男に激突する。しかし、まるで壁にぶつかったみたいだ。というのも、普通の人ならわたしと一緒に倒れるはずなのに、この青年はびくともせず、おかげでわたしは体勢を立てなおすことに成功する。

ふり向くと、ニックが再び突進してくるところだった。

ふたりはもつれあいながら倒れ、彼はわたしの上にのるとわたしの顔めがけて腕を振りおろす。わたしはガードしようとして両腕をあげるが、馬乗りになった彼の体重で腰が床に押しつけられ、うまく動けない。ニックの拳から顔面を守るだけで精一杯だ。

それでも全身に力を入れてなんとか腰を跳ねあげ、うまくニックを横倒しにすると、体勢を逆転させわたしが彼の上にまたがる。

こうなれば今度はわたしの番だ。

ガードの空きを見さだめて、彼の額にパンチを叩き込む。わたしの指の骨が一本折れる。ニックの後頭部が床を強打し、彼の目が裏返る。この男、自分で言うほどブラジリアン柔術に長《た》けているわけではなさそうだ。

彼を殴っているとき、なにか硬い物が床にあたる。わたしはその音を確かに聞く。なんの音かはわからない。気にもしなかった。考えていたのは、今がニックを無力化するチャンスだということ。顔面を防御していた彼の両手がさらに少し下がり、わたしは彼の頭骨を叩き壊す勢いでもう一発喰《く》らわせようとする。

ところがそのとき、脇腹に鋭い痛みを感じてしまう。

わたしはニックの体から離れ、原因を探る。

わたしのナイフだ。

ポケットに入れておいた愛用の折りたたみナイフの刃が、いつの間にか勝手に開き、脇腹に突き刺さっていたのだ。

痛みで目がくらんだわたしは、急いで抜いたら刃によって押さえられている血管などの組織が開き、大出血することがわかっていながら、ナイフを抜いてしまう。痛みは人間に、バカなことをやらせるらしい。

血まみれのナイフを床に落とし、わたしは自分の命が流れ出てゆくのを覚悟するが、そうはならなかった。出血はあるものの、さほどひどくなさそうだ。今回は運に恵まれたらしい。

ニックがまた向かってくるが、ダメージが大きかったようでふらふらしている。わたしのほうは、痛みで感覚が逆に冴《さ》えている。あるいは別の理由があるのかもしれない。なにかがうまく作用しているような感じだ。ニックの動きがひどく緩慢に見える。わたしはすっと身をかわして彼の手首をつかみ、そのまま背後にねじりあげて彼をうしろ向きにする。それから空いているほうの手で、彼の横っ面にジャブを入れる。一発。二発。

三発めでニックはしゃがみこみ、動かなくなる。

わたしは手を放すと、急いですぐ横に立っていた若い女性からショールをはぎとり、ニックをうつ伏せに寝かせて彼の両手をうしろ手に縛る。きつく締めて結び目をいくつもつくり、完全に動きが止まったことを確かめるとわたしの体から力が抜けてゆき、わたしもへたり込む。

改めて脇腹に触れてみる。出血は大丈夫のようだ。コンシェルジュ・デスクまでニックを引きずってゆき、彼をデスクに座らせわたしも腰かけると、人がおおぜいいるにもかかわらず、彼とわたしの疲れた肺が発する荒い呼吸音しか耳に入ってこない。

「よし、それでは」わたしは言う。「わたしの推理が正しいかどうか、確かめさせてもらおう」

わたしの言葉が聞こえなかったかのように、ニックはなんの反応も示さない。

わたしはもっと楽な姿勢をとろうとするが、うまくいかず、結局仰向《あおむ》けに寝てしまう。

「オズグッド・デイヴィスは、ジャバーウォッキーを不正に改造する方法を発見した。そしておまえを仲間に加えた。おまえは時間をさかのぼっては、デイヴィスが大富豪になれるよう過去をいじり、その結果彼はこのサミットに参加することができた。デイヴィスはＴＥＡに気づかれないよう、工作の痕を巧みに隠蔽した。そのためには、第三の人物を雇う必要があったし、その人物が、TEAの技術部長だと誰もが信じて疑わなかったジム・ヘンダースンだった。そしておまえは、このホテルのなかに拠点を必要とした。なぜなら拠点がなければ、ジャバーウォッキーを操作できないからだ。だからシムズが密《ひそ》かに作ったゲートウェイを、改めて開いた。それってアステカの事故が起きたころ？　それとも直前？　もし直前なら、考えるだけでぞっとする。新たに開かれたゲートウェイの影響が、アステカに行った客たちの到着予定を狂わせ、それ以降、あちこちで異常なスリップが増えていったんだもの。アリンは早い時点で異変に気づき、だからウェスティン――というかオルスン――に捜査を命じた。そしてオルスンに追い詰められたおまえは、彼を殺し、死体をゲートウェイの向こう側に寝かせた」

ニックは黙っているのに、わたしがひとりでしゃべりつづけたのは、しゃべることに集中していると痛みを忘れられたからだ。

「それからおまえは、このホテル内で行動を起こし、混乱の種を蒔《ま》く目的であちこちをいじった。本当の狙いは、あの四人のなかの誰かを、サミットから脱落させることだったのかもしれない。けれども、いろんな小細工を終えてレグに当たりくじを提供したあとは、再び時間をさかのぼって、サミットそのものを変更するようなリスクは冒さなかったようだな。どっちにしろおまえの行動は、コルテンの毒殺未遂へとエスカレートしていった。その過程で、デイヴィスも狙われているように見せかける必要があると気づいたおまえは、ひどく杜撰《ずさん》な手を使ったけれど、杜撰すぎて逆にテラーを疑わせることになった。あれはあれで、けっこう賢いやり方だったかもしれない」

「よく見てたな」ニックが不快そうにつぶやく。

「もし本当に、かれらに恐怖を与えサミットから撤退させたかったのなら、なぜ恐竜を放した？」

「ＣＤＣの封鎖命令のおかげで計画が狂ったから、急いで新しい騒ぎを起こす必要があったのさ」

「なるほど、ドラッカーが絶対にサミットをキャンセルしないことは、最初からわかっていたわけだ。そうそう、些細《ささい》なことだけど、ひとつだけ褒めてあげる。おまえの最初の小細工は、上出来だったと思う。わたしの精神状態を不安定にするため、わたしの常備薬を偽物と交換したんだもの。ジャニュアリー・コールは遂《つい》に発狂したとみんなに思わせれば、わたしを追っぱらえると考えたんでしょう？」

ニックの沈黙を、わたしは肯定のしるしと解釈する。

「ゲートウェイが存在するという噂も、一部では囁《ささや》かれていたんだろうな。少なくともコルテンはその噂を知っていた。だからおまえは、『鏡の国のアリス』の本を盗んだ。備品庫の秘密に気づく者が、それ以上現われないように」

またしても沈黙。

「ドラッカーはいつからこの件に関与していた？」

ニックはごろりと横向きに転がって笑う。「実はあの女、裏で四人全員とつながっていたのさ。誰が落札しようと、彼女の知ったことじゃなかった。あの大富豪たちから、大統領選で彼女を当選させるという確約が得られれば、それでよかったんだ。まったく、ヘビみたいに狡賢《ずるがしこ》い女だよ」彼は肩をすくめる。「そしてデイヴィスとぼくは、彼女が選挙に勝つよう工作することを約束した。実際に行動するのは、このぼくなんだがね」

「なんのために？　デイヴィスはこのうえなにを求めている？　たった数日間で大金を手にするだけでは、不充分だったの？」

これは簡単な質問だった。

「富と権力を得た者が次に欲しがるものは、なんだと思う？」

「さらに多くの富と権力」

またしてもニックは無言で肯定する。

「おまえみたいに最低のやつでも、今回の陰謀を通して学べたことがあったわけね。でもそれにしたって、タイムトラベルの鉄則は知ってるだろうに……」

「鉄則なんかクソくらえだ。科学者はどいつもこいつも、勝手な推論を述べるだけじゃないか。もし〈見るだけで手を触れてはいけない〉という戯言《たわごと》が本当だったら、タイムストリームはとっくの昔に破綻していただろうよ」

「いま外の世界がどうなってるか知らないのか？」わたしは彼に訊く。「時間のほころびが、地球全体に広がろうとしているんだけど？」

ニックは立ちあがろうとするかのように、両手を縛られたままもがく。「タイムストリームには自動修復機能が備わっている。すぐに落ち着くさ」

「なぜそれがわかる?」

彼は答えない。

やはりこの男も、ほかのバカどもと同じだ。

もし自動修復できるのであれば、それは彼の狙いに反するのだから、真実であるわけがない。

わたしはなんとか立ちあがって体をかがめ、自分の血で刃が汚れているナイフを拾う。そのあと、ニックを後ろ手に縛っているショールをつかんで彼を引っぱりあげ、ナイフをちらつかせながらアトウッドの階段に向かい歩きだす。

階段を上りながら、ニックがわたしに訊く。

「こういう仕事をしていて、腹が立つことはないか?」

「腹が立つことなら、仕事以外にもいろいろある」

「来る日も来る日も身を粉《こ》にして働いているのに、得られるものはほんのわずか。それならなんのために働く? 自分はルールを守っていると思いたいのに、そのルールを決めるのはどこかのお偉いさんだ」

「今さらわかったような口をたたくな」わたしはむっとして言い返す。「ルールに逆らうと決めたのは、おまえ自身だろ」

「そうだな、それが失敗だったのかもしれない」

「なぜ？　わたしに捕まったから？」

「違う。やっと気づいたからさ。どうせ見るなら、もっと大きな夢を見るべきだったと」

「じゃあこれから、悪夢をたっぷり見ればいい」

「そういうクソみたいなことは、言わないでほしいね」

「そっちこそ黙れ。わたしは出血してるんだ」

「でも真面目な話」懇願するような口調でニックがつづける。「アインシュタインに設置されたあのマシンを使えば、好きな時代の好きな場所に行って、好きなことができるようになるんだぞ。あれを使ってなにができるか、考えてみるがいい。今すぐにでも行けるんだ。改めてあのゲートウェイを通る必要もない。そして世界中の時間が、ぼくたちのものになる。ぼくはこの混乱をさっさと収束させる。あとはもう、こっちの思うがままだ。こんな誘惑に駆られたことが、あんたもあるんじゃないか？」

五階に着いたので、わたしは彼を階段室から廊下に押し出す。「ああ、駆られたさ。毎日のように駆られた。単に実行しなかっただけだ」

「それは勇気がなかったからだろ」

わたしはこの男の膝の裏を蹴って転ばし、カーペットの上で頭を踏みつけてやりたくなるが、現在の危機的状況を終わらせることが先決だと思い、やめておく。

ようやく備品庫に到着してニックをなかに押し込んだわたしは、自分も一緒に入ってドアを閉め、彼の喉元にナイフを突きつけながらパスコードを入力する。ドアを開けて廊下に出たとたん、時間が再び動きはじめ、わたしは脇腹に激しい痛みを感じその場にくずおれる。脇腹に手を押しあてると、すぐに血でぬらぬらと光りはじめる。

あとは大混乱だ。わたしは誰かに腕をつかまれる。ニックは身をよじって逃げる。彼は逃げながら誰かを押し倒す。誰が倒されたのかも、わたしにはわからない。わたしにわかっているのは、わたしのこの傷を、なにかがふさいでいたことだけ。

時間だ。

というか、停止していた時間。

気がつくとアリンが目の前で片膝をつき、わたしの脇腹を押さえて倒れないよう支えてくれている。

「ジャニュアリー、このなかでなにがあった？」アリンが言う。

「と訊かれても……」わたしは言葉に詰まる。

アリンのセキュリティ・ウォッチに、ロビーがたいへんなことになっているという報告が次々に飛び込んでくる。人がばたばた倒れているのだが、原因がまったくわからない。小型犬が一匹宙を飛んだ。しかし次に入ってきた報告が、ほかのすべてをかき消してしまう。

「ダンブリッジ局長、聞こえますか？　地下の大宴会場《バンケットホール》で、オズグッド・デイヴィスが死んでいるのを発見しました。明らかに他殺です」

「これはいったいどういう……」と言いかけたアリンは、いきなり上体を反らすと苦悶《くもん》の声をあげながらわたしに倒れかかってくる。彼の背中には、わたしのナイフが深々と突き刺さっている。床にどさっと倒れたアリンの体が、動きを完全に止めるよりも早く、わたしは彼の目から生気が失われたのを見る。彼のためなにかしてやりたくて、わたしは手を伸ばそうとするのだが、出血がひどくてうまく動けない。

布を裂くような音が響き、わたしの胴体を誰かの手がつかむ。わたしの腹になにかが巻きつけられ、きつく縛られる。ドアをばたんと閉める音が聞こえ、わたしは叫び声をあげる。痛みをこらえながら顔をあげると、ブランドンがわたしをのぞき込んでいる。

「ジャニュアリー」ブランドンが言う。「あの男、たった今また備品庫に入ったぞ」

「この現象を、終わらせる方法は見つかった？」わたしは彼に訊く。「ポーパと話はできたんでしょ？」

ゲートウェイがある備品庫のドアを見やりながら、ブランドンがうなずく。

「デイヴィスが死んだのなら、やるべきことの半分は終わったようなものだ。この異変をもたらした元凶が、あいつだったんだからな。あとはアインシュタインを閉鎖して、ゲートウェイを壊さなければいけない。過去に加えられたすべての変更と、ゲートウェイに使われている動作周波数が、ひどい共振を起こしていたんだ。ゲートウェイを壊したら、状態が安定するのをじっと待つ。少なくとも俺たちは、安定するだろうと考えている」

「くそっ」わたしは備品庫のドアににじりよりながら言う。「ニックは、アインシュタインに行くようなことを言っていた。どこかの時代に飛ぶつもりらしい……それも、タイムストリームの外側から」

ブランドンが愕然《がくぜん》とする。

「タイムストリームの外から、タイムトラベルするだと？　それって、宇宙船の外に出るときはエアロックを経由したのに、戻るときは船体に穴を空けるようなものだぞ。タイムストリーム全体が、完全に壊れかねない」

「手伝って」わたしはブランドンに頼む。

「だけど、時間がもう……」

「時間なら厭というほどある。このなかに入るのを、手伝ってくれればいい」

「だめだ」拒絶するブランドンの目に、涙が光る。「ジャニュアリー、死んでしまうよ」

「なにもせず悔やむよりましでしょ」もし彼が手を貸してくれないのなら、ひとりで這《は》ってゆくまでだ。しかし、わたしが翻意しないことを知ったブランドンは、わたしの腕の下に肩を入れ立ちあがらせてくれる。するとルビーが、備品庫のドアとわたしのあいだに飛び込んでくる。

「お供します」ルビーが言う。

「おまえはこっちにいろ」わたしはルビーに命じる。「そしてドラッカーを失脚させるに充分な証拠を、そろえるんだ。得意のデータマトリクスを使えば、必ずなにか見つかる」

「あなたひとりで、ここに入ってはいけません」

「よけいなお世話だ」わたしはパスコードを入力するため、手を伸ばす。

「ジャニュアリー、人工知能を備えたロボットであるわたしが、人間と感情を共有できないことはよくわかっていますし、あなたと一緒にいて、険悪な雰囲気になることも多々ありましたが、わたしがあなたに対しある種の好意を抱いていることは……」

「わかったわかった」わたしはルビーを見て小さくほほ笑む。「機械のくせに、めそめそするんじゃない。錆《さ》びるよ」

わたしは床の上で死んでいるアリンを見おろし、湧いてきた怒りにあと押しされながらパスコードを打ち終える。ブランドンが一歩うしろに下がる。

「じゃあ俺たちは、ここで待っているから」

「ありがとう」わたしは彼に礼を言う。

ところが、ドアを開きかけたわたしの横から急に誰かが割り込んできて、わたしを乱暴に押しのける。わたしが後方によろめいてドアから離れると、その人物はわたしの横をすり抜けて備品庫に駆け込む。

コルテンだ。

ワーウィックが弟を止めようとして叫んでおり、ふらつくわたしの目に、開かれたドアの向こう側が映るのだが、そこは備品庫であって備品庫ではない。あたかもふたつの部屋を、同時に見ているかのようだ。備品の棚が並ぶ倉庫と、なにもない空っぽの部屋と。

わたしの体がうしろに倒れはじめる。もしこのまま床に寝てしまったら、もう二度と立ちあがれないだろう。するとそのとき、一本のたくましい手がわたしの肩をつかみ、耳もとでカメオの声がささやく。「お手伝いします」

それから彼は、ドアに向かってわたしを押し出す。

前のめりになって床に倒れたわたしの背後でドアが閉まり、ほぼ同時にわたしは出血が止まったのを感じる。痛みはあるし眩暈《めまい》も残っているのだが、もう血は流れていない。冷静になろうとして横に転がると、こちらに背を向けたコルテンが見える。

なにかを凝視しているかのように、じっと立っているのだが、見るべきものなどなにもない。

少なくともわたしは、ないと断言できる。

突如コルテンの腹からうめき声のような音が漏れ、彼は両手を広げるとその手をゆっくり上げてゆき、自分の顔に触れる。出口を求めるかのように、こちらをふり向いた彼の鼻から血が噴きだす。ほんの一瞬、彼の顔が若き日のコルテンに戻り、黒々とした不気味なエネルギーを放射する。わたしが目を凝らすと、今のコルテンが虚《うつ》ろな目をして両膝をつき、そのまま前に倒れてゆく。

この空間の異常性に、耐えきれない人間もいるのだ。

わたしはコルテンをその場に放置する。こうなってしまったら、わたしにできることはなにもない。だがニックを探しにゆくまえに、わたしはブーツを片方だけ脱いで手に持つ。

家族か。

昔はただの夢に過ぎなかった。自分は一生もてないのだと、思いこんでいた。家族をもつ資格など自分にはないし、そうでなければ、もともと家族など存在しないのだろう。家族とは、映画やグリーティングカードを売るためにでっち上げられた幻想なのだ。メーナは、それが間違っていることを示してくれたけれど、わたしは半信半疑だった。少しは実感できたものの、それだけだった。その後わたしは、自分で家族を見つけてゆくことになった。

ひとつ心残りなのは、謝罪しなければいけない人たち全員に、きちんと謝れなかったことだ。突然わたしは、かれらのひとりひとりに、別れを告げたくなってしまう。

わたしは手にしたブーツの踵《かかと》で、ドアの内側にあるキーパッドを叩き壊す。キーパッドは粉々に砕け散り、あたりは真っ暗になる。

血が本当に止まっていることを再確認したわたしは、片足を引きずりながら備品庫を出て、できるだけ急いでロビーに向かう。

わたしがニックを見つけたとき、彼はホテルに接続しているトラムの停車場で、アインシュタイン時空港《タイムポート》まで車両を動かすにはどうすればいいか、試行錯誤している。わたしが来たことに気づくと、彼はトラムを諦めてプラットホームから線路に飛び降りる。わたしはゾンビのように足を引きずりながら、彼に近づいてゆく。すでに彼は、その足音が聞こえた段階で、わたしが現われたことを察していたらしい。

彼はすっかり戦う気になっている。しかも、見るからに自信満々だ。

さっきさんざん殴ってやったので、ニックの顔は痣《あざ》と切り傷だらけだが、わたしは重傷を負っており、時間が停止しているこの環境でも、わたしの体はアドレナリンだけでなんとか動いている。

「まだ生きていたのか」ニックが言う。「あそこでとどめを刺しておくべきだったな」

「壊してきた」わたしは彼に言ってやる。

ニックの顔がゆがむ。「壊したって、なにを？」

「ゲートウェイを。正確に言うと、あのパネルを完全に叩き潰した。だからあなたがなにをやろうと、わたしたちはここから戻れない」

ニックが笑い出す。それも気味が悪いほどの大声で。彼は笑いつづけ、その声があたりに響きわたる。

「ぼくはどの時代にも行けるんだ」やっと彼が言葉を発する。「ゲートウェイを修復する方法ぐらい、すぐに見つけられるだろう。そしてゲートウェイが直ったら、ぼくがこの空間を支配する」

「それがあなたの計画？　廊下で簡易ベッドに寝かされている人たちや、かれらをそんな境遇に追いやった金持ちのバカどものことは、もうまったく考えないの？」

ニックはわずかに肩を落とし、嘆息《たんそく》する。

「それがこの世界の仕組みなんだよ。頂点にいる者たちが、ずっとそこにいられるようつくられている。普通の人間が上っていける道はない。だから欲しいものがあれば、自分で奪うしかないんだ。ぼくはクソみたいなアパートとクソみたいな給料、そしてクソみたいな生活に飽き飽きした。だからぼくは、頂点に達する梯子《はしご》を上っていく。その過程でやつらのルールに従う必要があるのなら、従うまでさ」

「悪いけど、わたしがそうはさせない」勝てる自信があって言ったわけではないが、彼が一瞬ひるむくらいの迫力はあったらしい。

しかし、ニックはわたしに向かってくる。

以前も経験したことなのだが、彼を見ているうち、わたしは時間がゆっくり進んでいるように感じはじめる。頭のなかに、メーナの声が聞こえてくる。彼女は、ニルヴァーナについて語っている。到達を求めないことで到達するにはどうすればいいか、彼女は教えてくれる。

そう、流れに身をまかせればいい。

だからわたしは、言われたとおりにする。

自分がここで死ぬことを、わたしはよくわかっており、それでいいと思っている。

なぜなら、すでにわたしは自分の家族を救ったし、自分の修道場《サンガ》を見つけたからだ。

万物理論

昔はここも、すごく美しいホテルだった。

しかし今、ブルーのカーペットは擦りきれ、張り替えができないのであればせめてクリーニングを必要としている。ロビーの中央に吊り下げられた大時計は、もうずっと動いていない。本体の上部には埃《ほこり》が層を成しており、ロビーに置かれた各デスクも傷だらけで、天板の上に埃を積もらせている。そして館内には、湿っぽい臭いが漂う。

カメオがコンシェルジュ・デスクに立ち、爪の手入れをしている。今では彼が、ホテルの運営に関するほぼすべての責任を負っているのだが、その点に関しては、昔も似たようなものではなかったか？　退屈そうな顔をしているけれど、ここを統治できることに、そこそこ満足しているらしい。

コーヒーマシンにコーヒーを補充しているブランドンのポケットには、キャンディの包み紙がごっそり入っている。でも慎重に包装してあるから、中身の薬物がこぼれる心配はない。設備担当のクリスが困り顔でロビーを歩きまわっているのは、修理すべき箇所が多すぎて時間が足りないからだろう。タムワースはちょっと手が空いたらしく、自分のオフィスから出て吹き抜けの手すりの前に立ち、ロビーを見おろしている。現在タムワースのオフィスは、改装されて一般開業医の診察室と同じになっており、彼はそこで近隣の町からやって来る患者を診ているのだが、このあたりの町はもともと人口がとても少ない。

レグが使っていた支配人室の外の壁には、額装された彼のポートレートが掛けられたままになっている。ティックトックでスタッフパーティーをやったとき、撮られた集合写真をトリミングしたもので、片手に飲み物を持ったレグの肩を、女性の腕が抱いている。女性の姿はカットされているため、見えるのはほっそりした長い腕とマニキュアを塗った爪だけだ。

こうしてレグは、今もロビーを見守っている。とどのつまり、簡単に片づけてしまうのではなく、残しておいたほうがよい物もあったのだ。

ホテル内のショップはほとんどが閉店している。長い斜路もすっかり汚れているが、上へ上へと延びていることに変わりはなく、最上階まで行って手すりから下を見れば、以前とどこが違うかわからなくなるだろう。こういう静かな一日が、昔もたまにあったのだから。

ティックトックは現在もぴかぴかに保たれている。しかし今、この広いレストランに客はふたりしかいない。若い白人のカップルが、Tシャツにショートパンツ、サンダル履きというかにも夏向きの恰好でバーに座っている。昔だったら入店を拒まれる服装だ。ふたりはがらんとした空間を、こわごわと眺めまわす。

ムバイエが重そうな皿を二枚捧《ささ》げ持ち、厨房《ちゅうぼう》から出てくる。彼はその皿を、高価な大理石のバーカウンターにごとんと置く。ごく普通のハンバーガーとフライドポテトに、漬けすぎのピクルスが添えられている。ネオン輝く道ばたの食堂で出てきそうな料理だ。ムバイエにすべての決定権があったら――そして予算に制限がなかったら――まずあり得ないメニューだが、今の彼にイベリコ豚の生ハムを買う余裕はなさそうだし、その点はふたりの客も同じだろう。

「さっきのつづきだけど」カップルの男のほうがカウンターに身をのり出し、これから親友になるかのような調子でムバイエに訊《き》く。「このホテルに幽霊が出るという噂は、本当なんだろうか?」

ムバイエが静かにほほ笑む。隆々としていた筋肉は少したるんでおり、髪にも白いものが目立つ。しかしその目は、無限の忍耐力を湛《たた》えた井戸のような輝きを今も失っていない。

「本当だと言ってもいいでしょうね」

「アインシュタインが閉鎖されるまえ」今度は女性のほうが訊《たず》ねる。「いったいなにがあったの? たしか人が……」彼女は声を落とし、左右をきょろきょろと見まわす。「……何人か殺されたのよね? それからあの上院議員が逮捕された。すごいスキャンダルになったわ。あのころから、マスターはここにいたの?」

答える代わりにムバイエは肩をすくめ、表面が結露した金属製の水差しを手に取ると、ふたりのグラスに冷水をなみなみと注ぎたす。

若い女性は、ムバイエの機嫌を損ねたのかと思い表情を曇らせる。

「もしどこかにタイムトラベルできたら」彼女は話題を変える。「わたし、一度でいいからジョニー・キャッシュのコンサートに行ってみたいな」

「ぼくはストーンヘンジを造っている現場だ」男性があとを受ける。「そして、なぜこんなもの造るのか訊く」彼はムバイエに視線を戻し、「マスターは?」と質問する。

「わたしはここが気に入ってるんです」今度はムバイエもちゃんと答える。「それにこの世界には、人間が介入してはいけないこともあるのだと、はっきりしましたからね。むろんタイムトラベルも、そのひとつです」

「ぼくたち、アインシュタインに行こうとしたんだ」男の声が少し大きくなる。「ところが近づこうとしただけで、警備の人に止められた。ぜんぶ解体されたはずなのに、まだなにかあるらしい。あそこに行ったことはある?」

「いいえ」ムバイエは即答する。「わたしの権限を超えてますから」

「幽霊の話に戻るんだけど……」女性が言いかける。

ムバイエは片眉をあげる。「当ててみましょうか。すでにおふたりは、実際にご覧になったんでしょう? それも五階で」

若いカップルは固まってしまう。そして顔を見合わせる。

「そのとおり」答えたのは女性のほうだ。「目を疑ったわ。女の人がふたりいたの。片方は血を流していた」と言いながら彼女は、自分の脇腹に触れる。「だけどあの人、笑っていたよね? 見えたのはほんの一瞬だったから、よくわからないけど」

ムバイエはうなずく。「このホテルには幽霊がたくさんいます。でもあのふたりは、わたしのお気に入りでしてね。わたしたちスタッフは、あのふたりを〈恋人たち〉と呼んでます」

これを聞いて、若いカップルは真剣な表情で見つめ合う。

「あのふたり、何者なの？」男性が訊ねる。

ムバイエはまだきれいなグラスを手に取ると、ベルトからタオルを抜いてそのグラスを磨く。

「ずっと昔、このホテルを通り過ぎていきながら、一緒に特別なものを見つけた人たちです」彼は磨いたグラスをカウンターに戻す。「ここではそんなことが起きるんですよ。閉ざされた空間には、なぜかエネルギーが溜《た》まってしまう。こういう場所は、通過していった人たちから膨大な量のエネルギーを受け取ります。滞在が一泊だろうと一週間だろうと、ここに就職してほとんどの時間をこのなかで過ごすことになろうと、違いはありません」彼はロビーがある階下を指さす。「あのエントランスを入ってくる人は、みんな同じものを探し求めています。それがなにかわかりますか？」

若いふたりはまた顔を見合わせ、とまどうどころか逆に魅了されながら首を横に振る。

「安らぎですよ」ムバイエが言う。「それだけです。ちょっとした安らぎ。家に帰ってきたような感覚。家には家族がいます。家族がいれば愛情がある。そしてそれこそが、こういう場所が吸収するエネルギーなんです。わたしたちの愛情は、わたしたちの心が呼び合うための手段であり、その声はわたしたちが消え去ったあとも響きつづけます。だからこういう場所には……」ムバイエは両腕を広げると、祈りを捧げるかのように天井に向かって高くあげる。「……こういう場所には、さまざまな種類のエネルギーが大量に蓄積されていく。どのエネルギーに反応するかは、わたしたち次第です」

話のつづきを期待するかのように、ふたりは待っているが、ムバイエは口を閉ざしてしまう。彼は、ほかに欲しいものはあるかとふたりに訊き、ふたりはないと答える。ふたりともハンバーガーをゆっくり食べながら、もっとゆっくりムバイエの言葉を咀嚼《そしやく》する。ムバイエは小さくうなずくと、すでによく片づいているバーをさらに整頓しつづけ、食べ終えたふたりは伝票にサインしてレストランを出てゆくのだが、出口へ向かうあいだも怪しい光がよぎるのを見逃すまいとするかのように、店内のあちこちに視線を走らせる。

あるいは、本当に光が見えているのかもしれない。

ふたりが帰ってしまうと、ムバイエは皿を下げてバーカウンター下のシンクに入れる。彼は店内をざっと眺めて誰もいないのを確かめ、それから厨房に戻ってゆく。再び出てきたときは、湯気をあげるチェブジェンのボウルを持っており、それをバーカウンターに置く。そしてボウルの隣に、スプーンとフォーク、ナプキン、水が入ったグラスを並べる。準備を終えた彼は、ボウルを挟むように両手をバーカウンターにつき、鼻から静かに息を吸って口から吐く。

目を開き、にっこり笑う。

そして再び厨房に消えてゆく。

わたしは、バーのいちばん端にあるわたしの席から腕を伸ばし、メーナの手を握る。

謝　辞

以下の方々に感謝を。アリナ・ボイデン、エマ・ジョンスン、ブレイク・クラウチ、エリザベス・リトル、シャンテル・エイミー・オスマン、アレックス・セグラ、ジョン・ヴァーチャー、アマンダ・ストラニエーラ、トッド・ロビンスン。また、JFK国際空港TWAホテルのクリス・ベッツ、ティム・ベヴァン、エリック・フェルナー、ケイティ・ローゼル、ディラン・ハリス、ジョーダン・グスタフォン、ジェイコブ・チェイスにも謝意を表する。ルーシー・スティレ、ジョシュ・ゲッツラー、ジョン・コブ、ソーミア・ロバーツ、エレン・ゴフ、そしてHGリテラリーの全スタッフ、およびジュリアン・パヴィア、キャロライン・ウェイシュンを含むバランタイン／PRHのみなさんにも感謝を。

解説

渡邊《わたなべ》利道《としみち》

本書は、アメリカの作家ロブ・ハートが二〇二二年に発表した長編小説 *The Paradox Hotel* の全訳である。過去へのタイムトラベルが可能になった近未来の、雪に閉ざされたホテルを舞台にした、文字通り過去・現在・未来が錯綜《さくそう》するカオスでサスペンスフルなSFミステリで、〈カーカスレビュー〉誌年間ベストSFとNPR（米国公共ラジオ放送）の年間ベストブックに選ばれたほか、ラムダ賞のLGBTQスペキュラティヴ・フィクション部門候補作にもなっている。

二〇七二年、時間旅行のための時空港《タイムポート》に併設されたホテルで警備主任を務めるジャニュアリーは、元は優秀な時間犯罪の調査官だったが、過去や未来を幻視するタイムトラベラー特有の時間離脱症《アンスタック》を患《わずら》い引退、現職も失うことを恐れて医者を含め周囲に病気の進行を隠している。彼女がホテルを離れたくないのは、事故死した恋人の過去の姿を病気によって幻視できるからだ。大雪に見舞われて大勢の客で溢《あふ》れ返ったホテルでは、過去から密輸された恐竜が逃げ出し、空港買収のためのサミットに出席する四人の大富豪が訪れそれぞれ好き放題な行動をとり、ジャニュアリーを苛立《いらだ》たせる。しかし何より問題なのは、誰もいないはずのベッドで、時間が静止した謎の男の死体が横たわっているのを目撃してしまったことで、おまけに大富豪のボディガードの一人に自分が銃撃される場面さえ見てしまったのだ。なんとしてもこの二つの殺人を解決しなくてはならないのだが、果たして未来は変えられるものなのだろうか。

時間テーマとミステリは相性が良く、これまで多くの作品が書かれてきたが、本作はいわゆる「本格」と言われるような、物語の中でさまざまな証拠を提示し読者に犯人やトリックを推理させるタイプのミステリではなく、探偵役の行動に沿って事件の真相が明らかになっていき、敵（犯人）を出し抜いて半ば力づくで解決するのを楽しむスタイルの物語である。

とくに本作は「わたし」という一人称で、主人公ジャニュアリーのかなり強烈なキャラクターに基づき、周囲の人間や組織に対する辛辣《しんらつ》な意見を挿《はさ》みながら語られていくので、次々に問題が発生する目まぐるしさも手伝って非常にビビッドな印象を受ける。ジャニュアリーはもともとの勝気で無愛想な性格に加え、恋人を失った悲しみと病魔に冒され仕事も失うのではないか（それは同時に病気がもたらす幻視によって恋人と再会できる機会も失うことを意味する）という不安に苛《さいな》まれているために、あらゆる他者に対して攻撃的になり、かつわざと挑発的な態度を取る。ところが、ホテルの人間は誰もが彼女に対して同情的で、ときに苛立ったりするものの、おおむね優しさを持って向き合っており、それがまたジャニュアリーを反発と自己嫌悪に向かわせるという仕組みになっていて、ここらへんの心理の綾《あや》が、後半になって大きな意味を持ってくる構成も巧みだ。また、彼女の相棒であるＡＩドローンのルビーとの皮肉で意地悪な掛け合いが、陽気な雰囲気を物語に添えているのも大きな魅力になっている。

小説としての読みどころはやはり主人公ジャニュアリーが罹患《りかん》している時間離脱症のために、過去や未来の情景がランダムに現れてくるところで、もちろん作者の緻密《ちみつ》な計算に基づき、バラバラになったパズルのピースが増えていくことにより、想像する完成図がどんどん変化していくのを世界の変容として味わうことができる。

タイトルが示しているように、本作の核となるテーマはタイム・パラドクスだが、ミステリの結構を有しているにもかかわらず、論理的な逆説が問題となっているわけではない。ジャニュアリーの恋人メーナが何度も口にする禅の公案《コウアン》の如《ごと》く、それは常識的な論理の外側にある〈真実〉の問題なのだ。

時間に関する常識的な論理とは何かというと、時間は過去から現在を通って未来へ向かって流れていく一方的で不可逆的な流れであるという考えで、英国の天文学者アーサー・エディントンは、これを、一度放ったら戻ってくることがないものとして「時間の矢」と名づけ、なぜ、空間と違って時間は一方向にしか進まないのか、という問題として提起した。

この物理学上の未解決問題については、もちろんいくつかの回答（仮説）がある。本作で登場する「ブロック宇宙論」はそのひとつで、過去・現在・未来は等しく瞬間として同じ空間に存在しており、それを流れと捉えるのは人間の脳の記憶による錯覚に過ぎない、とするもので、アメリカの物理学者マックス・テグマークが提唱したことで知られる。この理論に従うのならば未来の殺人は阻止することが不可能、もしくは宇宙のブロックを崩したことで破滅的事態が訪れることになる。もっとも物語内では時間には修復作用があるとされ、ある程度の変化は許容されるらしい。なぜ時間に修復作用があるのかの説明はないが、経験上そうであることがわかっており、かつ経験上それには限度があることもわかっている。しかしその限度がどこにあるのかは誰も知らない。それが人を時間犯罪に向かわせるわけだ。

長年時間犯罪を取り締まってきたジャニュアリーには時間に介入することに強い抵抗があり、しかし殺人はなんとしても防がなければならないのでその葛藤が強いストレスになる。さらに、四人の大富豪はそれぞれ過去を改変することに強い執着を抱いていることが物語の中で明らかにされていき、その態度にはアメリカの社会学者ロバート・K・マートンの提唱した「自己成就的予言」という概念を想起させるものがある。マートンは次のように書いている。

《自己成就的予言とは、最初の誤った状況の規定が新しい行動を呼び起こし、その行動が当初の誤った考えを新事実《リアル》なものとすることである。(中略) 予言者なるものは、出来事の実際の経過をもって、彼がそもそもの初めから正しかったことの証明としようとするからである》(『社会理論と社会構造』森東吾ほか訳、みすず書房、一九六一年)

イーロン・マスクのようなテック・ビリオネアが奉じていると言われる加速主義の本質は、きっとこうしたものだろう。本作の作者には、あるプラットフォーマー企業が世界のビジネスを独占するディストピア小説『巨大IT企業クラウドの光と影』（関美和訳、早川書房、二〇二〇年）という作品があり、本作でもジャニュアリーの口を借りてハイテク大富豪に辛辣な評価を下している。大富豪たちの歴史改変に対する態度は、時間が主観的なものであるという後述する理論に対する皮相的《ひそうてき》で傲慢《ごうまん》な応対とも言えるだろう。

葛藤するジャニュアリーに対して、メーナは、未来は広大無辺だと言う。その言葉は瞑想《めいそう》的で、ミステリアスだからはっきりしないが、普通に捉えればジャニュアリーが幻視した未来はその広大無辺な未来の一部であるから変更可能だと言っているように読める。つまり未来は不確定なものであるということだろう。この不確定性をSF的に補強するのが量子論《りょうしろん》的世界像であるらしい。

本作の時間像を理解するのに参考になりそうな科学理論に、イギリスの物理学者ジュリアン・バーバーの量子重力理論に基づく時間論がある。バーバーは世界の状態を過去・現在・未来という線的に連続したものとしてではなく、点粒子《てんりゅうし》の相対的配置によって得られる系《けい》（宇宙）の瞬間的状態が離散的《りさんてき》に不連続なジャンプを繰り返しているものとして捉える。主観が離散的な瞬間を連続的な持続として認識するのは脳の誤謬《ごびゅう》あるいは幻想ということになる。煩雑《はんざつ》になるのでその議論の内部には立ち入らないが（詳細は『なぜ時間は存在しないのか』［川崎秀高・高良富夫訳、青土社、二〇二〇年］を参照）、本作で、メーナとシカゴ美術館で見たスーラの『グランド・ジャット島の日曜日の午後』が、時間を説明するのにもっともいい例であると言われるのは、そのような物理学上の理論とスーラの技法に照応するものがあると作者が考えているからなのだろう。

スーラの、点粒子が集まってひとつの図を作り出す新印象派の技法は、明らかに事象を確率的な、視線の距離によって主観的に「現れるもの」として捉えている。そしてメーナは、その「現れるもの」を構成する点と点の「あいだ」にいわば時間の「外側」を見出《みいだ》すのだ。ここに、時間（因果）の外側に出る（＝悟り）、という仏教的な論理を重ね合わせるのは容易だろう。SFミステリのSはサイエンスである以上にスペキュラティヴであり且《か》つスピリチュアルでさえあるのだ。

ジャニュアリーは、未来に起こった（起こるだろう）殺人、過去に死んだ恋人、さらに自身の幼年期の家族との記憶といった時間の桎梏《しっこく》に苦しんでいる。そこからの脱出・解放が本作の物語の本筋になるのだが、そこに殺人はもちろん、狙われる大富豪たちや次々起こる時間の異常などといった事件のミステリ的展開と解決が重ね合わされて、息もつかせないアクションの連続で結末へ傾《なだ》れ込んでいく。ややこしい時間論に幻惑されながら、ぜひこのスピーディーなツイスト感を楽しんでいただきたい。

最後に作者について。

ロブ・ハート（Rob Hart）は一九八二年ニューヨーク州スタッテンアイランド生まれ。

二〇〇四年ニューヨーク州立大学パーチェス校でジャーナリズムの学位を取得。地元の日刊紙記者、市会議員のコミュニケーション・ディレクター、出版社ミステリアス・プレスの編集者、オンラインマガジン *The LitReactor* のクラス・ディレクターなどを経て、現在は作家業のほかシートンヒル大学の Writing Popular Fiction MFA プログラムで執筆指導をしている。二〇一三年 *The Last Safe Place: A Zombie Novella* で単著デビュー。二〇一五年からはじまるミステリの私立探偵 Ash McKenna シリーズで人気を博し、前述した二〇一九年のディストピアSF長編 *The Warehouse*（『巨大IT企業クラウドの光と影』）はニューヨーク・タイムズのベストセラー・リストに入った。同作は『コクーン』や『ダ・ヴィンチ・コード』などで知られるロン・ハワードが映画化権を獲得したという。ウェブサイトのURLは https://robwhart.com/。

作中のルイス・キャロル『鏡の国のアリス』からの引用は、
河合祥一郎訳（角川文庫、二〇一〇年）を参照しました。

訳者紹介　翻訳家。訳書にワイルズ『時間のないホテル』、ウィルスン《時間封鎖》三部作、ウォルトン『図書室の魔法』、《ファージング》三部作、ウェンディグ『疫神記』、ティドハー『ロボットの夢の都市』など。

パラドクス・ホテル

2025年3月14日　初版

著 者　ロブ・ハート

訳 者　茂《も》木《ぎ》　健《たけし》

発行所　(株) 東京創元社
代表者　渋谷健太郎

162-0814 東京都新宿区新小川町1-5
電 話　03・3268・8231-営業部
03・3268・8201-代 表
URL　https://www.tsogen.co.jp
組 版　萩原印刷
暁印刷・本間製本

ISBN978-4-488-62011-0　C0197